———— 想象，比知识更重要

幻象文库

IAIN M.BANKS

伊恩·M.班克斯"文明"系列

武器浮生录

[英] 伊恩·M.班克斯 —— 著　　雏城 —— 译

新星出版社　NEW STAR PRESS

伊恩·M.班克斯的"文明"世界

"文明"是苏格兰作家伊恩·M.班克斯虚构的一个社会体系,一个奉行无政府主义的星际乌托邦。班克斯创作了一系列以"文明"世界为背景的长短篇小说作品,总称为"文明"系列,其中不乏广受好评的科幻文学经典之作。

班克斯是一位思维缜密、创造力惊人的作家。他的观点头绪繁多,并非一目了然。"文明"这个虚构世界的设置,隐含着不少经过他仔细权衡之后得出的结论。这里对"文明"世界进行一番粗略的介绍,可能会对你阅读本书有所帮助。

银河系与"文明"世界

银河系是"文明"世界的背景和所有故事上演的舞台。在小说对应的年代,整个银河系有几十个重要的星际社会体系,"文明"是其中最强大的社会体系之一,也是积极参与银河系事务的一股势力。

"文明"世界在物质上极为富足,并且掌握了高超的科学技术,所有人无须占有财产,就可以轻松满足一切需求。几乎所有的物质困扰都已经被克服,包括疾病和死亡。这个社会的所有成员几乎是完全平等的,社会结构非常稳定,不需要使用任何暴力和强制手段来维持秩序。

除了"文明"，银河系中还有几万个掌握了宇航技术的小股势力。此外还有无数社会体系与世隔绝，他们或是尚未进入太空时代，或是已经摒弃了星际旅行，追求反省与孤独。"文明"系列小说通常以生活在边缘地带的人物为主角，比如外交官、间谍、雇佣兵等。作者借这些角色的眼睛，向读者描绘不同地区千姿百态的自然社会风貌，展现出惊人的想象力。

在小说体系里，"文明"与地球上的人类社会共存。现有小说的情节，发生在人类公元1300—2970年；地球初次与"文明"接触的时间是公元2100年；早在20世纪70年代，"文明"的使者就曾经暗中到访地球。"文明"世界的创立，是几个由人类和智能机器组成的社会发展到一定程度之后的结果。在《游戏玩家》一书中提到，"文明"世界涉足太空已经有一万一千余年。

人类居民

"文明"世界有两类居民：一类是人类和其他生物体，另一类是智能机器。

有人觉得"文明"世界的人类居民简直就像机器豢养的宠物。在一个科技万能的世界里，他们做不出什么有益的贡献。小说的人物有时也会质疑"文明"世界的民主程度，怀疑机器在暗中操控整个社会。事实上，小说里的确很少出现"文明"的人类成员做出重大决策的情节。

在"文明"世界里，很多居民都具备接近人类的生物特性。对这种情况，作者并没有做出明确的解释，而只是给出了一些近于调侃的回答。但是，小说中的银河系里也有很多非人类的生物体。

"文明"世界掌握了改善人体构造的技术。大部分人类成员都会选择对身体进行改造，比如变换性别、增强性欲、消除疼痛、改变年龄、控制心跳和意识，还可以不经锻炼就加强骨骼和肌肉。进行什么样的改造取决于个人喜好。如果愿意，也可以在身体里加装武器系统。大多数"文明"社会的居民都会给自己植入药物腺体，通过神经系统控制这些腺体，产生服药、饮酒、做梦等感觉。腺体分泌的药物没有副作用，也不会成瘾。因为大多数"文明"居民可以长期保持健康，有人甚至选择偶尔生病，来满足自虐的怪癖，这种癖好在有些场合甚至很流行。

智能机器

除了人类及其他生物之外，智能机器也是"文明"世界的平等居民。超过一定智能水平的机器，就被看作地位完全平等的个体。这些机器可以粗略划分为嗡嗡机和主脑两种类型。

不同型号的嗡嗡机智能水平和社会地位各有不同：有些功能强大，地位与人类居民相当；有些只承担简单工作，智能相对有限；承担基础服务工作的原始嗡嗡机，被视为智能机器的原型，没有自我意识，也没有公民资格。

嗡嗡机往往都有鲜明的个性。嗡嗡机中的平民，智能与人类相当。而特工机构定做的嗡嗡机，智能高出常人数倍，感应能力上佳，战斗装备的威力也非常惊人。它们的武器主要是力场和效应器，有时也配备激光和刀锋飞弹。

外形方面，嗡嗡机是形态各异的悬浮物体，身体周围还有可见的光晕，用来表达情绪。不同颜色和图案的光晕可以表达不同的信号，内容丰富，人类居民也能看懂这些信号。

主脑是最强大的智能机器，其智能大大高于"文明"世界的其他生物和居民，它们的处理能力惊人，可以同时进行数以百万计的会话。主脑是大型设备（飞船和太空居住地）的控制系统，在社会体系中占据重要地位，承担着为所有人谋福利的职责。作者认为只有让公权力完全处于人类控制之外，才有可能绝对避免腐败，因此主脑是绝对自由的无政府社会能够存在的前提。

主脑个性鲜明，有时候带点儿怪癖，但永远亲切友好。它们把居民或者船员视作有趣的同伴，并通过各种遥控设备与人类交流。主脑的化身可以是嗡嗡机、人形替身甚至毛绒玩具。

是否承认智能机器的公民权，是小说中一些战争的缘起。"文明"世界对智能机器非常尊重，很多简单重复的工作，都交给特制的非智能机器去完成，以避免智能机器有被盘剥、被奴役的感觉。

社会体系

在"文明"世界里，智能机器、人类和其他生物体完全平等共存。这是一个享乐至上的社会。人类和智能机器也有自己的工作，但主要是为了"好玩"，而不是"有用"。他们只需要做自己感兴趣的事情，每个个体都可以按照自己的智能水平和喜好来选择工作。"文明"世界没有货币体系，他们认为"货币的存在，就是贫困的象征"。

"文明"世界没有法律，社会规范约定俗成。居民看重自己的声誉，讲究礼貌，行为不当的人会受到嘲讽。唯一严格的禁令，似乎是不得杀害或胁迫其他有意识的存在，不管是智能机器还是生物体。"文明"世界也的确存在"激情犯罪"，嗡嗡机会形影不离地看守着这些罪犯，以免他们造成更多危害。

未经允许窥探他人思想是"文明"世界的大忌，尽管他们完全掌握了此类技术。小说中提到，如果"文明"世界有一天需要制定法律，也许第一条就是禁止窥探他人思想。这让居民的隐私权有了一定的保障，尽管整体而言，"文明"世界是一个无须保守秘密的社会。

语言

玛瑞语是"文明"世界的通用语,这套语言系统由早期主脑创建。人们相信,语言具有塑造现实世界的力量,玛瑞语既可以用常规方式书写,也可以用二进制数据表达,形式上也富有美学价值。玛瑞语中的符号,可以用3乘3格的二进制信号表示,相当于9位的二进制数据。这种语言里没有表示财产、所有权、等级体系和权势等概念的词汇,因为"文明"世界努力避免受到这些概念的负面影响。

姓名

一些人类和嗡嗡机有冗长的名字,可以包含7个或者更多的单词。这些词有的代表出生地或者制造厂,有的代表职业,有的可能代表了哲学观念和政治立场。以戴吉特·萨玛为例,她的全名是拉斯德-康杜雷萨·戴吉特·埃姆布雷希·萨玛·达·玛林海尔德。

"拉斯德-康杜雷萨"是她出生的行星系统,按这套命名规则,地球人姓名的开头应该是"索尔-特拉萨"(即"太阳-地球人")。

"戴吉特"是名,通常由父母尤其是母亲决定。

"埃姆布雷希"是她自己选择的名字,大部分"文明"世界的居民成年时给自己取一个名字,称为"具名",表示名字最终完整了,也有人不给自己取名。

"萨玛"是姓,通常随母姓。

"达·玛林海尔德"是她成长的地方,这里的"达"相当于德国人名字里的"冯",表示来自哪里。

按照这种格式,伊恩·M.班克斯给自己取了一个名字:索尔-特拉萨·伊恩·厄尔班考·班克斯·达·昆斯弗雷。

飞船的主脑为自己命名，这些名字往往是异想天开又荒唐可笑的（例如：先读说明书、老友莫重逢）。"文明"世界的战舰经常设计得十分丑陋，名字也不好听（例如：暴徒、行刑官、神经虐待者），据说是因为大家爱好和平，不想跟暴力扯上任何关系。

死亡

"文明"世界的人类居民大多淡然面对死亡，基因技术和主脑对日常生活的操控，使人类居民非自然死亡的可能性下降到接近于零。居民的平均寿命在 350 年至 400 年，但也可以进一步延长。人类居民也可以轻松制作自己身体的备份，就算是死了，也能复活。居民可以自由选择复活的形式，可以复活成生物体，也可以变成智能机器，甚至变成虚拟空间里的存在。在"文明"世界，死亡被看作生命的一部分，刻意避免死亡是一种缺少风度的行为。有了死亡，生命才完整。

在"文明"世界的技术支持下，嗡嗡机和主脑的寿命没有上限。所有的主脑都有自己的备份，因为它们承担的职责十分复杂和重要。

空间科技

"文明"世界和其他一些先进的文化系统，都掌握了反重力技术和力场技术。

他们可以远程控制力场进行推、拉、切割等精准操作，也可以制造防卫力场。但是这种能力在作用距离和强度方面有一定的局限性。尽管他们可以制造绵延数千米的力场，但是人还是要靠近事态发展现场，才能有所作为。

在主脑的控制下，力场可以远距离发挥特定作用，几光年以外的飞船也可以侵入某星球的电脑系统，调取、修改资料。

"文明"世界还拥有利用时空隧道瞬间转移生物体和非生物体的能力，体积越小，转移的空间越大。瞬间转移也是一种军事技术，比如说，炸弹可以瞬移到敌方区域引爆。

生存空间

"文明"世界几乎没有居民在行星上生活，因为"文明"世界不愿征服或者向现有行星移民。由于掌握了先进的技术，他们没有生存空间的压力。

大部分"文明"世界的居民生活在被称为"星陆"的类行星轨道平台上，这是一种巨大的人造环形世界，可以容纳数以十亿计的人口。星陆通常是利用小行星、陨石和太空垃圾等不利于宇宙飞行的散碎材料做成的圆环状平台。星陆也有自己的主脑，类似于飞船，只不过功能更为强大。

除了星陆之外，飞船（包括星舰在内）就是"文明"居民的主要生活空间，也是与外星球进行接触的使者。一艘完整的"文明"飞船，长度在数百米到数万米之间，内部可能居住数以十亿计的生命，是一个完整的人工生态系统。

存在于巨大飞船和人工居住地中的"文明"世界，没有征服其他地域的需求，也就没有真正意义上的疆域。

对外政策

尽管"文明"世界的生活无忧无虑，很多成员却并不甘心无所事事，他们主动承担起一些"慈善工作"，或公开或秘密地参与到其他社会体系的发展中，帮助他们不致走上灾难性的错误发展道路。在"文明"世界看来，这是他们的道德义务。

"文明"世界的星际事务部就负责处理此类事务，采用外交或其他手段达到目的。星际事务部下面又设有一个特情局，这是一个特工组织，行动更为隐秘。因为"文明"世界对其他星球的干涉常常会引发反感，所以要谨慎处理。

"文明"世界常常被看作对20世纪至21世纪西方文明的影射，尤其是对相对落后地区的态度方面。"文明"世界的外交政策立场，接近于现代国际政治舞台上的新保守主义。

争议

"文明"特情局会驱使雇佣兵承担肮脏的任务，自己却置身事外假作清高，甚至以发动战争为威胁达到政治目的，这种做法即便是拿现实世界中西方社会的行为标准来衡量，也会显得过于卑鄙。

"文明"世界的故事，大多涉及文明社会面临的两难问题。这个虚构的社会体系是一个理想的自由放任社会，它摆脱了现实物质条件的约束，超越了现时的很多偏见和谬误，但依然面临着一些无法圆满解决的问题和争议。这些问题也是值得全人类思考的主题。

"文明"世界本身在面临安全和生存考验的时候，有时也不得不走向自己的反面，容忍与自身价值体系完全相左的行为。特情局有时候别无选择，只能重用那些有能力完成任务的人，而这些人或者机器代表的未必是"文明"世界所倡导的东西。星际事务部和特情局有时候会隐瞒重要信息，与"文明"世界的公开做法唱反调甚至通过操控大众意见来左右政局。这种做法带有一定的自相矛盾和脱离现实的倾向，像一群"理想主义的青春期少年"。

作者对"文明"世界一些设置的解释

为什么"文明"奉行无政府主义?

在作者看来,人类现有的权力体制无法适应太空时代,技术水平达到一定程度之后,无政府主义倾向是必然的,也是必须的。

要在太空时代生存,飞船或者居住地必须自给自足。如果他们与掌权者之间发生冲突,可以轻易摆脱控制,而掌权者如果采用强力压制的做法,往往会代价高昂,得不偿失。太空时代的文明体系,必然带来权力的分散和集权体制的消解。

太空居民的社会结构和财产关系,必然不同于单一星球环境。外界生存环境的恶劣,会加强同一文化内部的认同感。表面看来是无政府主义盛行,内部看来却是彼此互利的社会主义环境,一切社会和经济结构都合乎这一趋势。

为什么由主脑而不是由人类掌握世俗权力?

在作者看来,人类自私和互相仇恨的冲动,在迄今为止的所有社会结构中都没能得到足够的控制。也许问题的解决之道,在于世俗权力的转移,应当将复杂的机器系统置于道德、哲学、政治理念之上。处于控制地位的机器立场坚定,却可以保持天真,超越私利。

为什么对人工智能如此乐观?

在作者看来,人们对人工智能现有的各种担心和指责,往往可以归结到简单的几个方面:认定生物具有某些无法模拟的特性,认定机器不可能有"灵魂",认定非生物体不可能有自我意识。可是所有这些,其实都建立在存在某种超自然"神灵"的前提之上。作者是无神论者,他把智能机器看作完全与人类平等的存在。

作者认为，智能机器确实可能成为人类的敌人，不过相反情形出现的可能性更大。如果出现了所谓的"冯·诺依曼计算机噩梦"，也只能说是设计过程中的一点反常，是一种可以纠正的方向性偏差。人类的未来，完全可以是人机共存共荣的。

多元化的文明世界

作者曾经表示，什么属于"文明"世界，什么不属于"文明"世界，并不存在非常明确的界限。他笔下的宇宙处在不停的演进之中，有些特色淡去了，另外一些特色会逐渐清晰。

在"文明"系列作品的各个角落，作者探索着各种构造宇宙的可能：七维空间、果壳中的宇宙、一粒尘埃中的乾坤等。他用亦真亦幻的笔调，刻画了现实与幻想空间中，关于人类的一切可能。也许，在他深邃的眼神后面，还隐藏着无数不为人知的奇思妙想，像他笔下的银河一样无边无际，等着每一个人类或者嗡嗡机，和他一起去探索未知时空的奥秘。

按出版年代顺序，"文明"系列包含的小说作品有：

Consider Phlebas（1987）	中文版已出（《腓尼基启示录》）
The Player Of Games（1988）	中文版已出（《游戏玩家》）
Use Of Weapons（1990）	中文版已出（《武器浮生录》）
The State of the Art（1991）	中文版敬请期待
Excession（1996）	中文版敬请期待
Inversions（1998）	中文版敬请期待
Look to Windward（2000）	中文版敬请期待
Matter（2008）	中文版敬请期待
Surface Detail（2010）	中文版敬请期待
The Hydrogen Sonata（2012）	中文版敬请期待

目录

1	轻微机械损伤
3	序　曲
15	第一部　好兵
17	一
30	13
41	二
53	12
63	三
81	11
92	四
106	10
119	五
129	第二部　运行
131	9
146	六
166	8
183	七
201	7
222	八

目录

245	6
251	九
268	5
281	第三部 追忆
283	十
298	4
313	十一
334	3
351	十二
376	2
392	十三
398	1
413	十四
428	终 曲
430	扎卡维之歌
432	战火重燃

轻微机械损伤

被解放的扎卡维；
城市上空慵懒的硝烟，
黑色时空隧道，凌驾正午时分耀目的战场，
他们可曾回答，你想知道的一切？

又或在雨中，在混凝土堡垒之巅，
身处洪水里戒备森严的孤岛；
你漫步损毁的机器之间，
用尚且清醒的眼睛，
寻找武器，发动又一场战争；
找寻已逝的灵魂和机器！

星舰、飞船和战舰，
枪炮、嗡嗡机和效应场，是你的玩具。
你用别人的血与泪，
写下你逆行的寓言；
你用崛起道路上的诗意，
拼成微不足道的破碎的尊严。

那些找到你的人，
重塑了你的生命。
(嗨，伙计，现在只剩下你和我们刀锋飞弹
锋刃，速度和血腥的秘密：
刺透胸膛是抵达人心的唯一方式。)

——他们视你为玩物，
野孩子，古老的返祖者，
又或者权宜之计，
只因为
乌托邦不是战士成长的土地。

但你明白，自己的身影，
会在每一个精心密谋的计划里刻下秘符。
你用真实的生命，玩我们的游戏，
看透工作的肮脏
和放荡的腺体，
直至将生命的意义，深深埋入枯骨。

——我们这些文明人的生活啊，
不在血肉之中。
我们只是在了解的，
你却在经历，
在你每一个邪恶细胞的精髓里。

序　曲

"跟我说说，幸福是什么？"

"幸福吗？幸福，就是在春光明媚的早上醒来，而前一天晚上痛快淋漓地和一个美若天仙、激情四射、杀人如麻的女刺客共度良宵。"

"呸，你就不能想点儿别的？"

玻璃酒杯躺在他指间，犹如被困的活物，泛着光彩。杯中的液体和他的眼睛颜色相同，在他疲惫的目光中慵懒地荡漾。液体表面反射着阳光，在他脸上映出一道道金色的脉络。

他举起杯一饮而尽，体会烈酒灌下喉管的感觉：轻微的刺痛，阳光似乎也刺痛了他的眼睛。他转动酒杯，动作轻缓而流畅。他像是被粗糙的杯底和未经雕饰的、丝绸般顺滑的杯身给迷住了。他迎着阳光举起酒杯，眯着眼睛。玻璃闪烁的光芒就像上百道小小的彩虹，两串小气泡沿着细瘦的杯体盘旋上升，双螺旋线条在蓝天下闪耀着金光。

他缓缓放下酒杯，眯起眼睛俯视这座静寂的城市。视线穿过无数房顶、尖塔和高楼，扫过一丛丛树木——那是稀疏分布在各处的灰蒙蒙的公园，越过远处曲折的城墙，望向城墙之外。万里无云的天空下，灰白色的莽原和烟青色的山峰在炽热的空气中微微闪光。

他的眼睛并未离开这景色，他手臂猛地一挥，将酒杯扔过肩头，扔进了身后凉爽的大厅。那杯子落入阴影中，碎裂了。

"你个浑蛋！"片刻之后，身后有人嘟囔，声音含混不清，像蒙在什么东西里。"我还以为重型火炮开始轰炸了，差点儿吓出屎来。难道你想让这里到处是臭大便？……真该死！玻璃碴还掉我嘴里了……唔……我流血了。"又过了一会儿，"你听见没有？"那个含混的声音提高了音量，"我可是在流血啊……你到底想怎么样？让地板上满是大便和高贵的鲜血吗？"刮擦声和碎玻璃碰撞声响起，安静了片刻，然后又是一句，"你个浑蛋！"

阳台上的年轻人不再俯瞰城市，他转身走回大厅，步态仅有一点儿散乱。大厅里空旷而凉爽，马赛克地板已历经千年，近世代的人们还在上面加了一层透明的防刮擦层，以保护那些小瓷片。大厅中间有一张巨大的、精心雕刻的宴会桌，周围摆放着一圈座椅。沿着墙壁散放着一些稍小的桌椅，还有低矮的五斗橱和高大的橱柜，全部由同一种厚实的深色木料打制而成。

几面墙上装饰着壁画，多为战争场面，虽然有些褪色，但依然精美威严；另一堵墙壁漆成了白色，很多古老的武器挂在上面，组成了一个坛城[1]，长矛、战刀、盾牌、宝剑、大戟、战锤、飞石[2]和羽箭，有数百件之多。这些武器的利刃都凹凸不平，排成了一个大旋涡，就像爆炸后四处飞溅的残片，但形状对称得令人难以置信。已被封死的壁炉上摆放着锈迹斑斑的枪支，枪口威严地彼此相对。

墙面上还挂着一两幅无聊的装饰画，几张破旧的挂毯，不过

---

[1] 坛城（mandala），佛教和印度教中象征宇宙的图案，通常为圆形。
[2] 飞石（bola），一种用绳索连接数块圆石做成的原始投掷武器，通常用于狩猎。

仍有很多地方空无一物。大厅高处是镶嵌着彩色玻璃的三角形窗户，楔形光柱投在马赛克地板和木质家具上。白色石墙顶部是红色的支柱，托起跨越整个大厅的黑色木梁，就像笨拙的手指撑起了一顶巨大的帐篷。

年轻人用脚把一张翻倒的古董椅子踢正，瘫坐在上面。"哪儿来的高贵鲜血？"他一只手放在宴会桌上，另一只手抚摸自己的头皮，仿佛在梳理浓密的长发，其实他的头剃得锃光瓦亮。

"嗯？"那个声音问道，似乎是从年轻人身边的大桌子下面传来的。

"你什么时候跟那些上等人扯上关系了，你这老酒鬼？"年轻人攥起拳头擦了擦眼睛，然后摊开手掌，揉了揉脸。

好半天都没有回答。

"嗯……从前，有位公主咬过我一口。"

年轻人抬头看向房顶，轻哼一声："无凭无据！"

他再次起身走上阳台，从栏杆上取下一副双筒望远镜，望向远方。他发出不耐烦的"啧啧"声，晃动身体，然后退回窗户旁边，倚着窗框，以保持望远镜的稳定。他不断调节焦距，又观察了一会儿，然后摇摇头，将望远镜放回窗台，抱着胳膊倚着墙壁，向城市眺望。

在骄阳的烘烤下，棕色的屋顶和粗糙的山墙顶端好似面包皮，灰尘就像面粉。

随后，有那么一瞬间，记忆取代了眼前的景物。阳光灿烂的城市变成了灰色，进而一片昏黑。他想起了另外几座城堡。（从堡中向外望去，阅兵场上布满帐篷，窗框里的玻璃在晃动。在冬宫的一座塔楼中，年轻的女孩蜷缩在椅子里。如今物是人非，她已经死了。）天气炎热，他却打了一个寒战，努力摆脱了回忆。

"你呢？"

年轻人回头看向大厅，反问："我什么？"

"你有没有跟那些……嗯……大人物，有过什么关系？"

年轻人忽然严肃起来。"我曾经……"他开口说，随后又犹豫了，"我曾经认识一个人，她……可以说是一位公主吧。曾有一段时间，她的一部分，就在我的身体里。"

"再说一遍，你的什么？"

"她的一部分，在我身体里，曾经。"

一阵沉默后，对方客气地问："你是不是说反了？"

年轻人耸耸肩。"反正是一段怪异的关系。"

他再次转身遥望城市，寻找炊烟、人迹、飞禽走兽，或者随便什么活动的东西，但眼前的景色就像画在幕布上的背景一样。只有空气在流动，光线微微闪烁。他暗想，假如真有一张背景幕布，该用怎样的方法才能制造出同样的效果？他随后又决定不再费这个脑筋。

"看到什么了吗？"桌子底下的人大声问。

年轻人没有回答，只是将手伸进衣服里揉胸口。他里面穿着一件衬衣，军装外套没系纽扣。这件外套是将军制服，但他并不是将军。

他再次离开窗户，从一张靠墙的矮桌上拿起一个大水壶，高举过顶，小心地往外倒水。他闭着眼，仰着脸，本想喝个痛快，但壶里一滴水都没有。年轻人叹了口气，盯着空水壶上的帆船纹样看了一眼，轻轻将它放回原来的位置。

他摇摇头转过身，大厅里有两个巨大的壁炉，他大步流星地走向其中一个。他努力爬上宽大的壁炉台，站在上面，细细打量一件挂在墙上的古老武器。那是一把口径巨大的火枪，配有装饰精美的枪托和开放的击发系统。他想把火枪取下来，但它牢牢地附着在石墙上。一番尝试之后，他放弃了，跳回地面，落地时跟跄了一下。

"这回找到什么了？"那个声音满怀希望地问。

年轻人离开壁炉，小心翼翼地走到大厅一角，那里有一个细长的华丽壁柜，顶上和周围地板上摆满了瓶瓶罐罐。绝大部分瓶子都是空的或者碎的，他找了好半天，发现了一个完整的酒瓶。他小心地坐在地上，借助旁边的椅子腿将瓶口磕开，一口灌下半瓶。喝得虽快，却一滴都没洒落，衣服和马赛克地板都干干净净的。但随后他就咳嗽起来，酒沫飞溅，他放下瓶子，起身时一脚将它踢到了壁柜底下。

他又走向大厅的另一个角落，那儿有一大堆衣服和枪支。他拿起一把枪，把缠在枪身上的布带、衣袖和弹链解开，检查一番，又将其丢下。他拉开几百个空弹匣，拿起另一支枪，检查之后又丢在了一边。之后他找到了另外两把枪，将其中一支挎在身后，将另一支放在一个铺着破布的箱子上。他继续在那堆武器里翻拣，停手的时候身上挎了三支枪，箱子上也铺满了各种各样的小配件。他把箱子上的东西扫进一个油渍斑斑的结实背袋里，又将背袋撂在地上。

"不会吧！"他说。

这时传来一阵低沉的轰鸣，不知来自哪里，也不知发自何物。它不像来自空中，而更像是从地底下传来的。桌子下的人含糊地说了些什么。

年轻人走到窗前，将枪放到地板上。

他在那里站了片刻，向外观望。

"嘿，"桌子底下的人又开口了，"你能扶我起来吗？我在桌子底下呢。"

"卡利斯，你在桌子底下干吗？"年轻人问道，跪下来检查枪支。他敲敲指示器，转转刻度盘，调整枪支的设置，眯起眼睛检查准星。

"哦,反正这事儿那事儿的,你懂的。"

年轻人笑了。他穿过大厅走到桌边,伸手拖出一个大块头的红脸男人。男人穿着一件大了一号的陆军元帅外套,灰发剪得很短,脸上装了一只义眼。大块头被扶起来,勉强站稳了脚步,他慢腾腾地从衣服上掸掉一两片碎玻璃,又慢慢地点了点头,算是对年轻人表示感谢。

"话说,现在是什么时候了?"他问。

"什么?你在嘟哝什么?"

"我问时间,现在是什么时间?"

"白天。"

"哈!"大块头点点头,一脸得意,"我就知道是白天。"他看着年轻人走回窗户边收拾枪支,然后从大桌子边挪开,好一会儿才走到另一张桌子旁,就是放着带有帆船纹样大水壶的那张。

他摇摇晃晃地举起水壶,将空水壶在头顶反转,眨着眼睛,张嘴去接不存在的水,还时不时用手擦脸、整理衣领。

"啊,"他说,"现在感觉好多了。"

"你醉了。"年轻人整理着枪支,头也不抬地说。

老家伙琢磨了一会儿。

"你是在批评我吗?我不吃这一套。"大块头气派地答道,还敲了敲义眼,眼皮眨了几下。他尽可能小心地转身,面向那幅绘有海战场面的壁画,接着用义眼瞄准画中最大的那艘战船,微微咬紧下颌。

他脑袋后仰,轻轻咳嗽。嗖的一声,来了一次小型爆炸,在距离壁画上那艘战舰三米远的地方,一个落地大花瓶被炸得粉碎,尘土飞扬。

卡利斯失落地摇了摇头,敲了敲那只义眼。"没错,"他说,

"看来我真的醉了。"

年轻人抱起选好的枪支，转身看向老家伙。"你要是两只眼睛都完好无损，现在就该看见重影了。给你，接着。"

说着他将一把枪丢给老家伙。卡利斯刚伸出一只手去接，枪已砸在他背后的墙上，哐啷一声掉落在地。

卡利斯眨眨眼，说："我觉得，还是桌子底下更适合我。"

年轻人走过来捡起枪，又检查了一遍，然后交给卡利斯。他让老家伙用胳膊抱紧火枪，然后将他拽到那堆衣服和枪支前面。

卡利斯的个头比年轻人高，他一真一假两只眼睛（义眼其实是一把微型手枪）向下盯着年轻人。年轻人从武器堆里找出几条弹链挂在老家伙肩上，他觉得卡利斯的眼神很好笑，于是扮了一个鬼脸，从老家伙的陆军元帅制服口袋里拿出一副像是（其实就是）装甲眼罩似的东西，然后小心翼翼地把眼罩戴在卡利斯的灰色平头上。

"天哪！"卡利斯倒吸一口凉气，"现在我完全瞎了！"

年轻人赶紧调整眼罩的位置。"抱歉，戴反了。"

"现在好多了，"老家伙挺直了腰板，深呼吸，"那帮浑蛋在哪儿？"他的声音依旧含糊，听着让人想清自己的喉咙。

"我看不到他们，大概还在外面。昨天下了一场雨，现在能见度不错。年轻人又往卡利斯怀里塞了一把枪。

"浑蛋。"

"说得好，卡利斯。"几个弹药匣又塞进老家伙怀里。

"恶心的浑蛋。"

"没错，卡利斯。"

"浑……嗯，我还是再喝两盅比较好。"卡利斯又摇晃起来。他低头看着怀里的枪，似乎在苦苦思索，这些枪为什么会出现在那里。

年轻人弯腰拿起更多的枪支,但随后改变了主意,因为背后传来了咣当倒地的声音。

"真倒霉!"卡利斯倒在地上咕哝。

年轻人走向那个藏酒的壁柜,把能找到的所有未开封的酒瓶都拿上,然后回到原处。他看到卡利斯被埋在一大堆枪支、箱子、弹链和宴会椅残骸下面,正平静地打鼾。他把老家伙身上那堆垃圾清理了一下,然后解开他大号陆军元帅制服上的几颗纽扣,把酒瓶塞在外套和衬衫之间。

卡利斯睁开眼睛,默默看了一会儿,又问:"你刚才说现在是什么时间来着?"

年轻人把半数纽扣重新扣上,说:"我想,现在是离开的时间。"

"嗯,也好。我相信你,扎卡维。"卡利斯又闭上了眼睛。

被卡利斯唤作"扎卡维"的年轻人快步走到宴会桌的一头,那一头的桌布相对干净一些。那里有一把巨大又威猛的枪。他拿起枪,回到那个同样巨大却毫不威猛的、正打呼噜的同伴身边。他抓住卡利斯的衣领,倒退着把他拖向大厅尽头,门在那儿。他半路上停下,拿起之前准备好的那袋武器,背到一侧肩头。

年轻人已经把卡利斯拖过了半个大厅,这时老家伙醒了过来。他用那只完好的眼睛,盯着扎卡维模糊的、上下颠倒的身影。

"喂!"

"什么事,卡利斯?"他又用力把卡利斯向前拖了几米。

卡利斯环顾安静的白色大厅,看到周围的一切都向脚后滑去。"你还是觉得,他们会轰炸这个地方吗?"

"嗯。"

灰发男人摇头。"不会!"他深吸一口气,开口说道,"肯定不会!"他摇摇头又说了一遍,"永远都不会!"

"我感觉就快了。"年轻人一边低语,一边警惕地看向四周。

但是,他们来到大厅门口时,四处还是寂静一片,于是他踢开了门。通往后殿和院子的楼梯是由翠绿色的大理石砌成的,上面镶嵌着玛瑙。他沿着楼梯慢慢向下走,武器和酒瓶撞得叮当乱响,枪支在台阶上颠簸。他拖着卡利斯一级一级向下,大块头的脚后跟被磕得够呛。

老家伙每下一级台阶都呻吟一声,有一次还嘟囔说:"别这么粗暴啦,小妞儿。"听到这句,年轻人停下来抬头一瞧,卡利斯又打起鼾,嘴角还拖着涎水。年轻人摇了摇头,继续向前。

下到第三段楼梯时,扎卡维在平台上停下来,喝了点儿酒,让卡利斯在地上继续打鼾。两口酒下肚,他感觉体力恢复了一些,能继续下楼了。卡利斯还在舔嘴唇,扎卡维刚抓住老家伙的衣领,就听到一阵越来越大、越来越低沉的呼啸声。他扑倒在地,拽过卡利斯半个身子遮住自己。

炮弹的落点很近,高处的窗户纷纷碎裂,有些石膏也震落了下来,它们在一束束楔形的阳光中悠然下落,洒满台阶。

"卡利斯!"他抓起老家伙的衣领,倒退着跳下台阶。"卡利斯!"他扯着嗓子大喊,拖着他走到了平台边缘,险些摔倒。"卡利斯!你这个贪睡的老浑蛋!快醒醒!"

炮弹又一次从空中坠落,呼啸声刺破了空气,爆炸的威力摇撼了整座宫殿。他们头顶的一扇窗户被炸得飞进大厅内侧,碎玻璃和碎石膏雨点一样落入楼梯井。扎卡维弯腰前进,手里还拖着卡利斯。他跟跟跄跄,一边咒骂一边跑下另一段楼梯。"卡利斯!"他吼道,跌跌撞撞地走过空空的凹室和田园风格的壁画,"你的老屁股都要被炸烂了,卡利斯,快醒醒!"

他又跑下一段楼梯,到了平台上,剩余的酒瓶猛烈地相互撞击,那把巨枪划破了不少装饰板。这时又传来一声炮弹坠落的尖啸。一时间天旋地转，脚下的台阶跳了起来，玻璃窗在头顶碎裂，尘土飞扬，周围一片灰白。他摇摇晃晃地站起来，发现卡利斯直挺挺坐在地上，正在清理身上的石灰块，不时揉揉那只完好的眼睛。又一颗炮弹爆炸，这次的距离要远一些。

卡利斯一脸惨相，他在飞扬的尘土中挥着一只手说："这不是雾，那也不是雷声，对吗？"

"对！"他喊道，已经起身跃下台阶。

卡利斯咳嗽着，摇摇晃晃跟在他背后。

他们来到院子里时，轰炸的密度更大了。刚跑出宫门，一颗炮弹就落在他左边不远处。他跳进半履带车，试着将它发动起来。这时炮弹已经把皇宫正殿的房顶炸飞了。板岩和瓷砖纷纷砸向庭院，落地时碎裂成无数小块，腾起阵阵烟云。他用一只手护着头，在副驾驶位摸索头盔。这时一块巨石从天而降，在这辆敞篷车的引擎盖上砸出一片触目惊心的凹痕，然后弹到一边，又是一片尘土飞扬。"真他妈倒霉！"他咒骂着，终于找到了头盔，赶紧扣在脑袋上。

"讨厌的浑……"卡利斯没骂完就绊倒在尘烟里，他差一点就够着半履带车了。他咒骂着起身钻进了车里。又有炮弹来袭，飞进了左侧的房子里。

爆炸扬起的尘土遮蔽了建筑的轮廓，但一束楔形的阳光还是穿过混乱的庭院照射过来，勾勒出宫殿的影子。

"我以为他们会炸国会大厦。"卡利斯平静地说，看向院子远处，一辆卡车正在那儿熊熊燃烧。

"现在知道了，他们没炸那儿！"年轻人一拳砸在启动杆上，对着它怒吼。

"你赢了。"卡利斯叹了一口气，看上去有些困惑，"我们那次说赌什么来着？"

"谁还在乎那个！"扎卡维怒吼道，脚踢到了仪表盘下面的某个位置，半履带车的发动机不情愿地苏醒了过来。

卡利斯摇头甩下头发里的瓷砖碎屑，他的同伴扣紧了头盔，将另一个头盔交给他。卡利斯如释重负，接过头盔就开始对着自己的脸扇风，头盔轻轻拍着心口，好像在给他加油。

然后他伸开一只手，看着上面温暖的红色液体，觉得难以置信。

发动机熄火了。卡利斯听到同伴正大声咒骂，猛扳启动杆。在炮弹的呼啸声中，发动机有一搭没一搭地响着。

卡利斯低头看着自己身下的座椅，周围又传来雷鸣一般的爆炸声，然后是滚滚灰烟，半履带车也颤动起来。

卡利斯的座椅已经被染成了一片殷红。

"医务兵！"他扯着喉咙大叫起来。

"又怎么了？"

"医务兵！"卡利斯的喊叫盖过了又一声爆炸。他伸出被染红的手掌，颤声说："扎卡维，我中弹了！"他那只完好的眼睛里全是恐惧，手也在发抖。

年轻人恼怒无比，把老家伙的手掌拍到一边。"那是葡萄酒！白痴！"他探身过来，从卡利斯的上衣里拽出一瓶葡萄酒，扔到他腿上。

卡利斯低头一瞧，又惊又喜。"哦，原来如此。"他检查自己外套内里，小心翼翼地将几片碎玻璃捡了出来。"我还奇怪呢，怎么突然不觉得衣服肥了。"他喃喃道。

发动机突然开动，摇撼的大地和乱舞的飞尘终于把它激怒了。花园里的爆炸将棕色的泥土末和雕像碎片抛过围墙，撒到院子里，他们周围到处是撞击声和碎裂声。

他一直在与变速杆做斗争，直到驱动装置突然啮合，车子险些把他们两个甩出去。他们冲出院子,驶上了外面尘土飞扬的道路。几秒之后,大殿轰然倒塌,它被重型火炮击中了十余次,已经千疮百孔,难以支撑。大殿倒向庭院,庭院和附近区域到处是断裂的木材、翻滚的石块,更多的尘土波浪一般涌向四处。

卡利斯挠了挠脑袋,对着盛了自己晕车呕吐物的头盔不停嘟囔。

"一群浑蛋!"他骂道。

"说得好,卡利斯。"

"恶心的浑蛋。"

"没错,卡利斯。"

半履带车转过一个弯,疾驰而去。前方是一片沙漠。

第一部　好兵

一

她在涡轮机大厅中穿行,周围跟着一大群朋友、崇拜者还有小动物。有人离开,有人加入,就好像她是一片星云的内核,吸引着所有的追随者。她一边跟客人谈笑风生,一边向下属发号施令,还不忘评判在场艺人的表演,给他们提些建议。音乐回荡在大厅上空。厅中的机器虽然年深月久,却还是光彩照人,静静地矗立在衣着华美的宾客中间,听他们喋喋不休。这时她优雅地鞠躬,向一位经过身边的海军上将含笑致意。她手中捻弄着一枝别致的黑色花朵,把花凑到鼻端,嗅闻令人心醉的馨香。

两只紧跟着她的宠物赫拉尔兹跳了起来,叫唤着伸出前爪,想抓住她礼服光滑的前摆,凑向花朵。她弯下腰,用花朵轻触两只小兽的鼻子,它们立刻跳回地板上,一边打喷嚏,一边摇脑袋。周围的人看了都开怀大笑。她蹲下来,礼服上的配饰叮咚作响,她轻抚一只小兽项圈下的皮毛,摇动它的两只大耳朵。随后,她抬头看到管家谦恭地穿过人群,挤到她身边。

"什么事,麦克雷?"

"《系统时报》的摄影师到了。"管家不动声色地报告。见她站了起来,管家立刻挺直了身板。他要抬头才能看到女主人的脸,因为他的下巴只到她袒露的肩膀那么高。

"他们认输了？"她露齿而笑。

"我想是的，夫人。他想来拜见您。"

她笑出声来。"说得还挺客气。这次他们带了多少镜头？"

管家凑近了一点，一只赫拉尔兹不满地向他吼了一声，搞得管家有些紧张。"三十二台摄影机，夫人。照相机有一百多台。"

她神秘地凑到管家耳边，说道："没算客人身上偷偷带着的吧？"

"是的，夫人。"

"我可以见见他……男的还是女的？"

"是男的，夫人。"

"那就晚点儿。告诉他我十分钟以后到，你二十分钟后提醒我。西厅。"她朝自己手腕上的那只白金手镯看了一眼，手镯验证了她的视网膜，伪装成翡翠的微型投影仪开始工作，两个锥形光柱把这座老发电站的全息平面图笔直地投射到她眼前。

"遵命，夫人。"麦克雷应道。

她碰了碰管家的手臂，低声说："带我去植物园，好吗？"

管家用难以察觉的幅度轻轻点头，表示同意。她双手合十，满脸歉意地转向周围的人，恳求道："各位，很抱歉，请允许我失陪一下，好吗？就一小会儿。"她侧着面庞，笑容可掬。

"你好……嗨……你还好吗？"

他们寒暄着快速穿过聚会的人群，穿过彩虹色的药饮小溪和美酒四溅的池塘。她走在前面，衣袂飘摇，双腿修长，步距阔大，管家跟在后面，费力地追赶。她一路回应大家的问候，大厅里有带着幕僚的政府部长、外国使节和随员，还有各派别的媒体名人、革命党人、海军要员、工商界巨头，以及他们背后那些一掷千金的股东。赫拉尔兹跟在管家后面，在抛光的云母石地面上，它们的脚爪容易打滑，因此步态笨拙，不过在地毯上它们可是奔跑健将。而涡轮机大厅里铺了不少昂贵至极的地毯。

他们停在植物园门口的台阶前，这里远离发电站最东部的主厅。她谢过管家，赶走了赫拉尔兹，理了理本就完美无缺的头发，整了整本就优雅合身的礼服，还确认了一下黑色项链上的白色宝石是否居于胸口正中央，当然，它本就在那儿。然后，她迈步走下台阶，走向植物园高高的大门。

一只赫拉尔兹跑了回来，在台阶尽头叫闹，前腿着地跳来跳去，眼里泪水汪汪的。

她回头望了一眼，有点儿心烦意乱。"跳跳！安静点儿，自己玩去！"

小家伙低下头，委屈地跑了。

她从身后关上两扇大门，园里枝繁叶茂，一片静谧。

高处的弧形水晶圆顶之外，是一片漆黑的夜色。植物园里高高的灯柱上点缀着明亮的小灯，光线透过层叠的叶子照下来，在地面上映出参差的斑点。这里空气温暖，弥漫着泥土和树汁的味道。她深吸一口气，走向园区的另一端。

"您好吗？"

男人一转身，就看到她站在自己背后，正斜倚在灯柱上，双臂环抱，嘴唇和眼角似笑非笑。她的一头秀发是迷人的暗蓝色，和她的眼睛一样，她的皮肤浅褐，犹如一头小鹿。她比新闻中要苗条，个子很高，但是身形窈窕，绝不会给人粗壮的感觉。这个男人也是高挑瘦削的身形，脸色苍白，此外，大多数见过他的人都觉得他两眼之间的距离太近了。

他纤弱的手中握着一片纹路精美的树叶。他看了看树叶，又将它丢开，带着含糊的笑容，走出鲜花怒放的矮树丛。他搓着双手,看起来有点儿不知所措。"对不起,我……"他一时语塞,紧张地做起了手势。

"没关系。"她说着伸出了纤纤玉手。握手后她问,"您就是雷斯托赫·索斯宾先生,对吧?"

"嗯……是的。"他带着掩饰不住的惊异回答道。直到现在,他还紧握着她的玉手。察觉到这点之后,他的表情更加局促了,他赶紧将手松开。

"我是戴吉特·萨玛。"她微微点头,动作轻柔,齐肩的长发随之轻摇,迷人的双目注视着他。

"哦,是的,我当然知道您。嗯……很高兴见到您。"

"很好,"她点头,"我也很高兴见到您。我听过您的作品。"

"噢。"他看上去非常得意,像个大男孩,好像没察觉到自己还拍了拍手。"噢,那真的是太——"

"我没说我喜欢。"她说道,只有一侧嘴角还挂着笑容。

"啊……"男人蔫得像个霜打的茄子。

真是残忍啊!她暗想。"但我确实喜欢,非常喜欢。"她说道,突然变得非常开心,脸上浮现出那种调皮的歉意,甚至带着那么一点儿阴谋得逞后的得意。

他开怀大笑,而她也放松了下来,觉得他们能顺利聊下去。

"我还觉得奇怪呢,您为什么会邀请我,"他坦白道,深陷的眼睛里闪烁着光彩,"来这儿的所有人,都是那么的……"他耸耸肩,"嗯,重要。所以我才……"他笨拙地向后挥手,指着他刚才观察的那些植物。

"您就不觉得,作曲家也是重要人物吗?"她问道,温和地责怪他。

"跟那些政治家、海军上将和商业巨头没法儿比了……我是说,世俗权力。再说,我也不是什么著名作曲家,我以为您会邀请塞文特拉格，或者科霍，或者——"

"的确，这些人善于谱写成功的职业生涯。"她表示同意。

他愣了一下，笑了，低头看向地面。他发色很浅，在灯光下反射着微光。这次她被他的笑声感染了。也许她现在就该直奔主题，而不是等到下次会面才说起委托任务。如果下次会面再说，她会把数字调低一些——尽管现在看来，一切都还很遥远——调到一个显得更加友好的数值。也许，他们可以私下见面时再谈这件事，再过一阵子，等她确认对方已经被自己完全俘获之后。

她到底该绕多大圈子？很明显，他就是她喜欢的那种人，只是友谊一旦擦出爱的火花，一切就不会那么简单了。在漫长的时间里，两人逐渐变得亲近，交换秘密，慢慢累积共同的记忆，相互吸引，悠然跳起环绕的舞步，一来二去，彼此之间的距离越来越近，直到闲散的态度升华，变成难以自拔的迷恋。

他直视她的眼睛，说道："您让我受宠若惊，萨玛小姐。"

她迎上他的视线，微微扬起下巴，精准地把握自己肢体语言的每一丝微妙变化。现在，对面男人的表情不再那么孩子气了。他的眼神让她想起了自己手镯上的石头。她微微有些眩晕，于是深吸了一口气。

"啊哈。"

她愣住了。

声音是从她身体的侧后方传来的，她发现索斯宾的眼神也犹豫地转向自己身后。

萨玛保持住平静的表情，慢慢转身，然后狠狠瞪向突然出现的灰白色嗡嗡机，眼神能在它身上钻出两个洞来。

"干什么？"她的声音硬邦邦的，能把钢铁蚀出一个小坑。

嗡嗡机有小号公文包那么大，形状也像公文包。它朝着萨玛面部缓缓飞来。

"有麻烦了，小嘟嘟！"嗡嗡机说完迅速闪到一边，侧过身躯，一副观察天象的姿势。穹顶之外，夜幕黑如泼墨。

萨玛低头看着植物园的砖头地面，嘟起了嘴。她微微地摇了一下头。"索斯宾先生，"她微笑着摊开双手，"您知道，我有多么不愿要求您……可是，您能不能……"

"当然可以。"他已经迈开脚步，飞快离开了，还对萨玛点了一下头。

"也许稍后我们可以再聊聊。"她说。

他转过身，脚步不停。"那当然，我觉得……那样……"他好像已经说不出话来，只是认真地点点头，然后径直走出了植物园尽头的大门，没有再回首。

萨玛转身面对嗡嗡机。机器一副无辜的样子，短粗的吻部半埋在花瓣里，正小声哼哼，好像在欣赏那朵色彩艳丽的花。它感觉到了她的动作，于是抬头看。她叉开两腿站着，一手握拳按在腰间，喝道："你敢叫我'小嘟嘟'？"

嗡嗡机周身闪现的光晕，是代表悔意的紫色和代表疑惑不解的铜褐色，令人难以信服。"萨玛，我也不知道刚才是怎么了……我是随口叫的，可能为了押头韵[①]吧。"

萨玛踢起一段枯枝，又瞪了嗡嗡机一眼，问："什么事？"

"听了这个消息，你肯定不会开心的。"嗡嗡机的语调平静，它微微后退了一点儿，光晕变成了表示同情的黑色。

萨玛犹豫了，盯着别处望了一会儿，忽然垂下肩膀，坐在一根树桩上，长裙拖在了地上。"是扎卡维的事儿，对吗？"

嗡嗡机吃惊地放出一道彩虹般的光晕。这次反应很快，萨玛几乎相信这是它的真实感觉。"天哪，"它惊叹，"你怎么一

[①] 押头韵（alliteration），一种英语语音修辞，指两个单词首字母及其发音相同。这里是指麻烦（trouble）和嘟嘟（toot）押头韵。

下——"

她摆手示意它不要再问。"我也不知道。大概是你的语调，或者是人类的直觉吧……是时候了，从前的生活总是那么热闹。"她闭上眼睛，头靠在粗糙的树干上，"说吧。"

这台嗡嗡机叫斯卡芬·阿姆提斯科，它悬浮到与萨玛肩膀平齐的高度，慢慢飞了过来。她看向它。

"我们还是要让他回来。"

"不出我所料。"萨玛叹了一口气，挥手赶走落在自己肩膀上的一只昆虫。

"嗯，也难怪。恐怕没有别的办法，只有他亲自出马才行。"嗡嗡机说。

"好吧，我同意。可是为什么非得让我去找他？"

"这个……是大家一致同意的。"

"好极了。"萨玛尖刻地回答。

"你还想听吗？"

"后面难道有好消息？"

"恐怕没有。"

"真烦！"萨玛猛拍大腿，"什么事儿都赶到一块儿了。"

"你明天就得出发。"

"够了！嗡嗡机！"她将脸埋在掌心，抬起头时，发现嗡嗡机正在摆弄一根树枝，"你在开玩笑吧？"

"恐怕不是。"

"这事儿怎么办？"她伸手指向涡轮机大厅的方向，"和平大会怎么办？他们正摩拳擦掌、怒目相向，吵得口沫横飞！三年的心血就这么半途而废了吗？你让这个该死的行星怎么办？"

"和平大会将继续进行。"

"是吗？那我还怎么发挥'主导作用'呢？"

"这个啊,"嗡嗡机把树枝举高,放到自己外壳前端的感应器前面,"好办……"

"哦,别再使那招了。"

"的确,我知道你不喜欢——"

"不是的,嗡嗡机,不是因为……"萨玛突然站了起来,走到水晶墙边,凝望夜色。

"替身……"嗡嗡机一边说,一边飞过来。

"少跟我讲什么'替身',我不要!"

"萨玛,替身不是真的人类。它只是电子、机械、电化学和化学技术的产物,是一部被主脑操控的机器。它本身不是生命体,不是你的克隆,也不是——"

"我知道替身是什么,嗡嗡机。"她说道,双手紧紧握在背后。

嗡嗡机飞到萨玛身边,将力场延展到她肩上,轻轻按压,萨玛甩开了它的"手",低头不语。

"戴吉特,我们需要你的同意。"

"没错,这点我也知道。"她抬起头,寻找那些被云层和植物园灯光遮蔽的星星。

"如果你愿意,当然可以继续留在这里。"嗡嗡机语调沉重,充满遗憾,"和平大会当然也很重要。它需要……有人去协调其中出现的问题,这一点毋庸置疑。"

"那明天又有什么破事儿,非得让我赶去呢?"

"你记得沃伦胡兹星团吗?"

"我记得。"她回答道,语气平淡。

"嗯,那里的和平局面已经持续了四十年,但是现在,战争的阴云再次逼近。扎卡维曾和另一个人合作,他的名字叫——"

"麦扎伊,对吗?"她皱起眉头,转过脑袋面对嗡嗡机。

"拜扎伊,索尔德林·拜扎伊。我们插手之后,他被选为星团总统。掌权期间，他保持了当地政治局面的稳定。可是八年前他提前退休了，说是要搞学术研究，闭门不出。"嗡嗡机叹了一口气，"自那时起，情况就急转直下。眼下，拜扎伊所在的行星被一群政客控制，他们暗中反对拜扎伊和扎卡维代表的力量，也就是我们支持的派别。由这群人挑头，当地的武装势力产生了分裂，现在已经爆发了几起地区性冲突，更多的冲突还在酝酿中。就像他们说的，席卷整个星团的全面战争已经迫在眉睫。"

"扎卡维的任务是什么？"

"基本上，这是一次营救任务。扎卡维需要进入那个行星，找到拜扎伊，说服他出山，或者至少让他表个态，不过这可能意味着会发生武力冲突。另外，要说服拜扎伊，恐怕也不容易。"

萨玛仍凝望夜空，她在权衡这件事的每一个细节。"我们能不能用些障眼法？"

"这两个人太了解彼此了，除了让真正的扎卡维出马，恐怕没有别的办法。索尔德林·拜扎伊与星团政治体系之间的关系也一样。他们有太多的共同记忆。"

"明白了，"萨玛不动声色地说，"太多的记忆。"她揉搓自己裸露的肩膀，像是觉得有些冷。"重型火力方面，现在是什么情况？"

"我们正在组建一支星际舰队，包括一艘有限系统星舰、三艘通用星际飞船，都部署在这个星团，另有大约八十艘通用星际飞船可在一个月内集结完毕。估计到明年，我们还可以调动四艘或五艘通用系统星舰，航程均在两到三个月之内。不过，这些是绝对迫不得已时的备用手段。"

"大规模杀伤武器的致死人数很难判断，对吗？"萨玛语调沉痛。

"如果你愿意这么说，也没错。"斯卡芬·阿姆提斯科回答。

"唉！真是该死！"萨玛小声说道，闭上了双眼，"沃伦胡兹星团距离这里有多远？我不记得了。"

"航程不过四十天左右。可是我们要先去接扎卡维。这样算下来，去程大约是九十天。"

她转过身，问道："要是我走了，谁来控制我的替身？"

"仅供测试号会留在这里，处理所有突发情况。"嗡嗡机说，"超高速巡哨船仇外号已交给你使用。它明天就可以起飞，最早起飞时间是中午过后，假如你愿意趁早动身的话。"

好一会儿萨玛都站着不动，她双腿并拢，两臂交叉，嘟着嘴，脸拉得老长。斯卡芬·阿姆提斯科观察了一番，决定对她表示同情。

这女人又一动不动地沉默了几秒钟，然后突然迈开大步，向涡轮机大厅走去。鞋跟踩在砖头路面上，咔嗒作响。

嗡嗡机跟在她后面，保持在她肩膀的高度。

萨玛说："我真心希望，你找我时能学会选择时机。"

"很抱歉。我打断了什么好事儿吗？"

"没有！你说的'超高速巡哨船'又是什么玩意儿？"

"原本叫作'去军事化快速战斗飞船'。"嗡嗡机回答。

她瞥了嗡嗡机一眼。嗡嗡机颤动起来，又耸耸肩。"我就想让它的名字好听一点儿。"

"仇外号能好听到哪儿去？算了，随它去吧。替身可以马上接手这边的事情吗？"

"明天中午就可以，你能不能报告一下之前的情况，一直到……"

"明天上午吧。"萨玛说话时，嗡嗡机飞到她前面，为她打开大门。萨玛大步走出，敏捷地跳上了通往涡轮机大厅的台阶，裙摆飞扬。几只赫拉尔兹从大厅一角连跑带滑地赶了过来，又叫又跳，围在她身边。萨玛停下来，小东西们嗅着她的衣服，还想舔她的手。

"算了，"萨玛对嗡嗡机说，"还是今晚给我扫描吧，到时候我通知你。要是能选择，我也想早点儿摆脱这里的一切。我现在去找昂特纳特大使。你去告诉麦克雷，让他通知苏兹蕾斯十分钟后把部长先生带到一号涡轮机厅吧台。替我向《系统时报》的职业写手道歉，送他们回城区，每个人赠送一瓶夜香醇酿。告诉摄影师会面取消，允许他使用一部照相机，让他拍摄……六十四张照片，每张都要严格审核后才能发表。再派一名男性工作人员去找雷斯托赫·索斯宾，请他两个小时后到我公寓做客。哦，还有——"

萨玛停顿了片刻，蹲下来，双手捧着赫拉尔兹长长的吻部，那小东西正在悲鸣。"小可爱，小可爱，我知道，我懂的。"她喃喃自语，那只肚子鼓鼓的小动物热切地舔着她的脸。"我也想留下来，看你的小宝贝出生，可是不行啊……"她叹了口气，拥抱那只小兽，然后单手托腮。"我该拿你怎么办呢，小可爱？我可以让你一直昏睡，直到我回来，这样你就不知道我离开过，可是你的其他朋友都会想你的。"

"那就让它们集体昏迷。"嗡嗡机建议道。

萨玛摇了摇头，又对另一只赫拉尔兹说："你负责照顾好大家，等我回来。好吗？"她亲了亲那小东西的鼻子，然后站了起来。小可爱打了个喷嚏。

"还有两件事，嗡嗡机。"萨玛说道，穿过喧闹的人群。

"什么事？"

"以后不许再叫我'小嘟嘟'，听到没有？"

"知道了，还有什么事儿？"

他们绕过了六号涡轮发动机长期沉寂却依旧油亮的巨大机身，

萨玛停下来，扫视眼前喧嚷的人群，深吸一口气，挺起了肩膀。再次前行时，她已经满脸笑容。她低声对嗡嗡机说："我不希望我的替身跟任何人上床。"

"没问题，"嗡嗡机答应道，他们继续靠近宴会的人群，"从某种程度上说，那毕竟是你的身体。"

"就这么定了，嗡嗡机。"萨玛说着向一个侍者点头示意，侍者连忙上前，奉上盛满饮品的托盘。"那绝对不是我的身体。"

车辆和飞行器先后离开了古老的发电站，有的腾空而去，有的转过路口。大人物们都已经告辞，大厅里虽然还有一些滞留的客人，但都不需要她亲自作陪。她觉得很累，于是喝了一点儿酒提神。

在由电站主控室改造成的公寓房里，她站在南侧阳台上俯视幽深的山谷，还有河滨道两侧绵延的灯火。一架飞机从头顶呼啸而过，一个倾斜转弯，越过古老水坝顶部的弧线，消失不见了。她目送飞机远去，然后转身走向阁楼，脱下正装外衣，搭在肩膀上。

屋顶花园下面的豪华套房里响起音乐声，她却直奔书房，斯卡芬·阿姆提斯科正在那里等她。

扫描更新替身数据只用了几分钟。还是和以前一样，她有一点儿瞬间移位的错乱感，不过这感觉很快就过去了。她踢掉鞋子，赤脚走过柔软昏暗的门廊地面，循着音乐声而去。

雷斯托赫·索斯宾从座位上站起来，手里还拿着一杯夜香醇酿，玻璃杯闪耀着柔和的微光。萨玛在门口驻足。

"谢谢你在这里等我。"她说道，把小外套搁在一张沙发上。

"没关系。"他把杯子举到嘴边，似乎又改了主意，用两手捧着玻璃杯问，"那个……您叫我来，有什么特别的事情吗？"

萨玛微笑着，笑得有一点儿哀伤，她两手扶在一张大转椅的扶手上，自己站在椅子后面，低头看着皮革坐垫。"可能我有点儿自我陶醉，"她说，"不过，我也不想在这类事情上拐弯抹角。"她抬起头看着他，问道："你想跟我做爱吗？"

雷斯托赫·索斯宾目瞪口呆，过了一会儿才将杯子举起来，慢慢地、长长地喝了一口，然后将杯子缓缓放下。"是的，"他回答，"我想要你……马上就要。"

"我们只有这一个晚上，"她说道，抬起一只手，"只有今晚。这很难解释，不过从明天开始，可能有半年甚至更长的时间，我都会忙得不可开交、分身乏术，你懂吗？"

他耸耸肩："没关系，都依你。"

萨玛这才放松下来，微笑渐渐绽放在脸上。她扭过大转椅，镯子从手腕滑落到椅子上。然后她轻轻解开礼服上身所有的纽扣，站在原地。

索斯宾将杯中酒一饮而尽，把玻璃杯放在橱柜上，慢慢走向萨玛。

"熄灯。"她轻轻说。

光线慢慢暗了下来，从昏暗变成漆黑一片，只剩橱柜上方杯子里残留的那一点酒，还闪着柔和的微光。

13

"醒醒啦!"

他醒了过来。

漆黑一片。他在被窝里伸了个懒腰,暗自纳闷,谁敢这样跟他说话?没人用这种语调跟他说话,早就没有了。即便是在半梦半醒之间,即便是夜半时分突然被人叫醒,他还是可以从对方的语调中听出异样,他已二三十年没听过这种语气了:鲁莽无礼,毫不敬重。

他掀开头顶的被子,感受卧室里温暖的空气。只有一盏小灯亮着,他四处打量,寻找那个胆敢如此对自己说话的人。有一个瞬间他感到了恐惧:难道有人闯过了守卫和安全监控系统?随后这份恐惧被愤怒取代,他急切地想让对方付出代价。

闯入者坐在一张椅子上,就在床脚另一侧。他的样子有点儿古怪,古怪的方式也与众不同。那是一种难以言传的怪异感,很难按照常理归类,这人简直像来自另一个世界,像一个微微扭曲的投影。他的服饰也很怪异,肥肥大大的,颜色艳俗,即便是在床头灯的微光下都显得扎眼。这个人穿得像个小丑,或是变戏法的,但是他太过对称的五官,看起来又有些……阴狠?还是轻蔑?那种诡异的感觉,很难描述清楚。

他伸手去摸眼镜，但影响他视力的只是朦胧的睡意。外科御医早在五年前就为他更换了双眼，但是六十年的近视眼生涯，还是让他养成了睁开眼睛就找眼镜的习惯。他一直觉得，接受返老还童手术之后，这个小小的代价无足挂齿。现在他已经没有任何睡意了，他坐起来，面对椅子上的男人，不知自己是在做梦，还是遇上了幽灵。

对方看上去很年轻，宽脸膛，肤色黝黑，黑发扎在脑后。但这并不是他貌似幽灵的原因，诡异的是他那双黑洞般的眼睛，还有外星人似的五官。

"晚上好，总督大人。"年轻人的语速不紧不慢。不知道为什么，他的声音显得非常苍老，甚至让总督突然感觉自己还算年轻。他心中泛起一阵寒意，茫然四顾。他是什么人？他怎么进来的？王宫本该戒备森严，到处是卫兵，他不可能随便闯进来的。到底发生了什么事？恐惧感又回来了。

昨夜陪侍的女孩儿还蜷缩在大床的另一边，现在只能看到被子鼓起了一块。左侧的墙上镶着几块屏幕，反射着床头灯的微光。

他很害怕，但也完全清醒了，脑子转得很快。床头柜里藏着一把枪，而坐在床脚椅子上的男人好像没有携带武器。（可要是不带武器，他闯进来想干什么呢？）那把枪是万般无奈时的最后一道防线。最好的办法，就是启动语音密码。房间里的麦克风和监视器处于随时待命状态，只要说出特定的语句，就会激活它们。有时候总督也需要一点儿私密感，有时候他想录制一些只有自己知道的东西，当然，他也以此防备不法分子闯入，他知道无论戒备多么森严，总有人能闯进来。

他清了清嗓子，说："好啊，好啊，这的确是一个惊喜。"他的语调平缓、镇定。

他微微一笑，对自己的表现非常满意。他的心（这颗心，十一年前还属于一个体格健壮的无政府主义年轻女人）跳得很快，但还没快到出问题的地步。他点点头，又说了一遍："这的确是一个惊喜。"好了，大功告成。地下监控室的警报肯定已经响了，几秒钟之内，宫殿守卫就会破门而入。也许他们不会冒险冲进来，而是会引爆房顶的气体炸弹，炫目的雾气会让房间里的所有人都失去知觉。他自己的耳鼓也可能破裂（想到这里，他咽了口唾沫），不过这没关系，回头找个异见分子再移植一副就行了，甚至可能不需要移植，传言说，这种返老还童手术可以让身体器官自我修复。这样也好，多点儿内在生命力总没有错，以防万一嘛。他喜欢这种有恃无恐的感觉。"好啊，好啊，"他又开始说这段暗语，以防前两次没能启动报警系统，"这的确是一个惊喜。"警卫应该随时会出现了。

那个衣着鲜艳的年轻人笑了。他身体弯曲，姿势怪异，微微向前探身，手肘搁在雕刻着繁复图案的床尾板上。他的嘴唇微微蠕动，似笑非笑。他伸手从肥大的裤子口袋里掏出一把黑色的小手枪，指着总督说："你的暗号已经失效了，凯利安总督。没有什么惊喜是你在期待而我不知道的。地下安全中心已经失灵了，跟这座宫殿里的其他东西一样。"

凯利安总督直愣愣地看着那把小枪，他以前见过的一些玩具水枪都比它吓人。到底出了什么事？难道这人真是来暗杀我的？他穿得不像是刺客，而且，称职的刺客肯定已经趁他熟睡时下手了。不管他有没有事先切断警报线路，这个家伙在这里坐得越久，说的废话越多，他的处境就越危险。这家伙也许是个疯子，但不太可能是刺客。难以想象一个真正的职业杀手会像他这样行事古怪，可是，也只有职业杀手中的绝顶高手，才有可能突破宫殿的安保系统……凯利安总督尽力控制自己突然开始狂跳的心脏。那些该死的守卫到底在哪儿？这时，他又一次想到身后床头柜里藏着的那把枪。

年轻人抱起胳膊,所以枪口不再指向总督。"我给你讲个小故事好不好?"

这人一定是个疯子!"好!当然好!那您就给我讲个故事吧。"总督用最友好、最慈爱的语调回答,"顺便问一下,您怎么称呼?您好像已经知道我的名字了。"

"没错,我的确知道,不是吗?"苍老的声音,年轻的相貌。"实际上,我有两个故事可以讲。不过其中一个故事的大部分情节,你已经知道了。我会把两个故事一起讲,看你能不能分辨得出来。"

"我——"

"嘘——"年轻人把他的小手枪举到唇边。

总督朝大床另一头的女孩瞥了一眼。他才意识到,自己和闯入者对话的声音一直很小。如果他想办法把女孩吵醒,她或许可以吸引对方的火力,至少会转移一下对方的注意力,这样自己就有时间拿出床头柜里的枪。他现在的行动速度,可比过去二十年快多了,这都是最新疗法的功效……那些该死的守卫到底在哪儿?

"听我说,年轻人!"他大吼,"我只是想知道,你跑到我这儿来到底想干什么!嗯?"

他的声音在房间里回响,以前,就算不使用扩音器,他的讲话声也可以传遍大会议厅或者广场。该死!就算没有麦克风,地下室的警卫也该听到这么大的喊话声了。睡在大床那头的女孩儿还是一动不动。

年轻人冷笑道:"他们都在睡觉,总督。现在只有你跟我两个人。好吧,我要讲故事了——"

"可是……"凯利安总督咽了一口唾沫,被子底下的腿蜷了起来,"可是你到这里来,究竟想干什么?"

闯入者看上去有些吃惊。"哦,我来除掉你啊,总督。你需要被消灭掉。现在……"他把枪放在床尾板上。总督盯着那把枪,距离太远,抓是抓不到的,不过……

"还是讲故事吧。"闯入者舒舒服服地靠在椅背上,说道,"很久很久以前,在重力井①之外一个非常遥远的地方,有一片神奇的国度,那里没有国王,没有法律,没有金钱,也没有财产。所有人都过着王子一般的生活,他们彬彬有礼,所需之物应有尽有。这些人的日子很平静,但也有一些无聊,因为即便是天堂,住得久了也会令人生厌。所以他们开始执行一些善意的使命,可以说是远赴落后地区进行慈善访问。他们每次行动,都会带上在他们看来最宝贵的礼物——知识和信息,并且尽可能传播这些新知识。因为这些人,有一些独特之处,他们痛恨国王,也厌恶任何世俗等级,当然,也痛恨总督。"年轻人微微冷笑,总督也只好陪着干笑。他擦了擦额头的汗,身体向后挪动了一点点,像是为了让自己坐得更舒服一些。他的心脏仍然狂跳不止。

"话说后来有一次,一股邪恶的势力威胁要夺去他们的工作成果,但他们打败了对手,取得了胜利,而且在那次冲突之后增强了自身实力。若不是他们不愿意攫取权力,他们会让周围所有势力都谈之色变。现在呢,他们只是有那么一小点威慑力而已,这仅仅是强大实力在别人心中引起的自然反应。这些人最喜欢利用自己的影响力,插手其他星球的事务,让当地人从中受益。在许多星球上,最有效的插手方式就是直接联系这些社会体系的领导者。

"于是,这个国度的许多人成了伟大领袖的私人医生。他们掌

---

①重力井(gravity well),天体周围引力场的概念模型,天体质量越大,其重力井越深。

握着许多先进的药物和治疗手段，在相对原始的当地人看来，那简直就是魔法。他们利用这些手段，提高伟大领袖的存活概率。这是他们喜欢的工作方式，你看，就是为他人提供生存的机会，而不是制造死亡。你可以说他们温柔，因为他们的确不喜欢杀戮，他们也会同意你的说法。不过他们的'温柔'，就像海洋的'温柔'一样。随便找一位船长问问，你就知道温柔的大海是多么的'无害'而'温驯'。"

"是的，我懂你的意思。"总督附和道，又往后坐了一点儿，还拿过一个枕头垫在自己背后，暗自目测自己和藏着手枪的床头柜之间的位置关系，他的心几乎跳到了嗓子眼。

"这些人还有一种行事之法，同样是赋予生命，而非传播死亡。对于未达到一定技术水平的社会，他们为领导者提供任何财富和权力都换不来的东西：消除死亡，返老还童。"

总督直视闯入者，好奇心突然压过了恐惧感。他刚才说的，是指自己接受的手术吗？

"啊，你现在有点儿听明白了，不是吗？"年轻人面露微笑，"好吧，你的猜测是对的。我刚才说的，就是你接受的那种手术，凯利安总督。过去一年，你一直都在偿还那次手术的费用。如果你还有印象，应该记得自己的承诺，偿还方式不仅限于白金。你还记得吗？"

"我……有点儿记不清了。"凯利安总督吞吞吐吐地说。他已经能从眼角瞥到放手枪的那层隔板了。

"你承诺过，要停止尤里坎地区的大屠杀，不记得了吗？"

"我可能答应过，会重新考虑我们的种族隔离和异地安置计划，那是在——"

"不是这个，"年轻人摆摆手，"我说的是大屠杀，总督。死亡列车，想起来了吗？废气从末尾一节车厢排出的那些火车。"年轻人嘴角露出一丝冷笑,他摇了摇头。"我这么提醒,你应该能想起来了吧。那些火车,还是记不起来吗?"

"我完全听不懂你在说什么。"总督回答道。他的掌心渗出了汗水,又冷又滑。他在床单上蹭了蹭,如果拿到了枪,就绝对不能让它从手心滑落。闯入者的小手枪,此刻还在床尾板上放着。

"哦,可我觉得你懂。我很清楚,你在装傻。"

"如果我国安全部队的任何人员存在任何不当行为,他们都将接受彻底——"

"总督先生,这不是新闻发布会。"闯入者向后靠了靠,现在他距离床尾板上的那把手枪更远了。总督越发紧张,身体微微颤抖。

"现在的问题是,你当时接受了一项协议,事后却违反了承诺。我就是来追究违约责任的。我们已经警告过你,总督,我们有能力给予的东西,也有能力剥夺。"闯入者又向后靠了靠,视线扫过昏暗的套房。他对总督点了点头,把双手交叉放在脑后。"告别这一切吧,凯利安总督,你会——"

总督骤然转身,肘部猛击床头柜的暗格。隔板张开,他一把拽出手枪,扭身瞄准来客,扣动扳机。

什么都没有发生。年轻人还是那样看着他,双手仍在脑后,身体还在椅子上前后摇晃。

总督又扣了几次扳机。

"要是有这些,效果能好点儿。"年轻人说道,伸手从自己衬衣口袋里抓出十几颗子弹丢在床上,就落在总督的脚边。

亮闪闪的子弹在被子的皱褶上慢悠悠地滚动,最后都集中在一个凹陷处。总督目瞪口呆。

"你想要什么我都给你。"他的嗓音沉重而干涩。他感到自己肠道失控了,急忙拼命憋住;他突然觉得自己像个小孩,就好像

36

返老还童手术做得过了头一样。"什么都行,什么我都给你。我可以给你做梦都想不到的好东西,我能——"

"没兴趣。"年轻人摇头答道,"我的故事还没有讲完。要知道这些人,这些彬彬有礼、心地善良、愿意赐予生命而不愿制造死亡的人,当他们遇到那些不信守承诺的合作方,那些答应了不杀人,事后还大开杀戒的毁约者——这些人竟不愿意血债血偿,他们宁愿退而求其次,用少见的同情心和高超的技术,让人消失。"

年轻人再次探身向前,倚靠在床尾板上。总督瞪大眼睛看着他,不停地哆嗦。

"他们,这些好人,经常会让坏人凭空消失,"年轻人说,"他们还雇了一些人跑腿儿,专门寻找这些需要消失的坏人,将他们带走。这些执行任务的人——坏人收集者——喜欢让被带走的人心里充满对死亡的恐惧,而且他们喜欢穿得……"他指指自己这身杂色的小丑服,"……休闲一点儿。当然,有着魔法一样先进的技术,他们闯入戒备最森严的宫殿,也不会遇上任何麻烦。"

总督咽了一口唾沫,气得手直发抖,最后无奈地放下了完全无用的武器。

"等等,"他试图控制自己的声音,汗水已经湿透了床单,"你刚才说——"

"故事马上就要讲完了。"年轻人打断了他,"这些好人——就像我刚才提到的,你可能会说他们是温柔的人——移除坏人,把坏人带去一个无法继续作恶的地方。那里不是天堂,不过也不像监狱。这些坏人呢,有时候不得不听好人训话:他们以前做的事情有多么邪恶,现在已经没有任何机会改变既成事实。不过除此以外,他们的生活也算舒适、安定,最后能寿终正寝,这都是那些好人的恩赐。

"虽然有些人会说，这些好人实在太过心慈手软，但这些善良而'温柔'的人会反驳说，坏人罪恶滔天，就算是用尽一切残忍的办法，也无法让他们尝到自己罪恶的百万分之一，既然如此，惩罚又有什么意义呢？只不过是给这些暴君的一生加上了一个可憎的结局而已。"年轻人好像有些烦恼，他耸耸肩，继续说道，"就像我说的，有些人认为他们过于心慈手软。"他把手枪从床尾板上取下来，放进裤子口袋里。

闯入者慢慢站起身，总督心脏仍狂跳不止，眼里已满是泪水。

年轻人弯腰取了一些衣物，丢在总督面前，总督把衣服抓过来，紧紧抱在胸前。

"我的承诺现在还有效，"凯利安总督哀告，"我可以给你——"

"完成工作的满足感，"年轻人叹了一口气，看着自己的手指甲，"你能给我的只有这个，总督大人。我对其他任何东西都没有兴趣。穿上衣服，跟我走！"

总督开始穿衬衫，嘴里还在啰嗦："你真的没有兴趣吗？要知道，我发明了一些新的酷刑，古代帝国从来没有过的。你要是有兴趣，我可以告诉你。"

"不用了，谢谢。"

"你说的那些人，他们到底是些什么人？"总督边系纽扣边问，"能告诉我你的名字吗？"

"穿你的衣服就行了。"

"这么说吧，我觉得咱们还是可以商量一下，"总督整理好衣领，"尽管这一切都很荒谬，不过我还是应该庆幸，至少你不是来暗杀我的。不是吗？"

年轻人微笑着，从一片指甲里取出了什么东西。他将手揣进裤子口袋里，这时总督把被子踢开，准备把裤子穿上。

"的确。"年轻人说，"觉得自己难逃一死，那感觉一定很糟糕。"

"肯定不是什么值得回味的经历。"总督表示同意,慢腾腾地穿着裤子。

"当你听到自己获了缓刑,一定松了一口气,对吗?"

"唔。"总督甚至还笑了两声。

"就好像你在一个村子里,被包围了,以为自己会被枪杀,"年轻人若有所思地说,他站在床脚附近,面朝总督,"然后有人告诉你,你不过是面临拆迁,要换个地方居住而已。"他微笑起来,总督有些迟疑。

"异地安置,坐火车。"年轻人说道,又从兜里掏出了那把小手枪,"火车上有你的家人、整条街的邻居、全村的人,"年轻人调节小手枪上的某个开关,"而这段旅程结束的时候,车里只有毒气和数不清的尸体。"他笑了,笑得很勉强,"这样的旅程,凯利安总督,你觉得怎么样?"

总督浑身僵直,死盯着那把乌黑的手枪。

"那些好人,叫作'文明'。"年轻人解释,"我一直都觉得,他们过于心慈手软。"他伸长手臂,举起了枪。"不久前我还为他们工作,不过现在已经退出了,目前我是自由职业者。"

总督一句话也说不出,只是看向枪口上那双漆黑的、苍老的眼眸。

"我的名字,"那人说道,"叫夏德南·扎卡维。"他把枪对准了总督的鼻子,"而你的名字,叫死人。"

他扣动了扳机。

总督想要仰头呼救,子弹已打进了他的嘴里,在颅骨中爆裂。

脑浆涂满了华丽的床头柜,尸体倒在柔软如肌肤的床褥里,抽搐了两下,血流如注。

他看着喷涌的鲜血,眨了眨眼睛。

然后，他慢慢脱下那套滑稽的衣服，装进一只黑色的帆布背包里。接着他又从包里取出一张黑色的面具，挂在脖子上。他走到床头，从熟睡的女孩的脖子上揭下一层透明物体，然后退回房间的阴暗处，边走边戴好面具。

在夜视装备的帮助下，他打开了安全系统的线路盘，小心翼翼地拆下几个小盒子。随后，他轻轻走到卧室对面，那儿有一幅占据了整面墙的色情装饰画，后面就是总督的紧急秘密逃生通道，通往城市下水道系统和宫殿的屋顶。

暗门缓缓关闭之前，他回头看了一眼精美的床头板上那一摊鲜血。他微微一笑，似乎内心还有一丝困扰。

然后，他隐入了宫殿深处漆黑的通道，夜色淹没了他的踪影。

二

大坝夹在树木稀疏的山峦中间，就像是巨大水杯被打破后的一块碎片。清晨的阳光照进山谷，也照在大坝灰色的凹面上，反射出一片白光。在大坝的另一侧，长年水量不足的湖泊泛着暗冷的光泽。现在的水位连大坝高度的一半都不到，树林已经"收复失地"，原来浸在水中的斜坡有一半都披上了绿荫。一些游船停靠在湖水一侧的码头旁，细浪轻轻拍打着亮闪闪的船体。

头顶高处，飞鸟划开了天空，在大坝阴影之上温暖的阳光里盘旋。其中一只鸟儿突然下坠，朝大坝顶端扑去。它沿着坝顶寂静无人的弯曲通道飞行，在翅膀几乎要碰到漆白的护栏时，它灵巧地掠过沾满露珠的立柱，在空中半转身，又微微张开翅膀，俯冲向那座废弃的水电站。这座水电站已成了戴吉特·萨玛的家，一个怪异、堂皇、有尖锐象征意义的家。

鸟儿刹住俯冲之势，停在与屋顶花园齐平的高度，张开翅膀扇动空气，猛地悬停在空中，然后用爪子抓住了窗框——里面就是电站主控室改造成的那套顶层住房。

鸟儿收起翅膀，烟黑色的脑袋侧向一边，警惕的眼中映出周围的光线。它蹓到一扇滑开的窗户旁边，轻软的红色窗帘在风中轻轻摇摆。鸟儿找了个缝隙将脑袋伸进去，向黑漆漆的室内窥探。

"你来晚了。"萨玛不动声色地挖苦道。她这时正好走过窗前，边走边用玻璃杯里喝水。她刚刚洗过澡，浅褐色皮肤上挂着不少小水珠。

鸟儿转动脑袋，看着她走进更衣室穿衣服，然后又回过头查看那个平躺在半空中的裸体男人。他离地面不到一米，身下的地板上安装了力场床座。在力场床的暗淡光线中，雷斯托赫·索斯宾苍白的身体动了一下，在半空中翻了个身，胳膊浮向两边，周围的向心力场又轻轻把两条手臂挪回靠近他身体的地方。萨玛正在更衣室里漱口，随后把水咽了下去。

东边五十米之外，斯卡芬·阿姆提斯科正悬浮在涡轮机大厅上方，审视昨天宴会留下的一片狼藉。嗡嗡机的部分智能正在遥控它的侦察单元，伪装成一只鸟儿的模样，偷窥房间里的一切。最后，它让侦察单元看了一眼索斯宾身上被挠出的道道血丝，还有萨玛肩膀上逐渐退去的咬痕（她穿上了一件薄纱似的衬衣，遮住了那片肌肤），随后，嗡嗡机解除了对那个侦察单元的控制。

那只鸟儿惊叫了一声，从窗帘旁一下子跳了回去，掉下了窗框。它忙乱地扇动翅膀，又一次飞过大坝的顶端，叫声在水泥斜坡上回响，一副惊魂未定的样子。萨玛给背心系纽扣的时候听到远处鸟儿慌乱的声音，不禁莞尔。

"昨晚睡得好吗？"嗡嗡机在电站主控室门廊跟萨玛碰头，向她问候。

"很开心，不过没有睡多久。"萨玛打了个哈欠，把那些哼哼唧唧的赫拉尔兹赶回了大理石门厅里。管家麦克雷一脸的可怜相，手里握着好几根拴宠物的链子。萨玛戴上手套，走进屋外的阳光里。她深吸了一口早晨的新鲜空气，跑下台阶，靴底铿然有声。嗡嗡机为她打开车门，她跳进车子，坐进驾驶位，撇了撇嘴。她按动一个按钮，将车子顶棚打开，这时嗡嗡机已经帮她装好了行李。嗡嗡机关好行李厢，飞进车子后排座位。萨玛向麦克雷挥挥手，而管家正沿着涡轮机大厅的台阶追一只赫拉尔兹，完全没看到。萨玛笑了笑，踩下油门，松开了刹车。

沙石横飞，车子一下子跃了出去，右侧车身只差几厘米就要蹭到旁边一棵大树。汽车冲出电站的大理石门，车尾轻摆，像是在道"珍重"，只一闪工夫就驶上了河滨道，并加速飞驰而去。

"我们本可以乘飞船的。"在空气的呼啸声中，嗡嗡机评论道。

它转而又想，也许萨玛根本就没在听。

不同文化中"要塞"一词的语义都差不多，萨玛这样想道，缓步走下城堡幕墙的台阶。她抬头凝望山坡高处，几层坚固的石墙之后是圆桶形的主塔。她穿过一片草地，从侧门走出了要塞，斯卡芬·阿姆提斯科悬浮在她肩膀旁。

前方可以看到新建的港口，更远处就是海峡。时间已接近正午，海船在阳光下从容地驶过，有的远赴海外，有的开往内陆湖泊，都有自己预定的航程。城堡的另一边是一座城市，喧嚣声从那儿传来。风正是从那个方向吹来的，带来一种特别的味道，那是一种……城市的味道吧，她在这里住了三年了。萨玛觉得，每座城市都有它不同的味道。

她坐在草地上，膝盖顶着下巴，眼睛望向海峡和跨越海峡的斜拉索桥。穿过这座桥就是另一块次大陆了，远方的海岸线依稀可见。

"还有什么要叮嘱的？"嗡嗡机问道。

"有。把我的名字从电影学院奖评委名单里面去掉，给那个叫派特林的小伙子写封信，就说活动暂停。"她在阳光下皱起了眉头，手搭凉棚，"其他的，我暂时想不起来了。"

嗡嗡机飞到她面前，一边摆弄草地上的一朵鲜花，一边对她说："仇外号刚刚进入星系。"

"好啊，真是幸福的一天！"萨玛尖酸地说。她在指尖上吐了点儿唾沫，抹掉了鞋尖上的一小块尘土。

"你床上的那个年轻人刚刚醒过来，正在追问麦克雷，你到底去哪儿了。"

萨玛什么都没有说，只是肩膀微微震动了一下。她躺在草地上，一只手臂枕在脑后，笑了起来。

天空是海蓝色的，有几抹云。她可以闻到青草的味道和身下花朵的清香。她仰起头，看向身后耸立的灰色高墙，暗自思索，不知道身后的城堡是否在这样的天气下被攻击过。当人们在搏杀、尖叫、劈砍时，当人们轰然倒地，看着自己的鲜血涂满草地时，天空是否依然广阔无垠，海水是否依然清澈宜人，花儿是否依然艳丽、馨香四溢？

迷雾和黄昏，急雨或低垂的阴云，这样的背景好像更适合战斗，它们就像一层外衣，是战争的遮羞布。

她伸展腰身，突然感到疲乏无力。昨夜的情景在脑海中一闪而过，她不禁微微战栗。就像一个人，手里掌握着最珍视的东西，它正从指尖溜走，但在东西落地之前，这个人有足够的速度和技巧，能把那东西拾回来。在心灵深处，她也有这样的能力，她可以在那段回忆坠入喧嚣的脑海之前，把它拉回来，抓住它，品味它，再一次体验它，直到她在温暖的阳光下再次快意地战栗，差点就发出了迷醉的呻吟。

她任由记忆溜走，干咳了一声坐起来，偷偷瞅了一眼嗡嗡机，想知道它有没有发觉自己的异状。它就在附近，忙着采集花朵。

远处有一群人——好像是一队小学生——正说说笑笑地从地铁站方向走来，朝着城堡的侧门走去。这支叽叽喳喳的队伍前端和末尾都有成年人，他们脸上带着一种平静、疲惫而警觉的神情，那些带着很多孩子的母亲或者老师脸上常有这种表情。有些孩子经过时，指着悬浮的嗡嗡机问这问那，瞪大眼睛咯咯直笑，一副兴趣盎然的表情。大人催促他们穿过了城堡侧门，嬉闹的声音随之远去。

萨玛发现，只有孩子才会对此大惊小怪。成人总是会轻易得出结论，认为凌空飞行的机器肯定是什么骗人的把戏，只有孩子才想一探究竟。也曾有个别科学家和技术专家在见到嗡嗡机时一脸吃惊。但是，萨玛觉得，人们对这些科技人员有刻板印象，认为他们不谙世事，因此没人相信他们的疑虑。反重力其实就那么回事儿，然而在这个社会中，悬浮在半空中的嗡嗡机就像石器时代的手电筒一样神奇。但是，让她惊诧的是，嗡嗡机可以就这么若无其事地悬浮着，几乎没人在意，她甚至有些失望。

"我们的几艘飞船刚刚商议了一番，"嗡嗡机向她报告，"它们要调动飞船把替身运过来，而不是用传送器传输。"

萨玛笑了，随手摘了一片叶子，咬在唇边。"仅供测试号那个老家伙也不信任它自己的传送器，对吧？"

"那艘飞船早就老掉牙了。"嗡嗡机轻蔑地说。现在它正忙着摆弄花朵，在不足半根头发丝那么细的花梗上钻眼儿，然后把花朵串起来做成小花环。

萨玛看着那台机器，它正用无形的力场操控花环，就好像一个制作蕾丝花边的工人，正在绣制精美的图案。

这家伙，可不是任何时候都这样举止优雅。

二十年前，远在银河系另一边的陌生行星上，有一片干枯的地海，终年狂风呼啸，曾经的淤泥变作满地尘沙。当时萨玛住在一座拓荒小镇里，镇子就在一座方顶山脚下。那里距离铁路不远，她打算雇牲口深入荒漠探险，寻找传说中刚降生的救世主。

黄昏时分，一队流寇骑手闯进了小镇广场。他们想把萨玛从旅馆里掳走。这帮人听说店里住着一个肤色奇特的女人，觉得她肯定可以卖个好价钱。

店主犯了一个严重的错误，他想跟这些流寇理论，结果被一剑钉在了自家门板上。他的两个女儿伏尸痛哭，随后也被流寇拖走了。

看到这一切，萨玛厌恶地转过身子。当时她正坐在自己房间的窗户边，随后听到摇摇晃晃的楼梯那儿传来沉重的脚步声。斯卡芬·阿姆提斯科就在门口，这家伙若无其事地看着萨玛。尖叫声从广场和旅馆内其他地方传来，有人猛砸萨玛的房门，地板震动起来，房顶上的尘土簌簌而下。萨玛瞪大了眼睛，一筹莫展。

她直愣愣地看着嗡嗡机，倒吸一口气，说道："你倒是做点儿什么呀！"

"好的。"斯卡芬·阿姆提斯科咕哝道。

这时房门被撞开，重重地甩在泥墙上。萨玛畏缩了。两个披黑斗篷的男人堵在门口，满身的恶臭扑面而来。其中一个大踏步逼了过来，一只手拿着明晃晃的剑，另一只手里拿着绳子，完全没留意一旁的嗡嗡机。

"对不起。"嗡嗡机说道。

那人扭头看了一眼嗡嗡机，继续往前走。

然后，他凭空消失了。屋里尘土飞扬，萨玛的耳朵被震得嗡嗡响，房顶的泥土和纸片纷纷掉落，到处飞舞。嗡嗡机还悬浮在原地，而通往隔壁房间的墙上破了一个大洞，这场景看起来完全不符合物体间相互作用力的原理。隔壁房间的女人歇斯底里地尖叫，因为她床头的墙上糊着一具男人的残尸，血溅得到处都是：房顶上、地板上、墙上、床上，还有那个女人身上。

第二个人闯进屋里，对着嗡嗡机就是一枪。子弹飞到嗡嗡机前方一厘米处,变成了薄薄的金属片,掉落在地板上。那人拔剑,拉开架势,对嗡嗡机猛地砍下,剑光划过飞尘和浓烟。就在剑刃撞到机器外壳上的红色力场时,剑刃断了,那个流寇被拎了起来,双脚离地。

这时萨玛蜷缩在房间一角,满嘴都是灰尘。她双手捂着耳朵,尖叫不止。

流寇悬浮在房子正中间,手脚乱舞,约一秒钟之后就成了闪过萨玛头顶的一道模糊影子。随后又是一声巨响,她头顶的那面墙上出现了一个大洞,就在俯瞰广场的窗户旁边。地板被震得弹了起来,尘土呛得她连声咳嗽。"快住手!"她尖叫道。头顶的墙体出现了裂缝,房顶内凹,大块大块的泥巴和稻草纷纷坠落。萨玛嘴里、鼻孔里全是土,她挣扎着站起来,想找个地方呼吸,差点儿从窗户掉出去。"快住手!"她哑着嗓子喊,咳出来的全都是尘土。

嗡嗡机优雅地飞到萨玛面前,用一个平面力场拂走了萨玛脸上的灰尘,又用另一个细长的柱状力场撑住了摇摇欲坠的房顶。这两个小力场都是暗红色的,这表示嗡嗡机心情很不错。"没事了,没事了。"嗡嗡机轻拍萨玛的后背。萨玛仍旧无法呼吸,她站在窗口旁向外呕吐,然后惊恐地盯着下面的广场。

第二个流寇的尸体就像一个湿乎乎的红色破麻袋,落在了楼下那群匪徒骑手中间。他们瞠目结舌,一时间竟都忘了拔刀。被捆在坐骑上的店主女儿认出了地上的尸体,但她们还没来得及尖叫,就听突的一声,什么东西从萨玛身边飞过,直取楼下的流寇。

其中一个豪勇的流寇吼起来,挥剑冲向旅馆门口。

他只走出了两步,喊声还未停止,刀锋飞弹就已掠过他的面前,力场随即展开。

飞弹切掉了他的脑袋,喊叫声变成了一种诡异的风声,从被切断的气管中传出来,那具尸体则重重跌落在尘土中。

世上没有哪一种飞鸟可以那样迅捷,也没有哪一种昆虫可以那样灵巧。刀锋飞弹在空中划过一道几不可见的弧线,一路发出怪异的、时断时续的嗤嗤声。只飞了一圈,就已经击中了大多数敌人。七个流寇,其中五人原本站在地上,另外两人原本在坐骑背上,现在他们都已经葬身泥土,被切割成了十四块。之前萨玛对嗡嗡机尖叫,想让它收回刀锋飞弹,但她当时满嘴都是泥巴,根本喊不出声,现在她依旧呼吸困难,想吐却吐不出来。嗡嗡机拍拍她的后背,关切地嘟囔着:"没事了,没事了。"广场上,店主的两个女儿从坐骑上滑下来,捆绑着她们的绳索刚才也被刀锋飞弹划断了,就是杀死七个流寇的那一刀。一阵快感涌来,嗡嗡机整体战栗。

几个幸存的流寇扔下刀撒腿就跑,刀锋飞弹从他们身后穿膛而过。弯曲的锋刃像一道红色闪电,一下子就切断了最后两个步行流寇的脖子,两人双双倒地身亡。最后一个贼人的坐骑龇出獠牙,露出前蹄的利爪。刀锋飞弹穿透它的脖子,直直刺入了骑手的面门。

爆炸扬起的尘土飘落,袖珍杀人机器骤然停在了半空。无头骑手的尸体从倒地抽搐的坐骑背上滑落。刀锋飞弹缓缓转动,像在评估自己这几秒钟的战绩,然后向窗口飞去。

店主人的女儿们当场晕倒。

萨玛吐了。

另几匹吓疯了的坐骑满广场乱窜,又叫又跳,有的还拖着死去主人的半边身体。

刀锋飞弹突然下沉,抢在坐骑踩到晕倒的女孩之前,顶了其中一匹的脑袋,使其改道。随后,它又用力场将两个女孩拖到旅馆门廊上,放在她们父亲的尸体旁边。

最后,这个光洁无暇的小东西轻柔地飞到楼上窗口,小心回避萨玛的呕吐物,缩回了嗡嗡机的外壳。

"浑蛋!"萨玛先是举拳捶打嗡嗡机,然后用脚踢,最后抓起一把椅子,劈头盖脸地朝它砸过去,椅子被摔得粉碎。"浑蛋!你这个杀人不眨眼的浑蛋!"

"萨玛,"嗡嗡机振振有词,身躯在逐渐平息的尘土风暴中岿然不动,还没忘了继续撑着房顶,"刚才可是你让我'做点儿什么'的。"

"浑蛋屠夫!"她又在嗡嗡机身上砸碎了一张桌子。

"萨玛小姐,注意使用文明语言。"

"你这团恶心至极的臭狗屁!我都让你住手了!"

"啊?你说过吗?对不起,我的确没太听清。"

她停了下来,因为她从嗡嗡机的语调中听出,它对刚才的事情根本就毫不在乎。她心里很清楚,自己现在面临一个抉择,她要么痛哭崩溃,很长时间都记得这件事,甚至永远都忘不了自己的崩溃和嗡嗡机的冷静有多大反差;要么……

她深呼吸,让自己镇定下来。

她走到嗡嗡机面前,平静地说:"好吧,这次……就算了,我不再追究。你可以在回忆中享受它给你带来的快感。"她把一只手平放在嗡嗡机一侧,"是的,你可以享受这段回忆。但是,只要你再敢做类似的事情,哪怕只有一次……"她温柔地拍打嗡嗡机的侧面,轻声说,"你就会变成矿石,明白了吗?"

"完全明白。"嗡嗡机答应道。

"变成炉渣,变成一堆零件,回归垃圾母亲的怀抱。"

"哦,求你别再说了。"嗡嗡机叹了一口气。

"我不是跟你闹着玩儿。我正式要求你,从现在开始,只能使用最低武力。明白吗?同意吗?"

"明白，且同意。"

她转身捡起背包，向门口走去。她向被第一个流寇撞出洞来的隔壁房间看了一眼：那个女人已经逃走了，流寇的尸体还嵌在墙里，血溅得像火山喷发似的。

她回头看了一眼嗡嗡机，向地板啐了一口。

"仇外号正在向我们靠近。"斯卡芬·阿姆提斯科突然出现在她面前，报告道。它的身体在阳光下熠熠生辉。"拿着。"它伸出一个小力场，奉上刚刚编成的花环，花儿开得正艳。

萨玛微微低头，嗡嗡机像戴项链一样将花环戴在她头顶。她站起来，走回城堡。

城堡的最高处不对公众开放，上面到处是天线、铁塔，还有几部缓缓转动的雷达。在两层楼之下，一等那群游客拐上通往画廊的通道，萨玛就带着嗡嗡机停在一扇厚重的金属门前。嗡嗡机先用电磁感应器关闭了报警系统，然后将一个小力场探入机械锁内，破坏了锁芯，门被打开了。萨玛闪身进去，嗡嗡机紧随其后，还不忘重新锁上门。他们走上宽敞凌乱的房顶，头顶就是苍穹。一个微小的侦察飞弹早就被派来这里观望，此时被嗡嗡机回收体内。

"这小东西是什么时候到这儿的？"萨玛问道，一面听暖风从天线间的空隙里吹来。

"它一直在那边。"

萨玛朝着嗡嗡机指示的方向看去，勉强可以看到一架四人太空梭停在那儿。太空梭的弧形外壳是透明的，给人的印象还不错。

萨玛环顾四周，密密麻麻的铁塔和天线像丛林一样。微风轻抚她的头发，她甩甩头，迈步走向太空梭。一瞬间她有些晕眩，就好像眼前什么都没有，然后它突然出现了：一扇门从太空梭的侧面打开，它的内部构造显露出来，就像是通往另一个时空的通道。从某种意义上讲，的确是这样：踏上太空梭，就是要去往另一个世界。

她和嗡嗡机进入了太空梭。"欢迎登机，萨玛小姐。"太空梭向她问候道。

"你好。"

舱门关了。太空梭微微向后倾斜，像猛禽猎食前的准备动作。它停顿了一会儿，等上空一群鸟儿从航道附近飞开，才起飞升入空中。如果此时有个眼尖的人从地面看向这个方向，并且没有眨眼的话，他可能会看到一股气柱从古代城堡的顶楼向天空掠去，但是听不到任何声音。就算太空梭以多倍音速飞行，发出的声音也比任何鸟类都要小得多。它可以瞬间挪走机头附近的纸巾般薄的一层空气，随后驶入它自行制造的真空环境中，同时将那层空气挪到机尾，填补只有皮肤那么厚的空间。它对空气造成的扰动极微弱，还不如一根飘落的羽毛。

萨玛站在太空梭里，盯着主显示屏。她看着外面的风景迅速缩小，城堡的几层同心圆围墙向中间收缩，变成一个小点，就像时间倒转的影像，涟漪从屏幕边缘荡回中央。城堡成了城市与海峡之间的一个小点，城市本身也逐渐消失。随后，太空梭准备与超高速巡哨船仇外号对接，舱外的景象也转向了其他方向。

萨玛坐下来，眼睛还盯着屏幕，徒劳地寻找城市郊区的山谷、水坝和老电站所在的地方。

嗡嗡机也盯着屏幕，同时呼叫仇外号。对方确认已把萨玛车里的行李取来，放进了飞船的女士居住区。

斯卡芬·阿姆提斯科转而琢磨萨玛的举动，她正盯着屏幕上朦胧的图像。在嗡嗡机看来，她似乎闷闷不乐。斯卡芬有些纠结，不知道应该何时告诉她剩余的坏消息。

尽管有各种先进的技术，不知出于什么原因（简直难以置信，据嗡嗡机所知，这是前所未有的事——到底出了什么情况，人类的血肉之躯居然骗过了一枚刀锋飞弹，还将它彻底毁掉了），这个叫作夏德南·扎卡维的家伙，在上次现身后，居然真的摆脱了跟踪他的刀锋飞弹。

所以，在他们采取任何行动之前，萨玛和斯卡芬首先得找到这个该死的人类，假如还能找到的话。

一个人影从雷达外壳后闪身出现，穿过城堡的屋顶，穿过在风中呜咽的天线丛林。她走下螺旋楼梯，回头张望，确认四下无人之后，打开了那扇厚重的金属门。

一分钟后，一个看起来和萨玛一模一样的女人加入了游客的队伍，当时导游正在讲解：由于炮兵技术的发展、飞行器的开发以及火箭的发明，这座古代城堡逐渐失去了战略意义。

12

城堡里除了他们，还有破神王的御辇，一大堆乱七八糟的雕像，各式各样的箱子、盒子和橱柜，里面装有十几个大家族囤积的财宝。

阿斯提尔·特利默斯特·凯佛尔从一个高大的贴镜衣柜里，挑选了一件齐膝外套穿上。他关上柜门，欣赏镜子里的自己。的确，这件外套很符合他的华贵气质，简直是绝配。他摆了几个不同的姿势，还踮起脚尖旋转了一圈儿，然后将自己的仪仗配枪取出来，在屋子里玩起了阅兵仪式。他一边绕着御辇行进，一边"嘿嚯——嘿嚯"地喊着口号，每次经过挂着黑色窗帘的窗户，就将枪身向上挑起。他的影子在墙壁和雕像的冷灰色轮廓间雍容地舞蹈。他把枪收进枪套，走回壁炉前，挑了一张用最昂贵的红木制成的精美座椅，派头十足地猛然坐下。

椅子塌了，他一屁股坐到了石板上，挂在身体一侧的配枪走火了，子弹打进了身后地板与墙相接的角落处。

"倒霉！倒霉！真倒霉！"他大喊道，然后检查自己的外套和裤子：外套擦破了，裤子划出了几个洞。

御辇的门突然打开，有人从里面冲了出来，将一张写字台撞塌。片刻之间，此人调整好身姿，不动如山。那种高效的军事化站姿真惹人讨厌：这种姿势总能使对方瞄准的目标尽可能小，而他手里那巨大、丑陋的等离子枪，已经对准了临时御前摄政大臣阿斯提尔·特利默斯特·凯佛尔八世的面门。

"嘿，扎卡维！"凯佛尔跟他打招呼，同时用外套把头盖上。（太丢人了！）等凯佛尔带着残存的尊严把外套拿开，男人已经从写字台的残骸中站了起来，他迅速扫视房间，关闭了等离子枪。

凯佛尔很快意识到他们两人的职位大致相当，于是他也迅速站了起来。

"啊，扎卡维，请原谅我。刚才是不是把你吵醒了？"

男人对写字台的残骸皱了皱眉。他甩上御辇的门，说道："不是因为你，我只是做了一个噩梦。"

"那就好。"凯佛尔把玩着配枪上的装饰球，希望刚才自己没在扎卡维面前显露出低人一等的模样。（该死，这算什么事儿？）他走到壁炉另一边，找了一张装饰华贵的王座，这次他小心翼翼地坐了上去。

男人在壁炉口的石板上坐了下来，将等离子枪放在地上，挠着头说："只睡了半晚，不过应该足够了。"

"嗯。"凯佛尔附和道，感觉非常别扭。他瞟了一眼空置的御辇，这家伙之前居然在里面呼呼大睡。"啊！"凯佛尔把大衣裹紧，微笑着说，"看来你不知道那架御辇背后的故事，对吧？"

男人——也就是所谓的"战争大臣"——耸耸肩，说道："这个嘛……我听过的版本是，前朝末年，至尊大祭司曾和破神王打赌，谁能用一匹马将御辇拉到空中，谁就拥有御辇俯瞰之下的所有庙宇。胜者可以获得这些神庙所有的供奉和收入，以及全部僧侣、凡人的心灵。破神王接受了这个赌约，他向外国举债，修建了这座城堡，竖起了这座塔楼，还设计了一套高效的滑轮系统。在神圣的三十日祭礼期间，他让自己最神骏的坐骑牵动滑轮，用绞盘将御辇拉入高空。他赢了这个赌局,并宣布这个国家全部的庙宇从此归他所有。随后他又打赢了因此而起的战争,推翻了最后一代祭司的统治,偿还了外债,但之后没活多久就驾崩了。因为他手下的一个马夫一直心怀怨恨,责怪他为了俗世的利益,累死了当年的那匹骏马。马夫用沾着骏马鲜血和白沫的缰绳勒死了国王……传言说,那根血腥的缰绳,就藏在你坐着的那张瓷王座里面。这就是我听到的故事。"他看了对方一眼,耸耸肩。

凯佛尔发觉自己已惊讶地张大了嘴巴,他赶紧闭上嘴,说道:"哦,原来你知道啊。"

"我不知道,只是瞎蒙而已。"

凯佛尔愣了一下,随后哈哈大笑。"以地狱的名义发誓,你可真是个怪人,扎卡维!"

男人用一只宽大厚实的靴子踢弄红木椅子的残骸,一言不发。

凯佛尔觉得自己应该做点儿什么,于是他站起身来,溜达到距离最近的一扇窗户前面。他撩开窗帘,打开内侧的护窗板,又拉开外侧的百叶窗,肩膀靠在石墙上,向外面张望。

冬宫已陷入了重重包围。

窗外是冰雪覆盖的大地。战火和战壕之间,散布着巨大的木制攻城器械、火箭发射器、重型火炮、投石机、火焰喷射器和汽油探照灯。来自不同时代的恶俗武器公然交杂在一起,这是社会发展的悖谬,科学技术的杂烩,他们还管这个叫"进步"。

"我不明白,"凯佛尔长出一口气,"人骑着动物发射制导导弹,喷气式飞机也可以用制导箭矢射落,丢出的飞刀像炮弹一样炸裂。如此种种,还有那些该死的火焰喷射器,已经让古老的装甲失去了作用。可这一切,要如何收场?你觉得呢,扎卡维?"

"你再不关上窗户挡板和百叶窗的话,用不了三次心跳的时间,我们俩就要收场了。"男人用火棍戳弄炉膛里的木柴。

"啊！"凯佛尔迅速离开窗户，弯腰关上里外两层隔板。"这话倒是不假。"他把窗帘也拉上，拍了拍手上的灰尘。男人还在捣弄火中的木头。"没错！"凯佛尔说道，又回到自己的瓷王座上。

当然，所谓的战争大臣扎卡维先生一贯喜欢故弄玄虚，就好像他真知道战争将如何结束似的。他常说自己可以解释这一切，还会提到什么外部力量、技术均势以及军事魔法的反常升级，等等。他好像总在暗示，事物背后都有更大的主题，更重要的斗争，超越此时此地的景象。他总是试图彰显一种（坦率地讲，很可笑）超脱尘世的优越感，好像这样就能给他的佣兵身份增色。他不过是一个走了狗屎运的佣兵，不过碰巧说出了一些皇太子爱听的话，就开始兜售那套时而冒险时而怯懦的荒谬的作战计划。而他的同僚，比如自己——阿斯提尔·特利默斯特·凯佛尔八世——堂堂的临时御前摄政大臣，有着可追溯上千年的显赫身世，以及天生的贵族气派和优越性。该死，能为大家做出决断的，本就是我们这样的人！就算当前战局危急，也轮不上扎卡维这种人当战争大臣！他完全不懂得调兵遣将，竟然亲自来这儿站岗，防备一次可能永远都不会发生的进攻！

凯佛尔扫了一眼正盯着火苗发愣的佣兵，好奇他在想什么。

男人在想：都怪那个萨玛，都是她，把我丢进了这个烂摊子。他看着乱糟糟的房间，不知道自己跟凯佛尔这样的白痴该如何共事，不知道这些文物垃圾与自己何干，周围的一切又与自己何干。他与这儿格格不入，对这个社会完全没有认同感。周围的人不听他的劝告，他自己也有一点责任。他的确警告了这些迷途的愚人，这是他唯一感到满意的地方，但这点成绩完全不足以让他心里暖和起来，尤其是在这样一个冰冷沉闷的夜里。

他拼命战斗，为这些人出生入死，几次在绝境中断后掩护。他一直试图告诉他们该怎样去做，他们最终也听进去了，但为时已晚。只在败局已定之时，他们才交给他那么一点儿权力。这些人本来就这样，他们永远都觉得自己是老大。如果他们所代表的生活方式最终消失，那一定是因为这些人太过愚蠢，相信贵族天生就懂得作战，认为哪怕是最有经验的平民或外来者都比不过他们。说到底，一切皆有报应，如果他们犯了错，那就让他们全都去死吧。

话说回来，只要补给充足，这里的日子又有什么好抱怨的呢？再也不用在冰冷的野外行军，不用为宿营休息编造蹩脚的理由，不用露天方便，更不必为寻找果腹的食物而闯入枯焦的战场。他现在没有多少作战任务，清闲到脚趾发痒。不过困居城堡的一些贵妇其他部位也痒得厉害，他满足了那些妇人，这些活动大大补偿了不能外出作战的烦闷。

不管怎么说，他心里清楚：没人听自己的建议有时也是一种解脱。权力意味着责任。那些被无视的忠告，总"有可能"是对的，而不管按照谁的建议去做，都是在所难免。还是让别人的手去沾满血腥吧！好兵只要服从命令，如果他有头脑，就不会因为贪图任何东西而跳出来当志愿者，尤其是为了获得升迁，那是最不值得的。

"哈！"凯佛尔在瓷椅上摇摆，"今天我们找到了更多的草籽。"

"哦，不错。"

"确实不错！"

大部分的院落、花园和天井都已经长满了牧草。对于那些不太重要的建筑，他们拆了房顶，在里头种草。如果在牧草生长期间他们没被炸成碎片，理论上这些牧草可以养活城堡里四分之一的驻军。凯佛尔打了个寒战，把外套裹得更紧了。"不过这地方可真是够冷的，对吧，扎卡维？"

他正打算回答，房间另一端的门被推开了一道缝。

他抓起了等离子枪。

"里面……一切都还好吗？"一个温柔的女声问道。

他放下枪，朝着门口那张苍白的面庞露出微笑。女孩长长的黑发垂在门边。

"啊，尼特！"凯佛尔大声喊道，起身对门口的女孩鞠躬。（她可是公主啊！）名义上，尼特公主是凯佛尔的受监护人，当然，这并不影响两人在未来确立更具建设性、更有利可图的其他关系。

"进来坐吧。"凯佛尔听到那个佣兵随便招呼公主。

（该死，这家伙总是占尽先机，他以为他是谁啊？）

女孩把身前的裙摆提起，小心翼翼地走进房间。"我刚才好像听到这里有枪声呢！"

佣兵哈哈大笑："那可是好一会儿之前了。"他站起来，带女孩坐到火炉边的椅子上。

"嗯，"她说，"我得先穿上衣服……"

那家伙笑得更大声了。

"我尊贵的殿下，"凯佛尔说道，他起身本有点儿迟，经扎卡维这么一搅和，躬身的礼节显得更加尴尬了，"请赦免我等莽夫，惊扰殿下闺阁绮梦……"

佣兵一边往壁炉里添柴，一边强忍着不笑出声；尼特公主则咯咯娇笑起来。凯佛尔臊得面颊滚烫，也只能跟着干笑。

尼特公主年龄尚小，却已有一番娇弱秀美的迷人风韵。此时她双手抱膝，凝视火苗。

佣兵看看她，又看看凯佛尔。随后是一阵沉默，只有临时御前摄政大臣蹦出的半句话："那，那就……"壁炉里的柴火噼啪作响，鲜红的火苗在炉膛中跳动。他突然觉得，面前这对男女就像两尊雕像。

仅此一次，他暗想，我很想知道，在这样一场争斗里，我到底跟谁站在一起。现在我在这里，守着一座荒唐的城堡，这里到处是金银财宝，还有成堆的贵族（他看着凯佛尔空洞的眼睛，心想，就是这样的贵族），而外面无数敌人已经兵临城下。他们张牙舞爪，有野蛮的暴力和智慧，而我则要保护这些弱不禁风，只会咯咯傻笑的贵族，他们是上千年特权生活的结晶。我不知道自己的做法到底是战术上的正确，还是出于整体战略考虑。

在主脑看来，两者没有清晰的界限。战术汇集成战略，战略又可以分解为一系列战术。全都是它们所谓"辩证伦理代数"的研究课题，它们压根不指望哺乳动物的脑子能理解这些。

他想起了萨玛对自己说过的话，那是很久很久以前，在这次新生涯的开始阶段（新生又始于那么多的罪恶和痛苦）。那时萨玛说，他们将面对极为复杂难解的情形，规则都是在一步步推进的过程中逐渐形成的，从来不会两次遇见同样的状况。在这里，万物本质上就是不可知、不可预料的，没有任何必然的判断依据。这听起来非常复杂、抽象、难对付，但归根结底，无非还是一些事，一群人。

这一次，在这个地方，一切都归结到这个女孩身上。她不过是个没长大的孩子，被困在这座巨大的石头城堡里，身边都是精英，或者叫人渣（这取决于你的价值观）。她是生存还是死亡，都取决于他提出什么样的建议，以及这些小丑接受建议的能力。

他望着火光下女孩的面容，感觉到一种奇怪的冲动，包含情欲（因为她的确很美），又不只是情欲；像父亲似的保护欲，又不只是那么简单（因为她那么年轻，而他已经那么老，只是表面看不出来而已）。也许这应该叫作……他不知道这叫什么。像是一次醒悟，像是对悲剧结局的直觉，比如游戏规则的破坏、力量和特权的消解、她所代表的那套头重脚轻的复杂社会体系的崩溃。

到处是污垢和垃圾，国王身上也会长虱子。犯偷盗罪会被截肢，思想不正确要判死刑。婴儿的死亡率高得吓人，而平均寿命短到几乎可以忽略不计。这整个恐怖的社会体系，包裹在一层财富与利益的表象中，那些所谓"开窍"了的人以此继续统治愚民。（最糟糕的就是，这已经成了一种模式，它不断重复出现。同样腐烂的主题，有着各种扭曲的变体，在不同地点一再上演。）

这个号称公主的女孩，她会死吗？目前的战局的确对他们不利。他深知那套形式：一切顺利时他们会把这个女孩捧上权力巅峰；情势不利的时候，她将被利用、被牺牲。继承高贵的等级身份是有代价的，要么受万民敬仰，要么被一剑穿心，一切都取决于这场战争的胜负。

在跳动的炉火中，他仿佛看到女孩骤然衰老，看到她被囚禁在潮湿的地牢里，等待着，期盼着，满身疮疤，浑身爬满虱子，衣衫褴褛，头发被剃得精光，眼窝深陷，面色蜡黄。狱卒在一个飘雪的清晨将她带上刑场，她被弓箭或枪弹射死在高墙下，或者面对刽子手冷冰冰的斧头。

或许这样的猜想都过于浪漫。也许她会仓皇逃亡，跑到别国寻求庇护，过着孤独、痛苦、背井离乡的生活，在绝望中疲惫、衰老，红颜渐逝，永远都记得曾经的美好时光，失去得越久，记忆就越美。她没完没了地哀求，想要回到过去，却只是徒劳，最终她慢慢地、不可避免地，成了一无所有又百无一用的可怜虫。她毫无能力，只有身份虚名。

他痛切地感觉到，她的生活根本毫无意义。她只是一段历史中一个无足轻重的角色。不管"文明"能不能把事态引导到正确的方向，这个社会都会进步，大多数人都会过上更轻松美好的生活。至于她，他觉得，至少是现在，她毫无希望。

假如早出生二十年，她也许会有一段幸福的婚姻、一份富庶的产业，还会有健壮活泼的儿子和多才多艺的女儿……如果晚生二十年，她也许会嫁给一个精明干练的商人，甚至过上独立的生活（假如社会朝那个方向发展的话，尽管目前看来不太可能），做学问，经商，或者从事慈善事业，都有可能。

而现在，更可能的结局是：死亡。

广阔的雪原中有一座黑色的高山，山上有一座巨大的城堡。城堡被重重围困，但仍然保留着往日的奢华，这里集中了这个国家数额最庞大的金银财宝。在这座城堡高耸的塔楼上，他和一位伤心欲绝、美艳动人的公主一起坐在炉火前……以前我会梦想这样的情景，他想。我曾经渴望这样的奇遇，好像这才是真正的生活、精彩的生活，可是为什么，此时此刻的感觉如此苦涩？

萨玛，我应该留在那片海滩上。也许我已经太老了，无法承受这一切。

他努力控制自己，不再去看那个女孩。萨玛曾经说过，他的缺点就是太过投入，她说得没错。他已经做到了他们要求的事，也能拿到相应的报酬。而当这一切都过去后，毕竟他还有自己的事情，他还想用所有这些努力，洗清昨日的罪恶。

利维埃塔，请告诉我，你会原谅我。

"噢！"尼特公主刚刚注意到那张被坐坏的红木椅子。

"那个，"凯佛尔觉得浑身不自在，"那个，嗯，那个是，啊，我弄坏的吧。应该就是我，是您的椅子吗？属于您的家族，对吗？"

"哦，不是的，不过我认得这张椅子，是我伯父的，他是大公爵，这张椅子一直都放在他的猎宫里。原来他还在椅子上面的墙壁上挂了好大一颗兽头。我从来都不敢坐在上面，因为我总觉得那个兽头有一天会掉下来，其中一根长牙会刺穿我的脑袋！"她有点儿紧张，看向两个男人，然后咯咯笑着问，"我是不是挺傻的？"

"哈哈哈！"凯佛尔笑了。

佣兵看着这两个人，打了个寒战，想笑却笑不出。

"那样的话,"凯佛尔笑着请求,"您得答应我,不在您伯父面前告我的状,别让他知道我坐坏了他的椅子,要不然,他再也不会邀请我跟他一起打猎了。"凯佛尔笑的声音更加响亮了,"要真让他知道了,搞不好哪天我的头就被挂到墙上去了。"

女孩掩口而笑。

佣兵看向别处,又打了个寒战,然后捡起一块木头丢进炉火中。他当时没有注意,事后也不知道,他丢进炉膛的根本不是普通的干柴,而是宝座上掉下来的一块红木。

三

萨玛怀疑很多飞船船员都是疯子，因此，她觉得很多飞船的"脑筋"也不是那么正常。超高速巡哨船仇外号上只有二十几个人，而萨玛总结出来的规律是：船员人数越少，行为举止就越古怪。所以，在太空梭完成对接之前，萨玛就已经做好了与怪胎相处的思想准备。

"阿——嚏！"年轻的船员打了个喷嚏。他一手捂着鼻子，另一只手伸出来，迎向刚刚走出太空梭的萨玛。看到那家伙眼圈通红，鼻涕流个不停，萨玛赶紧将手藏了起来。"我叫埃斯·蒂斯加夫，萨玛小姐，"那家伙用力睁开眼睛，皱着鼻子，一副很受伤的样子，"憨迎①登船。"

萨玛小心翼翼地伸出手来。船员的手热得发烫。"谢谢！"萨玛说。

"斯卡芬·阿姆提斯科。"嗡嗡机在她背后自报家门。

"幸会。"年轻人对嗡嗡机挥手打招呼。他从袖子里拽出一张手帕，擦拭眼睛和鼻子。

"你没事儿吧？"萨玛问他。

---

① 此处及以下各处为船员感冒时的发音。

"有点儿不舒服,胆冒了,"他指向一边,"请更我来。"

"感冒啊。"萨玛点点头,跟着那家伙走上台阶。他穿着宽大的睡袍,好像刚起床。

"这边走。"年轻人说道,带他们穿过仇外号上的小型机器储藏室——里面有小飞船、卫星和各式各样的配件,走向船舱尾部。年轻人又打了个喷嚏,说道:"船上对近流行胆冒。"此时的萨玛正紧跟着他,走在狭窄的通道中,闻言她回头看向斯卡芬,做出"他在说啥"的口型。嗡嗡机耸耸肩,在玫瑰红色的光晕上打出"我也听不懂"几个灰色大字。船员继续说道:"果们都以为关闭免疫系统揽上胆冒会很柳趣。"他一边解释,一边带萨玛和嗡嗡机进入机库尽头的电梯。

电梯开始上升。萨玛问:"你们都感冒了吗?所有船员?"

"大家都星病了,不过时间不同,那些洗经恢复的人很高信,终于堕去了。"

"嗯,嗯。"萨玛回答道,看向身边的嗡嗡机。后者的光晕是常用于正式场合的标准蓝色,只是在身体侧面有一个大大的红点,也许只有萨玛可以看见,红点正不停闪动。萨玛差点儿忍不住笑出声来,她清了清嗓子,说道:"那是,病好了确实该高兴。"

年轻人又打了一个大大的喷嚏。

"我们这是要去哪儿,休息区?对吗?"斯卡芬·阿姆提斯科问他。萨玛用胳膊肘捅了它一下。

年轻人疑惑地看着它说:"其直,我们刚刚对醒。"

电梯门打开了,他的视线也随之转动。斯卡芬·阿姆提斯科和萨玛交换了一个眼神。

出了电梯是一片宽敞的公共活动区,地面和墙壁上铺着深红色的木料,打磨得闪闪发光。厅里有很多铺着软垫的沙发和座椅,还有几张矮桌。屋顶并不高,和墙壁浑然一体,装饰着很多别致的小灯，看起来很漂亮。从光线判断，现在应该是飞船时间的清晨。看到他们进来，一张桌子周围的人纷纷起身，走了过来。

"这系萨蟆小姐。"船员指着萨玛说，他的鼻音好像越来越重了。其余的人，大概男女各占一半，微笑着上前做自我介绍。萨玛点点头，偶尔与船员交谈两句。嗡嗡机见人就说"你好"。

其中一个人，用一侧的肩臂搂着一团毛茸茸的棕黄色东西，像抱小婴儿一样。"给你。"那人说道，将小毛球递了过来。萨玛有点儿不情愿地接过。小东西身上热乎乎的，长着四条小细腿，体态匀称，体味诱人，跟她以前见过的任何动物都不一样。它的大脑袋上长着两只大耳朵，萨玛抱起它的时候，它睁开了大眼睛打量。"它就是我们的飞船。"刚才抱着它的那个人介绍道。

"你好。"那个小东西细声细气地问候。

萨玛上下打量了它一番，惊问："你就是仇外号？"

"我是它的化身，这样就可以面对面和你们交流。你可以叫我小仇。"它笑了，露出满嘴细小的牙齿，"我知道大多数飞船只使用一台嗡嗡机，可是呢，"它瞥了斯卡芬·阿姆提斯科一眼，说，"这些机器有时候很无聊。你不觉得吗？"

萨玛笑了，眼角的余光注意到嗡嗡机的光晕正不断变换颜色。"嗯，有时候的确如此。"她表示同意。

"就是，"那个小东西边说边点头，"我就比它们可爱多了。"它在萨玛怀里扭动身体，看上去很开心。它咯咯笑着说："要是你不反对，我就带你去看看你的房间，好不好？"

"嗯，这主意不错。"萨玛点点头，将它放在肩膀上。船员们和她道别，她带着这只怪异的化身，和嗡嗡机一起向生活区走去。

"哦，你身上真是又暖和又舒服。"小东西睡眼惺忪地嘟囔，它趴在萨玛的脖子上，带领他们走过一段铺着厚地毯的走廊，去往萨玛的房间。它的身体抽动了一下，萨玛拍了拍它的后背。"从这儿左拐。"他们走到一个路口,小东西说道,"顺便说一句,我们刚刚脱离了那颗行星的轨道。"

"很好。"萨玛说。

"你睡觉的时候,我能躺在你怀里吗?"

萨玛停下脚步,一把将小东西从肩膀上揪开,瞪着它问:"你说什么?"

"我不过是在表示友好,"小东西一边说,一边打哈欠,眨巴眼睛,"我没有恶意的,只是认为用这种方式来沟通感情很有效。"

萨玛意识到身后嗡嗡机的光晕已经红透了。她将小东西拎近了一点儿,说道:"你给我听着,仇外号——"

"请叫我小仇。"

"好吧,小仇,你可是一艘百万吨级的星际飞船,而且是虐待者级的快速战斗飞船,就算是——"

"可我已经解除武装了!"

"就算你的主炮已经被拆除,毁灭一颗行星对你来说也是易如反掌——"

"拜托,这种小事,任何一艘通用星际飞船都做得到!"

"那你刚才那些胡话又是什么意思?"萨玛用力摇晃这个毛茸茸的主脑化身,摇得它牙齿咯咯作响。

"我是开玩笑的!"它大叫,"萨玛,难道你一点儿幽默感都没有吗?"

"或许我就是没有。如果我把你丢在地上当球踢,一路踢回公共活动区,你觉得幽默吗?"

"哇!你脑袋是不是有病啊,女士?你跟我们这些毛茸茸的小动物有仇吗?萨玛小姐,我很清楚我是一艘宇宙飞船,而且我会服从收到的任何命令,包括把你带到那个不甚清晰的目标地点——而且我从来都不拖拖拉拉。只要有一点儿战斗来临的迹象,我都会像真正的战舰那样行动起来,而你手里的这个化身会马上变得软塌塌的,毫无生气。我能勇猛作战,一往无前,无愧于我接受过的严格训练。可是跟我所有的人类同事一样,我平时也会用无害的方式自娱自乐。如果你讨厌我现在的形象,那没问题,我可以变身。我可以变成平常的嗡嗡机,或者没有形体的声音,我可以通过斯卡芬·阿姆提斯科跟你交谈,或者通过你自己的终端机。我绝对不会冒犯客人。"

萨玛嘟起嘴,拍了拍小东西的脑袋,叹了一口气,说道:"你说得有道理。"

"也就是说,我可以保持现在这个形象?"

"随便你。"

"真棒!"它快乐地蠕动,瞪大眼睛满怀希冀地问萨玛,"抱抱?"

"抱抱。"萨玛抱起它,拍拍它的后背。

她回头看向斯卡芬·阿姆提斯科,发现嗡嗡机正以夸张的姿势倒立在半空中,光晕变成了浅橙色,这通常表示嗡嗡机极度痛苦,恶心得不行。

萨玛向那只棕黄色的小东西点头告别,它沿着走廊摇摇晃晃地走向公共活动区,还举起一只胖乎乎的小爪子向萨玛致意。随后萨玛关紧舱门,确认室内监控系统已经关闭。

她转身问嗡嗡机:"我们要在这艘船上待多长时间?"

"三十天?"斯卡芬估算。

萨玛咬了咬嘴唇。她环顾四周,舱室很舒适,但是很小,与回音缭绕的电站宅邸完全没有可比性。"三十天!周围的船员是一群爱生病的受虐狂,还有一艘把自己当成毛绒玩偶的飞船!"她无奈地摇摇头,跌坐在力场床铺上,"这肯定是一段极漫长的旅程。"

她倒在床上，嘴里嘟囔着。

嗡嗡机判断，现在依旧不宜把跟丢扎卡维的事告诉她。

"要是你不反对，我就四处溜达喽。"它说着，掠过摆放整齐的行李箱，向门口滑翔。

"行，去吧。"萨玛懒洋洋地挥了一下手，然后将外套脱下，丢在地上。

嗡嗡机几乎已经飞到了门口，萨玛却突然坐起来，皱着眉头问道："你等等，飞船刚才说什么'不甚清晰的目标地点'是什么意思？难道现在我们连该去哪儿都不知道吗？"

完了，嗡嗡机心想，还是露馅儿了。

它在空中转了个弯，说了声："嗯。"

萨玛眯起眼睛，问道："我们只是要去接扎卡维，对吧？"

"是的，当然。"

"没有别的事吗？"

"绝对没有。我们找到扎卡维，向他传达命令，然后带他到沃伦胡兹星团，就这么简单。我们可能得在那儿逗留一段时间，监控事态发展，不过还没有确定下来。"

"我知道，我知道会有这种安排。可是扎卡维，他到底在哪儿？"

"到底在哪儿？"嗡嗡机说，"这个嘛，我是说，你也知道，这个有点儿……"

"好吧，"萨玛绝望地改口问，"那你告诉我，他大致在哪儿？"

"没问题。"嗡嗡机一边说，一边退向门口。

"没问题？"萨玛没明白嗡嗡机的意思。

"对，没问题，我们知道他的位置。"

"好，"萨玛点点头，"然后呢？"

"然后什么？"

"他的位置!"萨玛喊道。

"克拉斯提尔。"

"克拉斯——"

"克拉斯提尔,那就是我们要去的地方。"

萨玛摇摇头,打了个哈欠。"从没听说过这个地方。"她倒在床上,伸了伸胳膊。"克拉斯提尔。"又是一个哈欠,她用手捂住了嘴。"真是的,你一开始告诉我不就完了吗?"

"对不起。"嗡嗡机答道。

"唔,没关系。"萨玛伸出一只手,在床边一束调节室内照明的光亮中挥了一下,光线便暗了下来。她又打了一个哈欠。"我想补个觉,你能帮我把靴子脱掉吗?"

嗡嗡机的动作轻柔迅速,它替萨玛脱掉靴子,捡起外套挂进壁柜里,还把所有行李都收拾了进去。萨玛在床上翻了个身,闭上了眼睛。嗡嗡机悄悄溜出了房门。

它在房门外悬浮了一会儿,看着对面光滑木板上自己的影子,自言自语道:"刚才真是好险!"然后就去闲逛了。

按照飞船上的时间,萨玛登船时是早饭刚过,她一觉醒来,已是午后了。门铃响起,她正在卫生间,嗡嗡机则在帮她整理衣物,按照类型和颜色或挂或叠,收拾到衣柜里。萨玛走出卫生间,她穿着短裤,嘴里满是牙膏。她想说"开门",但口齿不清,房间的智能管理系统无法辨认,所以毫无反应。她只好走到门口,按下了开门按钮。

她的眼睛猛然睁大,她大呼一声,嘴里的牙膏全喷了出来。她迅速从门边跳开,开始尖叫。

就在她的眼睛睁大的一瞬间,从门口跳开的神经指令还没有从大脑传达到腿部肌肉,舱内的防御反击已经准备就绪,一声巨响和"嗖嗖"的声音传到门口。

在萨玛与门之间,嗡嗡机的三柄刀锋飞弹已经全部就位,分别悬浮在她眼睛、胸口和腹股沟高度。萨玛只看到它们模糊的身形,因为嗡嗡机已在她面前铺开了一层小型力场。随后力场又关闭了。

刀锋飞弹也懒洋洋地转身,飞回嗡嗡机的外壳。"别再这么吓我了!"嗡嗡机嘟囔道,回去收拾萨玛的袜子。

萨玛擦了擦嘴,看着门口三米高的棕黄色长毛怪兽,它把过道都堵住了。

"飞船……小仇,你搞什么鬼?"

"抱歉喽,"大家伙说道,它的嗓音要比装可爱的时候低沉一些,"我想,要是你对毛茸茸的小动物不感兴趣,高大威猛的或许……"

"什么玩意儿!"萨玛无奈地摇摇头,"进来吧!"她大声招呼,径直走回卫生间,一边漱口一边说,"你跑过来,就是要让我欣赏你的成长速度吗?"

小仇从门框里挤进来,在角落坐下,对嗡嗡机说:"刚才很抱歉,斯卡芬·阿姆提斯科。"

"没关系。"嗡嗡机答道。

"不是的,萨玛小姐。"小仇大声说,"我这次来,其实是要跟你谈谈……"

嗡嗡机身子僵住了,这种状态持续了大约一秒钟。这段时间里,两台机器展开了一段冗长、详尽并略带火药味的对话,可在萨玛听来,只是小仇说话时,有了一个小停顿而已。

"……我们举办化装晚会的事儿,就是今天晚上,为了欢迎你登船。"飞船编了一段谎话。

卫生间里的萨玛笑了:"这个主意真不错啊,飞船。谢谢你,小仇。行啊，那就办吧！"

"那就好。我就是觉得应该先征求一下你的意见。你打算装扮成什么样？"

萨玛又笑了："我就扮成你。你现在的行头给我来一套吧。"

"哈！这主意不错，虽然不算别出心裁。我们要规定，不允许两人扮成同样的形象。那就这样，我回头再来找你。"小仇笨拙地挤出房门，门随之关闭。萨玛从卫生间出来，觉得它这么快就走了有点奇怪，她耸了耸肩。

"短暂而颇有成果的拜访。"她评价道，从嗡嗡机按照色阶排列的袜子中挑选合适的，"这飞船脾气真怪。"

"那你还能指望它怎样？"斯卡芬·阿姆提斯科反问，"它是一艘飞船。"

此时，飞船主脑正在和嗡嗡机对话。

——你把目标区域的大小瞒着萨玛，你应该早告诉我的。

——我本希望我们派出的侦察力量可以确定扎卡维的精确位置，并且赶在上船之前通知我们。这样萨玛就不会知道之前出过问题。

——倒也有理。不过为什么不一开始就告诉她真相呢？

——哈！你太不了解萨玛了！

——哦，你是说她脾气很坏喽？

——那你还能指望她怎样？她是人！

飞船准备了一场盛宴。它还在所有菜肴和饮料里添加了可接受范围内最大剂量的人脑化学成分转换剂，却没有在碗碟杯盘上提供明确的警告信息。它把举办晚会的消息通知了所有船员，还把整个公共活动区重新布置了一遍，增设了很多镜子和反射面。（因为除了飞船自己以外，当晚总共只有二十二位客人，要营造狂欢酒会的氛围,就得制造适度拥挤的感觉。)

萨玛睡醒后吃了饭,然后参观整条飞船,其实飞船也没什么可看的。剩余的时间,她都在温习沃伦胡兹星团的历史和政治。

飞船给每位船员发送了正式邀请,还明确要求晚会期间禁止谈论公务。它指望这条禁令和食物中大剂量的药物能使所有人不再提起他们的具体目的地。它也曾考虑跟船员说真话,坦率告诉大家这次遇到了一些困难,希望大家不要乱发无用的议论,但它估计至少有两名船员会把这样的安排当作对他们正直秉性的挑战,一有机会就会"揭发"这件事。每当遇到这样的情况,仇外号就想把自己改造成无人驾驶飞船,但是它很清楚,如果把所有船员都赶走,它又会想念他们。有这些人做伴,旅途好玩了许多。

飞船给大家播放吵闹的音乐,展示精彩的全息图像,还投射了美轮美奂的视觉场景,总体色调是葱绿配海蓝。近处是漂浮的灌木丛、树木,奇妙的八翅鸟儿在林间嬉戏。远处是一层轻柔的薄雾,点缀着帆船一样的云朵,云朵环绕着高耸入云的山峰,山间飘浮着小片的白云,悬挂着蓝色和金色的瀑布,山顶是辉煌壮丽的城市,装饰着尖塔和长桥。飞船操控着名历史人物的实体替身在会场穿行,给人一种群贤毕至的感觉,这些替身都非常健谈,乐于跟化装的船员们谈天说地。飞船还保证稍后会有更多的美食和惊喜。

萨玛扮成了小仇的样子,而嗡嗡机变作一个仇外号飞船模型。飞船又给自己弄了新的化身,这次是水生动物,身体依旧是棕黄色,不过看起来更像一条大眼睛肥鱼。这条肥鱼在一个直径一米左右的球形水囊里面游来游去,而水囊在力场支持下,像一只古怪的气球,在会场半空中飘浮。

"埃斯·蒂斯加夫,你们已经见过面了。"飞船化身嗓子里面全是泡泡,它把萨玛介绍给前一天早上迎接她的那个年轻人。"这位是杰塔特·赫莱因。"

萨玛朝蒂斯加夫微笑点头,暗下决心,以后不能管人家叫"鼻子呼呼"。而旁边那位女士的名字,她也要好好记住。

"又见面了,你还好吧?"

"还恼,还恼。"蒂斯加夫答应道,他穿得像古代的寒带探险家,满身都是皮毛。

"嗨。"杰塔特·赫莱因对萨玛打招呼。她个子不高,体态丰满,看上去还年轻,皮肤黝黑,似乎泛着蓝光。她穿的是式样古老的战斗服,颜色极鲜艳,一侧肩膀还背着一把滑膛枪。她喝着饮料说,"我知道晚会要求大家不谈公事,不过我和蒂斯加夫一直都很好奇,不知道为什么这次我们的目——"

"啊!"飞船的化身一声惊叫,它的悬浮水囊突然破裂,大量的水洒在蒂斯加夫、赫莱因和萨玛脚边,他们都向后跳去。鱼形嗡嗡机掉在了红木地板上,哑着嗓子惨叫:"水!"萨玛拎着它的尾巴把它捡了起来。

"你怎么了?"萨玛问它。

"力场故障。我要水,快啊!"

萨玛看看蒂斯加夫和赫莱因,他们两个好像都觉得这很有意思。变成飞船模型的斯卡芬·阿姆提斯科闯过人群向他们飞过来。"水!"飞船化身一边惨叫,一边挣扎。

穿着棕黄色伪装外套的萨玛皱起眉头,她看了一眼打扮成古代战士的女孩,问:"赫莱因小姐,你刚才想说什么来着?"

"我刚才说……噢!"

超高速巡哨船仇外号的模型撞上了她,撞得她连连后退,玻璃杯也掉在了地上。

"喂!"蒂斯加夫很生气,他推开了乱撞的嗡嗡机。赫莱因看上去很不高兴,揉着自己的肩膀。

"对不起，我老是这么笨手笨脚。"斯卡芬·阿姆提斯科大声道歉。

"水呀，水呀！"飞船化身还在萨玛毛茸茸的爪子里扭动。

"闭嘴！"萨玛命令它。她走到杰塔特·赫莱因身边，挡在赫莱因和嗡嗡机之间，又问，"赫莱因小姐，能不能把你刚才的问题说完？"

"我只是想知道，为什么……"

脚下的地板在颤抖，周围所有的场景都在颤抖。头顶像有电光闪耀，他们抬头看去，高处山顶上那座雄伟的城市已经消失在雷电风暴中。电光逐渐暗去，留下的只有倒塌的废墟、破碎的高塔和摇摇欲坠的桥梁。高山也已经裂成两半，炽热的岩浆和灰黑色的烟尘汇成几千米高的海啸，冲击山脚，不断发出爆裂声。云雾被撕裂，八翅鸟儿拼命扇动翅膀，直到翅膀脱落，鸟儿翻滚着跌入蓝绿色的灌木丛，树叶和羽毛到处飞散。

杰塔特·赫莱因愕然呆望。萨玛一把抓起她的领子，摇动她的身体大声说："它只是在转移你的注意力！"她又转向另一只爪子里抓着的鱼形化身，吼道，"给我住手！"然后又转向另一只爪子扯着的女孩，继续筛糠似地摇她。蒂斯加夫想把她的爪子扳开，萨玛一下子就把他甩到了一边，喊叫着问，"你刚才到底想要说什么？"

"为什么我们不知道自己要去什么地方？"赫莱因对着萨玛的脸大声喊，声音盖过了脚下大地开裂的声音。在无底的深渊中，一个两眼血红的巨大黑色身影正在升腾。

"我们不是要去克拉斯提尔吗？"萨玛大声回答。此时空中出现了一个巨大的银白色人类婴儿，光芒万丈，美轮美奂，四周带着光圈，闪着数字，不停地转圈儿。

"那有什么用?"赫莱因继续狂吼。天上的巨型婴儿抛下一道道闪电,直刺大地的胸膛,雷声震耳欲聋。"克拉斯提尔是一片巨大的疏散星团,里面少说也有五十万颗恒星。"

萨玛僵在了原地。

四周的全息影像恢复到大灾变前的样子,音乐也重新开始播放,但是这次的音量小多了,还换成了更具心灵抚慰效果的曲子。船员们站在周围,脸上写满了困惑,好多人都在耸肩,以示不解。

飞船的鱼形化身和斯卡芬·阿姆提斯科交换了一下眼神。化身还躺在萨玛的毛毛爪子里,它变成了一串鱼骨头,而飞船模型呈严重破损状,船尾甲板冒出滚滚黑烟。萨玛朝它们各瞪一眼,这两位马上恢复了原来的装扮。

"一片……疏散……星团?"萨玛说道,伸爪把怪兽服的棕黄色脑袋摘了下来。

萨玛的嘴角似乎还带着一丝微笑。以斯卡芬·阿姆提斯科对她的了解,这副表情令它心惊胆颤。

——噢,完蛋了!

——我们正面对一个抓狂的人类女性,斯卡芬。

——可不是!有什么好办法吗?

——一点儿办法都没有。你来收拾吧,我要摆动我的鱼屁股开溜了。

——飞船!你走了我怎么办?

——你的问题,你来搞定。咱俩回头再聊,拜拜。

鱼形化身变得软塌塌的,一副已经惨死的样子。萨玛松开爪子,任它掉落在湿滑的地面上。

嗡嗡机褪去飞船模型伪装,悬浮在萨玛面前。它微微低下头,低沉地说:"萨玛,对不起。我没说谎,不过我的确是想蒙混过关。"

"回我房间。"停顿片刻之后,萨玛不动声色地说。她向蒂斯加夫和赫莱因说了声"失陪",抬脚就走,嗡嗡机跟在后面。

萨玛盘腿坐在床上,身体半裸,只穿一条短裤。小仇的伪装服丢在地板上。她调用腺体制造"平静"心态,表情更像是伤心,而不是愤怒。斯卡芬·阿姆提斯科本以为回来后肯定要大吵一场,可现在感觉比吵架还糟糕,它没想到自己要面对这么冷冰冰又张弛有度的失望情绪。

"我觉得如果告诉你真相,你就不会来了。"

"嗡嗡机,这可是我的工作。"

"我知道,可是当时,你那么不想离开……"

"我在那儿都待了三年了,你来之前又没有任何警告,你还能指望我怎么样?而且你也看到了,我当时犹豫了吗?尽管我不喜欢安排替身。你一告诉我出事了,我马上就接受了任务,你根本没必要隐瞒扎卡维逃走的事实。"

"我很抱歉,"嗡嗡机平静地说,"我知道这样说远远不够,不过,我的确非常抱歉。将来有一天,你会原谅我的,对不对?"

"行了,悔罪也不用表演得那么投入。总之以后不管发生什么事儿,都别再瞒着我。"

"好的。"

萨玛低下头,片刻之后又抬起头,说:"好吧,你告诉我,扎卡维是怎么溜走的,你们派什么跟踪他?"

"跟踪他的,是一枚刀锋飞弹。"

"刀锋飞弹?"萨玛有些吃惊,抬手摸了摸下巴。

"而且是新型号,"嗡嗡机说,"配备纳米枪,可进行单纤维绞断,有全套智能效应器,0.7智能[①]。"

[①] 在"文明"系列小说中,普通人类的智力为1.0。此处机器智能0.7,表示这台机器整体上具备人类70%的行为判断和认知能力。在专长领域,它的表现会远远超过普通人类。

"这样的怪物，扎卡维都能摆脱？"萨玛几乎要笑出来了。

"岂止是摆脱，他直接把那枚飞弹灭了。"

"天哪，"萨玛深吸一口气，"我还真没想到扎卡维聪明到这种地步。他到底是脑子好用，还是运气好得不行？到底发生了什么事，他是怎么做到的？"

"这个嘛，属于绝对机密。"嗡嗡机说，"请不要透露给任何人。"

"以我的名誉保证！"萨玛说道，还拍了拍胸口。

"那好吧，"嗡嗡机发出了一声叹息，"他花了大约一年时间来设置这个陷阱。上次他完成任务之后，我们把他安置在一个星球上，那儿的人类和一种海洋哺乳动物共存，这些动物的智力和人类大致相当。他们相处得非常和谐，不同文化之间的交流也很频繁。扎卡维用我们付给他的佣金，购买了一家制造医用和信号传输用激光产品的公司。他的陷阱就在一家海滨医院里，这家医院，本是用来治疗那些海洋哺乳动物的。当时他们正在测试一台超大型磁共振扫描仪。"

"什么东西？"

"在最原始的身体检测设备中排行第四，用来检查你们这些水基生物的。"

"接着说。"

"用这种设备进行医疗检查，需要极强的磁场。当时扎卡维做出一副检修激光设备的样子，而那是一个公共假期，没有其他人在场。他不知耍了什么花招，让刀锋飞弹进入了那台扫描仪，然后打开了设备开关。"

"我还以为刀锋飞弹对磁场免疫呢！"

"它本来的确不受磁场影响，但飞弹里有一些金属成分，如果在强磁场环境下高速运行，就会产生涡电流，严重受损。"

"可它还是可以行动的啊!"

"快不过扎卡维预先在扫描仪一端安装的激光发射器。本来,那应该只是低功率的哺乳动物用全息成像设备,可扎卡维在这台机器上安装的是军用超强激光发射器,直接就把刀锋飞弹烤化了。"

"哇哦!"萨玛点点头,"这家伙总是会做出让人震惊的事情。扎卡维一定非常想摆脱我们。"

"看来是这样。"嗡嗡机表示同意。

"也就是说,他八成不会再同意为我们工作,甚至根本就不想见到我们。"

"我也有些担心,这的确有可能。"

"就算我们找到他也没用。"

"是的。"

"现在我们只知道,他在克拉斯提尔疏散星团内?"萨玛质问。

"其实比你说的范围要小一些。"斯卡芬·阿姆提斯科说,"我们已经把他可能藏身的范围缩小到十至十二个恒星系统。假设他在毁掉刀锋飞弹之后马上逃离,并且搭乘速度最快的飞船,他能去的也就那么几个地方。幸运的是,那些后工业时代社会的技术水平不是特别高。"嗡嗡机犹豫了一下,又说,"坦率地讲,如果我们及时采取措施,出事之后立即处理的话,可能已经抓住他了……但是我觉得,掌控这一切的主脑可能太欣赏扎卡维的诡计,觉得他完全有资格成功逃离。我们一直保持着常规警戒状态,十天前才开始认真搜索。现在我们已经倾尽全力,集中了所有可用的飞船和人手,我想很快就可以找到他。"

"十到十二个恒星系统呢,嗡嗡机!"萨玛一边说,一边摇头。

"总共二十几个行星,大约三百个上规模的太空居住地……当然,还不包括飞船。"

萨玛闭上眼睛,摇着头说:"真是难以置信。"

斯卡芬·阿姆提斯科觉得,现在还是什么都不要说比较好。

萨玛突然睁开眼睛,说道:"想不想听几条搜索建议?"

"当然。"

"太空居住地不用查,所有非同寻常的星球也不用去查。就查那些沙漠地区和温带地区。林地、原始丛林就不用查了,大城市也不用查。"她耸耸肩,用手指擦了擦嘴唇,"如果他真的下定决心隐姓埋名,我们永远都不可能找到他。但是,如果他只想暂时离开,过一段不被打扰的清静生活,那我们还有希望。哦,对了,还要留意各个星球的战争,尤其是那些规模不大的战争,有趣的战争,你懂我意思吧?"

"明白,已发送。"嗡嗡机通常对这种业余心理分析爱好者的推理都冷嘲热讽,但这次,它决定暂时收起那套全金属构造的伶牙俐齿,把萨玛的推理传送给目前还在装死的仇外号飞船,让它传送给前方搜索队。

萨玛深吸一口气,肩膀起伏,突然问:"晚会还在继续吗?"

"是啊。"嗡嗡机吃惊地回答。

萨玛从床上跳下来,穿上了那套小仇外衣。"好吧,我们不要扫了大家的兴。"

她把衣服扣好,把那个棕黄色兽头夹在腋下,朝门口走去。

"萨玛,"嗡嗡机跟在后面说,"我还以为你会气得发疯。"

萨玛坦诚地说:"也许我还是会发疯的,等我分泌的'平静'信号失效之后。"她打开门,把头套戴上,"只是现在,我不想为任何事心烦。"

他们走过长长的廊道。萨玛回头看看气场清朗的嗡嗡机。"好了,嗡嗡机,我们参加的是化装晚会。你也化个装,别跟刚才似的,就变个没创意的飞船。"

"嗯，有什么建议吗？"机器问。

"没有，"萨玛叹了一口气，"我可不知道什么适合你！你的偶像应该是谁呢？像你这样懦弱、爱撒谎、吹毛求疵、任何人都不相信的浑蛋，你该崇拜什么人呢？"

他们逐渐接近喧嚣明亮的公共活动区。萨玛背后安静很久了。她回头一看，嗡嗡机已经不见了，背后是一个身材匀称、面容英俊，但毫无个性的年轻人。萨玛回头时，这家伙赶紧把视线从她的屁股上移开。

萨玛笑了。"还行，变得挺好。"她走了几步，突然又说，"回头想想，还是飞船模型更适合你。"

11

他从来不在沙滩上留下字迹,甚至连脚印都不愿留下。他对这片海洋只有索取,没有回报。他每天在沙滩上拾荒,而大海为他提供一切。沙滩是一间零售店,在它漫长、湿润的柜台上,展示着各种各样的商品。他喜欢这种简单的安排。

有时候,他望着那些路过的船只从遥远的海面经过。有时候,他也希望自己在那些小黑点上,他要去一个陌生的、阳光明媚的地方,或是回家,家中灯火摇曳,欢声笑语,好朋友们真心欢迎他的归来。但大多数时候,他都无视那些缓缓移动的黑影,只是向前走,捡东西,眼睛盯着脚下微微倾斜的棕灰色沙滩。视野清晰辽远,风在沙丘之间低声吟唱,海鸟掠过头顶,偶尔叫一两声,在清冷的天空下,一切都懒散闲适。

有时候,那些吵吵闹闹的家居汽车也会从内陆来到海边。车上装着闪亮的金属板和大功率车灯,窗户五颜六色,车头护栅也用心装饰过,车上插着彩旗,车身涂着想象力丰富但画工拙劣的涂鸦。这些汽车总是超载,又是轰鸣又是冒黑烟,一路从车城沿着沙石路开过来。成年人经常从车窗里探身出来,或者单脚站在车身一侧的脚踏板上。孩子们在汽车旁边飞跑,或者坐在车上,拉扯扶梯和扣带,有时候还会坐在车顶,又笑又叫。

他们到海滩来，围观那个住在沙丘木屋里的怪人。他们对住在地面上的人感到好奇，也有点儿不理解，不知道在地上挖洞居住有什么意思，那房子根本就不会移动。他们盯着木板和油纸做成的墙壁，以及墙壁与地面的界线，然后摇头，围着这间又小又破的房子转上几圈，找它的轮子在哪儿。他们有时候会互相讨论，想象长期面对同一种环境，同一种气候，感觉会有多糟。他们推开那扇破败的门，闻房间里的气味。里面黑洞洞的，有呛人的烟味，也有人的体臭。他们总是迅速关上门，大声宣布：住在这种地方一定不健康，里面的人每天都不动弹，离地面那么近，虫子也多，东西很容易腐烂，空气质量实在是太差了。

对于这些人，他总是不加理睬。他明明听得懂他们的语言，却装出一副茫然无知的样子。他知道，那座车城里来来往往的人们称他为"树人"，因为他们觉得，他和那间没有轮子的房子一定都在原地扎下了根，所以无法离开。不管怎么说，那些人来的时候，他多半不在家。他发现，这些人很快就对自己失去了兴趣。他们会跑到海边，对着海大喊大叫，蹚水，对海浪扔石头，还在沙滩上建造沙子汽车。他们玩够了就会坐上车，一路闹哄哄地返回内陆，车灯闪烁，喇叭轰鸣，把他一个人留在沙滩上。

他总是遇上死去的海鸟，每隔几天还有哺乳动物的尸体被冲上沙滩。海草和海里的花朵点缀在沙滩上，一开始像晚会上华美的装饰，而晒干之后，就逐渐凋零。最终花草都变成了碎片，被风吹回大海，或者吹向内陆。那片片斑驳的色彩，已是腐朽的颜色。

他曾见到一具水手的尸体被海浪冲上沙滩，泡得鼓鼓囊囊的。肢体上布满了动物啃咬的痕迹，一条腿在泛着白沫的海浪中轻轻摇摆。他站在旁边，凝视了片刻，然后把帆布包里收集的零碎物品倒干净，把帆布撕开来，轻轻盖住那个死人的头部和上半身。

那时海水已经退潮，所以他不着急把尸体拖上岸。他走向车城，这一次没推他装海货的双轮车，他找到了警长，告诉他尸体的事儿。

看见小椅子的那一天，他没有理会，但他再次经过那片海滩的时候，椅子还在原处。第二天赶海时，他选择了另一个方向，以为前一天夜里的暴风会把椅子刮走，可椅子还在那儿。于是他把椅子带回家，用麻绳将其加固，还用从海边捡来的树枝给它换了一条新腿。然后他把椅子放在小屋门口，但从不坐在上面。

有一个女人，每隔五六天就会来小屋一次。他到这里不久，就在车城里遇见了她。当时镇上正举行一场美酒狂欢节，已经进行到了第三天或者第四天。他总是第二天早上给她钱，钱每次都要比她期待的多一点儿，因为他知道，这个女人肯定也有些害怕这间奇怪的、不会动的房子。

有时候她会对他说一些话，关于她曾经的爱人、曾经的梦想，还有现在的希望。他总是心不在焉地听一点儿，心里明白，女人还以为自己完全听不懂她的语言。他自己说话的时候，会用另一种语言，他讲的故事比那个女人的故事更令人难以置信。女人会躺在他身边，头靠在他没受过伤的那一侧胸前。而他对着头顶黑暗的空气讲述，声音回荡在空空的木屋里。他用对方完全听不懂的语言，介绍那个神奇的国度，那里所有人都是魔法师，没人需要做出可怕的抉择，也几乎没有人了解罪恶是什么。那里的孩子完全搞不懂什么叫贫穷，什么叫堕落，你要很费力地跟他们解释，他们才会明白自己的生活有多么幸福。在那里，没有人会心碎。

他对她说，从前有一位战士，他为那些魔法师工作，做那些魔法师不愿做、也做不到的事情，但是他最终不愿再继续那样的生活了。因为他一直以来的努力，都是为了甩掉心头重负，摆脱从前的罪恶带来的自责——这宗罪，即便是那些魔法师，也从来都没有察觉到。在赎罪的过程中，他却发现自己犯下的罪行越来越多，而他本人的承受力，也不是无穷无尽的。

有时候，他还会对她讲起发生在另一个时空的事情。很久很久以前，曾经有四个小孩，他们在一个美丽的大花园里游戏，可后来，他们的乐园被战火摧毁。其中一个男孩长大成人，他对一个女孩怀有非常复杂的感情，远远不止是爱恋那么简单。多年以后，他告诉她，那个遥远的国度爆发了一场规模不大，却极残酷的战争。故事的最后，那座花园变成了废墟，男孩也失去了他心中的女孩。

等他讲得自己都快睡着时，等女人已进入梦乡、夜色最浓之时，他会用细小的声音讲起一艘战舰，铁甲战舰。尽管它搁浅在巨石中间，却依然可怕、威严、杀伤力惊人。他讲起决定战舰命运的两姐妹，讲起她们各自不同的命运，讲起那张椅子，和那个制椅匠。

然后他就睡着了，等他醒来的时候，女人和钱都已经不在。

他翻个身，面向覆盖着油纸的墙壁，想再睡一觉，却总是睡不着。于是他起床，穿上衣服出门，搜刮那片一直延伸到天际的海滩。头顶有时是一片蓝天，有时乌云密布，海鸟总是来来往往，唱着难懂的歌谣，唱给大海，唱给浸满海水咸味的海风。

天气总在变，但他从不留心，因此也不知道季节变化。总之这里有时晴朗温暖，有时阴沉肃杀。冻雨来临时，他感到寒冷，夜晚的寒风在小屋周围呼啸，有时会穿过木板的缝隙，吹进小屋里，扰动满地的尘沙，就像在寻找日渐消失的回忆。

木屋里的沙也会积成堆，沙子是从不同方向吹进来的。有时他会小心翼翼地把沙子捧起来，撒向门外，就像给风神献祭礼，然后静静等待下一次风暴的来临。

他一直都怀疑，那些被冲上沙滩的物品中是否存在一种隐秘的固定模式，但他总下不了决心去研究这个问题。无论如何，每隔几天，他都会推着木头车到附近的车城里，出售海边捡来的物品，换取食物和金钱，支付给那个每隔五六天来一次的女人。

车城的布局每次都不一样，随着家居汽车的来去，整条街道可以凭空出现，也可以突然蒸发，这完全取决于人们想在哪里停车。城里有些地标车辆位置相对稳定，比如警长办事处、燃料库、铁匠车，还有轻装大篷车开店的地方。即便是这些车子，也会挪动位置，只不过频率低一点儿。周围的一切都在变，他每次去那儿，车城都不是原来的布局。这样的变迁给他带来了一种隐秘的满足感，尽管他装作不愿拜访这座城市，但其实他并不讨厌它。

去车城的那段路地面松软，总是布满车辙，路程也总是同样。他总希望不断变化的车城，哪天能把喧闹和便利挪得离他更近一点儿，不过这事始终没有发生。他安慰自己：如果车城挪得更近，那些人也就靠得更近，过度好奇的来访者也就会更多。

车城里有一个女孩，对他似乎格外留意。她是一家商店店主的女儿，她父亲有时会与他做些交易。女孩会给他调饮料，还从父亲的大篷车里拿腌肉给他，但是她很少说话。她总是偷偷把食物交给他，羞怯地笑一下，就慌忙走开。一只宠物海鸟嘎嘎叫着跟在她背后，鸟儿不会飞，两边翅膀都已被剪掉了一半，只能跟在她后面摇摇晃晃地走。

除非不得已，他从不跟那个女孩说话，视线也总是避开她，不去看她棕色的皮肤和窈窕的身材。他不知道当地人如何示爱，他接受女孩的食物和饮料，是因为这样做最简单，他想尽可能远离当地人的生活。他对自己说，女孩一家很快就会搬走。他接受女孩的馈赠，每次都只点点头，不笑也不说话，甚至不是每次都会吃完。他发觉，女孩送他东西时，附近总有一个年轻人冷眼旁观。他和那人对视过几次，知道这个年轻人想得到那个女孩。每次，他都回避那人的视线。

有一天，在回沙丘小屋的路上，那个年轻人跟了上来，挡住了他的去路，要跟他谈谈，还推搡他的肩膀，冲着他的脸叫嚷。他装作什么都听不懂。年轻人在他身前画了一条线，他拉车轧过了那条线，然后站住，眨眼望向对方，双手仍扶着车把。那个年轻人叫喊得更凶了，又在他脚下画了一条线。

最终，他厌烦了这些表演，当年轻人又要推他肩膀时，他抓住了对方的胳膊，将其按倒在沙地上。他估摸自己的力度不会扭断对方的胳膊，但足够让他一两分钟内都使不上力。然后，他扶起推车，慢慢走过沙丘。

好像结果还不错。

第二天晚上那个女人来了。他又对她讲起了那艘可怕的战舰、那两个女孩，和那个还没有得到宽恕的男人。第三天夜里，女孩来敲他的门，宠物海鸟在外面又叫又跳。女孩哭着告诉他，她爱他，为此父亲跟她大吵了一架。他想把女孩推开，可是女孩从他腋下钻进了屋里，哭着躺到了他的床上。

他望着屋外没有星光的夜空，凝视那只失去翅膀、突然安静下来的海鸟的眼睛。然后他走到床边，把女孩拖下来，硬推出房门，用力关上门，插上门闩。

她哭了。哭声和鸟儿的叫声从门缝里不断传进来，就像暴风刮过时飞入房间的沙。他用手指堵住耳朵，用被子把头蒙上。

第四天深夜，女孩的家人、镇上的警长，还有另外二十多号人来抓捕他。

他们当天夜里找到了女孩的尸体，她被人侵犯、满身伤痕地死在了通往小木屋的路上。他站在小屋门口，借着火光打量聚集过来的人群，他看到了那个偏执的年轻人的眼神，顿时明白了一切。

当时他无计可施，太多充满仇恨的眼神，掩盖了那双暗藏罪恶的眼睛。他用力关上房门，跑到小屋另一头，撞开板墙，消失在沙丘和夜色中。

那天晚上他打倒了五个人，其中两个险些丧命。后来他找到了那个年轻人，这个真凶和另一个同伴装模作样地追捕他，但只在木屋周围晃悠。

他一棒打晕了那个同伴，掐住了年轻人的脖子。他把两人的小刀都夺了过来，用一把刀顶着年轻人的脖子，把他带回了木屋。

然后他把木屋点着了。

火光吸引了十几个人，他单手拽着那个年轻人，登上了附近地势最高的沙丘。

车城的人借着火光，仰望这个异乡人。他把年轻人推倒在沙地上，将两把刀都丢给他。

那人捡起刀，猛扑过来。

他略一闪身，让年轻人扑了个空，趁势夺走了刀子，但他将刀柄朝下，又扔回了年轻人面前。那家伙再次扑了上来，一手拿着一把刀。这回结果还是一样，他好像都没怎么移动，就已借势把年轻人放倒，把武器夺了回来。那年轻人被他踢得翻身仰卧，四肢张开躺在沙丘上。他把两把刀丢了过去，刀重重插在距离年轻人脑袋两边十厘米远的沙地里。年轻人大声尖叫，拔起刀丢了过来。

他的头几乎没有晃动，任由两把刀贴着耳朵飞过。火光下，围观的人都以为刀会沿着既定的路线飞行，落到另一个沙丘上，但他们回头再看，刀却已经在那个异乡人的手里了。他又把刀丢回男孩身边。

年轻人接住刀，惨叫起来，血淋淋的双手忙乱地倒换刀尖的方向，再次扑向异乡人。异乡人又一次放倒他，夺走武器。有一会儿,他把年轻人的一只胳膊架在自己膝盖上,只要向上一拧,就可以把这条胳膊拧断,但随后,他还是把年轻人推开,再次捡起两把刀,放在年轻人张开的手掌里。

他静静听着,任由年轻人在暗夜的沙丘上哭泣,任由周围的人愣愣围观。

他向身后一瞥,打算再次逃跑。

那只被剪掉翅膀的海鸟却突然出现了,它又叫又跳,扑打空气和沙石,直冲到沙丘顶上,跃动着火焰的眼睛看向异乡人。

火边的车城居民这时都惊疑不定,僵在了原地。

鸟儿晃晃悠悠走到伏地痛哭的年轻人身边,厉声尖叫。它拍打翅膀,去啄那人的眼睛。

年轻人试图将鸟儿挡住,可它跳到半空中,尖叫着死缠烂打、不依不饶,它的羽毛四处飞散,直到被男孩打断了一只翅膀。它坠落在沙丘上,背对年轻人,朝他拉了一摊稀屎。

男孩把脸埋入沙丘,哭得浑身颤抖。

异乡人看着众人的眼神。他的木屋刚刚在火焰中倒塌,火星飞腾,冲向宁静的夜空。

最终,警长和女孩的父亲带走了那个年轻人。一个月之后,女孩的家人搬走了,离开了这个地方。两个月之后,那个年轻人的尸体被捆满绳索,丢进一个新掘开的石头缝里,上面胡乱堆了一些石头。

车城里的人再也不跟他说话,尽管还有一个生意人会买走他所有的货品。那些闪亮吵闹的家居汽车也不再光临这片沙丘。他不曾料到,自己居然会想念这些人。他在小屋烧黑的废墟旁边,搭了一顶帐篷住下。

原先那个女人也不来了,他再也没有见过她。他安慰自己,反正现在捡来的东西也卖不上好价钱,想吃饱饭,就没钱付给那个女人了。

他发现,最难熬的其实是没有人跟他说话。

小屋烧毁五个月以后,他看见远处沙滩上坐着一个人。他犹豫了一下,还是走了过去。

在距离那个人二十米的地方,他停了下来,仔细观察被海浪冲上岸边的一片渔网。网上的浮子还在,在清晨低斜的光线下,像很多即将沉入海洋的小太阳。

他抬头看向那人。她盘膝坐在地上,两臂交叉,按在膝头,望着远处的大海。她的衣服式样简单,和天空一个颜色。

他走到女人身边,把自己的新帆布包放在她旁边,她一动不动。于是他坐到她身边,摆出和她一样的姿势,也遥望远处的大海。

海浪涌来、破碎、又退去,大约这样重复了一百次,他清了清嗓子。

"有好几回了,"他说,"我觉得有人在监视我。"

好半天,萨玛都没有回答。海鸟在他们头顶盘旋鸣叫。直到现在,他还是不懂它们的语言。

"这个嘛,有时候,人人都会有这种感觉。"萨玛终于回答道。

他抚平了沙滩上蚯蚓留下的一道印迹,说道:"我并不属于你,戴吉特。"

"当然,"她说道,侧身看向他,"你说得对,你当然不属于我们。我们只能征求你的同意。"

"做什么?"

"回来帮我们,我们有一个任务给你。"

"什么任务?"

"这个嘛……"萨玛抚平膝上的裙摆,"比如说,帮助一群社会精英，让他们坚持到下一个千年之类的。"

"为什么？"

"因为这很重要。"

"其他事情不重要吗？"

"这次的报酬是你想要的东西。"

"上次的报酬已经很丰厚了。好多的钱，还有一个新的身体。我这种凡人，还能奢望什么？"他指指自己的帆布袋，又指指自己，还有身上腥咸的破衣服，说道，"别被我的穷酸样骗了，我的战利品都没丢。我很有钱，富得很，真的。"他看着一个浪头涌过来，白沫四溅，海浪又退去。"我就是想过一段时间简单的生活，一段时间就好。"他干笑了一下。突然意识到，这是他到这儿之后第一次笑。

"我知道，"萨玛说，"但是这次情况跟以往不同，像我刚才说的，这次的报酬是你想要的东西。"

他看着她，说道："够了，别再绕弯子了，你到底是什么意思？"

她转身直视他，他努力不将视线转向别处。

"我们找到了利维埃塔。"她说。

他凝视她，片刻之后眨了几下眼睛，望向别处。他干咳了几声，看向远处波光粼粼的海洋，又清了清鼻子，擦了擦眼睛。萨玛打量着他，看到他把一只手放在胸口，下意识地摩挲心脏上方的皮肤。

"嗯，嗯，你们没搞错？"

"没错，我们的确找到了。"

他望着远处的波浪，突然感到海浪再也不能给他带来任何东西了。再也没有远方风暴的征兆，再也没有战利品。海洋已经变成了一条通道、一段路途、一个遥远的机遇，正向他招手。

"就这么简单?"他在心中问自己。萨玛只说了一个词,一个名字,我就准备好随时出发,现在就动身,拿起武器。这一切就只是为了她?

他又看了几回浪花起落,听海鸟在空中哀鸣。他叹了一口气。

"好吧,"他说道,把一只手插入乱蓬蓬的头发里,"给我讲讲细节。"

四

"你可不要忘了，"斯卡芬·阿姆提斯科坚持它的观点，"上次我们处理这种破事儿的时候，扎卡维失败得一塌糊涂。在那座冬宫，他差点儿被冻掉了屁股。"

"你说得没错，"萨玛说，"可这是特例，不是他惯常的风格。我承认，他的确失手过一次，我们也不知道那次他为什么会失败。不过到现在为止，他应该已经从上次失败的阴影里走出来了，也许他也在等待，等机会再次证明自己。也许他也很着急，盼着我们能早点儿找到他。"

"哦，我的天哪！"嗡嗡机喟然长叹，"一贯犀利的萨玛小姐居然开始想入非非了，看来你和他一样，也失去自己的风格了。"

"闭嘴！"

她望着舱内的屏幕，目标行星离他们越来越近了。

仇外号已经航行了二十九天。

作为一次破冰聚会，那场化装晚会可说是大获成功。萨玛醒来的时候，发现自己身处公共活动区的衣帽间，地上到处是垫子。她跟刚出生的时候一样，一丝不挂，周围船员也都一样，大家的胳膊、大腿、身体全都搅在了一起。她小心地从杰塔特·赫莱因妖娆的身体下抽出一条胳膊，摇摇晃晃地站起来，看着那些酣睡的船员，尤其留意了一下那些男人，然后向外走去。一路上她小心翼翼地避开周围的四肢和躯体，还险些被厚垫子绊倒。她肌肉酸痛，痛得几乎浑身发抖，好不容易才踮着脚尖摆脱了沉睡的船员，站到开阔的红木地板上。公共活动区的其他地方都已经收拾妥当。飞船一定整理过大家的衣物，因为所有人的衣服都分别堆放在几张大桌子上，就在衣帽间门口。

萨玛揉了一下自己微微刺痛的身体，扮了个鬼脸。她决定先去洗个澡。

嗡嗡机就在走廊入口处等着她，它闪耀的红色光晕像是在评价萨玛的行为。一见面它就问："你昨天晚上睡得好吗？"

"少跟我来这套！"

去电梯的路上，嗡嗡机就悬浮在她肩膀的高度。

"也就是说，现在你跟这里的船员都是很亲密的朋友喽。"

她点点头，说："从我的感觉来判断，我跟所有人都很亲密。这飞船上的游泳池在哪儿？"

"机库上面那层。"嗡嗡机说道，飞进了电梯。

"昨天晚上，你有没有拍下什么火辣刺激的视频片段啊？"下行期间，萨玛倚着电梯问嗡嗡机。

嗡嗡机大声抗议："萨玛！不要把我说得那么低级趣味好不好？"

"哼！"萨玛扬起了一边眉毛。电梯停下，他们走了出来。"不过这段回忆的确够给劲儿！"嗡嗡机似乎喘息起来，"在我看来，你绝对是人类的骄傲。"

萨玛一头扎进了小旋涡，再次露出水面的时候，她对嗡嗡机喷了一大口水，嗡嗡机灵巧地闪开，躲进了电梯里。"还是让你自己待一会儿吧。从昨天晚上的表现来看，你要是来劲儿了，哪怕是我这样天真无邪的嗡嗡机,也难以保住自己的贞操。嗯,这么说肯定没错。"

萨玛一边向它泼水,一边笑骂道:"快滚,你这个多嘴的色情狂!"

"甜言蜜语对我可是没用的哦……"嗡嗡机说道,电梯门已经关上了。

如果随后几天飞船上的气氛有那么一丝尴尬,萨玛也不会觉得奇怪。不过船员们对此非常淡然,所以她得出结论,他们为人都还不错,值得交往。幸运的是,感冒也很快就不流行了。萨玛开始研究沃伦胡兹,猜测扎卡维藏在目标星团系统中的哪个角落。当然,她有时也会寻欢作乐,不过再也不像在化装晚会上那样疯狂了。

十天后仅供测试号飞船发来消息,说小可爱生下了两只幼崽,母子平安。萨玛本打算回复说,让替身代表自己好好亲一下赫拉尔兹。然后她犹豫了,因为她突然想到,那个替身肯定已经这样做过。她感觉很糟糕,最后只回复了几句场面话。

她一直关注着沃伦胡兹星团的最新进展,星际事务部发回的消息越来越不乐观。有十二个星球上存在局部战争,每一场都有失控的势头,都可能演变成全星团的混战。有一些问题没有得到直接答复,她自己做出猜测:即便他们找到扎卡维,立刻说服他坐上仇外号,以接近设计极限的速度,及时赶到沃伦胡兹,他们扭转局面的胜算最多也只有五成。

"哇!这么贱!"有一天嗡嗡机惊叹道,当时萨玛正在自己的舱室里,阅读一份家里传来的报告,报告对和平会议的前景持谨慎乐观的态度。她真的已经把那个星球当作自己的家了。

"怎么了?"她转身问嗡嗡机。

嗡嗡机看向她说:"他们刚刚下令,更改了哈叫民用软件号飞船的旅程表。"

萨玛等着下文。

"那可是大陆级的通用系统星舰，"嗡嗡机说，"二级推力系统，几大有限星舰之一。"

"你刚才还说它是通用的，怎么这回了又成了有限的了？到底是哪种？"

"我是说，这艘通用系统星舰，是建造数量非常有限的版本，超高速，一旦启动，飞行速度比我们乘坐的这艘怪物还快。"嗡嗡机一边说，一边飞过来，它的光晕是极少见的橄榄色和紫色混合色，萨玛隐约记得这代表敬仰。斯卡芬·阿姆提斯科以前从没敬仰过任何事物。"它现在的目标，是克拉斯提尔！"

"就因为我们？因为扎卡维？"

"没人这么说，可在我看来就是这么回事儿。好家伙，一艘通用系统星舰，给我们专用！哇哦！"

"哇哦。"萨玛刻薄地学它的声调，把面前显示屏的图像切换成仇外号航行前方的场景。在他们面前是一片蓝白色的恒星群，如果放得足够大，整个疏散星团的结构都清晰可见。

萨玛摇摇头，继续翻看那份和谈报告，边看边自言自语："扎卡维，你这个浑蛋，你最好赶紧给我滚出来。"

五天之后，他们距离目标还有五天的路程。在克拉斯提尔星团巡弋的通用星际飞船绝对轻佻号传来消息，说它认为已经找到了扎卡维的踪迹。

那颗蓝白色恒星的图像填满了整个屏幕，太空梭已经扎入了大气层。

"我突然有种感觉，这次我们彻底没戏了。"嗡嗡机说。

"随便你怎么感觉，"萨玛说，"反正也不是你指挥。"

"我是认真的，"机器对她说，"扎卡维早就雄风不再。他藏起来就是为了不被发现,就算找到了他,你也没办法说服他。就算你创造奇迹说服了他,他也说服不了拜扎伊。那家伙早就洗手不干了。"

萨玛突然回想起那片广阔无垠的海滩,当时扎卡维在她身边坐了一会儿。在金光闪耀的沙滩上,他们一起看潮起潮落。

她摇头摆脱了那段回忆。"他至少还有本事废掉一枚刀锋飞弹。"她一面对机器说,一面看向云层下雾气沉沉的海洋。太空梭正在急速下降,他们已经到了云层上方。

"他厉害是他的本事。我是说,对我们来讲,这次就像是冬宫任务的重演。我有这种感觉。"

她摇摇头,云层和海洋的景象让她有点儿头晕。"我不知道那次发生了什么事儿,他冲进了围城,就再没有突围出来。我们警告过他,到最后,我们甚至还直截了当告诉他该怎样做,可他就是不愿意,或者没有能力突围。我不知道那次他是怎么了,他的表现很反常。"

"你不要忘了,他在福尔斯星①把脑袋都弄丢了。也许那次他丢掉的不只是脑袋,也许我们救他的时候,已经太晚了。"

"我们去得不晚。"萨玛说道,也想起了福尔斯星的事儿。太空梭落入云层,显示屏上一片灰白。她没有费心思调整显像波长,看到那茫茫一片泛着微光的云层内部,她就已经满足了。

"那是一场噩梦。"嗡嗡机说。

"那当然,不过……"她耸耸肩,屏幕上海洋和云层的图像豁然清晰,太空梭再次调整航向,直直扑向滚滚波涛,海水扑面而来。萨玛把屏幕关闭,她羞愧地对斯卡芬·阿姆提斯科说:"这样的画面,我一直都不太受得了。"对她的坦白,嗡嗡机不加评论。

---

①福尔斯星(Fohls),与傻子(fools)谐音。

太空梭里一阵安静，过了好半天她才问："我们落进海里了吗？"

"正在以潜艇模式前进，十五分钟后登陆。"嗡嗡机干脆地回答。

她把显示屏重新打开，切换成声呐成像，看着起伏不定的海床向后飞掠。太空梭不断改换航向，一会儿转弯，一会儿下潜，一会儿加速，一路回避各种海洋生物，沿着逐渐升高的大陆架，慢慢靠近陆地。屏幕上的画面依旧让萨玛很不舒服，她再次关闭屏幕，转身对嗡嗡机说："他没问题，会跟我们走的，我们现在还掌握着那个女人的位置。"

"你是说傲慢的利维埃塔？"嗡嗡机冷笑，"上次她可没拿出多少时间接见扎卡维，要不是我在场，她恐怕早就把扎卡维的脑袋打开花了。真不明白扎卡维为什么还要去找她。"

"这个我也不清楚，"萨玛皱着眉说，"他也不告诉我。那些侦测飞船都很忙，到现在也没有彻底调查那个星球，我们认为他就来自那里。我想这一定跟他以前的经历有关——我们认识他之前他做过的事。其实我也不清楚，也许他爱利维埃塔，或者曾经深爱过，现在认为自己仍爱她……或者是他有未了的心愿……"

"什么？什么心愿？继续说，我也想知道。"

"他想得到谅解？"

"萨玛，不管以前怎样，只考虑我们认识扎卡维之后他做过的事儿，恐怕就得为他创造一个神，专门负责原谅他的罪过。"

她转身看向空空的屏幕，摇了摇头，轻声说："斯卡芬·阿姆提斯科，人的事情不是那么简单就可以解决的。"

嗡嗡机心想：用复杂的方法同样解决不了！但是这话它没说出口。

在城市中心一座寂静无人的港口，太空梭浮出了水面，周围都是漂浮的废弃物。它的最外层力场做了粗糙处理，水面的浮油附着在船体上。萨玛看着顶舱门关闭，随后走到嗡嗡机身后，走上码头凹凸不平的路面。整个太空梭有九成体积位于水下，看上去像一条翻转的平底船。萨玛整理了一下那条俗气的裙裤，这是这个星球目前最流行的装扮。她看向周围那些破破烂烂的空仓库，听到嘈杂的城市就在仓库背后，觉得很满意。

"你不是说，不用在大城市里找他吗？"斯卡芬·阿姆提斯科挖苦萨玛。

"少废话！"萨玛摩拳擦掌，她低头看看嗡嗡机，诡笑着说道，"话说现在，老伙计，你真的需要像手提箱一样思考了，别忘了安上把手。"

"我希望你意识到，这种待遇对我能力的贬低程度，跟你坏心眼里希望的程度完全一样。"斯卡芬·阿姆提斯科不卑不亢，在长出一根把手之后倒在地上，变成了手提箱。萨玛抓住把手，使出吃奶的力气还是拉不动。

"我让你变成空箱子，浑球！"萨玛抱怨道。

"哦，对不起。当然可以。"斯卡芬·阿姆提斯科咕哝了一句，马上变轻了。

萨玛打开钱包，里面装满了钞票。这是好心的仇外号一小时前从这个星球的中央银行里调用的。萨玛付了出租车费，然后目送一队运兵车沿着林荫道呼啸而过。绿化带旁边的石墙边有凳子，她坐下来，望向远处。隔着宽阔的人行道和林荫道，有一座巨大宏伟的石头建筑。她把嗡嗡机放在身边，眼前车辆穿梭，行人来去匆匆。

她想，好在这个星球还比较正常。她从来都不喜欢被迫易容成当地人。这个星球至少还有星际旅行设施，当地居民也习惯了长相奇特的人，甚至外星人。当然，她在这个星球还是个头偏高，偶尔有人多看她几眼，她还可以接受。

"他还在那里面吗？"萨玛小声问，看了看那座使馆大楼门口荷枪实弹的卫兵。

"他正在跟那些头头谈什么古怪的信托计划，"嗡嗡机小声回答，"你想监听吗？"

"不用了。"

他们在那间会议室里安置了监听设备——停在墙上的一只苍蝇。

"哇！"嗡嗡机突然大叫，"这个家伙，真是让人难以置信！"

萨玛瞪了它一眼，皱着眉头问："他说什么了？"

"不是他说的，"嗡嗡机倒抽凉气，"绝对轻佻号识破了这个疯子的计划。"

这艘通用星际飞船还在原来的轨道上，为仇外号提供支持。它的侦测系统负责提供这个星球的大部分信息，并监听会议。与此同时，它还扫描了整个星球的计算机系统和电子信息资料库。

"发现什么了？"萨玛问，这时她又看到一辆军车沿着林荫道疾驰而过。

"那家伙疯了，简直是权迷心窍。"嗡嗡机自顾自嘟囔，"先不考虑沃伦胡兹，就算只为这个星球的人着想，我们也必须把扎卡维弄走。"

萨玛用胳膊肘碰了碰嗡嗡机，问它："该死，到底出什么事儿了？"

"好，你来听听吧。扎卡维很有钱，对吧？现在他已经权势熏天，到处都有股权。启动资金是他从干掉刀锋飞弹的那个星球带来的，那是我们上次行动之后发给他的战利品，再加上他赚到的钱。他在这个星球上建立了商业帝国，你知道核心业务是什么吗？

基因技术！"

萨玛想了一下，恍然大悟。"啊——是这样。"她说道，靠在了椅背上，抱起双臂。

"事情比你想象的还要糟糕，萨玛，这个星球本来有五个年老的独裁者，争夺行星的霸权。现在他们的身体状况都在逐渐好转。事实上，他们都在返老还童。本来这些技术二三十年内都不可能开发出来。"

萨玛什么都没说，她觉得身上很不舒服。

"扎卡维的公司，"嗡嗡机语速很快，"从这五个独裁者手里收了无数的钱。本来他还想找第六个目标，可是那个家伙二十一天前被人干掉了，是被暗杀的。凯利安总督生前控制着这块大陆的另一半，他死后，这边开始匆忙备战。此外，除了死掉的凯利安总督，另外五个独裁者突然都变得非常和蔼亲民，转变的时间跟他们开始返老还童的时间大致吻合。"

萨玛闭上眼睛沉思片刻，然后睁开眼睛。"这有用吗？"她问道，感到嘴里十分干涩。

"有用才怪，现在这五个家伙全都面临政变威胁，威胁无一例外都来自手下的军队。更糟糕的是，凯利安的死就像一根导火索。现在局势特别危险，而我们还在慢悠悠地扯皮！这些脑满肠肥的疯子手里可是有热核弹头的，扎卡维真是疯了！"嗡嗡机尖叫起来，萨玛示意它小声一点儿，尽管她知道，嗡嗡机已经把通话波场设置成了只有她一个人可以听到的模式。嗡嗡机继续滔滔不绝："他肯定是破解了自己细胞里的基因密码，我们给他做了稳定型衰老逆转手术，而他在出卖这种技术！他拿这个卖钱，换取权贵人物的欢心，还想以此改造那些自我中心的独裁者，想让他们变成好人！萨玛，他正在建立自己的势力范围！而且还做得那么拙劣！简直一塌糊涂！"

萨玛给那台机器来了一拳。"该死的,冷静点儿!"

"萨玛,"嗡嗡机没精打采地说,"我很冷静。我只是想告诉你,在扎卡维胡作非为之后,这个星球面临着怎样的滔天大祸。就在我们刚才谈话期间,绝对轻佻号飞船已经烧断了一根保险丝,大范围内的侦测主脑都清空了它们正在进行的运算,转而谋划如何收拾这里的绝世危局。就算之前那艘大陆级通用系统星舰没有被调来,现在也有足够的理由出动了。一个小行星带大小的战舰群将集结到这个小小的行星周围,就因为扎卡维那个该死的'好人制造计划',星际事务部不得不把所有可调动的军力全部派来这里。"它迟疑片刻。"好了,我收到消息了。"它听起来如释重负,"你有一天时间把扎卡维这个白痴带出这个星球,否则他们就自己解决,进行紧急瞬间转移,毫不留情。"

萨玛深深吸了一口气。"除了这个……其他一切都好?"

"萨玛小姐,现在可不是开玩笑的时候,"嗡嗡机冷静地劝诫她,又突然大叫一声,"完蛋了!"

"又怎么了?"

"会谈结束了,可扎卡维这个疯子没去开汽车,他坐电梯直接进入了管道系统,目标是……海军基地,他在那儿预先准备了一艘潜水艇。"

萨玛站了起来。"潜水艇?"她整理了一下裙裤,"我们回港口吧,如何?"

"同意。"

萨玛提起嗡嗡机变的手提箱,沿街寻找出租车。"我已经要求绝对轻佻号伪造了一条叫车信息。"斯卡芬·阿姆提斯科告诉她,"出租车应该一会儿就到。"

"我听人说,着急打车的时候,车总是不来。"

"萨玛,你让我越来越抓狂了。你是不是有点儿冷静过头了?"

"好吧,我答应你,回头一定惊慌一下。"她深吸一口气,又慢慢呼出来,"那个,是出租车吗?"

"我想是的。"

"本地话'去港口'怎么说?"

嗡嗡机告诉她,她又告诉了司机。车子在大队的军车中间疾驰而去。

六个小时以后,他们仍在跟踪那艘潜水艇。潜水艇汩汩排水,穿过一波波洋流,向赤道地区前进。

"每小时六十千米,"嗡嗡机怒吼,"它怎么能这么慢!"

"对他们来讲已经很快了。你应该对机器同类有点儿同情心。"萨玛紧盯屏幕,观察前方一千米外的那艘潜水艇,幽暗的海底就在几千米之下。

"萨玛,这玩意儿可不能算我的同类,"嗡嗡机很在意,"它是一艘完全没有智能的潜水艇,艇上最聪明的也不过是人类船长而已。我说完了。"

"知道他们要去哪儿吗?"

"不清楚。船长接到的命令,是送扎卡维去他想去的任何地方。扎卡维一直没怎么说话,他的目的地可以是任何一个小岛或者环礁。如果他们用这种蜗牛速度爬很多天的话,还可以去另一块大陆的数千公里海岸线上的任何地点。"

"检查所有岛屿和海岸线,他选择这个方向,绝不是毫无理由的。"

"早就在查了。"嗡嗡机没好气地回答。

萨玛瞪了它一眼,斯卡芬·阿姆提斯科的光晕变出一抹浅紫,像是在悔罪。它说:"萨玛,这个……人,上次执行任务完全失败,导致五六百万人丧生。就因为他不肯从冬宫突围,不愿扭转局面。我可以给你看看当时的恐怖场景，绝对会让你毛发倒竖。现在，他在这儿又制造了星球大战级的麻烦。自从这家伙在'傻子星'受到重创之后，自从他想做好人以来，他简直变成了一个扫把星。就算我们真能说服他，把他送到沃伦胡兹，我也不知道他会在那儿搞出什么麻烦。这家伙已经成了一个灾星！现在还谈什么营救拜扎伊，我觉得干掉扎卡维才是帮了所有人一个大忙。"

萨玛瞪着嗡嗡机感应器的正中央说："第一，别把人命说得那么无关紧要。"她深吸一口气，继续说，"第二，还记得那次大屠杀吗，沙漠旅馆那一次？"她面无表情地问，"记不记得被你丢穿墙壁的人，还有你那枚疯狂的刀锋飞弹？"

"第一，我很抱歉，侵犯了你作为哺乳动物的脆弱情感；第二，萨玛，你能不能让我忘了那次的事儿？"

"还记不记得我说过的话？你要再敢那么干，会是什么结果？"

"萨玛，"嗡嗡机疲倦地说，"你要是怀疑我想杀掉扎卡维，我只能说，你冤枉我了。"

"我只希望你记住，"萨玛看着屏幕上慢慢滚动的画面，"我们收到的命令。"

"那是经我们认可的行动方案，萨玛。我们的社会不存在命令，你忘了吗？"

萨玛点头说："我们有一个认可的行动方案：我们找到扎卡维先生，带他去沃伦胡兹。如果你对这个计划的进展不满，你随时可以退出。我可以另配一个攻击型嗡嗡机。"

斯卡芬·阿姆提斯科沉默了一秒钟，然后说："萨玛，这是你对我伤害最深的一句话了，其他的话我就不说了。但是，我会无视这句话，考虑到目前我们两个人工作压力都很大。我会用行动来证明自己。就按照你刚才说的，我们把这个星际恐怖分子带走，扔到沃伦胡兹。不过，如果他的海底旅程拖得太久，我们就会失去控制权。到时候扎卡维一觉醒来，会发现自己到了仇外号或者其他通用星际飞船上，他会一头雾水。总之现在，我们只能静观其变。"

嗡嗡机停顿了一下，对萨玛说："看来我们要去那些赤道附近的小岛转悠了。那些岛屿有一半都被扎卡维买下了。"

萨玛默默点头，望着远处的潜水艇在海底穿行。过了一会儿，她挠挠小腹，转身问嗡嗡机："我们在仇外号飞船上那个……有点淫乱的晚上，你确认没留影像吗？"

"没有。"

萨玛对着屏幕皱了皱眉，说："嗯，真是可惜。"

潜水艇在水下航行了九个小时，然后在一处环礁附近升出水面，接着有一艘充气艇向岸边驶去。萨玛和嗡嗡机看见船上唯一的乘客登上了阳光灿烂的海滩，走向一片低矮的建筑群。那是之前参加会谈的那个国家领导人专用的度假酒店。

他上岸大约十分钟后，萨玛问："扎卡维在干什么？"那艘潜水艇收好充气艇之后，就再次下潜，原路返回。

"他在跟一个女孩告别。"嗡嗡机叹了一口气。

"就这些？"

"我觉得，只有这类事儿能吸引他的注意力了。"

"该死的！他就不能坐飞机来？"

"嗯，不行。这岛上没有飞机场，就算有，这儿也是非常敏感的非武装区，未经允许不得有任何飞行物起降。下一班水上飞机要几天之后才能来。潜水艇其实已经是最快的……"

嗡嗡机突然安静了下来。

"斯卡芬·阿姆提斯科？"

"嗯，"嗡嗡机慢条斯理地说，"现在呢，那小妞刚刚打坏了一些装饰品，还有几件特别昂贵的家具，然后跑回自己房间，趴在床上哭去了……扎卡维就坐在休息室里，手里拿着一大杯饮料，说了这么一句话，我给你学学啊：'好了，萨玛，要是你在监视我，就出来跟我谈谈吧。'"

萨玛看向显示器上的画面，那是一小片环礁，中心岛上绿树葱茏，坐落在碧海蓝天之间。

"知道吗？"萨玛说，"有时候我真想亲手杀了扎卡维。"

"要杀他，请排队。我们上浮吗？"

"上浮，我们去会会这个浑蛋。"

10

　　光，有一束光，但不是很亮。空气污浊，伤痛无处不在。他想哀号，想哭泣，但没有力气做任何动作。一个黑色暗影从他心中升腾起来，消灭了一切思绪。他失去了知觉。

　　光，有一束光，但不是很亮。他知道会有痛苦，但这好像并不重要。对于痛苦，他有了全新的认识。你只能这么做：改变自己对问题的看法，除此以外别无选择。他暗暗好奇，不知道这个想法从何而来，就好像有人教他这么去想似的。
　　一切都是隐喻，万物都不是它们的本体，而是另有含义。例如痛苦，它就是一片海洋；而他，就漂浮在这片海洋里。他的身体是一座城市，而思想是一座堡垒，两者之间的一切通信都好像已被切断。但是，在心智堡垒的主塔里，他还拥有至高的权力。有一部分意识告诉他：痛苦并不会伤害他，一切都是隐喻，就像是……他觉得很难找到词语来比拟这种关系，也许就像一面魔镜，或许吧。
　　光线逐渐暗淡，他还在思索这个问题。他又一次沉没，沉没在黑暗里。

光,有一束光,但不是很亮。他曾经来过这个地方,不是吗?他好像早已离开了头脑中的堡垒,而现在,他困在一条风雨飘摇的破船上,眼前有无数图像舞动。

光线慢慢增强,让他感到痛苦。他突然恐惧起来,因为他觉得自己真的就在一艘漏水的舢板上。船很小,坐上去吱嘎乱响,在漆黑的海洋里被冲击得东倒西歪。狂风肆虐,不过现在有了光亮,像是来自他头顶的方向。他低头想看看自己的手,看看小舢板,却还是什么都看不到。光亮射入他的眼睛,却不能照亮其他任何事物。这种感觉让他恐惧。一个大浪掀翻了小舢板,他又一次坠入伤痛的海洋,每一个毛孔都在灼烧。让他感激的是,有人在某处扳动了一个开关,于是他沉入海底,进入黑暗、寂静之中……不再有痛苦。

光,有一束光。他记得眼前的景象。光亮之下,一艘小舢板在黑沉沉的大海上,任由巨浪侵袭。更远处,在眼下看不到的地方,小岛上有一座巨大的堡垒。然后有了声音。声音?这是之前没有的东西。他来过这里,但那时没有声音。他努力去听,绞尽了脑汁,还是无法辨认出任何词句。尽管如此,他感觉刚才有人在提问。

有人在提问……是谁呢?他等待着一个答案,等待别人的答复、自己的答复,却没有听到任何回音。他觉得失落,好像被抛弃了一样。尤其难受的是,他觉得自己抛弃了自己。

他决定向自己提问。那座堡垒是什么?那是他的意识。堡垒周围本来有一座城市,那是他的身体,不过现在看来,有其他力量控制了那座城市。堡垒已经孤立无援,只剩一座主塔。船又是什么?大海又是什么?海是无边的痛苦,他现在就在小舢板上,但在此之前,他一直泡在海水里。水没到脖子,海浪打在他身上。

是某种后天习得的技能，保护他免受痛苦的折磨。这种技能不会让他忘记痛苦的存在，但可以让他不再被痛苦削弱，让他在痛苦中继续思索。

到此为止，回答得还不错。但那光，又是什么呢？他迟早要回答这个问题，以及另一个问题：声音，又是什么呢？他又提出第三个问题：这一切，到底发生在哪里？

他翻遍了自己湿透的衣服，但没有在衣兜里找到任何东西。他在衣领上翻找刻有自己名字的铭牌，但是那东西似乎已经被人揪走了。他把小舢板翻了一个遍，还是找不到答案。他努力想象自己身在别处，身在滔天巨浪后面那座堡垒的主塔中，走在一个巨大的储藏室里，那里摆满了各种混乱的思绪、荒谬的废话和一段段回忆，就在堡垒的最深处，但所有这一切都无法看清，分辨不出细节。他闭上眼睛，绝望地哭泣。身下的小舢板不断摇晃颤动。

睁开眼睛的时候，他手里握着一片小纸条，上面印着一个单词：福尔斯。他大吃一惊，纸片脱手飞了出去，飘过黑色的海浪，飘上黑沉沉的天空。他已经记住了那个词儿。福尔斯，这就是答案。这里就是福尔斯星。

他松了一口气，感到一丝自豪。他终于发现了一点儿什么。

他为什么来到这个星球？

葬礼。他隐约记得一点关于葬礼的事情。可以肯定，那不是他自己的葬礼。

他死了吗？他思索了一会儿，觉得有可能，也许真的有来世。好吧，如果死后还有来生，他肯定会吸取教训。这无边的伤痛之海，是上天注定的惩罚吗？那束光是神吗？他把手放在船舷外，伸入海水中。痛苦瞬间充斥了他全身，于是他缩手回来。如果来生真是这样，神一定很残忍。那我为"文明"所做的一切又算什么呢？他想要问，那可以抵掉一些罪恶吗？又或者，那群沾沾自喜的浑蛋从一开始就搞错了？神啊，要是这样，他还真想复生，回去告诉他们。想象一下到时候萨玛脸上的表情！

但是，他并不认为自己已经死了，那也不是自己的葬礼。他回想起山崖上那座俯瞰大海的平顶塔楼，他在帮忙抬某个老勇士的尸体。的确，是有人死去了，他们的尸体将在隆重的仪式后被处理掉。

有什么东西纠缠着他。他突然抓紧了腐烂的小舢板，满眼是翻腾的巨浪，无边的海洋。

远处有一艘船，他不时能看到它。在很远的距离之外，那只是一个黑点，还经常被海浪挡住，但那肯定是一艘船。他的身体好像裂开了一道口子，内脏从口子里掉了出去。

他觉得自己认识那艘船。

这时他身下的小舢板突然迸裂。他跌落下去，落入水中，他奋力挣扎，冲出了水面，飞到空中。他可以看到身下的海洋，以及水面上漂浮的一个小点。他朝那个小点坠落，那是另一艘舢板，他砸穿了舢板，又一次落水，再次飞入空中……沉船、水中、空中，周而复始……

下落的过程中，他脑子的某个部分在想：嘿！现在这情景，就像萨玛描述的超维度现实世界。

……又一次落水，穿过海浪，穿过海水；又一次飞入空中，随后下落，面对更多的海浪……

这一切好像永远都不会停下来。他记得萨玛描述的超维度现实世界：永远都在扩张，你可以不断跌破它的限界，直到永远，真正的永远，甚至超越宇宙的尽头。

这样下去可不行，他暗想，他必须面对那艘船。

他落在一艘吱嘎作响的、漏水的小舢板上。

那艘船已经靠近了一些，它很大，船身是黑色的，布满了密密麻麻的炮管，正径直向他驶来。泛着白沫的浪花被船头劈开，呈 V 字形向后扩散。

糟糕，现在已经躲不开它了。船头无情地向他劈来。他闭上了眼睛。

在很久很久以前，曾经有一艘船，那是一艘战舰，用来进行杀戮和破坏。世界上还有其他的船、其他的人、其他的城市……那艘战舰很大，建造它就是为了杀人，同时保护里面的人不被杀死。

他努力不去回忆那艘战舰的名字。他看到刚才那艘战舰停靠在一座城市的中央，他很困惑，不知道它怎么到了那里。不知何故，战舰的样子变得像一座城堡。这似乎毫无道理，又好像合情合理。他害怕了。战舰的名字像一头巨大的海怪，撞击他小舢板的侧舷，就像破城锤猛击城堡的主塔。他努力抵制这个名字，知道它不过是一个名字而已，但他不愿听到这个名字，因为每次听到都感觉很糟。

他用双手捂着耳朵，这招暂时管用，但随后，这艘战舰，这艘停靠在巨石之间，停靠在破碎城市中央的战舰，它巨大的舰炮开始轰击，炮口冒黑烟，喷射黄白的火焰。他知道随后会传来怎样的声音，于是他放声大叫，想掩盖那个声音，但它还是来了……炮声轰响，宣告的正是这艘战舰的名字。这个名字将小舢板打得粉碎，把城堡夷为平地。这个名字在他颅骨之间的缝隙里，在头脑中的全部空间里回响，就像一个疯狂的神灵在狂笑，没完没了。

光线消失了。他终于逃离了那可怕的、诅咒一样的声音，满怀感激沉入痛苦的海底。

光。星芒，脑中有一个声音冷冷地说，星芒，这不过是一个名字而已。

星芒号，就是那艘战舰。他转身远离光亮，回到黑暗中。

光，还有声音——一个人说话的声音。之前我在想什么？（他隐约记得那跟一个名字有关，但他不愿多想。）葬礼、痛苦，还有那艘战舰。的确有那么一艘战舰，曾经有过，现在可能还在，随它去吧……葬礼，就是因为那次葬礼，你才来到这里。这就是之前让你困惑的问题。你以为自己死了，其实你一直活着。他记起一些片段，关于小舢板、大海、堡垒和城市的记忆片段，但是现在看不到那些东西了。

现在，从某处传来了触觉，外界的触觉。不是伤痛，是触觉，这是两种完全不同的感觉……

触觉又来了，像一只手在触摸他。一只手，在摸他的脸，带来了更多的痛苦。但是，那是一种触觉，绝对有一只手在摸他。他脸上很难受，他看起来一定伤得很惨。

我到底在哪儿？坠机。葬礼。福尔斯。

坠机。当然，我的名字叫……这问题太难了。

那么，我是干什么的呢？这个问题简单一些。你是一个雇佣特工，服务于技术最先进、最有活力的"文明"。在整个现实世界（不对）、全宇宙（也不对）、银河系（对了，就是银河系），在整个银河系，他们是最先进的社会。你代表他们参加了……一场葬礼，你已经准备撤离，当时正在一架飞机上，之后有人会接应你，带你离开。但是，飞机出现了意外，飞机，他看到了火焰，古老的丛林向右漂移……然后就是一片空白，还有痛苦——只剩下痛苦。然后就是在痛苦之海漂流。

那只手再次抚摸他的脸，这次他可以看见一些东西。他觉得那是一片云，或者被云层遮挡的月亮，虽然看不清样子，但可以看到它的光芒。

也许这两者有关联，他对自己说。是的，这种感觉又来了，一只手在抚摸自己的脸，喉咙在吞咽水或是其他液体。从咽喉的感觉判断，有人在喂他喝些什么……我坐着，没错，我已经坐起来了，现在不是躺着。这两只手，自己的手，感觉空空的，裸露着，容易受伤。

一想到自己的身体，疼痛感卷土重来。他决定放弃，试着想点别的什么。

他再次回想坠机的过程：在离开葬礼的路上，他们突然坠入沙漠……不对，不是沙漠，是高山……或者是丛林？他真的想不起来了。我们现在在什么地方？丛林？不是……沙漠？也不是……到底是什么地方？不知道。

睡眠之中，他突然想到：那天晚上坐飞机，他一直在睡觉。飞机坠毁之前，他勉强有时间从黑暗中惊醒，看到火光，意识到发生了什么，然后，脑中就响起令人眩晕的爆炸声。

那之后，只剩下痛苦，但是他肯定没看到任何地形扑面而来的场景，因为当时一片漆黑。

他醒来时，一切都变了。他觉得很虚弱，身体暴露，毫无遮挡。他睁开眼睛，努力恢复视力。慢慢地，他能够辨认一条条灰色光亮和暗棕色背景。他看清了土墙前面的陶罐，然后是房子正中的火堆、倚在墙上的长矛，以及其他冷兵器。他脖子发力，抬起头，看到了粗糙的木架，他的身体就绑在架子上。

木架呈正方形，对角线是两根斜向的木材，交叉成一个X形。他浑身赤裸，手脚都被捆得结结实实，绑在木架的四角上。木架斜倚在一堵墙上,和地面成大约四十五度角。一根粗皮带把他的腰部固定在X形架子的中央。他浑身上下都是血污和染料。

他放松颈部的肌肉。"哦,该死的!"他听见自己低沉的嗓音,事情看起来很不妙。

"文明"在哪里?那些人应该来营救他,这件事他们应该负责。他替他们做肮脏的事情,而他们为他提供保护,就是这么约定的。可是现在,他们到底在哪儿?

疼痛又回来了,像一个老朋友来串门。刚才脖子太用力,那里的疼痛加剧了。他头很晕(可能是脑震荡),鼻骨骨折了,肋骨挫伤或者也骨折了,还断了一只胳膊、两条腿,很可能还有内伤,反正他觉得五脏六腑都不舒服,极不舒服。他浑身肿胀,好像伤口都变臭了。

完了,他暗想,这次我可能真的要死了。

他挪动了一下头部,疼得龇牙咧嘴(就好像动一下,就弄破了一层保护膜,疼痛一下子全涌了进来)。他看了一眼绑着自己的绳索。用拉伸四肢可治不好骨折,他自言自语,还微微一笑,但笑容马上就僵住了,因为腹肌刚开始收缩,肋骨就一阵剧痛,骨头像在火焰上炙烤。

现在他的听力恢复了。他听到远处偶尔有人喊叫,还有孩子的吵闹声,以及动物的吠叫声。

他闭目倾听,但听不到更远处的声音。他又睁开眼,四面都是土墙,他可能在一间地下室里,因为墙壁上有树根冒出来,并且被人锯断了。阳光几乎是垂直的,这应该是赤道附近,时间是正午前后。我在地下,他想,浑身不舒服。他琢磨出了不少事情,可也费了不少力。他想知道飞机坠毁的时候是否仍在航线上,坠毁以后他又被运送了多远的距离,尽管担心这些毫无用处。

他还能看到什么呢?一张做工粗劣的凳子,一个脏兮兮的旧坐垫。好像刚才有人坐在那上面,面向自己。如果真有这么个人,应该就是那个用手摸自己脸的人。房顶上有几个洞,其中一个洞下方的地面上摆了一圈石头,现在里面并没有生火。长矛倚在墙上,其他武器丢得到处都是。那些都不是作战用的武器,也许是仪式用的,也许是刑具。这时他闻到一股恶臭,知道那是伤口腐烂的味道,也知道那味道来自自己身上。

他又恍惚了,不知道是要睡着,还是要失去知觉。尽管两者都非他所欲,可随便来哪一个都好,因为他实在无力应付眼前的局面。然后一个女孩走了进来,手里拿着水罐。她把水罐放在地上,打量着他。他想说话,但说不出。他以为自己刚才说了一句"该死的",也许那是他的幻觉。他看向那个女孩,想要笑一笑。可是她又出去了。

看到那个女孩,他感觉好了点儿。他觉得,如果来看他的是个大男人,情况可能很不妙。有女孩来,说明事情还不是很糟糕,也许吧。

女孩又回来了,这次端了一碗水。她给他擦洗身体,擦掉那些血迹和染料。有点儿疼。不出所料,女孩清洗他阴茎的时候,什么事儿都没有发生。他本来希望那里能有些生命的迹象,为自己挽回些尊严。

他想说话,但又失败了。女孩让他从一个浅碟里喝了一点儿水。他想说些什么,但是发出的声音自己都辨不清。她很快又走了。

再次回来的时候,她带来了几个男人。他们的衣服很奇怪,上面有鸟羽、兽皮、骨骼和用肠线穿起来的木片护甲。他们身上也涂着染料,手里拿着小罐子和小棍子,又往他身上重新涂抹。

他们涂完之后退到一边。他想告诉他们,其实红色不适合他,但是说不出话来。他又觉得自己好像从高空坠落,坠入了黑暗中。

再次醒来时,他在移动。

绑着他的整个木架都被抬了起来,运出了暗处。现在他仰面朝天,刺眼的阳光让他什么都看不清。他口鼻里全是尘土,耳中都是周围人们的尖叫和呐喊声。他觉得自己像疟疾病人一样不住地发抖,每一条断裂的肢体都撕心裂肺地痛。他想大喊,想抬头看,但是周围只有尘土。他感到内脏更不舒服了,腹部的肌肉不断抽痛。

等再次直立的时候,他可以俯瞰整个村落了。村子很小,只有几顶帐篷、几间树枝作房顶的土房子,地上还有些洞口。土地半干旱,村子外围长着稀疏的灌木丛,植物都被踩得贴在地面上。灌木丛外是黄色的雾,看不到远处。他勉强辨认出低悬的太阳,不知道此时是黄昏还是清晨。

他能看清那些人,所有人都聚集在他面前,他自己在一个土堆上面,木架被固定在两根柱子上,人们都在他脚下双膝跪地,磕头行礼。其中有些小孩子不听话,旁边的大人用力按他们的头。也有年纪很大的老人,要靠人搀扶着才不至于摔倒。老老少少,各年龄的人都有。

然后,三个人走到他面前,一个是那个女孩,另外还有两个男人。男人站在两侧,女孩在中间。两个男人低下头,跪下,又站起来,做了一个什么手势。女孩没有移动,眼睛盯着他的眉心。她穿着一件血红色长袍,他不记得这个女孩之前穿的是什么。

左边的男人捧起一个陶皿,右边的男人拿着一把长长的宽刃弯刀。

"喂!"他哑着嗓子喊,再也发不出更多的声音。现在他身体疼得厉害,肢体处处骨折,直立的姿势对他实在没什么好处。

那些唱颂歌的人好像在旋转,阳光也在混乱地旋转。眼前的三个人变成了很多人,好像在不断复制,不断摇摆,在周围的浓雾和尘土中若隐若现。

"文明"的那些人,他们到底在哪儿?

他耳中响起一阵可怕的吼叫,阳光似乎有节奏地搏动。弯刀在一侧,陶皿在另一侧,都闪着微光,女孩站在他正对面,伸出双手,扯住了他的头发。

吼叫声敲打他的鼓膜,他不知道自己是在喊叫,还是已发不出任何声音。右边的男人已经举起了弯刀。

那个女孩猛扯他的头发,把他的脖子拉长,他的尖叫声盖过了周围人的吼叫,断裂的骨头咯咯作响,他死盯着女孩衣服下摆上黏着的泥土。

"你们这群浑蛋!"他心里暗骂,却不知道自己在骂谁。他最终只喊出了一个音节:"呃——"

利刃已经砍断了他的脖子。那个名字已经死了。一切都已结束,但又还在继续。

不再有伤痛,连人们的吼叫声都安静多了。他还可以看见下面的村子,看见跪在地上的村民,眼前的景象在晃动。他还能感觉到头发在拉扯头皮,脑袋在左右摇摆。

松松垮垮的无头尸体上,鲜血沿着胸膛向下流。那是我呀!他想,那是我!

他的头又转了方向,拿刀的男人正用破布擦拭刀刃,捧陶皿的男人回避他的眼神,还把陶皿伸到他面前,另一只手拿着盖子。这就是他们的目的吗,他想,震惊之余反而觉得平静。然后喧嚣声好像增强了一下,随后又完全消失。眼前的一切都变成了血红色。他不知道这还会持续多久,失去氧气供给的人脑,还能存活多少时间。

现在我真的已经身首异处了，他想。然后他闭上了眼睛。

他想，自己的心脏现在应该已经停止了跳动。直到这时他才意识到，自己终于失去了她。他想哭泣，却哭不出。另一个名字在他脑海中浮现，达尔……

吼叫声震天动地。他感觉女孩放开了他的头发。拿陶皿的年轻人满脸恐惧，表情有些滑稽。人们都仰头张望，吼叫变成了尖叫。一阵风扬起满地的尘土，吹得那个拿着他头颅的女孩脚步踉跄。一个黑影快速掠过村子上空。

太晚了，他感觉到自己的思维、知觉正慢慢消退。

更多的噪音——可能是尖叫声吧，维持了一两秒钟，有什么东西撞在他脑袋上，他滚向一边，嘴里和眼睛里都是尘土。他已经对这些事情失去了兴趣，他很高兴黑暗再次降临，再次淹没了他。或许过了一会儿，他又被捡了起来，不过这事儿就像发生在别人身上一样。

可怕的噪声传来，表面刻着奇异花纹的巨大石块降落在村子正中央——那时天神的祭品刚刚被砍下头颅，与大气合二为一。那时所有人都逃入了周围逐渐淡去的雾气里，躲避那尖啸和光芒。他们哭号着聚集在村子的水井旁边。

五十次心跳之后，那个黑影再次出现在村子上空，随后急匆匆地融入了天边的薄雾。这次它没有发出轰鸣声，而是像风一样飘然离去，无影无踪。

祭司派他的学徒过去查看。吓得发抖的年轻人消失在雾色中，不久后他安全返回，于是祭司带着惊魂未定的村民们回到了村子里。

他们查看献给神明的牺牲，他的尸体还软软地挂在土丘上面的木架上，只是头不见了。

念了许多咒语，研磨了不少内脏，在迷雾中查看了各种神秘的形体，随后是三次鬼魂附身，祭司和他的学徒们终于断定，这是一个好兆头，同时也是神明的一个警告。他们牺牲了主祭女孩家的一头牲畜，把它的头放在了那个陶皿里。

五

"戴吉特！你好吗？"一见面他就握住她的手，扶她走出太空梭，踏上原木码头。他拥抱她，说道："见到你真是太好了！"他笑得很爽朗，戴吉特·萨玛只是拍了拍他的腰，她不愿伸开双臂拥抱他，但他好像没有察觉。

他放开她，看到嗡嗡机从太空梭里缓缓飞出。"啊，斯卡芬也来了！他们不派个卫兵看着你吗？"

"你好，扎卡维。"嗡嗡机向他问候。

他伸手揽着萨玛的腰。"到屋里去吧，我们可以共进午餐。"

"好吧。"她答应道。

他们走过原木码头，沿着沙滩上的卵石路，行走在树荫下。树叶有蓝色的，也有紫色的，蓬松的深色树冠映衬着浅蓝色的天空，不时有暖风吹过，银白色的树干散发香气。周围偶尔有其他人经过，这时嗡嗡机就飞到树顶上。

两人走过洒满阳光的庭院，到了一个大水池旁，池边有二十来间小白房子，还有个木制泊位，上面停靠着一架细长的水上飞机。他们走进那片建筑，上了一段楼梯，来到一个俯瞰水池的阳台上。水池与一条窄窄的运河相连，一直通向小岛另一侧的环礁湖。

点点阳光穿过树梢,树影微微变幻,阳台上有一张桌子和两张吊床。他示意萨玛坐在吊床上,一个女仆走过来,他下令准备两个人的午餐。女仆离开后,嗡嗡机缓缓下落,停靠在阳台的栏杆上,从那儿可以俯瞰水池。萨玛小心翼翼地躺在吊床上。

"这座小岛真是你的吗,扎卡维?"

"嗯……"他环顾四周,一副不太确定的表情,然后点点头,"哦,是的。是我的。"他甩掉拖鞋,躺到另一张吊床上,轻轻摇晃。他随手从地板上拿起一个瓶子,每次床摇过去,他就往小桌子上的两个杯子里倒一点饮料,倒满之后,他把吊床晃动的幅度增大了一些,把杯子递给萨玛。

"谢谢。"

他喝了一口饮料,闭上眼睛。萨玛打量他胸前拿着杯子的手,看着杯子里的棕色液体懒洋洋地左右轻摇。她看向他的面部,发觉他的外貌没什么变化,只是头发的颜色比她印象中更深一些。他的头发从额前梳向脑后,扎成一个马尾辫,露出宽阔的深棕色额头。他看起来还是一如既往地健康,一点都不显老。这倒没什么奇怪的,他的年龄已经稳定了,这是上次工作报酬的一部分。

他缓缓睁开眼,好像还有点儿昏昏欲睡,他回望她一眼,微笑起来。她觉得他的眼神更苍老了,这也许是错觉。

她说:"这么说吧,你是要跟我们玩一场游戏,对吗,扎卡维?"

"哦,戴吉特,你这是什么意思?"

"他们派我来带你回去,有新的任务给你。估计这点你已经猜到了,那就坦白告诉我,我是不是在浪费时间?我没心情跟你争论——"

"戴吉特!"他大喊起来,一副很受伤的样子。他从吊床上坐起来,把脚放在地面上,带着诚挚的微笑说:"别这么见外。你当然不是在浪费时间,我连行李都收拾好了。"

他像孩子一样满脸得意,深棕色的面庞简直乐开了花。她看着他,又惊又喜。

"那你为什么逃跑?"

"我什么时候逃跑了?"他带着无辜的表情,又躺回吊床上,"我到这儿来,只是跟一位好友话别,就这么简单。不过我已经准备好出发了,这次又是什么任务呢?"

萨玛一时语塞,她问嗡嗡机:"现在可以出发了吗?"

"不用急,"嗡嗡机回答,"参照飞船当前的轨道数据,你们还可以在这里待两个小时,然后返回仇外号。三十个小时后,它可以跟啥叫民用软件号对接。"它转身对扎卡维说:"我们需要一个准确无误的答复。现在有一台万亿吨级的飞船,载着两千八百万人朝这个方向疾速前进,如果想让它等着,就得提前通知它减速,所以我们必须确定你不会改变主意。你真的会跟我们走吗,今天下午就动身?"

"嗡嗡机,我刚刚说过了,我会去的。我说话算数。"他问萨玛,"我再问一遍,这次是什么任务?"

"沃伦胡兹星团,"她回答,"索尔德林·拜扎伊。"

他笑了,露出满嘴白牙。"索尔德林老头儿还活着?好啊,我还挺想他的。"

"你得劝他出山。"

他神气地挥了挥手。"这简单。"他说道,喝了一口饮料。

萨玛看着他,摇了摇头。"你就不想问一下这次行动的原因吗,夏德南?"她问。

他本打算单手做个手势,跟耸肩的意思差不多,却临时变了主意。"嗯,当然,原因是什么呢,戴吉特?"他叹了一口气。

"沃伦胡兹星团逐渐分裂成两大阵营。目前占据上风的势力,打算施行侵略性的地表改造政策——"

"就好像……"他打了个嗝,"给行星重新装修一样,对吗?"

萨玛闭上眼睛,片刻后睁开。"是的,算是吧。不管你怎么称呼这种行为,总之客气地讲,这是非常漠视生命的。这些人自称人本主义者,他们给人民灌输这样一种信念:只要军事实力足够,他们就有权占据其他任何星球,哪怕当地已经有智慧生物居住。现在已经爆发了十几处局部战争,每一场都可能演变为全面战争。一定程度上,人本主义者纵容甚至鼓励这些战争,因为这证明了他们的判断。他们说什么这个星团已经过度拥挤,需要寻找新的殖民行星。"

"除此之外,"嗡嗡机补充道,"他们还拒绝承认智能机器的社会地位,残酷压榨他们掌握的早期智能计算机,宣称只有人类的主观意志才具有内在价值。他们是持有机物优越论的法西斯。"

"明白了,"他点点头,看上去很严肃,"所以你们希望拜扎伊老头儿再度出山,跟这些人本主义者联手,对吗?"

"夏德南!"萨玛很不满,嗡嗡机的光环也变得冷若冰霜。

扎卡维看上去很受伤。"怎么了?'人本主义者'听起来不错啊?"

"那只是他们的旗号而已,扎卡维。"

"旗号也很重要啊。"他很严肃。

"这旗号是他们自封的,并不代表他们是好人。"

"那好吧,"他对萨玛微笑,"我道歉。"他一本正经地说,"你们想要拜扎伊出来唱反调,扭转时局,就跟上次一样。"

"是的。"萨玛回答。

"明白。听起来并不困难。不需要我上战场吗?"

"不需要。"

"我接受这个任务。"他点点头。

"我怎么好像听到有人磨刀霍霍了。"嗡嗡机在旁边嘟囔。

"发你的信号!"萨玛下令。

"遵命。"嗡嗡机回答,"信号发送完毕。"它看起来挺满意,光晕冲着扎卡维闪了几下。"你最好不要反悔。"

"追随迷人的萨玛小姐去沃伦胡兹是多么美好的活动,唯一的不足,就是要跟你这只讨厌的嗡嗡机同行。"他看向萨玛,"你也同去,对吗?我希望你一起去。"

萨玛点点头,喝了一口饮料。仆人在两张吊床中的桌子上摆了一些小盘子。

"就这么简单,扎卡维?"仆人一走,萨玛就问。

"什么这么简单,戴吉特?"他拿着杯子微笑。

"你这么简单就答应离开?你在这里待了有……五年了吧?你一直忙着建立自己的帝国,要把这个世界变得更安全一些,虽然用的是我们的技术,模仿我们的方式,你这么简单就放弃这里的一切,离开多久都不在乎吗?该死的,在听到'沃伦胡兹'之前你就答应了,你根本不知道任务地点,你可能要去银河的另一端,要去任何一片星云,你答应参与的,甚至可能是四年的星际旅行。"

他耸耸肩。"我喜欢长途旅行。"

她盯着眼前这个男人,细细打量了一番:他看上去无忧无虑,精力充沛。她隐隐有些厌恶他。

他耸耸肩,从一个小盘子里拿水果吃。"另外,我建立了一个信托基金。我所有的产业都会得到良好的管理,到我回来为止。"

"假如你回来的时候,这里还有什么东西能剩下的话。"嗡嗡机评论道。

"当然会有,"他说着,把果核吐到了阳台围栏外面,"这里的人爱谈论战争,可没有一个真的想找死。"

"哦，那就不用担心喽。"嗡嗡机回应了一句，转身不再理他。

扎卡维只是对它笑笑，低头看见萨玛面前的盘子原封未动，问道："你不饿吗，戴吉特？"

"没胃口。"萨玛说。

他从吊床上一跃而下，搓着手说："来吧，咱们游泳去！"

她看着他在一个小石塘里捉鱼，穿着泳裤蹚水走来走去。萨玛也穿着内裤游了一会儿。

他弯下腰，眼睛瞪得老大，一脸严肃地盯着水面。水面上浮现出他的倒影，他仿佛正和自己交谈。

"知道吗？你还是很迷人。我这么说，你应该有点儿得意吧？"

她擦干身体，说道："行了，扎卡维，马屁对我没用，我已经不是小姑娘了。"

"瞎掰。"他大笑，嘴巴下方的水面泛起道道波纹。他皱紧眉头，慢慢把手伸进水里。

她看着他脸上专注的表情。他的双臂在水下越探越深，水面上倒影荡漾。他又微笑起来，眼睛眯成了一条缝，手臂的动作停顿了下来。现在他的胳膊大部分都在水下，他舔了舔自己嘴唇。他向前扑，兴奋地喊叫，然后双手抬出水面，捧到她面前。萨玛正靠在石头上休息，她看到他手里有一条小鱼，色彩鲜艳，身上蓝、绿、红、金四色斑纹，像一团亮闪闪的电光，在扎卡维的双手中游动。她皱了皱眉，回身靠在了石头上。

"好了，夏德南，你怎么抓来的就怎么放回去吧。"

他的脸色沉了下来，萨玛刚想改口说得客气点儿，他又笑了，把鱼儿丢回水池里。

"说得就好像我会做什么坏事儿似的。"他走过来，在她身边坐下。

她眺望大海。嗡嗡机在他们背后十米之外的沙滩上。她抚平自己小臂上的汗毛。"你为什么要做那些事呢，扎卡维？"

"把你们的仙丹送给那些'伟大领袖'？当初我觉得这想法挺好，"他坦白道，语调轻柔，"其实我也不知道。我本以为可以达到目的。当初我觉得，干涉一种文明，可能没必要像你们那样，搞得那么复杂。我认为，只要有一个领导，有一个强大的计划，而他本人并不贪恋权力……"他耸耸肩，看向她，"说不定会成功的，这事儿现在谁也说不准。"

"扎卡维，这肯定行不通的，你现在带给我们很多麻烦。"

"啊，"他点头，"这么说你们要插手了。早料到会有这一天。"

"可以这么说，我们别无选择。"

"祝你们好运。"

"好运……"萨玛正要发作，又改了主意，她用手指梳理湿漉漉的头发。

"我有多大麻烦，戴吉特？"

"你是说这个星球上的事儿吗？"

"是的，还有刀锋飞弹的事儿。你听说了吧？"

"听说了，"她摇了摇头，"你的麻烦不可能更大了，夏德南，你一直都是麻烦的极限。"

他笑了。"所以我受不了你们这些'文明'人……太宽容了！"

"那么，"她把衬衫套上，问扎卡维，"说说你的条件吧。"

"还有报酬，对吧？"他笑着问，"当然不用再把我变年轻了，这条去掉，其他跟上次一样，加上百分之十的浮动佣金。"

"跟上次完全一样吗？"她伤感地转头问他，摇摇头，湿漉漉的头发甩动起来。

他点点头。"完全一样。"

"你是个傻瓜，扎卡维。"

"我一直在努力。"

"你这样没用的。"

"这你也不能断言。"

"我能猜到结果。"

"我还是抱有希望。好了，戴吉特，这是我自己的事儿。如果想让我跟你走，就得答应我的条件，行吗？"

"那好吧。"

他小心地问："你们还知道她在哪儿？"

萨玛点点头。"是的，我们知道。"

"那我们就这么定了？"

她耸耸肩，眺望远处的海洋。"行，成交。我只是觉得你错了，你不应该再去见她。"她看着他的眼睛，"这是我个人给你的建议。"

他站起来，拂去腿上黏着的沙砾。

"我会记住的。"

他们走回小屋附近，停在小岛中央的水池旁。她坐在矮墙上，等他进屋作最后的告别。她以为会听到哭声和砸东西的声音，但是没有。

风轻轻吹动她的头发，让她吃惊的是，尽管事务繁杂，她还是感到心情舒畅。树木的香气弥漫在周围，地上的树影随风而动，空气、树木、光线和地面看起来都像水池一样，会随风泛起涟漪。她闭上眼睛，周围的声音就像驯服的宠物一样包围着她，轻触她的鼓膜。树冠枝叶的沙沙声，像情人慵懒的舞蹈；海浪撞击岩石，抚摸沙滩，还有一些声音她无法辨认。

也许很快，她就可以回到那个灰色大坝下的住宅里。

她心想，扎卡维可真是个浑蛋。早知道这样，她完全可以待在家里，派一个替身来。该死的，也许派一台嗡嗡机都可以完成任务，反正扎卡维都会接受的……

他出来了，容光焕发，手里拿着一件外套。一个之前没出现过的仆人拿着一些旅行包。

"行了，我们出发吧。"他说。

他们走上港口的栈桥，嗡嗡机在头顶跟随。

"随便问一句，"她说，"你为什么要多加百分之十的佣金？"

这时他们已经走上木栈桥，他耸耸肩说："因为通货膨胀。"

萨玛皱起眉头问："通货膨胀是什么？"

第二部 运行

9

如果你睡在一个满脑子幻想的人身边，就会有渗透现象出现，那是在深夜发生的思想交流。反正他就是这么想的。那段时间他想过很多事情，他之前从来没有这么多思虑。也许是因为，他意识到了思维的过程，感觉到了时间的流逝。他时常觉得，在她身边经历的每一个瞬间都弥足珍贵，那些回忆需要像胶囊一样小心包装起来，珍藏在一个不会被伤害的地方，远离一切危险。

但是，所有这些都是他事后回想时才意识到的，当时他并不清楚。那段时间里，他完全在意的事情只有一件，就是她。

黎明降临的时候，他经常那样呆呆地躺在她身边，借晨光端详她熟睡的脸庞。这间奇怪的房子墙壁都是敞开的，所以光线不错。他就那样看着她的皮肤、她的毛发。他张着嘴出神，对着她静默的身体发呆，就像她的存在把他变傻了一样。她是一颗无忧无虑的星辰，一直沉睡，完全不知道自己照亮了周围的天空。她睡着时的表情那么放松，那么随意，这令他吃惊。他觉得难以置信，一直保持那么美丽的姿态，难道不需要异乎寻常的意志力吗？

在这样的清晨，他躺着，看着她，倾听微风吹过小房子发出的声音。他喜欢这座房子，因为它看起来……很顺眼。换作平时，他肯定会讨厌这样的房子。

然而此时此刻，他非常欣赏这座房子，他把它看作一个象征：它既封闭又开放，既柔弱又坚强；在身外，也在心中。第一次看到这座房子的时候，他觉得一阵大风就可以把它吹走，后来他才知道，这种房子很少倒塌。罕见的暴风雨袭来时，居民会躲到房间正中央，蜷缩在火堆旁，任由外面多层遮盖物在风中飘摇。这些遮盖物会逐层传递并减弱风力，对房子中央有很好的防护效果。

不过缺点还是有的。第一次看到海边小路旁这座房子的时候，他就对她说，这房子非常容易着火，抢劫起来也毫无难度，因为它孤零零的，坐落在荒郊野外。（当时她看向他，好像觉得他疯了，但随后就亲吻了他。）

房子的这个缺陷，一直让他有些担心。这跟她的情况有点儿相像，她是个诗人，也是个女人。他觉得，这和她诗里的一个意象有相似性。他爱听她朗诵诗歌，尽管对其中的隐喻和意象并不完全理解。（她诗作里的文化暗示太多了，而他并不十分了解这个星球的语言。有时候她还会嘲笑他。）在他看来，他们的关系好像从一开始就很完美，而且比他体验过的任何关系都要复杂。他觉得，性一方面是爱情的体现，另一方面又是对身体的攻击，这种矛盾成了他心中的一个结，有时候会让他感觉很糟糕。即便是沉醉其中的时候，他的内心也在挣扎，想知道性意味着什么样的宣言和承诺。

性，本来就是一种侵犯、一种攻击——侵入他人的身体。他只能得出这样的结论。每一个动作，不管多么让人欲仙欲死，不管对方多么心甘情愿，都好像带着一丝强迫的意味。他占有她，不管在此过程中她产生了多少快感，不管她从他身上收获了多少依恋，她仍是一个不断被攻击的对象。整个过程中，体内和体外都在被侵犯。

他知道，探索性爱和战争的相似之处是非常可笑的。他每次试图做这样的比较，都会被她嘲笑，闹得灰头土脸。（他说起其中相似之处的时候，她会用凉丝丝的手指揽住他的脖子，透过乱蓬蓬的浓密头发盯着他，说："扎卡维，你脑子有病！"然后她会微笑。）但是在他看来，战争与性爱的感受、动作、结构，是如此相似，不证自明。所以她的反应令他更加困惑。

他努力不让自己为这些问题而烦恼。任何时候，他都可以痴痴地看着她，把自己对她的感情当作一件温暖的外衣，在寒冷的季节里披在身上。他把她的身体、她的生活、她的一颦一笑、她的言辞动作，全都当作玄妙无比、令人振奋的知识领域，他在其中探索，就像一个学者找到了值得投入毕生精力的课题。

这还差不多！在他内心深处，一个细小的声音这样提醒他。本来就应该这样，你可以忘记其他一切，不再沉溺于罪责、秘密和谎言，不再记得那艘战舰、那张椅子、那个人……但是他努力控制自己，不去理会那个声音。

他们是在港口一家酒店认识的。那时候他刚刚来到这里，想验证一下这个星球的美酒是否名副其实——酒的确不错。而当时，她就在隔壁包间里，正在和一个男人闹分手。

"你是说，世上没有什么永远？"他听到隔壁的男人哭哭啼啼地说。真是陈词滥调啊，他想。

"不是，"她说，"我说的是，除了极少数例外之事，这个世上没有什么永远，而人的思想和作为不是例外。"

后来她还说了一些其他的话，不过他听进去的就是这几句。这样说好多了，他想，我喜欢，这个女人说话很有意思，不知道长得如何？

他探头看向隔板的另一边,打量那两个人。那个男人还在哭,女人嘛……嗯,头发很浓密,长相很美,美得惊人,而且表情犀利,简直摄人心魄。还有,身材也很不错。

"抱歉,"他插嘴说,"我只想说一件事,'世上没有什么永远'这句话,也可以是肯定句。我是说,在某些语言里……"说完之后,他意识到在这个星球的语言中,这句话并不是肯定句。他们对不同含义的"没有什么"有不同的表述方式。他微微一笑,躲回自己的包间,觉得很尴尬。他带着责怪的表情,盯着面前的酒杯,然后耸耸肩,按铃叫来侍者。

隔壁包间里传来喊叫声,随后是碎裂声和尖叫声。他扭头看去,那个男人正冲出来,穿过店堂向门口走去。那女孩走到他身边,浑身湿淋淋的。他抬头打量女孩的脸,她脸上也湿了,正用手绢擦脸。

"谢谢你多管闲事!"女孩冷冰冰地说,"本来我进展得很不错,却碰上了你这个家伙!"

"非常抱歉。"他毫无歉意地说。

她把手绢拿到他酒杯上方,拧了一下,把手绢里吸附的液体拧到他酒里。

"嗯,多谢。"他点头说道,又看向女孩灰衣服上的黑点,问,"是你的酒吗?还是他的?"

"都有。"她把手绢折起来,转身离开。

"喂,至少让我请你喝一杯。"

她愣了一下,恰好侍者走了过来。好兆头,他心想。"啊,"他对侍者说,"我想再来一杯,就要我刚才喝的那玩意儿,还有这位女士,她要来一杯……"

她看了一眼他的酒杯。"同样的。"她说道,在对面坐了下来。

"请把这个当作是……赔款。"他说道,最后一个词是从植入词汇库里硬挖出来的。

她看起来有点儿困惑。"'赔款',这个词儿的意思我都想不起来了,是不是跟战争有关?"

"是啊,"他说着,一手捂住嘴,止住了酒嗝,"意思就是……赔偿金?"

她摇了摇头。"你用的词儿都太古老了,语法也很怪。"

"我不是本地人,"他轻描淡写地说。这也是实话,他从来没到过距离这个星球一百光年以内的任何地方。

"我叫希厄斯·恩吉,"她点点头,"我是写诗的。"

"你是诗人啊?"他高兴地说,"我一直都很崇拜诗人,以前我也试着写过诗。"

"是啊,"她叹了口气,看向别处,"我想每个人都写过诗。你的名字是……"

"夏德南·扎卡维,我是打仗的。"

她笑了。"我记得已经三百年没有发生过战争了。你的业务是不是已经有点儿生疏了?"

"没错,没仗打很无聊,不是吗?"

她靠在椅子上,把外套脱了下来。"扎卡维先生,你的老家离这儿到底有多远?"

"哦,糟糕,被你看穿了。"他看上去有些沮丧,"好吧,我承认,我是外星人。哦,谢谢。"酒送来了,他把其中一杯推给她。

"你看起来的确很奇怪。"她上下打量他。

"我奇怪吗?"他有点儿不高兴。

她耸耸肩。"总之跟别人不一样。"她喝了一口酒,"不过差别也不是很大。"她按着酒桌探过身来,问道:"你怎么会跟我们长得这么像?我知道,不是所有的外星人都长得像人,但很多都是平常人类的样子,这是为什么?"

"这个嘛,"他捂住嘴,"事情应该是这样的,那个……"他打了个酒嗝,"星云里的酒精,这就是问题所在。这破玩意儿到处都是,任何一个发明过望远镜或者分光镜的蹩脚种族,往星星之间一看,猜猜他们会看到什么?"他把酒杯往桌子上一砰,"当然有很多东西,不过大部分都是酒精。"他喝了一口酒,"银河系需要有人类存在,它要让人类喝光宇宙里所有的酒。"

"这么说起来,倒是很有道理,"她赞同道,还点了点头,一副严肃的表情,"那么,你来我们的星球做什么?不是来发动战争的吧?"

"不是,我在度假,躲避战争。所以我选择了这个地方。"

"那你会在这里待多久?"

"待够为止。"

她对他微笑,说道:"那你估计多长时间才会待够呢?"

"这个嘛……"他也报以微笑,"我也不知道。"他将杯子放下,她也喝光了自己的那杯酒。他伸手想按铃叫侍者,但是她抢先一步。

"这次轮到我了,"她说,"你还要同样的吗?"

"当然不,"他说,"这次来点不一样的。"

他试图分析自己的爱情,列举她身上所有让自己着迷的地方,他从一些显而易见的事实开始——她的美貌、生活态度、创造力。当他回想刚刚过去的一天,或者打量她的时候,却发现她的每个姿态、每句话、每个步伐,一举目、一抬手的姿势,都让他心醉。于是他放弃了分析,而是用她的话回答自己:你不可能爱上自己完全能读懂的人。在她看来,爱情是一个过程,而不是一种状态。如果你想让它停留在某个瞬间,它就会枯萎。他不知道这些话对不对,他似乎就在爱情中找到了一种平静安详的感觉,若不是她,他甚至不知道人的心灵可以这样平静。

她的天赋——或者说她独一无二的创造力——也是这段爱情的一部分。这更令他觉得难以置信，她不止是自己所爱的人，同时还在向外界展示完全不同的另一面。他爱的是眼前的这个人，完整、深奥，他永远都不能完全读懂。但是，如果有一天，他们两个人都死了（他发现自己可以想象自己的死亡了，而且不会感觉到恐惧），这个世界，或者其他社会，会有人记得她——她是一位诗人，一个意象的编织者，这种形象完全不同于他对她的认识。在他眼中，那些诗不过是写在纸上的一些词句和标题，她只偶尔对他提起。

她曾说过，有一天会为他写一首诗，但现在不行。他觉得，她是想让他讲述自己的故事。他早就说过，他永远都不会讲。他不需要向她忏悔，因为根本没有必要。她已经为他去掉了心头的重担，他甚至不知道这是怎么发生的。她总说，记忆不是事实，只是对事实的一种诠释；而所谓的理性，也不过是另一种直觉。

他能感觉到，自己割裂的心灵在慢慢康复，逐渐向她靠拢。他的所有偏见、自负都慢慢理出了头绪，她就是他心中的一块磁石。

她帮助了他，自己却毫不知晓。她修复了他，找到了他内心深处那道难以察觉的伤痕，然后将它缝合。这也令他吃惊，他不明白，一个人对另一个人怎么可能有那么大的影响力。他一直以为只有漫长的时间才能治愈自己，让自己重新面对那段可怕的回忆。但是，她好像毫不费力就把这些回忆连根拔起，揉作一团，扔到了一边。她甚至没有意识到自己在做这件事，甚至根本不知道自己的影响力。

他把她抱在怀里。

"你到底多大年纪?"临近黎明的时候,她问道。那是他们共度的第一晚。

"我比你老,也比你年轻。"

"别故弄玄虚,回答我的问题。"

他在黑暗中莞尔。"那好吧……嗯,你们这个星球的人,通常能活多少年?"

"我也说不准,大约八九十年吧。"

他记得当地一年的长度,算了个大概。"嗯,我的年龄……应该是二百二十岁,或者一百一十岁,还可以说是三十岁。"

她吹了声口哨,把脑袋靠在他肩膀上。"你的年龄是一道选择题啊。"

"算是吧。我出生于二百二十年前,活着的时间大概有一百一十年,但身体只有三十岁。"

她强忍住笑,趴到他身上。"你是说,我在跟一位一百一十岁的老人家相处?"

他揽住她的腰,她的肌肤冰凉嫩滑。"没错,感觉不错吧?我经验那么丰富……"

她吻了他一下,从他身上滑了下来。

他把头靠在她肩膀上,抱紧她。她在梦里抽动了一下,然后翻身,双臂抱着他。他能闻到她的味道,空气因为她而变得馥郁香醇——不是香水味,只有她的体味。他闭上眼睛,仔细体会这一刻的感觉,他又睁开眼,贪婪地凝望她睡着时的样子。他靠近她,用舌尖去感受她的呼吸,感受她生命的气息。他的舌尖,正好放在她的嘴唇与鼻尖之间,就像有人特意设计的一样。

她的嘴唇微微张开,又合上。她在睡梦中抿了抿嘴唇,鼻翼翕动。他欣赏着这些小动作,心花怒放,就像跟大人玩捉迷藏的小孩:大人每次都躲在同一个垫子后面,孩子依旧找得很开心。

她仍在熟睡，他的头脑逐渐归于宁静。

那天早上晨光熹微，他躺在床上，而她正细细检查他身上所有的伤痕。

"你的伤疤真多，扎卡维，"她观察他胸部的道道伤痕，一面说一面摇头。

"我总是受伤。"他承认道，"我本可以把这些伤疤都去掉的，不过伤疤也有好处，它们可以……帮我记住一些事情。"

她把下巴搁在他胸口。"行了，承认吧，你留着这些伤疤就是为了骗姑娘。"

"这当然也是原因之一。"

"这一道看起来很凶险啊，假如你心脏的位置跟我们一样的话……你其他部位跟我们都是一样的。"她触摸他一侧乳头附近的伤痕。她感觉到他很紧张，于是抬头看向他的脸。他的眼睛里瞬间涌出的一股寒意，让她不寒而栗。突然之间，他看上去真有他说的那么老，甚至更老。她坐起身，用手梳理了几下头发。"这个伤口是最近的，是吗？"

"那个啊……"他勉强微笑，摸了摸皮肤上微微凹陷的伤痕，"说来可笑，它其实是我最早的伤口之一。"他眼中的寒意淡去了。

"这个呢？"她又兴奋地触摸他脑袋一侧的伤口。

"枪伤。"

"那是一场大战吗？"

"嗯，算是吧。确切地讲，是在一辆汽车里，一个女人开的枪。"

"哦，不会吧。"她夸张地用手掩住口，故意做出一副害怕的表情。

"当时的情况很尴尬。"

"好吧，我们不说这个了——这个伤口又是怎么来的？"

"是激光，就是非常强的光线。"见她很困惑，他又解释了一句，"很久之前的事情了。"

"这个呢？"

"啊，这个啊，是多重因素共同作用的结果。最后下手的是昆虫。"

"昆虫？！"她不禁哆嗦了一下。

他瞬间又回到了当时，回到了那个积水的火山口。那是很久以前的事儿，但还在他心里，挥之不去……不过总比回想心口那道疤更安全一些，有另一段更加古老的回忆盘踞在那里。他记得那个破碎的火山口，眼前又浮现出那潭死水，中央是一片乱石，四周是富含毒素的山岩。他记得身体挪动发出的刮擦声，还有那些赖在身边的昆虫……但是，那群残忍无情的东西已经不可怕了，都过去了。当时是当时，现在是现在。

"你肯定不想知道详细的情形。"他一脸坏笑。

"我还是相信你的好。"她表示同意，缓缓点头，浓密的黑色长发也震颤起来，"我会挨个亲吻它们，让这些伤口都好起来。"

"那可要花很长时间。"他说道，而她爬向他脚边。

"你急着走吗？"她问，俯身亲了他的一根脚趾。

"一点儿都不急，"他笑着，躺了下去，"你愿意花多少时间都可以，哪怕直到永远。"

他感觉到她的动作，于是低头看向她。她用手背揉了揉眼睛，撩开头发轻轻拍打自己的鼻子和脸颊，并向他微笑。他凝视着她的笑容：在这个世界上，他愿意为几个人的笑容去杀人，但是从来没有谁的笑容像眼前的这样，让他愿意为之送命。除了报以微笑，他还能做什么？

"为什么你每次都比我醒得早?"

"我也不知道。"他叹了一口气,房子也发出叹息声。那是风在繁复的墙壁间穿行而过时,发出的模糊声响。"我喜欢看你睡着的样子。"

"为什么?"她翻了个身,仰面躺着,转过头看着他。她浓密的头发散在他面前,而他就这样枕在一片芳香的黑缎子中间。他想起了她肩头的香气,心中冒出一个很傻的问题:她睡着和醒着的时候,味道是不是一样?

他把鼻子凑到她肩头。她娇笑着耸起那一侧肩膀,把头靠在他的肩上。他亲吻她的颈部,赶在完全忘记问题之前,回答了她。

"你醒着的时候总是在动,我看不清。"

"看不清什么?"他感觉到她在亲吻自己的头部。

"你做的事情我都看不清。睡着的时候你几乎不动,我想看什么都可以看得一清二楚,因为有足够的时间。"

"奇怪。"她缓缓说道。

"知道吗?你醒着的时候和睡着的时候,身上的味道闻起来是一样的。"他抬起头看向她的脸,笑着说。

"你……"她好像生气了,然后低下了头。再抬头的时候,她的笑容很伤感。"我现在爱听你说这些废话。"她说。

他听出了言外之意。"你是说,你现在喜欢听这些话,可是到将来某个时候,说不定你就不爱听了。"他不喜欢这套说词,简直是老掉牙,不过在她的心里似乎也有伤。

"也许吧。"她说道,握住他的一只手。

"你对未来考虑得太多了。"他说。

"那我们两个正好互相抵消。"

他笑了:"你挖了个陷阱,我就走进去了。"

她抚摸他的脸,研究他的眼神。"我真不应该爱上你,扎卡维。"

"为什么?"

"有很多原因。因为那些过去,因为将来,因为你是你,我是我。因为这一切。"

"说点儿我能明白的。"他挥挥手。

她大笑起来,然后摇摇头,把脸埋在自己头发里。然后她探出头,盯着他。

"其实我是担心,现在的一切无法持久。"她说道。

"没有什么是永远的,记得吗?"

"我记得。"她慢慢点头。

"你觉得,我们的感情也不能永远吗?"

"眼前看来……好像……我不知道。如果将来我们真会互相伤害的话……"

"那我们就不要那么做。"他说。

她垂下眼睑,低下头。他伸出双手,捧着她的脸。

"也许就那么简单,"她说,"也许我就是喜欢想象将来可能发生的一切,以免到时候大吃一惊。"她抬起头看向他,"这会让你不安吗?"她说着摇摇头,一丝痛苦挂在眼角。

"什么意思?"他俯身微笑着亲吻她,但是她扭过头去,示意她不想要,于是他退后了。

她说:"我的意思是,我没有足够的信心,总是有所怀疑。"

"不会,我不会因为这种事而烦恼。"他还是吻了她。

"真奇怪,所谓'味蕾',尝起来一点味儿都没有。"她在他耳边轻轻地说。两人一起大笑。

有时候,在深夜,当她已经睡着或者默不作声的时候,他躺在黑暗里,似乎看到真正的夏德南·扎卡维的灵魂,从幕墙后面走出来:一个黑影,面容冷峻,手里拿着一把巨大而凶残的枪,子弹已上膛,随时可以击发。那个黑影直勾勾地盯着他,他周围的空气好像充满了……不是仇恨，那是比仇恨更糟的冷嘲。他感觉自己是那样无助，被爱情冲昏了头脑，像任何年轻人一样，只想躺着，怀抱一个美貌、年轻、才华横溢的女孩。为了她，自己什么都愿意做。他完全清楚，对自己而言，任何坦诚、无私、专注的情愫，都是一种耻辱，需要毫不犹豫地去除。真正的扎卡维会举起枪，通过瞄准镜直视他的眼睛，然后冷静而且决绝地开枪。

但是随后，他会大笑，转向她，亲吻她或者被她亲吻。他觉得世上没有任何威胁可以把他们分开。

"别忘了，我们今天要去看克里赫巨兽的，今天上午去。"

"哦，对。"他说道，转身仰面躺倒。她坐起来，伸展胳膊，打了个哈欠，用力睁开眼睛，瞪着织物做成的房顶。她的眼睛逐渐放松，嘴巴闭合，她看向他，把手肘支在床头上，用手指为他梳头。"不过，它大概没被困住。"

"嗯，可能没有。"他同意。

"我们今天去的话，它可能不在原来的地方。"

"没错。"

"如果它在，我们就上山去。"

他点点头，与她击掌。她展露笑颜，轻快地亲吻他，然后跳下床走到房间另一端，拉开半透明的窗帘，从支架上取下一副望远镜。他躺在床上呆呆望着她，看她把望远镜举到面前，遥望高处的山冈。

"它还在那里呢。"她的声音听起来很遥远。

他闭上了眼睛。"我们今天就上山，或者，下午去。"

"我们该去。"她的声音听起来依旧遥远。

"一言为定。"

那头傻动物大概根本没被卡住，它可能只是睡着了，进入了恍惚的休眠状态。他听说这种动物有这样的习惯。有时候它正在吃东西，突然抬起头，就这么一直看着前方，愚钝的大眼睛不知盯住了什么东西，然后它就休眠了，一切好像纯粹出于偶然。等下雨或者鸟儿落到它身上时，它可能就会醒来。不过，它的确也有被卡住的可能。克里赫的皮毛很厚，有时候会跟灌木或者树枝缠绕在一起，无法动弹。他们今天要去看它，今天天气很好，他正好可以锻炼一下身体，而不是一直在地面上晃悠。他们可以躺在山坡的草间谈天说地，远望浓雾中闪耀着点点金光的海洋。也许那头动物需要他们的解救，也许只需要被唤醒。她会照顾它，脸上挂起一副谢绝打扰的表情，到了晚上她会奋笔疾书，写出一首新诗。

他已经几次以无名恋人的形象出现在她近期的诗作里，不过大多数情况下，这些诗歌会被她丢弃。她曾说过，将来有一天，会为他写一首诗，也许就在他讲述更多生平故事之后。

房子在喁喁低语，部件在躁动、摇摆、翻转，光线时明时暗。不同材质制成的重重帷幕彼此摩擦，发出私语般的声响。

在远处，她把手伸进头发里，无意识地拽向一边，另一只手拨弄桌子上的一张纸。他看到她的手指划过昨天写的一些东西，她玩弄那张纸，一会儿慢慢卷起，一会儿又打开，折几下。她注视着纸，他注视着她。

窗玻璃在她另一侧，窗帘垂着，没人去拉开。他细细打量她，看她背光站在明亮处，看她的脚、她的腿，看她的臀部、腹部、胸部、肩膀、脖子、脸孔和头部的侧影，还有头发。

她的手指在桌面上敲打，就在这个晚上，这里会诞生一首关于他的诗歌。他会悄悄把这首诗抄走，因为他担心她会不满意，然后把诗丢弃。他的欲望在生长，而她神情平静。他们两人中有一个只是匆匆过客，只是另一个人日记本里的薄薄几页纸。他们用语言吸引彼此，总有一天，他们会从中走出来。

"我今天必须做点儿正经事。"她对自己说。

沉默。

"嗨!"他说。

"嗯?"她的声音好像很遥远。

"我们浪费一点时间,行吗?"

"真是个委婉的说法,先生。"她若有所思地回答,似乎神游天外。

他笑了。"来吧,帮我想一个更好的说法。"

她也笑了,两人对视。很久,彼此再没说一句话。

六

他挠挠头,身体微微晃动,然后把枪托放在舱室的地面上,扶起枪管,眯起一只眼睛往里看,嘴里嘟嘟囔囔。

"扎卡维,"戴吉特·萨玛说,"我们改变了两千八百万人的航线,调用了一艘万亿吨级的星舰,偏离预定航线两个月,就为了按时把你送到沃伦胡兹。如果你能等到完成任务之后再把自己脑袋轰个稀巴烂,我会非常感激的。"

他转身,看到萨玛和嗡嗡机从舱室后面走过来,背后有一辆胶囊车从运输管道中一闪而过。

"嗯?"他愣了一下,然后挥手致意,"哦,嗨!"他穿着白衬衣、黑裤子,衣袖卷得很高,光着脚。他单手把等离子步枪拿起来,摇了摇,另一只手使劲儿敲它的侧面。他瞄向舱室的另一边,稳住枪,扣动扳机。

枪口闪了一下,枪身后坐力很大。一声脆响,带着回音。舱室的另一头,大约二百米以外,灯下有一个闪光的黑色立方体,边长大约十五米。他看着远处的黑色物体,又一次举枪瞄准,通过枪身上的屏幕仔细察看它的表面。"真奇怪。"他嘟囔着,又开始挠头。

他身边漂浮着一个小托盘,盘子上有一个装饰精美的金属壶,还有一个水晶杯。他举杯喝了一口，继续死盯着那支枪。

"扎卡维，"萨玛问，"你到底在搞什么？"

"打靶啊，"他回答道，又喝了一口，"你喝吗，萨玛？我可以再要一个杯子。"

"不用了，谢谢。"萨玛望着舱室另一端那个奇怪的黑色发光立方体，"那个又是什么？"

"冰块。"斯卡芬·阿姆提斯科说。

"没错。"他点点头，放下杯子，又调整了一下等离子枪，"的确是冰块。"

"染过色的黑冰。"嗡嗡机说。

"冰块，"萨玛点点头，却还是一头雾水，"为什么是冰块？"

"因为，"他好像很恼怒，"这艘……这艘名字傻得冒泡的星舰，尽管上面住了二十八万亿人[①]，尽管号称有数万兆亿吨的容量，却连点儿像样的垃圾都拿不出来，这就是原因。"他扳动枪身侧面的几个开关，重新瞄准。"好几万兆吨重的大家伙，连点儿该死的垃圾都没有，我估计它的脑子就是垃圾做的。"他再次扣动扳机，肩膀和胳膊再次因为后坐力向后移动。枪口光芒闪耀，枪声响起，他看向监视屏幕，怒道："真是岂有此理！"

"你为什么要对冰块射击啊？"

"萨玛，"他喊了起来，"你耳朵聋了还是怎么的？因为这条吝啬鬼破飞船说船上没有任何垃圾，可以给我练习射击用！"他摇了摇头。

"你为什么不能像别人一样，用虚拟标靶练习射击呢？"萨玛问。

"虚拟标靶的确有它的用途，戴吉特，可是……"他转身把枪

[①] 实际乘员数量为 2800 万，扎卡维夸大数据，以示不满。

147

交给她,"来,帮我拿一小会儿,谢谢。"萨玛端着枪身,他在摆弄瞄准镜的零件。这把等离子枪有一点二五米长,非常重。"虚拟标靶当然也有用,比如用来校正瞄准点之类的,但是如果……如果你真的想理解一件武器,找到感觉,你还是得用它破坏一些东西,你懂吗?"他瞥了她一眼,"你必须要感觉后坐力的冲击,看到残骸,真正的残骸,而不是虚拟标靶的幻象。"

萨玛和嗡嗡机面面相觑。

"这尊……大炮,还是你帮我拿会儿吧。"萨玛对嗡嗡机说。斯卡芬·阿姆提斯科觉得很好玩,光晕已经变成了粉红色。它从萨玛手中接过重担,而扎卡维还在忙着摆弄枪上的零部件。

"我觉得,一艘通用系统星舰不懂什么叫'垃圾',扎卡维。"萨玛说道,小心翼翼地闻了闻那个金属壶里的东西,皱了皱眉,"在它看来,只有目前正在使用的东西,以及改造后能以全新形式使用的东西,根本不存在无用的垃圾。"

"是啊,"他嘟囔,"那破玩意儿也是这么说的。"

"所以它给了你这些冰,对吗?"嗡嗡机问。

"也只能凑合用了。"他点头,把带装甲的监视屏收回去,从嗡嗡机力场中取回那把枪,"冰块做靶子倒是没问题,可现在,我没办法让这把破枪正常运作。"

"扎卡维,"嗡嗡机叹了一口气,"这东西要是能正常发射,那才真是奇怪了。它早就该进博物馆了,那是一千一百年前的型号,现在我们制造的小手枪都比它威力强。"

他呼出一口气,调匀呼吸,然后擦擦嘴,放下枪,拿起杯子又喝了一口。对嗡嗡机说:"你不觉得它很漂亮吗?"他拿起枪,拍了拍它的黑色装甲外壳。"我是说,你仔细看看它,多么威猛。"他咆哮了一声,好像在为这把威猛的枪喝彩,然后摆开架势,又开了一枪。

这次冰块还是没动静。他叹口气,摇摇头,伤心地看着那把枪。"它坏了。"他无奈地说,"怎么收拾都没用,我能感觉到后坐力,可是它就是打不中目标。"

"让我看看?"斯卡芬·阿姆提斯科说道,悬浮到枪身附近。扎卡维怀疑地看了它一眼,把枪递给它。

等离子步枪的图像在周围所有的屏幕上闪现,耳畔一阵咔嗒声和嘀嘀声,监视屏一会儿打开,一会儿关闭。嗡嗡机把枪还给他。"枪本身一切正常。"

"哦。"他单手拿着武器,另一只手合上枪托,他挥动枪身,让枪口划出一道弧线,在面前转了半圈。他反手阻住枪身,瞄准冰块,扣动扳机,整个过程一气呵成。这次还是一样,枪好像击发了,但是冰块却全无动静。

"正常个屁。"他说。

"你去要'垃圾'的时候,到底跟飞船说了些什么?"嗡嗡机问。

"记不清了,"他大声说,"我说,没有垃圾可以用来练习射击,这完全是扯淡。它说,如果有无聊的人要用实物练习射击可以使用冰块。我说好吧,你这个脑子坏掉的破火箭,或者其他什么重置,快给我准备好冰块。"他摊开双手,丢下枪,"就说了这些。"

嗡嗡机接住掉落的步枪。"你试着跟它谈谈,让它把这个舱室重置一下,清理成适合练习射击的状态,"它建议道,"我是说,明确要求它重设安全隔离区界线。"

他从嗡嗡机那里接过枪,似乎不以为然。"好吧。"他慢腾腾地说,然后四处张望,想对着空气说话,又似乎不太确定。他挠挠头,看看嗡嗡机,好像要跟它说话,又把视线移开。最后他用一根手指示意斯卡芬·阿姆提斯科,说:"你,你来提这个要求吧,所有的要求。这种奇怪的话应该让机器告诉机器。"

"好的,已经完成了。"嗡嗡机说,"很简单。"

"哼。"他把质疑的目光从嗡嗡机身上转向远处的黑色方块,举枪瞄准了那块冰。

他扣动扳机。

枪托猛地撞向他的肩膀,炫目的强光把他的影子投在背后的地面上。枪声像手榴弹爆炸一样响亮。一束铅笔粗细的白色光线划过舱室,从枪口直刺冰块。爆裂声震动地面,大冰块碎成了千万个小块。强光之后是大团水汽,还有迅速扩散的黑色蒸汽。

萨玛背手站立,看着一些碎冰块直冲到五十米高的舱室顶部,又掉落下来。更多的黑色碎块飞溅到墙上,还有些碎冰向他们飞来。大多数碎冰都停在了半路上,个别的冰块飞过一段之后才落地,一直滑到两个人类和嗡嗡机的背后,撞到了墙面上。斯卡芬·阿姆提斯科从萨玛脚边捡起一块拳头大的冰块。爆炸声在墙壁之间回响,逐渐平息。

萨玛感觉耳朵放松了一些,问道:"现在满意了,扎卡维?"

他眨眨眼,把枪调整到锁闭状态,转身大声对萨玛说:"现在看来,这枪还是管用的。"

萨玛点点头。"嗯,嗯。"

他扭头示意,说:"我们去喝点儿吧。"他拿起杯子,喝了一口,起身走向运输管道端口。

"还喝?"萨玛跟着他走,眼睛望着他手里的杯子,问,"你手里这是什么?"

"快喝完了。"他大声告诉她,把壶里最后那点儿都倒进杯子里。

"要加冰吗?"嗡嗡机举起一块滴着水的黑色冰块。

"不用,谢谢了。"

运输管道内闪了一下，一辆胶囊车突然出现，车门自动打开。
"顺便问一句，你说的这个隔离区是什么东西？"他问嗡嗡机。

"通用系统星舰的内部防爆系统。"嗡嗡机解释道，让两个人类先上了胶囊车，"但凡强度超过一个屁的东西——爆炸、辐射，所有这些，都会被防爆系统转移到超空间中。"

"呸！"他觉得这事儿很恶心，"你是说，在这艘破飞船上，就算引爆了核弹，它也一点儿感觉都没有？"

嗡嗡机摇头晃脑地说："飞船当然能感觉到，不过其他人就毫无知觉了。"

扎卡维摇摇摆摆地站在胶囊车上，看着车门慢慢关闭，他痛心地摇头说："你们这些家伙完全不懂得什么叫公平，对吗？"

他上一次登上通用系统星舰，还是十年以前的事儿。那是他在"傻子星"差点丧命之后。

"夏德南？……夏德南？"

他能听到这个声音，却不确定那个女人是否在跟自己说话。她的声音很迷人，他很想答应，但不知道该怎样发声，那时周围一片黑暗。

"夏德南？"

对方的语调很耐心，也有些担心，但充满希望。她的声音欢快可爱，让他想起自己的母亲。

"夏德南？"声音再次响起，好像在努力唤醒他，但他本来就是清醒的，他试着活动自己的嘴唇。

"夏德南……你能听到吗？"

他动了一下嘴唇，出了一口气，感觉自己应该发出了一点儿声音。他努力睁开眼睛，黑暗逐渐消退。

"夏德南？"一只手轻轻抚摸他的脸颊。希厄斯！有一刻他以为那是她，随后又把那段回忆收藏起来。

"希……"他做到了，但只发出了一个音。

"夏德南……"那个声音挪到了他耳边，继续说，"我是戴吉特，戴吉特·萨玛。记得我吗？"

"戴吉特……"几次尝试之后，他终于说出了她的名字。

"夏德南？"

"嗯。"他听到自己的呼吸声。

"试着睁开眼睛，好吗？"

"正在试……"他说。周围亮起来了，但好像跟他睁开眼睛的动作完全无关。一段时间后周围的景象清晰起来。最终，他看到了令人放松的绿色天花板，侧墙上隐藏的灯光照亮了一片扇形的区域。戴吉特·萨玛正俯身看着他。

"干得好，夏德南。"她对他微笑，"你感觉怎么样？"

他想了想，说道："很怪。"他努力回想，这里是医院吗？自己是怎么来到这里的呢？

"我这是在哪儿？"他问道，觉得还是直接询问比较好。他想挪动自己的手，但没有成功。这时萨玛正望向他头顶的某个地方。

"这是一艘通用系统星舰，天生乐观号，你现在很好，你会慢慢好起来的。"

"要是我没什么事儿的话，为什么手脚都动弹不——哦，天哪！"

突然之间，他觉得自己又被绑在了那个木架上，那个女孩站在自己面前。他睁大眼睛，是萨玛。雾一样不可捉摸的光线照亮四周。他记得曾用力撕扯捆绑自己的绳索，但是没有一点儿松动的迹象，没有任何希望。后来他感觉到有人拉扯自己的头发，听到利刃砍到骨头的钝响，看到那个穿着红衣的女孩站在某处，看着自己无头的身体。

天旋地转，他闭上了眼睛。

幻象过去后，他咽了一口唾沫，深吸一口气，再次睁开眼睛，至少他还可以做这些动作。萨玛低头看向他，松了一口气。"你都想起来了？"

"是啊，我刚刚想起来。"

"你没事吧？"她语调严肃，但并不慌张。

"我会没事的。"他说完，又补充了一句，"只是一点儿皮肉伤。"

她笑了，转头看向别处，然后又回头看向他，咬着嘴唇。

"嘿，"他笑着问，"这一回很险啊，是吧？"

萨玛点头。"的确很险，再晚几秒钟，你的脑子就会坏掉；再晚几分钟，你就死了。如果你体内植入了追踪系统，我们几天前就可以接你撤离——"

"哦，萨玛，"他温和地说，"你知道，我根本受不了那类东西。"

"是，我知道。"她说，"好吧，不管怎么说，你有一段时间都得是这副样子了。"萨玛整理好他前额的头发，"长好一个新的身体需要大约二百天。他们让我询问你的意见，在你身体生长的过程中，你是愿意一直睡觉呢，还是像平常一样醒着，或者是介于两者之间？这完全由你决定，对身体生长过程没有任何影响。"

"嗯，"他想了想，问道，"也就是说，我可以做一些提高自己修养的事情，比如听音乐、看电影之类，我能读书吗？"

"可以，"萨玛耸耸肩，"要是你喜欢，我们可以给你提供全套的《生猪与线轴》系列幻想小说的意念磁带。"

"能喝酒吗？"

"喝酒？"

"是啊，我能喝个一醉方休吗？"

"这我就不知道了，"萨玛说道，抬头问旁边的什么人。好像有人说了些什么。

"谁在说话？"他问。

"斯托德·佩里斯。"一个年轻人出现在他面前，正微微点头。不过在扎卡维看来，他是倒立的。"我是医生，你好，扎卡维先生。无论你决定怎样度过这段时间，我都会全程照顾你的。"

"如果选择昏睡，我会做梦吗？"他问医生。

"这取决于你想睡到何种程度。我们有能力让人深度昏睡，让二百天就像一秒钟那样短；我们也可以让人每一秒钟都做梦。你可以自由选择。"

"大多数人会怎样选择？"

"马上睡着，醒来之后就有了新的身体。根本感觉不到时间的流逝。"

"我猜也是这样。在我选择方案之后，可以喝酒吗？"

斯托德·佩里斯微笑着说："我们可以做到，如果你想要的话，我甚至可以给你加装自动分泌酒精的腺体，只是——"

"不用，谢谢。"他闭上眼睛，想要摇头，"我偶尔小醉一下就够了。"

斯托德·佩里斯点头说："没问题，我们可以给你安排好这个。"

"很好。萨玛？"他看向她，而她扬起一边眉毛等着他的决定。"我决定醒着。"他说。

萨玛的笑容慢慢绽放，她说："我就觉得你可能会这样选。"

"这段时间你在这儿吗？"

"也许吧，"女人回答，"你希望我在吗？"

"是的。"

"我也愿意，"她若有所思地点头，"好吧，我答应留在这里，看你增肥。"

"谢谢。另外我还要感谢你没把那台该死的嗡嗡机带来,我可以想象他会怎么挖苦我。"

"……这个嘛。"萨玛欲言又止。

他追问道:"萨玛,你想说什么?"

"那个……"萨玛看起来有些忐忑。

"有什么事儿就告诉我。"

"斯卡芬·阿姆提斯科,"她说道,语调有点儿怪异,"它托我带给你一件礼物。"她从包里拿出一个小包裹,表情有些尴尬,"我……我也不知道是什么东西,不过——"

"反正我自己也没办法打开,帮个忙吧,萨玛。"

她只好打开包裹,看了一眼里面的东西,斯托德·佩里斯也探身看了一眼。医生迅速转过身去,一手捂着嘴,咳嗽起来。

萨玛嘟着嘴说:"我也许真的需要一个新的嗡嗡机保镖。"

他闭上眼睛,问道:"它送的是什么?"

"一顶帽子。"

他笑了,最后萨玛也笑起来。(虽然她后来见到嗡嗡机时,还是抓起东西来砸它。)这个礼物最后转送给了斯托德·佩里斯。

后来,在医疗区暗淡的红光中,萨玛跟新俘获的情郎跳起舞来;斯托德·佩里斯在外面跟朋友吃饭,大谈帽子的故事;巨型飞船上人们的生活一切照旧。这时,扎卡维回想起几年前希厄斯·恩吉的手滑过自己伤痕时的情景。凉丝丝的纤细手指滑过微微凹陷的伤痕,那些部位的皮肤看上去更嫩。他想起她肩膀上的味道,想起她的头发在他身上划过时麻酥酥的感觉。

二百天后,他将有一副新的身体,然而……他心口的那道伤痕将永远消失,而他体内跳动的心脏,也不再是从前的那一颗。

他意识到,他终于失去了她。

不是希厄斯·恩吉,恩吉是他曾经爱过的人,或者说曾经以为自己爱过,但肯定已经失去的人。但是她,另外那个她,才是真正的爱人,在漫长冰冻的昏睡中一直活在他心中。

他曾经以为,自己到死都不会失去她。而现在,他知道事情不再是那样的了。突然意识到这一点,他黯然心碎。

他轻轻呼唤她的名字,在寂静的红色夜晚。

头顶,智能监护系统注意到这个没有身体的人的泪腺里分泌出了一些液体,它隐约有些好奇。

"索尔德林老头儿现在多大年纪了?"

"八十岁,相对年龄。"嗡嗡机回答。

"你们以为,只要我去劝他,他就愿意出山?"

"除了你,我们别无选择。"萨玛说道。

"你们就不能放过这个老头儿,让他安享晚年吗?"

"这件事关系重大,远比一个老年政客的安定生活重要,扎卡维。"

"都关系到什么重大的事儿?全宇宙?全部生命体?"

"的确,关系到几千万,甚至上亿生命。"

"听起来简直是哲学命题。"

"你不是也没有放过凯利安总督,让他安享晚年吗?"

"说对了,"他说道,向武器库深处走去,"那个老浑蛋罪该万死。"

改造过的工程舱室里存放着令人眼花缭乱的武器,有的来自"文明",有的来自其他社会。萨玛觉得,扎卡维到了这里,就好像小孩进了玩具店。他把选中的装备都放进一个货盘里,斯卡芬·阿姆提斯科牵引着盘子,他们穿过一排排搁架、抽屉和搁板,上面塞满了各种弹射武器、线性枪支、激光步枪、等离子发射器、多弹头手雷、效应器、平面炸药、被动和主动防御盔甲、传感护卫装置、全功能作战服、导弹包，还有十几种萨玛都不认识的独特武器。

"扎卡维，你选的太多了，根本不可能都带上。"

"这都是备选的。"他说道，从搁板上拿起一把厚重的盒形枪，这把枪没有明显的枪管，他把枪给嗡嗡机看，问道："这是什么？"

"克鲁斯，攻击步枪。"斯卡芬·阿姆提斯科回答道，"配有七种射速，最慢射速为单发，最快射速每秒四十四点八千发。最短射击时间八点七五秒，最多可以一次打光所有子弹。重量七乘二点五零公斤。发射频率从可见光到高频X射线。"

他掂了一下，说："枪身平衡性不好。"

"它现在处于储存状态，你把上面半截向后拉下来。"

"嗯。"他照做了，然后用它瞄准，"使用者容易把手放在这个位置，这里是激光的发射口。有什么办法纠正？"

"靠常识？"嗡嗡机讽刺道。

"啊哈，我还是用我老掉牙的等离子步枪吧。"他把盒形枪放回原处，"不管怎么说，萨玛，有老男人愿意离开安乐窝，出来替你卖命，你应该欣慰才对。我本来可以专心栽花种草，而不是像现在，风风火火地闯到那些奇怪的星球上，替你干这些脏活。"

"哦，是吗？"萨玛说，"看来我费了好大劲儿，才说服你放弃了'栽花种草'的嗜好，回来加入我们的行列。行了，扎卡维，你可是早就把行李收拾好了。"

"我未卜先知，大老远就感觉到你这次形势紧迫。"他从搁架上取下一把黑色巨枪，双手抱着它，累得直哼哼，"天哪，这个宝贝到底是枪，还是攻城锤？"

"依德兰手持火炮。"斯卡芬·阿姆提斯科叹了一口气，"别拿着它乱杵，这东西已经有很多年历史了，很罕见。"

"难怪！"他费了好大力气，才把枪放回原处，继续沿着过道向前走。"萨玛，我想了想，觉得我实在是太老了，到现在这个年龄，平常人都投胎三回了。我觉得，参加这次光荣的行动，我跟你们要的钱实在是太少了。"

"那好，你要跟我计较这个，我们也可以控告你侵犯专利权，你可是用了我们的技术，才让那些老家伙返老还童的。"

"居然提这个。你们根本就不懂，那么早就变得那么老，他们多痛苦啊！"

"没错，是痛苦，可那里的所有人都一样痛苦，你却只把返老还童的机会给了那儿最邪恶、最贪权的极少数人。"

"那里是极权社会！我能怎么办？再说了，要是我让所有人都返老还童了，想象一下人口爆炸的压力吧！"

"扎卡维，这个问题我十五岁的时候就考虑过了。在'文明'世界，这类知识在早期教育中就会涉及。我们早把这个问题想通了，这已经成了我们历史的一部分，我们每个人所受教育的一部分。你做的这些事儿，连我们的小学生都觉得疯狂。你在我们眼里就像一个小孩儿，你甚至连自己会变老的事实都不能接受，世界上再也没有比这更不成熟的想法了。"

"哇哦！"他突然停下来，从架子上取下一件东西，"这个是什么？"

"你不可能搞懂的东西。"斯卡芬·阿姆提斯科说。

"真漂亮！"他摆弄那件非常复杂的武器，急切地问，"到底是什么？"

"微型突击系统，步枪类武器。"嗡嗡机开始解说，"它是……这么说吧，这件武器有十个互相独立的武器系统，还不包括半智能化的自动防卫体系、感应盾牌组件、快速反应包以及反向火力装置。而且我得先告诉你，你拿的这个版本所有控制键位置都是反的，这款是专门为左撇子设计的。枪身的整体结构，包括重量和其他独立可变参数，都是可以调整的。学会安全使用这件武器就需要半年，更不要说发挥它的全部战斗力了，所以这件武器不能给你。"

"你想给我，我还不要呢！"他摩挲着手里的武器，"不过这玩意儿可真不赖！"他把武器放回原处，看了萨玛一眼，"戴吉特，我知道你同胞们的想法，也尊重你们的立场，可以理解。不过你们的生活跟我的不一样，我经常要待在非常危险的地方，过着充满危机的日子，以前就这样，以后还会一直这样。反正我会死得很快，死之前为什么要慢慢变老、多受一份折磨呢？"

"别给自己找借口，扎卡维。你完全有机会改变自己的生活，你没有必要活成现在这副样子。你本可以加入我们，成为'文明'的一员，像我们一样生活，可你却——"

"萨玛！"他大声说，"那是你的生活，它不适合我。你觉得我把年龄稳定下来的做法不对，追求长生不老在你看来也是……邪恶的。好吧，我知道你的立场，你们当然会这样想。你们可以活三百五十年，或者四百年，你们可以平安无事一直活到老，到时候安心离去。对我来讲，这根本就行不通。我的生活中没有这种确定性，我喜欢边缘世界的独特生活。萨玛，我喜欢迎风前进，感受阻力和挑战。所以说，我早晚会丧命，可能会死得很难看，甚至很愚蠢，因为我的生活就是这样。你们能躲过核弹爆炸，或者穷追不舍的杀手，然后一根鱼刺卡在喉咙里，就要了你们的命。可是谁在意这些？所以说，你在意的是你们的社会，我在意的是我的年龄，但我们都会死。"

萨玛背着手，低头看地面。"好吧，"她最后说，"但是不要忘了，是谁给了你边缘世界的独特生活。"

他苦笑着说:"的确,是你们救了我,但是你们也一直在骗我,派我去——别打断,听我说——你们派我去完成那些该死的任务,我以为自己支持其中一边,其实却在为另一边战斗。我想勒死那些白痴官僚,你们却让我为他们卖命。我为了某一方的胜利拼命作战,而你们却瞒着我同时资助战争双方。你们在我睾丸里塞满外星精子,让我把它们射入某个可怜的女人身体里。害我差点送命……有十几次,甚至更多次,我差点就被你们害死了!"

"你始终不能原谅我送你那顶帽子,对吗?"斯卡芬·阿姆提斯科问道,它的悲情语调明显是假装的。

"哦,夏德南,"萨玛说,"你不是觉得这些任务很好玩吗,别装了。"

"萨玛,相信我,你们的任务可不只是'好玩'那么简单。"他倚着一个装满古老投射武器的柜子继续说,"最恶劣的是,你们总是把地图画反。"

"你说什么?"萨玛糊涂了。

"把地图画反,"他又说了一遍,"你们知道这事儿有多气人吗?我到了一个陌生的地方,却发现当地所有的地图跟你们预先准备的地图方向正好相反!多么愚蠢!有的白痴非认为磁铁的指针应该指向天堂,而另一个白痴认为磁针很重,应该永远指向下方,还有些人总是参照银河系平面来画。这听起来只是鸡毛蒜皮的小事儿,可是非常烦人。"

"扎卡维,我都不知道有这样的事儿。请允许我代表整个特情局向你道歉,代表整个'文明'向你道歉,哦,不,其实我应该代表全宇宙的所有智慧生物,向你郑重道歉。"

"萨玛!你这个不知悔改的小垃圾,我是认真的。"

"我可不觉得你是认真的,地图——"

"可我说的都是真的!那些地图真的都是反的!"

"如果真是这样，"戴吉特·萨玛说，"那他们这样做，肯定有原因。"

"什么原因？"他问。

"心理原因。"萨玛和嗡嗡机异口同声地回答。

"有两套作战服？"最终选定装备的时候，萨玛提出了这个问题。他们还在储存武器的小舱室里，但斯卡芬·阿姆提斯科已经离开了，它看够了小破孩采购玩具的无聊场面。

他听出萨玛语调中的谴责，抬头回答说："是，两套作战服，又怎么了？"

"这种作战服可以用来囚禁人，扎卡维。这事儿我知道，这东西不只有防护功能。"

"萨玛，我要把那家伙从敌人手里带回来，周围又没有任何后援，你们肯定置身事外，装出一副纯洁的样子——所以我需要一些工具，帮助我完成任务。功能强大的FYT制服也是其中之一。"

"只能带一件。"萨玛说。

"萨玛，你不相信我吗？"

"一件。"萨玛又说了一遍。

"真烦！行了！"他把一件作战服从那堆东西里拽了出来。

"夏德南，"萨玛的语调突然温和了许多，"你要记住，我们需要拜扎伊真心配合，而不是只要他在场。所以我们不会制作一个替身取代他，也不会侵入他的意识——"

"萨玛，你们派我去，实质上就是让我侵入他的意识。"

"好吧，"萨玛说，她有些紧张，尴尬地搓了搓手，"顺便告诉你，夏德南，啊……你的行动计划是什么？我当然不会要求你做一个详细的正式报告，不过我想知道，你到底打算用什么方法接近拜扎伊？"

他叹了一口气,说:"我打算让他心甘情愿跟我走。"

"怎么做到呢?"

"一个词。"

"一个词?"

"一个名字。"

"谁的名字,你的吗?"

"不是,我给他当参谋的时候,我的名字是机密,但现在应该已经泄露了。用我的名字太危险,我会用另外一个名字。"

"啊哈。"萨玛期待地看着他,等待下文,可他又忙着挑选装备去了。

"拜扎伊在那所大学里,对吗?"他问道,头也不回。

"是的,他在档案馆里,几乎是永远待在档案馆里。不过档案很多,他在馆里到处走动,总有守卫跟随。"

"好的,"他对她说,"你如果想帮忙,不妨去查一查,那所大学有什么需要。"

萨玛耸耸肩说:"那是一个资本主义社会,给钱怎么样?"

"要是我,肯定会给他们钱……"他停顿了一下,怀疑地问,"我在那儿有足够的活动资金,对吗?"

"不设上限。"萨玛点头。

他笑了。"那太好了。"过了一会儿他又问,"钱从哪儿来?你们给我一吨白金?一口袋钻石?还是让我自己开家银行?"

"嗯,相当于让你开家银行吧。"萨玛说,"上次战争结束后,我们在那个星球设立了一个基金会,叫作万嘉基金。这是一个商业帝国,比较讲求社会公义,一直在低调扩张。你那无穷无尽的资源,就来自这家基金。"

"很好,既然有无穷无尽的资源,我很可能会送这所大学很多钱。不过,要是有什么实实在在的物品可以给他们,那就更好了。"

"行啊。"她说道，皱着眉，又指着那件太空作战服问，"你刚才管这个叫什么来着？"

他有些疑惑，说道："功能强大的FYT制服。"

"对，你说的就是'功能强大的FYT制服'。所有武器的缩写我都知道，但是FYT我从来没听说过，是什么意思啊？"

"功能强大的'你也去死吧[①]'作战服。"他笑着说。

萨玛咂咂舌头，说道："我怎么会问这个问题，早该知道你狗嘴里吐不出象牙……"

两天后，他们站在仇外号的机库里。这艘超高速巡哨船一天前离开了通用系统星舰，驶向沃伦胡兹星团，一开始它拼命加速，现在又拼命减速。扎卡维正往一个太空梭里搬运他需要的装备，随后他要乘坐它降落在索尔德林·拜扎伊所在的星球。在这段星系内旅程的最初阶段，他要先搭乘一艘三座轻便飞船进入目标星系，然后轻便飞船会在一颗气态巨行星的大气层内巡弋。而仇外号会守在星际航道上，在必要的时候提供支援。

"你确定不需要斯卡芬·阿姆提斯科跟你同行吗？"

"绝对不需要，让那个悬浮在空中的浑蛋跟着你吧。"

"其他的嗡嗡机呢？"

"不要。"

"来一枚刀锋飞弹？"

"戴吉特，我说了不要！我不要斯卡芬·阿姆提斯科，也不需要任何自以为是的机器！"

"喂，提到我的时候，不用顾我的面子。"斯卡芬·阿姆提斯

[①]原文为Fuck-you-too，缩写即为FYT。

科说道。

"嗡嗡机就会异想天开!"

"总比一点儿脑子都没有的好,那就跟你一样了。"嗡嗡机反唇相讥。

扎卡维瞪着嗡嗡机说道:"制造你的那间工厂没有召回你们这批废品吗?"

"我始终不明白,"嗡嗡机不屑地说,"你们这些百分之八十由水组成的生物有什么可神气的。"

"行了,"萨玛说,"所有事情都记好了吗?"

"是的。"扎卡维厌烦地回答道。现在他晒黑了一些,一弯腰,浑身的肌肉都有力地搏动,他把等离子步枪装进太空梭。他穿着短裤,萨玛头发乱糟糟的,穿着长睡衣——因为这是飞船时间的凌晨。

"联系人都记住了吧?"她皱着眉头问,"还有各个势力的头目都是谁?"

"记住了,包括信用支付系统突然崩溃该怎么办,我也记住了。没错,全都记住了。"

"如果你——等你把他救出来,你们就去——"

"魅力迷人、阳光灿烂的伊姆普林居住地,"他不耐烦地拖着长腔回答,"那里有很多好朋友,分别居住在不同的生态系统中,这些人目前严守中立。"

"扎卡维,"萨玛突然两手捧住他的脸,吻了他,"我希望你一切顺利。"

"我也是,尽管这很滑稽。"他说道,也回吻萨玛,直到她挣脱出来。他摇摇头,色眯眯地上下打量萨玛穿着睡衣的身体,坏笑着说,"哦……总有一天,戴吉特。"

她摇了摇头,扮出笑脸,说道:"除非我晕倒了,或者死掉了,夏德南。"

"哦,也就是说,我还有盼头。"

萨玛拍了一下他的后背。"走吧,扎卡维。"

他穿上太空作战服,衣服自动在他身上扣紧。他把头盔掀开,一脸严肃。"你确信,你们知道她在——"

"我们的确知道她的下落。"萨玛干脆地回答。

他低头看着机库的地面,过了片刻,他抬起头,望着萨玛的眼睛微笑。

"很好,"他戴着手套的双手拍了一下,"棒极了,我马上出发。回头见,如果我运气好的话。"他踏入了太空梭。

"保重,夏德南。"萨玛说。

"没错,照顾好你那两瓣大屁股。"斯卡芬·阿姆提斯科说。

"就靠它了。"他说道,向他们抛了个飞吻。

从通用系统星舰到超高速巡哨船,然后是小小的轻便飞船,接着是慢得像蜗牛的单人太空梭,最后是一件太空作战服站在冰冷的大漠中,里面包着一个人。

他打开护面板向外张望,从额头抹去一把汗水。远方的平原一片昏暗,借着两个月亮和一轮落日的光芒,他可以看到这个星球特有的岩石,上面覆盖着白色的寒霜。更远处是沙漠大峡谷,那里面有座古老的城市,如今已经空了一半,索尔德林·拜扎伊就住在那里。

流云飞散,黄沙满天。

"好吧,"他发出一声叹息,并不指望任何人听到,然后仰望头顶那片久违的异域天空,"我回来了。"

8

那人站在比猫尾巴长不了多少的一段土路上，看着暗褐色的流水冲刷大树的根茎，裸露的部分越来越多。大雨滂沱，凶猛地撕扯树根，水花四溅。能见度已经下降到一两百米，那个人已浑身湿透。他的军服原本是灰色的，现在已经被泥水染成了暗褐色，像烧煳了的锅底。做工精致、剪裁合身的制服，已经变成了碍事的湿布片，裹在他身上。

大树开始倾斜，随后倒下，落入棕色的湍流中，泥水溅向他。他退后，仰面朝向灰暗的天空，让雨水冲刷他的面庞，洗掉泥浆。大树暂时阻挡了流水的去路，轰鸣的褐色湍流涌向土路，迫使他继续后退，沿着一道石墙退到另一道水泥墙边。这堵水泥墙年深月久，残缺不全，断断续续延伸到一间破败的村舍旁，房子就在水泥山头的顶上。他停下来，看褐色浊流不断溢出，像一条怪虫，蚕食那一点儿残余的道路。土路不断塌陷，那棵大树失去了支撑，旋转着被翻涌的洪水带走，冲向下游的山谷，消失在山头后面。那人看向对面崩塌的河岸，大树的树根像被扯断的电缆一样伸出地面。他转身上山，走向那间小屋。

他在房子周围走了一圈，小屋周围有巨大的水泥地基，向外延伸出五百多米。它周围仍是一片汪洋，褐色的流水从四面八方涌来，冲刷着房子的地基。年久失修的金属架裸露在雨雾的后面，水泥表面到处是凹陷和裂痕，像一个巨大的虚拟游戏里的场景。屋子很小，跟周围的大片地基相比，简直小得可笑。只要看到那极不协调的比例，你就会觉得它比那些被抛弃的古老战争机器还滑稽。

这人绕着房子走，四处察看，但没有找到任何他要的东西。于是他走进小屋。

他推开门，刺客缩了一下。她被捆绑在一张木制的小椅子上，椅子靠着一排抽屉，勉强保持平衡。她挣扎了一下，椅子腿一滑，砰的一声，她连人带椅子一起摔倒在地。她的脑袋撞上了石板地面，惨叫出声。

他叹了口气，向她走去。每走一步，灌了水的靴子都吱吱作响。他把椅子扶起来，把一片碎玻璃踢到远处。那个女人软塌塌地靠着椅背，但他知道她是装的。他把椅子推到房子正中间，时时留意女人的动静，刻意躲开她的头部。之前，他把她捆在椅子上时，被她用脑袋撞了一下，险些鼻骨骨折。

他察看绑她的绳索，发现椅背后绑住双手的绳子被磨断了一部分。看来刚才她用最上层抽屉里的碎镜片割绳子了。

他把她丢在房子中间，以便留意她的一举一动。她无精打采地靠在那里，他走向墙角的那张小床，重重地倒在床上。床很脏，不过他现在浑身湿透，又累得要命，谁还在乎脏不脏呢？

他听着雨滴敲打房顶的声音，听着风穿过房门和窗户挡板的声音，听着雨水打在屋内石板上连续不断的滴答声。他想分辨出直升机的声音，但没有直升机飞过来。他没有无线电设备，不知道手下人会怎么找他。只要天气允许，他们就会来找他的指挥车，但那辆车已经丢了，被汇聚成河的褐色雨水冲走了。他们很可能要花好几天的时间才能找到他。

他闭上眼睛，几乎马上就要睡着，可失败感不愿放过他，还在他的脑子里播放战败和洪水泛滥的消息，让他无法入睡，把他从睡眠的边缘，丢回清醒时无穷无尽的痛苦和失落中。他揉揉眼睛，手上的沙子和灰尘也跑进了眼睛里。他用破旧的被褥努力擦干净一根手指，蘸了点儿唾沫清理眼睛，因为他觉得，如果放任自己流眼泪，可能会哭个没完。

他看向那个女人。她还在假装，装作慢慢醒过来。他希望自己有那个力气和心情，过去揍她一顿，但是他太累了，也担心自己会把整支部队失败的怒气全部发泄在她身上。靠打人来发泄战争失败的怨气，他会觉得自己太小家子气，更何况她是一个斜视的弱女子。眼前的失败太过惨烈，即便他能逃过这一次，也难以原谅自己。

她装模作样地大声呻吟，一条鼻涕拖到了军大衣上。他觉得恶心，转头看向另一边。

他听到她大声吸鼻子的声音。回头看时，她已经睁开了眼睛，恶狠狠地盯着他。其实她的斜视不太严重，但这一点缺陷让他异常厌恶。如果这个女孩洗个澡，换套衣裳，还算略有姿色，但是现在，她裹在一套满是油渍的绿色大衣里面，身上涂满泥巴，脸一半被大衣领子挡住，一半被她臭烘烘的长头发挡住，头发上的泥巴又滑落在大衣上，简直一塌糊涂。她在椅子里蠕动身体，样子很怪，也不知道她是想把绳子扯开，还是因为身上有虱子，在蹭痒痒。

他觉得，这个人应该不是专门来刺杀自己的刺客，她几乎没有伪装，衣服就反映了她的真实身份，她只是辅助援军的一员而已。可能她在撤退的过程中落了单，不知道是因为害怕、骄傲还是愚蠢，反正她拒绝投降，然后就遇上了因为暴风雨抛锚在山谷中的司令部指挥车。她试图刺杀他，可以说是勇气可嘉，但也笨拙到可笑。她纯粹是走了狗屎运，才能一枪打死他的司机，第二枪擦过他脑袋一侧，打得他头昏眼花。然后她就丢下没了子弹的枪，拿着匕首跳进了汽车驾驶室。失控的汽车沿着一段绿草坡滑入了棕色湍流中。

多么愚蠢的举动。很多时候，英雄主义让他恶心。这些人的行为简直是对优秀军事头脑的侮辱。战争要靠经验和想象力，要审时度势，做出冷静、机智的抉择。这些朴实的军事智慧无法赢得勋章，却可以赢得一场战争。

因为头部中枪，他昏昏沉沉地倒在车子后排的座位里。那时候汽车被河水冲得东倒西歪，那个女人差点用肥大无比的外套把他埋了起来，他就这么被困在车里，脑子里还在嗡嗡作响，一直没有机会制服她。那身不由己的几分钟荒谬无比，令人沮丧。他对付这个女人，就像部队跟眼前泥泞的平原搏斗一样。他本来有足够的气力制服她，但狭窄的车厢使他动弹不得，沉重的军大衣更让他喘不上气。等他能够行动的时候，已经太晚了。

车子撞上了水泥岛，当场翻倒，把他们两个都甩在了破破烂烂的灰色地面上。那女人尖叫了一声，从绿色军大衣里亮出了那把匕首，但他还是挥出了决定性的一拳，清晰地感觉到拳头击中了对方的脸颊。

她仰天倒在了水泥地上。他回过头，发现汽车已经从斜坡上滑了下去，被奔涌的棕色水流冲走，保持着侧翻的姿势，几乎马上就沉入了水底。

他转回头，想使劲踹那个女人，但最终只是把她的匕首踢开了。匕首飞进了洪水里，跟司令指挥车一样消失不见。

"你们赢不了，"那个女人啐了一口，恶狠狠地说，"你们不是我们的对手。"她怒气冲冲地晃动那张椅子。

"你说什么？"他从沉思中惊醒。

"我们一定会胜利。"她说道，拼命摇那张椅子，椅子腿在石板地上猛烈晃动。

我怎么会把那个笨蛋捆在椅子上？捆哪儿不好啊？他想。"也许你说得对，"他无精打采地回答，"现在的局势看起来……很不明朗。这么说你能感觉好点儿吗？"

"你一定会死。"女人直瞪着他。

"再也没有比这更确定的事了。"他表示同意，抬起头盯着床架上方漏雨的地方。

"我们是不可战胜的，我们绝不放弃。"

"这个嘛，以往事实证明，你们完全可以被战胜。"他叹了口气，想起了这个星球的历史。

"我们被出卖了！"那个女人喊叫，"我们的部队从来没有失败过，我们只是——"

"被人在背后捅了刀子，我知道。"

"没错，但是我们的精神永垂不朽。我们——"

"行了，闭嘴！"他坐了起来，直视着她，"这种屁话我早就听够了。'我们被出卖了！''后方那些浑蛋背叛了我们！''都怪那些媒体，老是跟我们作对。'全是屁话……"他用手梳理了一下湿漉漉的头发，说道，"只有年幼无知，或者愚蠢到家的人，才会认为战争只是军方的游戏。自从消息传播的速度超过了骑兵通信员和飞鸟，整个……国家或者其他随便什么团体，就都成了战争的一部分。对付他们才是你们的战斗精神和意志力所在，而不是去找什么借口。如果你输掉了一场战争，那失败就是失败，没有什么可埋怨的。要不是这场该死的大雨，你们现在应该已经失败了。"看到那个女人又准备开口，他抬手制止了她，说道，"你省省吧，我不相信'神明与你们同在'之类的鬼话。"

"异端!"

"谢谢夸奖。"

"我希望你的子孙后代都去死!不得好死!"

"嗯,"他回答说,"这句对我来讲,暂时还不适用,要满足你这个诅咒的条件,还需要好长一段时间。"他倒在床上,然后突然又坐了起来,脸色很难看,"真恶心!那些浑蛋肯定是在你们年轻的时候就给你们洗脑了,你刚才那些话太恶毒了,亏你还是个女人。"

"我们的女人,都比你们的男人更有男子气概。"那个女人冷笑着说。

"可你们还是得生孩子。我觉得,每个人都只能在有限范围内做出选择。"

"我希望你的孩子都受尽折磨,不得好死!"那个女人恶狠狠地尖叫。

"好吧,如果你的脑子里全是这些狗屎,"他叹了一口气,又躺回了床上,"我就想不出什么话诅咒你了,你脑子进水的程度已经登峰造极,我只能祝愿你永远像现在一样。"

"你这个野蛮人!藐视神明的恶棍!"

"这样下去,你骂人的词儿很快就会用光的。我建议你还是省着点儿用,留一些将来再说。可是,据我所知,你们从来都不遗余力,这就是你们的作战风格,对吗?"

"我们一定会打垮你们!"

"嘿,我已经被打垮了,已经垮了。"他无力地挥动一只手,"现在,你可以歇会儿了。"

那个女人继续怒吼,摇晃那把可怜的椅子。

他想,也许我应该心存感激,我有机会逃离指挥部队的责任。战场局势瞬息万变,可是手下那帮白痴什么事情都做不好,他越陷越深，就像陷入眼前这片泥沼一样。总是不断有战报送达，说某部失去了机动能力，被洪水冲走，正在溃败，被敌人包围，擅自撤离战略要地，呼叫援军解围，请求支援，请求增派兵力，要卡车，要坦克，要渡船，要食品，要无线电……报告累积到一定程度之后，他就虱多不痒债多不愁了。他只能表示知道了，给个回复，拒绝一些请求，暂缓一些计划，命令一些部队死守，告诉其他人没有物资，没有，没有……报告还是接连不断地送来，就像无数纸片正在构筑一幅马赛克拼图，上百万份报告拼出了军队现状的图形。这支部队正在分崩离析，像一张纸，一点一点被连绵大雨浸透、软化，一碰就破，四分五裂。

被困在这个地方，他逃离了那一切，可是他并不因此庆幸，也不觉得有多开心。他反而为离开了那一切而生气、愤怒。他不愿把责任交到别人手里，不愿离开舞台中央，不愿意对战况的发展一无所知。他像送年轻的儿子上战场的母亲一样心神不定，为无力左右局面而泪流不止，呼天抢地，抗议自己完全阻挡不住的潮流。他突然发现，这整个过程并不需要敌军参与，战争的一方是他和他的部队，另一方是恶劣的天气，任何第三方都是多余的。

一开始是下雨，随后雨大到了前所未有的强度，泥石流将他的车和司令部车队的其他车辆冲散，然后是这个又疯又傻的刺客……

他又一次坐起来，两手托腮。

是他想得太多了吗？过去一周他总共只睡了十个小时，是睡眠不足导致了判断失误？还是他睡得太多？如果清醒的时间再多些，就能扭转局面吗？

"我希望你不得好死！"那个女人刺耳的声音再次响起。

他瞪着她，皱起了眉头，不知道她为什么那么喜欢打岔。他希望她能闭上嘴，也许他应该把她的嘴巴堵上。

"你已经败了。"他指出,"刚才你还说'你一定会死',现在变成了'我希望你死'。"他又躺回床上。

"浑蛋!"

他看着她,突然觉得自己和她一样,也是一个囚徒,只不过她被捆在椅子上,而自己躺在床上。她的鼻涕又流了出来,他只好看向别处。

他听到她大声将鼻涕吸回去,然后啐了一口。如果还有力气,他真想笑。这个女人用一口唾沫表达轻蔑之意,可她的口水跟眼前这场旷世大雨相比,又算得了什么呢?他用了两年时间召集并训练的战争机器,现在真是名副其实地"泡汤"了。

可是到底为什么,有那么多可以捆人的东西,为什么他要把她捆在一张椅子上?他是有意跟自己作对吗?一张椅子、一个捆在椅子上的女孩……年龄也相仿,这个女刺客也可能稍微老了一点……一样的消瘦,只多了一件让她看起来更壮实的军大衣。年龄相仿,体形也接近……

他摇摇头,强迫自己忘掉那场战斗,忘掉那次失败。

她发现他盯着自己,于是用力地摇头。

"不许你嘲笑我!"她尖叫起来,疯狂地前后摇动,因为他的轻蔑而发狂。

"闭嘴,闭嘴!"他厌烦地制止她。他知道自己的语调缺乏威严,不过现在,他摆不出更威严的架子。

没想到,她居然真的闭嘴了。

这场雨,这个女人,有时候他希望自己是相信命运的。相信神,或许偶尔会有用。遇到诸事不顺的时候,比如现在,随便干什么都会惹出一堆新的麻烦,就像刚被扎了一刀,伤口上又被砸了一记重锤——这时候,如果相信一切皆有定数,相信这些都是命中注定的,那肯定会好受一些。按这种思路,你的生活就是一个巨大的不可扭转的剧本,你的一生就是在翻看它,你甚至永远没有机会书写自己的故事,也没有机会留下自己的名字。

他不知道现在该想些什么。神会安排那么小家子气的命运,那么令人窒息的生活吗?居然有人相信这样的鬼话。

他不想待在这个小房子里,他想回去,想面对所有的战报,面对所有需要他发号施令的任务,这样,他就不必忙着反思、分析自己的人生了。

"你们正在失败,你们已经输掉了这个战役,你不承认吗?"

他本来想不理她,但害怕她认为自己软弱可欺,害怕她继续得意地说个没完。

"真是高见啊,"他叹了一口气,"你让我想起几位策动这场战争的人,两眼斜视,愚蠢透顶,顽固不化。"

"我不是斜视!"她尖叫,大声哭喊,哭得头都抬不起来,哭得浑身颤抖,哭得衣服上的皱褶一起一伏,椅子也跟着吱呀乱响。

她肮脏的头发垂落到军大衣宽大的翻领上,挡住了脸。她身体前倾,胳膊蹭着地面,几乎要瘫倒在地上。他想走上去安抚她,或者直接一枪打死她,任何办法都行,只要能让她安静下来。

"好了,好了。你不是斜视,我道歉。"

他躺回床上,用一只胳膊挡住双眼。他想让自己的声音听起来可信些,可他的语气就是那样言不由衷。

"我才不需要你同情!"

"我再次道歉,收回刚才的话。"

"反正……我就是没有……这只是一个小……很小的身体缺陷,而且征兵委员会都不在意,照样批准我参军了。"(他知道,那个征兵委员会就算是小孩子和退休的老人都照收不误,不过他没有对女人说破这一点。)

她用力抽动鼻子,仰头甩开头发,想用军大衣的翻领擦脸。

看到她鼻尖悬着长长的一段鼻涕，他想也没想就站了起来——尽管身体因为疲劳而大声抗议，他从床罩上扯下一条薄布，向那个女人走去。看见他拿着破布片走过来，她拼命叫嚷，好像要向大雨滂沱的世界宣布自己会被谋杀。她在椅子上晃来晃去，他不得不快步上前，把脚踩在横档上，椅子才没有翻倒。

他把破布盖在她脸上，她马上停止了挣扎，瘫在椅子里，不动，也不叫，像是觉得现在做什么都晚了。

"很好，"他松了口气，又说，"擤擤鼻涕吧。"

她照办了。

他把破布拿起来，折了一下，又放回她鼻子上，让她再擤，她再次照办。他又把破布折了一下，用力给她擦干净鼻子。她又开始尖叫，说鼻子酸痛。他叹了一口气，把布片扔到了一边。

他没再躺回床上去，因为这样只会让他更困、更心烦。他不想睡觉，因为他觉得睡着了可能就再也醒不过来了。他也不愿意胡思乱想，因为想再多也没有用。

他转身站到门口，门坏了，关不严实，雨点扑啦扑啦地打进来。

他想起其他人，其他军事指挥官。一群垃圾，他唯一能信任的就是罗格泰姆-巴尔，可是他太年轻，不能掌控全局，巴尔自己也不愿空降到一个已经完备的指挥体系里。这种官僚体系通常严重腐败，充斥着裙带关系，身处其中的人什么小事都得亲力亲为，任何疏忽犹豫，任何松懈，都可能让身边的白痴抓住机会，把事情搞得一团糟。不过话说回来，他安慰自己，世界上又有哪位将军能对自己的部下完全满意呢？

无论怎样，他给部下留下的指令远远不够：只有几个疯狂的作战计划，几乎完全无法实行。他试图利用那些没人留意的因素，以之为武器，但是很多细节还在他脑子里，没有公开。他觉得只有自己的脑子足够隐秘,即便是"文明"的那些人,也不会去窥探。不过他们不窥探,并不是没有能力,而是出于古怪的道德洁癖。

他完全忘记了那个女人的存在,似乎只要不去看她,她就完全消失了。她的声音,她试图割断绑绳的努力,都像荒谬的超自然现象。

他将小屋的门打开,雨中的一切都暴露无遗。他看不清单独的雨点,它们连成了线,闪亮的轨迹分分合合,像密码一样拼出每个人心中的图像,在眼前停留不到一秒钟,然后永远消失。

他看到一张椅子,还有一艘算不上战舰的战舰。他看到一个人有两个影子,看到了本来无法看见的东西:一个概念——绝对自私的求生欲,为了延续生命而利用、改变一切事物,它可以驱除、添加、破坏、创造,就为了让一组细胞继续存在,让人继续生活,做出选择,就算不能确信其他任何事情,至少可以确信自己依然存在。

求生欲有两个影子,因为它本身是二重的,它既是目的,也是手段。目的很明确,就是打败与自己生命为敌的东西。手段就是为达到一个目标而获取并改变其他物质和人。在斗争中可以不择手段,没有任何例外,一切都是武器。手段是使用这些武器的能力,找到它们,从中选择、瞄准、射击。手段是天分,是能力,是动用一切武器以达到目的。

一张椅子、一艘算不上战舰的战舰、一个有两个影子的人,还有……

"你到底要怎么对付我?"那个女人声音发颤。

他转身看向她。"我不知道,你认为呢?"

她瞪大眼睛,怕得要命,好像正积攒气力准备再次尖叫。他不明白她为什么会有这样的反应,他只是问了一个完全正常的问题,可她表现得就像有人要杀她一样。

"请不要。哦,请一定不要,求求你一定不要……"她哭了,这次没有流眼泪,只是干号。接着她的后背像突然断了似的,上半身抵到了膝盖上。

"你以为我会做什么?"他很纳闷。

她却好像没有听到这个问题,只是低头哭泣,肩膀不停耸动。

遇到这种情况,他就不再试图理解其他人。他完全不明白他们脑子里在想什么,那个世界高深莫测。他摇了摇头,在房子里走来走去。屋里臭烘烘的,潮湿得像雨林,而且似乎一直如此,从未改变过。这儿就是一个破窝,可能有些未开化的人在这里住过,他们也许曾经被机器文明放逐。如今,那个机器文明时代也已经过去,已经被这个星球好战的居民打得粉碎。他们在这个丑陋的地方过着低贱的生活。

那些人到底什么时候才会来?他们能找到这儿吗?会不会以为他已经死了?他们有没有接收到无线电信号,有没有听说泥石流冲垮了运输队?他到底有没有把那个破东西修好?

也许没有,也许他注定要被抛弃在这个地方。他们可能觉得,搜寻他是徒劳。他已经不在乎了,就算被俘也不会增加他的痛苦。在他脑子里,痛苦早已经把他淹没了。他甚至盼着自己被俘,如果他动动脑子,一定能想到被俘的方法。他需要的,只是面对外界的勇气。

"如果你要杀我,能让我死得干脆点吗?"

这个女人总是这样打断他的思路,他越来越觉得厌烦。

"告诉你吧,我本来并不打算杀你。不过,如果你继续这样哼哼唧唧,我可能会改变主意。"

"我恨你!"她的脑子里好像只有这个念头。

"我也恨你。"

她又开始大声哭闹。

他转身看外面的滂沱大雨,似乎在雨中看到了星芒号。

你败了,败了……大雨好像也在嘲讽他。坦克车在泥泞中寸步难行,士兵们在大雨中丧失斗志,一切都分崩离析。再加上一个愚蠢的女人,拖着擤不完的鼻涕……他甚至觉得可笑:伟大和渺小共处,壮丽与荒谬并存。就像一个慌不择路的贵族,被迫和一群满身污秽而且醉醺醺的农民同车,心里瞧不起他们,表面上又要屈从于他们。他华丽的袍子上爬满了虱子。

笑,是唯一的应答之法。只有付之一笑,才是不可超越,也不会被嘲笑的答案。它是世间一切剧情最最底层的公分母。笑可以承载一切。

"你知道我是什么人吗?"他突然转身问那个女人。他刚刚意识到,她可能根本不知道自己是谁,她袭击自己,可能只是因为看到自己坐着一辆大汽车,而不是因为认出了自己是敌军的总司令。即便如此,他也不会觉得意外,他料定了事情就是这样。

她抬头问:"你说什么?"

"你知不知道我是谁?知不知道我的名字、军衔?"

"不知道。"她啐了一口,"我应该知道吗?"

"当然不必,不必。"他笑着转过身去。

他看向外面灰色的雨幕,就像看一个老朋友。片刻之后他走到床边,又躺了下来。政府那边他也无法交代。他想到自己向政府承诺过的东西:财富、土地、财产收益、声望和权力。如果"文明"不帮助他及时逃离,这些政客肯定会把他枪毙。他们会因为这次失败而要了他的命。如果这仗打赢了,功劳是他们的;如果失败了,他是替罪羔羊。天下乌鸦一般黑。

他努力说服自己,其实他已经赢得了战争的一大半。他清楚自己的战绩,但只有在失败的时候,只有在感到无能为力的时候,他才能真正地思考，才会试着把生命中的各个阶段串联起来。只有在这时，他才会想起那艘战舰——星芒号，才会想起那艘船代表了什么；只有在这时，他才会想起制椅匠，想起这个平庸的称号背后那桩令人发指的恶行。

这次的失败还不算太糟，至少没牵扯到个人感情。他是部队的司令官，对政府负责，政府也有权撤换他。说到底，他不是最终的责任人，政府才是，整场战争不涉及任何个人恩怨。他从来没见过敌方首脑，他们都是陌生人，他只熟悉敌军的战术习惯、惯用的机动手法和后勤策略。这场派系斗争很单纯，想到这一点，他觉得屋外的疾风骤雨似也柔和了一些。

他羡慕那些生活平淡的人，他们被熟悉的亲人包围，出生、成长、成熟，交一些朋友，在一个地方扎根，认识一群固定的人。他们过着平凡的生活，不光鲜，也没有什么危险，安静地活到老年，然后退休，时常有儿孙来看望……长寿，一辈子了无遗憾。

他从来没有想到过，自己竟然也会向往这样的生活。没有太深的绝望，也没有太强的快乐，不与命运抗争，就做一个小人物，简简单单、平平淡淡。

这看起来很幸福，充满诱惑，从现在直到永远。一旦你看到了生活的另一面，还怎么可能像原来那样心高气傲，追求那样高远的目标？他认为不会。他转过身去，看向椅子上坐着的那个女人。

但是，这毫无疑义，这愚蠢至极。他想到那些没有思想的东西。如果你是一只海鸟（可你怎么可能是一只海鸟？），你的头脑就会非常有限，非常简单，你喜欢吃发臭的鱼内脏，你会残忍地啄出小动物的眼睛，你不懂得欣赏诗歌，也不像那些困在地面上的人类一样羡慕飞行的乐趣……

"啊！营地指挥官和营员都在呢。不过长官，看来您没有安排好战斗序列啊，她应该绑在床上才对……"

他吓了一跳，转身回头，同时伸手抓枪。

基里夫·索科洛夫特·罗格泰姆－巴尔把门踢开，站在门口，正在甩一件大披肩上的雨水。他的嘴角带着一丝嘲讽的笑意，尽管几天没睡觉，却还是那么精力充沛，英气逼人。

"巴尔！"他跑了过去，两人抱在一起哈哈大笑。

"正是在下，扎卡维将军。您还好吗？不知您是否赏脸，和我共乘一辆偷来的军车。我开来了一辆水陆两栖战车，就在外面——"

"什么！"他推开门向外看，五十米外果然停着一辆巨大的破旧军用两栖卡车，就在一片高耸的机器残骸旁边。

"那可是敌人的卡车。"他大笑道。

罗格泰姆－巴尔故作忧伤地点点头，说道："没错，是的，而且敌人很想把这辆车抢回去。"

"是吗？"他又笑了。

"没错，顺便说一声，政府倒台了，头头下野了。"

"什么？因为战局吗？"

"我觉得就是因为战局。我估计政府只顾着骂你打输了他们的战争，忘记了在民众眼中，他们也得对战局负责。他们还是这样稀里糊涂的。"罗格泰姆－巴尔笑着说，"哦，对了，您那个疯狂作战计划，就是派特种兵在麦克林水库安装深水炸弹那个，真的管用了。所有的水一下子灌到了下游，大坝决堤了。情报显示，大坝没有被彻底冲垮，不过肯定是……泛洪了。那个词儿怎么说来着？总之，洪水沿着山谷冲下，把第五军司令部大部分成员都冲走了。根据过去几个小时漂过我们营地门口的尸体和帐篷数量判断，第五军大部分战士也没能幸免。上周您召开军事会议的时候请水利专家到场，我们还觉得您疯了。"罗格泰姆－巴尔拍了一下戴着手套的手,"反正,他们的损失一定很惨重,恐怕很快就会求和。不过我觉得,您得收拾得精神点儿再出场,您得像模像样地会见敌方军官。将军,刚才您是在玩泥地摔跤吗?"

"只是在跟我的良心摔跤而已。"

"真的?谁赢了?"

"暴力解决不了这个问题。"

"这种情况我再熟悉不过了,我考虑要不要打开下一瓶酒的时候就经常跟自己的良心作斗争!您先请,"巴尔冲房门点点头,从斗篷下面取出一柄大雨伞,撑开遮在总司令头顶,"将军,请允许我为您效劳。"他看了一眼房子中间,又问,"您的这位朋友该怎么办?"

"哦。"他回头看向那个女人,女人也抬起头,满脸恐惧。"没错,有个被迫听我们谈话的听众。"他耸耸肩,"比她更古怪的纪念品我也收过,把她带上吧。"

"永不质疑上峰训示。"巴尔说道,把雨伞交给他。"您拿这个,我来解决她。"巴尔和蔼地看着那个女人,碰碰帽檐算作行礼,"'解决'只是一种说法,女士。"

女人发出一声足以刺穿耳膜的尖叫。

罗格泰姆-巴尔吓了一跳,问道:"她经常这样吗?"

"是的,靠近的时候离她脑袋远点儿,之前她差点把我鼻子撞断了。"

"她居然敢撞这么帅的鼻子。车上见,长官。"

"好。"他把雨伞伸出门外,吹着口哨沿着门口的斜坡走下去。

"天杀的浑蛋!"椅子上的女人尖声大叫。罗格泰姆-巴尔小心翼翼地从背后靠近。

"你运气不错,"巴尔对她说,"我通常不让人搭便车。"

他把女人和椅子一起拎起来,搬到卡车旁边,扔进车厢里。

一路上她都在尖叫。

"她一直都这么吵吗?"罗格泰姆-巴尔一边问,一边掉转车头,冲向洪水中。

"大多数时候。"

"她这么吵,您居然还能想心事,真佩服您。"

他看着车窗外的滂沱大雨,苦笑起来。

双方签订和平协议,他被降职,剥夺了几枚勋章。这一年晚些时候,他撤离了当地,"文明"对他的表现非常满意。

七

　　城市坐落在一道峡谷中间。峡谷深两千米，宽十千米，向沙漠中延伸了八百千米，是这个星球表面一道弯弯曲曲的裂痕。而这座城市只是峡谷中三十千米长的一段。

　　他站在悬崖顶端，俯瞰脚下的城市。建筑、街道和台阶高低错落，排水管和铁路线纵横交杂。在缓缓沉落的血红色夕阳下，城市上方飘着一层灰蒙蒙的云雾。

　　朦胧的云团飘过峡谷，像洪水缓缓漫过破裂的水坝。它们在建筑之间回环萦绕，又像疲劳的思绪一样慢慢消失。

　　有那么寥寥几处，建筑高度超过了崖顶，搭建到了沙漠里，但城市的大多数区域都没有那么旺盛的扩张欲望，而是固守在峡谷之内，依地势躲避风沙，靠谷内的微气候系统维持适宜的温度。

　　城市闪耀着点点灯光，静默得有些异常。他侧耳倾听，终于听到远处传来的号叫，似乎有野兽正躲在城市郊区尖声长啸。他看向城市上空，发现几个零散的小点，那是飞鸟在厚重寒冷的空气中盘旋。它们在阶梯状城市上空滑翔，掠过台阶和曲曲弯弯的街道，他听到的就是它们粗犷的鸣叫。

　　他看到几列火车无声地奔驰在城市的更低处，那是几条闪亮的细线，在隧道间穿行。沟渠和运河里的水流则是一条条漆黑的线。道路四通八达，汽车带着星星点点的光亮，沿街缓缓移动，像任由飞鸟啄取的猎物。

这是个秋日黄昏，冷风扑面。他已经脱下了作战服，把它留在太空梭里，而太空梭已经躲进了沙漠中的一片洼地。现在，他穿上了当地又重新流行的肥大衣服，上次他来这里执行任务时，当地就流行这种款式。他发现自己离开期间，时尚潮流又悄然回到了从前，这带给他一种奇怪的满足感，尽管他不是个迷信的人，但这个巧合还是让他觉得有趣。

他蹲下，触摸脚下的地面，抓起一把卵石和杂草，任它们从指间滑落。他叹了口气，站起来戴上手套和帽子。

这座城市叫索罗托尔，索尔德林·拜扎伊就住在这里。

他掸掉衣服上的沙土，那是一件从远方带来的旧雨衣，保留着它，纯粹是因为念旧。他戴上一副深色墨镜，提着一个不起眼的手提箱，迈步走向下面的城市。

"下午好，先生。为您效劳。"

"我想租下你们酒店最高的两个楼层。"

酒店前台似乎很困惑，他探身向前，问道："您刚才说什么，先生？"

"最高的两个楼层，我想租下来。"他笑了笑，"我没事先预约，抱歉。"

"啊……"前台有些慌乱，他只能看到客人墨镜镜片里自己的影子，"您是说两间……"

"我想租的不是一个房间，不是一个套房，也不是一个楼层，而是两个楼层，也不是随便要两个楼层，而是要最上面的两个楼层。如果那两个楼层的某些房间已经有客人入住，我建议你礼貌地要求他们搬到其他楼层去，之前的房费由我来支付。"

"我明白了……"酒店前台回答道，可仍有点儿困惑，不知道应该把此事当真，还是看作一个玩笑，"您……您打算住多久呢？"

"长期，我可以预付一个月租金，我的律师会在明天午饭之前支付。"他打开手提箱，拿出一沓钞票，放在桌上，"如果你觉得有必要，我可以先付一晚的租金。"

"明白，"前台盯着那一沓钱，"麻烦您填写一下表格。"

"谢谢。另外，我要一部专用电梯，我还需要占用楼顶。我觉得最好的办法，就是设置一个专用口令。"

"啊，当然，我明白。请您稍等，先生。"前台跑去找经理了。

他提出那两层的房费应当有整租折扣，然后答应为专用电梯和占用楼顶空间付钱，于是要付的钱数又回到了最初。没办法，他就是喜欢讨价还价的感觉。

"先生，您如何称呼？"

"大家都叫我星芒。"他回答。

他在顶楼选择了一间拐角套房，那儿可以俯瞰整座城市。他打开了所有的衣柜、壁柜、门、百叶窗、阳台挡板和吸烟室，然后试了一下房间里的浴室——水是热的，接着从卧室搬了几把椅子出来，又从客厅取了四把，全都放进另一间套房里一字排开。他打开所有的灯，四处察看。

他察看床罩、窗帘、隔断帘和地毯上的图案，走到墙边察看浮雕和壁画，又观察了家具的式样。他打电话要求送餐，等食物送上来，他就自己推着车挨个房间走，边走边吃。酒店很安静，只有他在到处活动。他不时检查一个小型探测器，那个设备可以判断周围有没有监控仪器的。结果显示，没有。

他在一扇窗前停下来，看向窗外，下意识地摸向心口那个凹陷的疤痕，而那个疤痕早就不在了。

"扎卡维?"他胸口传来一个细小的声音。他低头从衬衫口袋里掏出一个玻璃球似的东西,将它戴在一边耳朵上,然后摘下墨镜,放进衬衣口袋里。

"你好。"

"是戴吉特。你还好吗?"

"还行吧,我刚找了个住的地方。"

"好极了。听我说,我们刚刚找到了一些东西,简直太完美了。"

"找到什么了?"他听出萨玛语调中的兴奋劲儿,微笑起来。他按动一个遥控器按钮,窗帘自动关闭。

"三千年以前,这个星球上曾有一位伟大的诗人,他的诗作都写在装有木框的蜡版上。这位诗人有一百首短诗,他认为那是自己一生最好的作品。但是当时,这些作品却无法出版,于是他决定转行搞雕刻。传说,他把其中九十八块蜡版融化,做成了一个蜡模,只留下了第一号和第一百号作品没有毁掉。后来他用沙子裹住蜡模,作了一个沙模,又用沙模铸造了一尊铜像,那尊铜像一直保存到现代。"

"萨玛,这事儿对我们有用吗?"他一边说,一边按下另一个按钮把窗帘打开,他喜欢看窗帘扯来扯去的样子。

"听我说完!我们刚发现沃伦胡兹星团的时候,对所有行星进行了全面扫描,然后开展了一些探访工作。我们自然也对那尊铜像进行了全息扫描,我们在它表面发现了沙模留下的痕迹,还在一个凹陷处发现了蜡模的残余成分。

"然后我们发现,蜡的成分有问题!

"那些残余的蜡,和流传下来的蜡版成分并不一致。所以我们的通用星际飞船多待了一段时间,完成全面扫描之后又进行了一番调查。我们发现,铸造那尊铜像的人——也就是那些诗的作者,后来出家为僧,成了一座修道院的院长。他掌管那家修道院的时候曾兴建过一栋建筑。传说他经常去那里,为那消失的九十八首诗歌静坐冥想。可那栋建筑里面有一个密室!"萨玛的语调上扬,似乎很得意,"你猜猜,里面藏着什么?"

"是不听话的小和尚吗?"

"是那些蜡版,那些写着诗歌的蜡版。"萨玛大喊,然后她的语调稍低了一些,继续说,"不过不是全部,只是大部分。那座修道院已经荒废了几百年,有牧羊人在一堵墙边生火,烤化了三四块蜡版……其他的都完好无损。"

"这算好事吗?"

"扎卡维!这些蜡版可是这个星球最伟大的文化遗产!而且它们一直都被认为已经失传。贾恩萨罗莫尔大学,就是你的老朋友拜扎伊现在居住的地方,存有那个诗人的大部分手稿、那两块蜡版,以及那尊著名的雕像。他们愿意不惜一切代价得到这批蜡版!你还不明白吗?我们的运气简直好得不得了!"

"听起来还行,我觉得。"

"去死吧你,扎卡维!你就只会说这几句不咸不淡的话吗?"

"戴吉特,好运气是不可能持久的,祸福相依。"

"别这么悲观,扎卡维。"

"好吧,我不悲观,不悲观。"他又嗖一下把窗帘拉上。

戴吉特·萨玛长叹了一口气。"好吧,我就是觉得,这事儿应该告诉你一声,我们很快就要走了,你好好睡一觉吧。"

嘀的一声,通话结束了。他遗憾地笑了笑,并没有把通信终端摘下来,而是把它留在耳朵上,像耳环一样。

夜深了,他让酒店人员不要打扰他,他把所有供暖设备都打开,随后又打开了所有的窗户。他花了一些时间检查阳台和外墙的排水管,沿着酒店外墙壁虎般一路爬到地面附近,然后又爬了回去，沿途检查外墙、管道、窗台和檐板的强度。他发现，整座酒店其他楼层只有不到十二间房有灯光。他确信自己完全掌握了酒店外墙的情况，然后回到了自己的楼层。

他靠在阳台上，手里捧着一个冒烟的小碗。他不时把碗举到面前深吸一口，然后望着灯火通明的城市，吹口哨。

看着眼前的点点灯火，他想，世界上的大多数城市都像一张平铺在地上的画布，只有那么浅薄的一层，而索罗托尔更像一本半打开的书，像一个不规则的 V 字形雕塑，深埋在这个星球的地层中。云朵从峡谷上空飘过，沙漠反射城市的霓虹，闪耀着一片橘红色的光芒。

他想，如果有人从城市的另一侧向这边看，肯定会觉得这家酒店很怪，最上面两层灯火通明，而其他楼层几乎一片漆黑。

他已经忘记了峡谷对这座城市风貌的影响，逐渐不在意它与其他城市有多么不一样。他觉得城市之间的相似之处还是太多，这个世界上的一切，总有太多的相似之处。

他去过许多地方，既见过无数共通的东西，也见过更多迥异之处，相似与相异都让他惊讶。但是，这座城市与他见过的其他城市，其实并没有那么多不同。到处都有城市，城市挤满了整个银河。银河系充斥着人形的生命，正如当年他与希厄斯·恩吉讨论的那样（说起她，他就会想起她皮肤的触感和说话的嗓音）。不过他猜测，只要"文明"愿意，就会派他去更加异质，更有外星感觉的世界。可是他们不这样做，因为他们说他局限性很大，只适应特定种类的星球，只能打好特定类型的战争。就像萨玛说的，在战争生态中各居其位。

他微微一笑，又从装满药物的小碗里深吸了一口气。

那人穿过空荡荡的连廊和台阶。他穿着一件说不出式样的雨衣，看起来有些跟不上潮流。他戴着一副深色墨镜，走路的姿势很放松，一点儿架子都没有。

他走进大酒店的院落，这里的装饰刻意营造出一种既华丽又稍显破败的感觉。穿着古板的园丁正在清理游泳池里的落叶。见他经过时，园丁瞪着他，好像他完全没资格在这里出现似的。

有几个人在粉刷大堂外的走廊。他必须挤过人群才能进去。油漆匠使用的是按照古老配方特制的"劣质"油漆，一两年后就会自然地褪色、干裂、脱落。

门庭富丽堂皇，他拉动前台一侧的紫色粗绳，笑容可掬的前台接待员便马上出现了。

"早上好，星芒先生，您早起散步去了？"

"是的，请把早餐送到楼上，好吗？"

"马上就送，先生。"

"索罗托尔是'连廊和桥梁之城'，城里的台阶和人行道多是轻便的斜拉索结构和设计精巧的石拱，以跨越高楼、河流和水渠。城中有很多滨河小道，蜿蜒曲折，时而从河上跨越，时而从河床下穿过。整座城市建有大量的桥梁、隧道和地下交通枢纽，铁路系统四通八达，可以通往各个高度。坐在高速行驶的列车上，游人可以看到灿若星河的城市灯光，参观地下交通系统的结点与通道，领略河道与地下索道相映成趣的奇妙风景。"

他坐在床上，一边吃早饭，一边看酒店为高档套房特别剪辑的城市观光片，深色墨镜放在身边枕头上。这时造型古旧的电话响了起来。他调低节目音量，拿起了听筒。

"你好？"

"扎卡维吗？"是萨玛的声音。

"天哪，你们怎么还没走？"

"我们正准备脱离这个星球的轨道。"

"行啊,反正你们也不用等我。"他从衬衣口袋里把那个通信终端掏出来,"为什么用电话联系?你们的通话器打包收拾起来了?"

"没有,只是确认一下,我们可以顺利入侵这个星球的电话系统。"

"很好。就这事儿吗?"

"不止,我们刚才确定了拜扎伊的精确位置。他还在贾恩萨罗莫尔大学,不过他现在的位置是图书馆四号辅楼。这个地方在城市地下一百米,是整所大学最安全之处。那里平时就戒备森严,现在他们又增派了更多守卫,不过并没有职业军人参与。"

"可是他住哪儿?晚上在哪里睡觉?"

"馆长家,就在图书馆地下。"

"他会到地面上活动吗?"

"我们没有发现。"

他吹了一声口哨,说:"这可能很麻烦,也可能完全不影响我的行动。"

"你那边情况怎么样?"

"很好。"他大口吃着腌肉,说道,"这会儿还没到当地营业时间,我已经给律师留了一张便条,让他打电话给我,然后我就开始制造事端。"

"好吧,应该没问题的。必要的指令我们都已经发出了,你应该能得到所需的一切物资。如果遇到麻烦就告诉我们,我们会马上发电报训斥那些拒不配合的家伙。"

"萨玛,我还有个问题。你们营造的这个商业帝国到底有多大实力?这个万嘉公司,财力到底有多雄厚?"

"是万嘉基金,它的规模足够大了。"

"我知道,可是到底有多大?我有多少资源可操控?"

"这么说吧,你别买市值超过一个国家的东西就行。夏德南,你想制造事端的时候不用担心资源不够,怎么铺张浪费都没问题,只要能帮我们把拜扎伊请出来,而且要快。"

"好吧,没问题。"

"现在我们要走了,但是会跟你保持联络。记住,无论有什么难处,我们都随时支援你。"

"好的,再见。"他把电话放下,又把影片的声音调高了一些。

"天然和人工洞穴遍布峡谷岩壁,形态各异,与峡谷两侧的房屋一样瑰丽多姿。城里最古老的水电系统大多也在这里,水流穿过岩洞,发出震耳轰鸣。有些小工厂和作坊至今仍然存在,它们隐藏在悬崖和岩层后面,只有烟囱矗立,伸出沙漠地面,标志着它们的位置。高处冒着水汽的河流,与城市排水清洁系统相对,它有时候也会流出地表,在城市结构中留下难以捉摸的痕迹。"

电话又响了。

"你好?"

"您是……星芒先生吗?"

"是的。"

"早上好,我叫恰普罗尔,我是——"

"啊,律师。"

"是的,我们已经收到了您的消息,非常感谢。我刚刚收到一份电报,授予您支配万嘉基金全部现金资产及股票的权力。"

"这我知道。想必你对这事儿已经完全没有疑问了,对吗,恰普罗尔先生?"

"唔……我……是的,电报说得很清楚了。不过以前从来没有人被授予这么大的处置权限。您应该知道,这家公司的账户金额非常大,而且,万嘉基金以前的表现,一直都中规中矩,非常低调。"

"很好。我要你处理的第一件事,就是支付赛丽舍大酒店两层楼一个月的房费,这笔钱要马上转入酒店的账户。然后,我要买点儿东西。"

"啊……当然,您要买什么?"

他用手绢抹抹嘴巴,说:"先买下一条街。"

"一条街?"

"对。不用买什么豪华街道,也不用很长,但是要把一整条街买下来,要市中心附近的。你能找到合适的购买对象吗?我马上就要买。"

"好吧,我们马上为您寻找合适的购买目标。我还——"

"很好,我两个小时后去你办公室,希望到时候可以当场决定这件事。"

"两小时吗?唔,好的,呃……"

"效率很重要,恰普罗尔先生。派你最得力的部下去做这件事。"

"是的,当然。"

"好。一会儿见。"

"好、好,呃……再见。"

他再次把音量调高。

"城里已经数百年没有兴建新的建筑。索罗托尔城就是一座纪念碑,一所学院,一家博物馆。这里的工厂和原有居民,大多数已经搬走,在部分季节里,只有三所大学给城市带来了些许活力。很多人认为,城市的主导氛围就是古老的,甚至有些陈旧,有一些怀旧的人愿意这样生活,生在现代,却活在过去。索罗托尔没有空间照明设备,这里的火车还跑在古老的铁轨上,汽车还在地面行驶,城市街道和领空都禁止汽车飞行。这是一座悲情的古城,城市许多地区无人居住,或者只有一些临时居民。名义上这里还是首都，但实际上它已无法代表国家的文化。这里就像一座展览馆，尽管时常有游客前来参观，却没有多少人在此常住。"

他摇摇头，戴上墨镜，关掉了显示屏。

风向合适时，他就在楼顶花园用老式焰火小炮向外喷撒大团的钞票，钞票像初雪一样纷纷飘落。他命人在街道上挂满彩旗，布置充气人偶、彩色气球、桌椅。街道两边都是提供免费饮品的酒吧。街上铺着地毯，乐队演奏着欢快的音乐。人流密集的地方，比如乐队周围和酒吧门口，都设置了色彩鲜艳的天棚。不过它们没什么用。今天晴朗温暖，是往年这个季节少有的好天气。他登上这条街上最高的建筑，走到最大的窗户前面，看向下面熙熙攘攘的人群，面带微笑。

现在是旅游淡季，居民都百无聊赖，狂欢节立刻吸引了全城人的注意力。他雇人为大家提供免费的迷幻药、食品和饮品，还禁止车辆和"苦瓜脸"进入会场。所有不能保持微笑又想入场的人，都得戴上搞笑的面具，等到情绪高涨时才能把面具摘下来。他在高处倚着窗，深吸一口气，肺里充满了楼下酒吧的气息，那里的迷幻药味儿刚好能浮到这个高度，停在空中。他脸上挂着微笑，觉得药味儿很好，让人神清气爽，一切都很完美。

人们来来去去，三五成群地聊天，交换药碗，到处都是欢声笑语。他们聆听音乐，观看欢快的舞蹈，每次播散钞票的小炮一响，人们都会大声欢呼。小册子伴随饮品和玩具一起发放，人们时常因为里面的内容开怀大笑——上面有很多政治笑话。街道上空和古旧建筑上悬挂的巨幅标语也大多戏谑荒唐。举两个比较容易翻译成其他语言的例子：反战主义者去撞墙吧！专家到底懂些啥？

现场有趣味游戏和机智问答活动，有人分发鲜花和派对帽；

还有大受欢迎的"好话摊",这个摊子不管收到什么东西——一点儿零钱,或者一顶纸帽——都会夸奖光临的人是多么温文有礼、亲切和蔼、好心、不做作、温柔、不张扬、真诚、帅气、活力四射、与人为善,反正都是人们爱听的。

他俯视下面的一切,渐渐皱起眉头。他知道,如果此刻自己混迹在人群中,会感到格格不入。只有现在,站在如此高的位置,他才可以悠然观望那无数张不同的脸孔。他们自得其乐,有时会大笑,环境怂恿他们吸入药物,变得傻乎乎的。他们沉醉于音乐中,多少有些不正常。

其中两个人吸引了他的注意。这一男一女正慢慢地沿街走,边走边四处张望。男的个子很高,留着短短的黑发,故意搞成乱蓬蓬的,他衣着考究,一手拿着贝雷帽,另一只手捏着一个面具。

女人的个子几乎和男人一样高,只是身形更苗条。她穿着朴素的灰黑色衣服,脖子上挂着一个灰白的护身符。她留着齐肩黑发,头发很直,走起路的姿态就像周围有无数人用崇拜的目光追随她。

这两人并肩走着,身体并不接触。他们交谈的时候,也只向对方稍微侧一下头,说话时眼睛望着其他方向,也许是看向他们正在谈论的东西吧。

他在通用系统星舰里读任务简报的时候,好像见过这两个人的肖像。他微微向一侧转头,让耳环通信终端对准他们,开始录像。

过了一会儿,这两个人消失在街道另一端的彩旗下面。他们走过了整条举办狂欢节的街道,却什么活动都没参加。

街头狂欢还在继续,这时下起一阵小雨,把人们赶到了附近的廊檐、篷布和小房子里面。这场雨没持续多久,其间不断有人加入狂欢。小孩子尖叫奔跑,把彩带缠绕在柱子上、展台上、桌子上，甚至人们身上。不时有充气炸弹爆炸，放出彩色的烟雾和馥郁的香气，人们大笑、咳嗽、忙乱地躲避，摩肩接踵。不时有人训斥那些乱扔东西的小孩儿。

　　他从窗边走开，不想再看。昏暗的暮色下，他坐在房间里的一张矮桌旁，用手摩挲脸颊，若有所思，只在大团气球飞过窗前时抬一下眼睛。他把墨镜摘下来，其实不管戴不戴墨镜，从屋里看，气球都是那样子。

　　他走下狭窄的楼梯，靴子踩在古老的木料上。他从**楼梯尽头**的扶手上拿起那件旧雨衣，从后门出去，走上另一条街。

　　司机发动汽车，他坐在后排，汽车在建筑物之间穿行，然后在街道尽头向右拐，沿上坡方向继续行驶，他们现在的去向，与狂欢的街道垂直。他们从一辆加长车身的黑色汽车旁驶过，那一男一女就在车里。

　　他回头看，发现那辆黑色汽车跟了上来。他要求司机超速行驶，那辆车也跟着提速了。他望着窗外，城市的街景一闪而过，他们穿过古老的市政厅区域，那里的大型建筑都是灰色的，墙上装饰着很多喷泉，周围有不少人工水道。设计精妙的水流沿着墙面垂直而下，水花四溅，像剧院的水幕。墙面上长了一些野草，但并没有他想象得那么多，他不记得这里的人冬天怎么处理这些水幕了，是让它们结冰，关掉，还是添加防冻液？有些工人正在清洗老旧的墙面，看到这两辆车互相追赶着飞快穿过街道和广场，纷纷回头观望。

　　他一手扶着后排座位的扶手，另一只手翻检一大串钥匙。

　　他们在一条老旧的狭窄街道停车，这里地势很低，距离大河的岸边不远。他轻快地跳下车，走进一幢高层建筑的一扇小门里。后面那辆车呼啸着冲进街口，这时他已进了门。他把门掩上，但并没有上锁。他走下一段楼梯，一路打开了好几扇锈迹斑斑的门。

他走到建筑的最深处,看到缆车停在站台中央,似乎在等他。他打开门,上了缆车,扳动了启动杆。

缆车微微晃动了一下,开始上升,还算平稳。他透过后窗向外看,看到那一男一女也闯进了缆车站,但只能眼睁睁地看他离开,他得意地扬起了嘴角。缆车缓缓上升,已经出了建筑,来到户外。

在上下山缆车换乘的地方,他跳出上行缆车,跳上站台,紧接着进入对面下行的缆车。这辆车下得比较快,因为车上的水箱里装满了水,那是从山顶缆车站旁边的小溪里打来的。他坐了一会儿,在回程走了四分之一左右的时候,从缆车上跳下来,走上缆车道旁边的台阶,爬上一段金属扶梯,进入了另一栋建筑。

爬到建筑顶端的时候他已经微微出汗了,于是他把旧雨衣脱下来,搭在手臂上,走回了酒店。

这是一间白色的屋子,布局富有现代感。窗户巨大宽敞,所有家具都安装在塑胶墙面上,照明灯安装在与房顶浑然一体的突出部位。那个男人站在窗口,看着今冬第一场雪,外面的城市一片灰茫茫。时间已接近傍晚,天很快就要黑了。一个女人伏在一张白色长沙发上,她双臂张开,两手互握,垫在侧向一边的脑袋下面。她闭着眼睛,一个上了年纪的壮汉正在按摩她白皙油滑的身体。按摩的人似乎很用力,他头发灰白,满脸都是伤疤。

窗口的男人用两种不同方式观察雪花。首先,他同时看着所有的雪花,眼睛盯在一个固定的点上,这样看来,雪花只是在气流中飘摇的茫茫一片,在清风吹动下,不断地飘摇、翻转、坠落。然后,他在灰白一片的天空中选择一片正在下坠的雪花,盯着观察,他可以看清一条独特的、与众不同的轨迹。

他看着雪花飘落,落在黑色窗台上。雪慢慢堆积,几乎看不出厚度在增加，但慢慢地变成薄薄的一层，松软、洁白，像棉花糖。有的雪花直直撞在窗户上，停留片刻，随后被风吹走。

女人像是睡着了，嘴角挂着一丝微笑。灰白头发的男子用力按摩她的后背、肩膀和腰部，她的表情也随之有了细微的变化。她滑溜溜的身体随着按摩的动作微微颤动，按摩师灵巧的十指非常有力，那种力量就像大洋水面之下的洋流，强度刚刚好，不会大到导致骨折、扭伤或擦伤。她的臀部盖着一块黑布，头发披散，盖住了一半脸颊。

"那我们该怎么做？"

"继续深入了解。"

"废话，别敷衍我。回答我的问题。"

"我们可以将他流放。"

"罪名是什么？"

"我们不需要给出解释。况且欲加之罪，何患无辞？"

"这样一来，战争可能提前爆发，而我们还没有做好准备。"

"别提这个！我们现在不能随便提及'战争'这个话题。表面上，我们跟星团联盟的所有成员都保持着友好的关系。不用担心，一切尽在掌握。"

"你这是新闻发言人的腔调……你觉得，我们有必要除掉他吗？"

"除掉他可能是最明智的选择。这个人如果消失，我们会感觉更好……我有一种不祥的预感，这个人来这里，一定有不可告人的目的。有人授权他动用万嘉基金的全部资产，正是这个基金会，这个极为神秘的组织，三十年来一直在对抗我们的每一步行动。这个组织所有者和管理者的身份，一直是星团的最高机密，他们的审慎程度无与伦比。而现在，突然之间，就冒出这么一个家伙，用俗不可耐的方式大肆挥霍钱财，还这么装模作样遮遮掩掩……

而且偏偏赶在这个节骨眼上。"

"也许，他就是万嘉基金的所有者？"

"不可能。这家伙有来头，我看他是个爱管闲事的外星人，或者奉命行事的机器人，听命于某个幕后巨头的傀儡；它可能就是一部无聊的机器，被植入了某种人类性格，然后摆脱了人类的监管，开始胡作非为。经过这么多年对万嘉基金的研究，我觉得不存在其他可能。这个自称星芒的家伙，就是一个傀儡，他花起钱来就像一个被宠坏的败家子，恐怕内心深处害怕这样的日子不可能长久。他又像一个中了大奖的乡巴佬，粗俗不堪。但是，我再强调一遍，他的出现，绝对不是偶然的。"

"如果我们杀了他，事后才发现他是一个大人物，就相当于挑起了一场战争，而我们还没做好战争的准备。"

"也许你说得对，但我们要出其不意，攻其不备。就算不为别的，也要用行动证明我们的人本主义立场，证明我们天生就比机器智能更优秀。"

"这倒没错。不过，我们不能收服这个人吗？有没有让他为我们效力的可能？"

"没有。"

站在窗口的男人对着玻璃窗上自己的影子微笑，轻轻敲打内侧窗台，敲出一小段节奏。

沙发上伏着的女人还是没有睁开眼睛。她的身体随着腰腹部的按摩动作微微颤动。

"等等。拜扎伊和万嘉基金之间，好像存在一些关联。这样一来……"

"我们就可以借机说服拜扎伊，让他加入我方。好好利用这个星芒。"男人的手指追随雪花飘落的轨迹，在窗玻璃上划动。那片雪花已经飞向窗户的另一侧，他的目光凝聚在那一个小点上。

"我们可以……"

"可以什么？"

"启用德休乌夫系统。"

"什么系统？你得给我详细讲讲。"

"德休乌夫疾病惩戒系统，这是一种可以精确分级的刑罚系统。罪人犯下的罪行越严重，他感染的疾病也就越严重。小错误会让违法者得一次感冒，因病无法获取收入，并要自行承担医药费；如果你犯下更严重的罪行，发病时间可能会长达数月，病愈之后还会有长期后遗症，等着你的是付不完的账单，而且不会有人同情你，有时候重病还会在患者身上留下记号。如果你犯下极其恶劣的罪行，就会感染存活率很低的恶疾，患者大多难逃一死，但也有出现奇迹，最终康复的可能。当然，一个人的社会地位越低，对他实施的惩罚就越严厉，因为社会地位低的人抵抗力一般较强。多种疾病组合，以及病症的复发频率变化，都可以使惩戒形式大为多样化。"

"说正事儿。"

"我最受不了就是他那副破墨镜！"

"我说了，说正事儿。"

"我们需要继续深入了解。"

"又是这句废话。"

"我觉得我们应该找他谈谈。"

"这可以。谈完就杀掉他。"

"克制一下。我们先跟他谈谈。我们找到他，问问他到底想要什么，到底是什么人。我们要保持冷静、仔细考虑，不到万不得已，不能杀他。"

"上次我们差点就跟他说上话了。"

"别耿耿于怀了，没用。我们不是来玩追车的，也不是来练习追踪怪人的。我们的使命是制订计划、处理各种情况。我们会给这位先生的酒店发个信息……"

"赛丽舍酒店。说真的,很难想象,这么有声望的一家酒店,为了这点钱就失去原则了。"

"没错。然后我们就去拜访他,或者请他来找我们。"

"嗯,我们当然不能主动去找他,至于说让他来找我们,估计他也会拒绝。我们没有预见……我们预先采取的防卫措施……估计这不是明智的选择,这次不行……你能想象这是多大的耻辱吗?"

"哦,好了。我们杀掉他就是了。"

"好的,我们先试试能否杀掉他。如果他大难不死,我们再跟他谈。到时候他也会愿意跟我们谈。这是个不错的计划,我不得不赞同,反正我也没有别的选择了。"

女人不再作声,那个灰发男人的大手正用力按摩她的身体,他脸上没有疤痕的地方渗出汗珠,看起来有些诡异。他在女人身上又捏又拍,女人咬着下嘴唇,身体随着按摩师的节奏愉悦地摆动着。

雪无声地飘落。

7

"你知道吗？"他对那块石头说道，"我现在感觉很糟糕，因为我觉得自己快要死了……只要一想到这事儿，我的心情就更糟糕。你觉得呢？"

石头当然不会回答。

他已经认定，那块石头就是宇宙的中心，这一点他可以证明。但是，石头好像并不愿意接受这个得天独厚的位置，并不愿意主宰宇宙间的一切，至少它现在还没有准备好。所以他暂时只能自言自语，或者跟周围的鸟儿和昆虫说话。

身边的一切再一次波动，像水纹一样摇荡，又像头顶盘旋的大群食尸鸟，不断向他逼近，扑上来，抓住了他的思绪啄咬，像机关枪扫射一个烂水果。

他只想悄悄爬到一边去，不被打扰。他知道接下来会发生什么事儿：自己一生的各个瞬间将在眼前闪现。这让他不寒而栗。

好在他只能回想起一些片段，记忆和他的身体一样残缺。他想起自己坐在某个星球的一间酒吧里，昏暗的窗户映在他的墨镜上，留下黑乎乎的影子；他想起一个风很大的地方，当地人早上数数有多少辆卡车被刮走，就知道前一晚风有多大；他想起一场坦克战，战斗发生在只有一种农作物的田野里，那儿像一片草海。

战斗很疯狂，人们被绝望笼罩，指挥官站在坦克车上，站在被焚烧的庄稼地里。火势蔓延，田野整晚都在燃烧，黑色焦土的边缘镶着火焰金边。战争起源于那片适合农耕的草场，它是参战各方争夺的对象，却在战争中被彻底焚毁；他记得那根喷水管，在探照灯下不断扭动、摇摆、挣扎；他记得永不终结的白昼，记得平顶冰山崩裂时震天动地的轰鸣，像是在宣告一个世纪漫长沉睡的终结。

一座花园。他还记得那座花园，还有一张椅子。

"尖叫啊！"然后他尖叫，疯狂地扇动胳膊，想要飞上天空，逃离……逃离……他不知道自己要躲避什么。其实他几乎没有动弹，他的胳膊只拍动了一两下，拍走了几块鸟粪石而已。那些耐心的鸟儿还是围在他身边，等着他断气。它们冷冷地看着这个人类做出一副飞翔的姿态，不为所动，它们知道他飞不起来。

"好吧。"他对自己说，又一次倒在地上。他将手放在胸前，抬起头盯着广阔的蓝天。一张椅子，那有什么可怕的？他又开始爬。

他拖着身体绕过那片水洼，从鸟粪石中间爬过去，然后转向，爬向湖水。他只爬了那么远，就转过身，绕着水洼原路返回，把黑色的鸟粪石扒在一边，向那些被他惊走的小昆虫道歉。他回到之前待着的地方，停下来休息。暖风从湖面吹过来，带来阵阵硫黄味。他似乎已经回到了那座花园里，闻到了那时的花香。

从前有一座庄园，三面临河，被高山和大海环抱。庄园周围古木参天，还有大片的牧场，连绵的群山。山里到处是胆小的野生动物，山上有曲折的小路，蜿蜒的小溪，溪上有小桥跨过。那儿还有古怪的装饰物、藤架和暗墙，有人工湖泊和寂静清幽的避暑小屋。

岁月更替，很多孩子在这座巨大的庄园里出生、成长，在美丽的花园里嬉戏。其中有四个孩子，他们的故事对所有人都至关重要，不管那些人是否见过这座庄园，是否听过他们家族姓氏。其中两个女孩是姐妹，名字分别是达尔金丝和利维埃塔。另一个男孩是她们的兄长，叫夏德南。他们都属于同一个家族，都姓扎卡维。最后一个孩子跟他们没有血缘关系，他的家族与扎卡维家族是世交，他叫伊莱瑟梅尔。

夏德南比伊莱瑟梅尔年长一些。伊莱瑟梅尔的妈妈来到庄园，闹得鸡飞狗跳的时候，夏德南刚刚开始记事。当时伊莱瑟梅尔的妈妈肚子已经很大了，她哭哭啼啼地来到庄园，周围是跑前跑后的仆人、健壮的保镖和哭泣的女佣。有好几天，这个女人和她肚子里的胎儿是整个庄园关注的焦点。由于大人无暇顾及孩子，两个女孩子玩得更开心了，而夏德南从一开始就很讨厌这个尚未出生的孩子。

一周之后，一队皇家骑兵来到庄园。夏德南记得父亲凛然走到庄园门口，站在通向院子的宽大石阶上，神态庄重威严。父亲的手下在庄园里奔忙，把守在每扇窗户后的射击孔旁。夏德南跑去找妈妈，他跑过楼道的时候，一手在前，好像牵着坐骑的缰绳，另一只手拍自己的屁股，嘴里喊"一、二、三，一、二、三"，他学马蹄的嘚嘚声，假装自己是一名小骑兵。他发现母亲跟那个孕妇在一起，大肚婆老是哭。大人们都让夏德南走开点儿。

那天晚上，在一片哭叫声中，伊莱瑟梅尔出生了。

夏德南发现，男孩降生后整个庄园的气氛变了很多，所有人都比以前更加忙碌了，但他们好像舒了口气，不那么担惊受怕了。

有几年时间，他可以痛快地欺负那个小孩，可是这个叫伊莱瑟梅尔的小家伙比夏德南长得更快，他很快就开始反击。后来两个孩子和解了，但是关系依然很紧张。家里请了家庭教师教他们功课。夏德南逐渐发现，老师们更喜欢伊莱瑟梅尔，因为他学东西比自己更快，老师总是夸奖他学得好、聪明、反应快。夏德南想努力追上他，虽然也获得了一些成绩，但老师们似乎从没真正欣赏过他。只有军事学教师对他们俩的评价较接近。夏德南善于摔跤和拳击，伊莱瑟梅尔擅长枪械和刀剑（在适当的看管下，他有时可以把武器带走）。不过夏德南配有刀剑时，两人旗鼓相当。

两姐妹都很喜欢这两个男孩，对他俩的感情难分伯仲。无论是漫长的夏季，还是寒冷的冬天，四个孩子都整天在一起玩儿。除了伊莱瑟梅尔出生的那年之外，每年春秋季孩子们都跟着家人去城里小住一段时间。城市在河流的下游，达尔金丝、利维埃塔和夏德南的父亲在那里有一座高高的楼房。可是孩子们都不喜欢那个地方，觉得自家的花园太小，公园里又太挤。每次去城里，伊莱瑟梅尔的妈妈都会变得沉默寡言，哭得也更频繁，有时还会一连消失好几天，每次离开前都很激动，回来之后就哭哭啼啼。

有一年秋天，他们正住在城里，大人的脾气都不太好，孩子们就躲着他们。这时候，有个信使来到了家中。

孩子们听到尖叫声传来，于是丢开了正在进行的玩具大战，跑到客厅外面扒着窗户框往里看。信使低头站在客厅里，伊莱瑟梅尔的妈妈又哭又叫，扎卡维夫妇搂抱着她，安慰她。最后，扎卡维先生示意信使退下，歇斯底里的女人倒在了地板上，一声不吭，手里握着一团纸。

扎卡维先生看到了他们，不过他注视着伊莱瑟梅尔，而不是夏德南。当天，他们很早就被打发上床睡觉了。

几天后他们返回庄园，伊莱瑟梅尔的妈妈更是整日地哭，还不肯下楼来吃饭。

"你爸爸是杀人犯，他杀掉了太多的人，所以被判了死刑。"

夏德南坐在石船上，两脚垂在一边，荡来荡去。那天花园里阳光明媚，树叶在风中轻轻叹息。两姐妹在他们背后欢笑，从石船中央的草坪里采摘鲜花。这条石船在庄园的西湖边上，有一条碎石小路通往花园。那天他们玩了一会儿海盗游戏，然后探索甲板上的花圃。夏德南在身边摆了一小堆鹅卵石，然后一个一个扔进平静的湖水里，希望能打出箭靶形状的水波，因为他的目标是让每个石子入水的位置完全一样。

"我爸爸才没做过那种事儿呢，"伊莱瑟梅尔使劲儿踢石船，低头说道，"他是好人。"

"如果他是好人的话，为什么会被国王处死呢？"

"我也不知道，肯定有人说他的坏话，污蔑他。"

"可是国王很聪明啊。"夏德南得意地说，又把一块小石头扔进水纹的中央，"国王比其他任何人都聪明，所以他才能当国王。要是有人对国王说假话，国王早就看穿了。"

"我才不管呢，"伊莱瑟梅尔说，"反正我爸爸不是坏人。"

"他就是坏人。你妈妈也极其淘气，所以他们一直让她在自己房间里关禁闭，不许出来。"

"我妈妈才没有淘气！"伊莱瑟梅尔瞪着夏德南，怒气冲上脑门，郁积在眼睛和鼻子后面，"她不出门，是因为她生病了！"

"她是为了哄你，才那样说的。"夏德南说。

"快看，我有一百万朵花。我们的花儿多得都可以做香水了。你们两个想来帮忙吗？"两姐妹从他们背后跑过来，抱着大把的鲜花，"伊莱……"达尔金丝想去拉伊莱瑟梅尔的胳膊。

他把她推向一边。

"哎呀，伊莱……还有夏德南，你们两个别这样好不好？"利维埃塔说。

"反正我妈妈没有做坏事！"他冲着夏德南的后脑勺大声喊。

"她就是做——了!"夏德南拖着长腔说道,又把一颗石子扔进湖水里。

"她没有!"伊莱瑟梅尔大叫着跑上去,往夏德南背上用力一推。

夏德南大叫一声,从石船上栽了下去,下落时头部撞在了石船上,两个女孩一起惊声尖叫。

伊莱瑟梅尔趴在栏杆上向下看,看到夏德南掉进水里,掉在了无数同心涟漪的中央。他消失了,片刻后又浮上来,脸朝下漂浮在水面上。

"哦,伊莱瑟梅尔,不能这样!"利维埃塔丢下所有的花,快步向石阶跑去。达尔金丝继续尖叫,蹲下来倚着石船侧面,把那些花死死抱在胸前。"达尔金丝,快回家找人!"利维埃塔的声音从楼梯下面传来。

伊莱瑟梅尔看到水里的小小身体在晃动,偶尔吐出一两串气泡。利维埃塔的脚步声回荡在台阶上。

伊莱瑟梅尔一下子把栏杆上所有的石子都拨进了水里,石子纷纷落在男孩漂浮着的身体周围。几秒之后,利维埃塔跳下浅水,营救自己兄长,达尔金丝还在尖叫。

不对,不是这个。肯定是比这严重得多的事,不是吗?他确信那是跟一张椅子有关的事情。(他也记得其他一些事,关于一条小船的事,但那好像不是问题的关键。)他努力回想,想象一张椅子上可能发生的最糟糕的事儿,然后把这些想法一个个否决掉。那些离奇的事情既没在自己身上发生过,也没在任何他认识的人身上发生过——至少他想不起这样的人。他最终得出结论,自己对椅子的关注纯属偶然。他不过碰巧关注了一张椅子,仅此而已。

然后就是那些名字,他所用过的假名。想象一下,他居然会冒用一艘战舰的名字！人得多么可笑、多么淘气，才会那样做。那可是他努力想忘记的东西啊。他不明白自己过去怎么那么傻；现在看来一切都那么清晰，那么明显。他想忘掉那艘战舰，想把那些记忆完全埋葬，他根本不应该冒用它的名字。

他现在才想明白，才意识到自己的问题，可是已经晚了，一切已不能更改。啊，他为自己感到恶心。

一张椅子，一艘战舰，还有一个……还有其他的什么，他忘了。

男孩学打铁，女孩学陶艺。

"我们又不是农民，也不是，不是……"

"手艺人。"伊莱瑟梅尔补充道。

"别找借口，你们应该学一些操作性的工作。"夏德南的爸爸教育两个男孩。

"可是这些事情也太平庸了。"

"写字不平庸吗？算术不平庸吗？你们懂得写字算术，并不代表长大了要去做小职员；你们学会打铁，也不是为了当铁匠。"

"可是——"

"让你们干什么你们就干什么。打铁至少跟你们习武的志趣有关，学好了，你们以后可以自己制造武器和盔甲。"

两个男孩面面相觑。

"你们可以去问问语言老师，就说是我让你们问的，作为上流社会的贵族子弟，开口闭口只会说'但是……'是不是很丢人。解散。"

"谢谢，长官。"

"谢谢，长官。"

走到屋外后他们一致觉得，学习打铁也不是那么糟。"但是，我们还得去问大鼻子老师能不能开口闭口说'但是',他肯定会借机批评我们。"

"我们不用去问,你老爸的原话是'可以去问问',不是说一定要去。"

"哈哈,太棒了。"

利维埃塔也想学打铁,可是她父亲就是不同意,认为女孩打铁不成体统。虽然她坚持,父亲还是不肯让步。她生气了,于是父亲跟她商量,各退让一步,让她去学木工。

男孩子们锻造刀剑,达尔金丝做陶罐,利维埃塔制作了避暑小屋里的家具,那间小屋在庄园的密林深处。就是在那个地方,夏德南发现了……

不不不,他不愿意回想这件事。不,谢谢,他知道这样回忆下去会有什么结果。该死的,他宁愿回想其他的痛苦时光,比如说他们从武器室偷走步枪的那次……

去他的,其实他现在什么都不愿意想。他上下撞自己的头,想要停止回忆。他盯着令人发狂的蓝色天空,使劲儿把脑袋往灰白色脏兮兮的石头上撞,鸟粪石都已被他推到了一边。可这么撞下去太疼,那些石块被撞了几下之后,也离他越来越远。他还没有绝望到招惹斑蝇的地步,于是他停下了。

他在哪儿?

噢,对了,这里是火山口,积满水的火山口。这是一座古老的死火山,火山口里到处是积水。就在这片水洼的中央,有一个小岛,他现在就在小岛上,远望火山口的岩壁。他已经是一个男人了,不再是小孩儿,他还是个好人,正在这座小岛上等死,然后……

"尖叫?"他问自己。

天空也望着他,天是蓝色的。

拿走那把枪是伊莱瑟梅尔的主意。虽然武器库当时有守卫值班，不过门没有上锁。大人们好像都很慌乱，还有人建议把孩子们送走。夏天已经过去了，可他们还没有到大城市去，孩子们都很无聊。

"我们可以偷跑出去。"伊莱瑟梅尔小声提议。当时他们正沿着庄园里的一条小路，踩着落叶散步。现在，即便是这种地方，他们都不能单独出来玩了。前方三十步之外有卫兵警戒，后面二十步之外也有。带着这么多卫兵，怎么玩啊？在房子周围活动时，他们倒是可以不带卫兵，可是那里比这儿还要无聊。

"别傻了。"利维埃塔反对道。

"这主意一点儿也不傻！"达尔金丝说，"我们可以去城里玩，至少可以找点儿事情做。"

"是啊，"夏德南说，"你说得对。城里可能有好玩儿的。"

"你们去城里干什么呀？"利维埃塔问，"城里搞不好会很……危险。"

"可是老待在这里真没劲。"达尔金丝说。

"就是。"夏德南附和，"我们可以找条小船，扬帆起航。"

"有船的话，甚至不用扬帆，也不用划桨，"伊莱瑟梅尔说，"只要把船推到水中央，河水就会把我们带到下游那座城市。"

"我不去，"利维埃塔一面说，一面用脚踢树叶。

"行了，利维埃塔，"达尔金丝劝她，"你别那么没劲好不好，我们无论干什么，不都是一起行动的吗？"

"反正我不去。"利维埃塔又说了一遍。

伊莱瑟梅尔紧闭双唇，用力踢起一堆树叶，树叶像被炸飞一般四散。有几个卫兵迅速转身回头看，然后又放松下来，望向别处。"反正我们得想点儿办法。"他看着那些卫兵，羡慕他们手里的自动步枪。大人从来都不准他碰这么大的枪,他只用过小口径手枪和卡宾枪。

一片落叶飘过他面前,被他抓住了。

"落叶……"他翻来覆去摆弄那片叶子,"树就是这么蠢。"他对其他人说。

"树当然不聪明了,"利维埃塔说,"它们又没有神经,没有脑子。不是吗?"

"我不是那个意思,"他把那片叶子揉碎了,"树会落叶,我觉得这种习性特别愚蠢,每年秋天都这么浪费,如果一棵树不落叶,不就不用长新的叶子了吗?这样的树可以比其他树长得更高大,会成为万木之王。"

"可是落叶很漂亮啊!"达尔金丝说。

伊莱瑟梅尔摇了摇头,对夏德南使了个眼色。"女孩就是女孩!"他轻蔑地笑着说道。

他想不起那个词儿了,那个"火山口"的近义词。肯定还有一个词可以描述这种地形,描述这样一个巨大的火山口。绝对有,毋庸置疑。他刚才还念叨呢,就这么一会儿工夫,哪个浑蛋就把它从他的脑子里偷走了,浑蛋……如果还能找到它,他就可以……这个词儿明明刚才还记得……

可是,这座火山又在哪儿?

火山在一个岛上,这座火山岛又在一个内海中,内海……又在某处。

他回头看,看向远处高耸的岩壁。他努力回想这里到底是什么地方,怎样一个地方。只要一动,被劫匪扎了一刀的肩膀就会剧烈疼痛。他本来想保护伤口,将大群的苍蝇赶开,可是现在,他确信苍蝇已经在伤口产卵了。

（伤口离心脏远着呢，至少他还把她藏在心里。坏死的区域要蔓延到胸前还有段时间呢，估计到那时他已经死了，在心脏和关于她的回忆被吞噬之前。）

来吧，别客气，你们这些小蛆虫，想吃就吃，能吃多少吃多少。反正等你们孵化出来的时候，我已经死了。死人是不会把你们挖出来的，你们不用担心那份痛苦。我亲爱的小蛆虫，美味的小蛆虫。（美味的应该是我，现在我才是食物。）

他停下来，琢磨这片水池，他一直绕着它爬，就像被行星俘获的彗星。这里是洼地的最低处，他好像一直在努力逃离这腥臭的脏水，逃离周围的烂泥、成群结队的苍蝇、遍地的鸟粪石……可他就是逃不掉，他总是回到这个地方，似乎冥冥之中有什么原因。他冥思苦想，这到底是为什么？

水洼很浅，里面到处都是石块，水很脏，臭气扑鼻。再加上他流的血和他呕吐的那一摊东西，这里更加臭不可闻。他想离开这里，越远越好，然后派重型轰炸机把这里炸烂。

他又开始爬，拖着身体绕着水洼挪动，鸟粪石四处翻滚，昆虫纷纷逃散。他想爬到湖边，想始终朝着同一个方向移动，但最终又回到了原点。他停下来，望着水洼和里面的岩石，茫然失神。

他一直都在做些什么？

帮助本地人，跟从前一样。做一个好人、好参谋、顾问，预防疯狂的人得势，让人民继续幸福地生活。不久后，他开始领导一支小部队，但当地人却认为，他背叛了他们，部队是给他个人谋夺权力的。于是，就在斗争胜利的前夕，在人民军猛攻暴君的那一刻，人民也想把他除掉。

他们把他脱得精光，关进锅炉房。他逃出来了，很快身后就传来了追兵沉重的军靴声，逃跑途中他被逼跳入大江，入水的一瞬间险些晕过去，他身体瘫软随水漂走。醒来时已是清晨，他发现自己正在一艘驳船的绞盘室里。他不知道自己是怎么到这个地方的。船尾拖着一条绳索，他猜自己是迷迷糊糊沿着绳索攀上这艘船的。他的头还是很疼。

他从轮机室后的晾衣绳上取了几件衣服穿上，却被船员发现了。他只得跳船逃走，船员也跳下水，穷追不舍。上岸后他还是被继续追踪，不得不远离城市和圣殿。而"文明"的人只会在那些地方寻找他的下落。他花了很多时间研究如何与他们取得联系。

后来他偷了一匹马，沿着积水的火山口前进，那时他遇见了强盗。强盗们痛打他，还挑断了他的脚筋，把他扔进臭烘烘的黄色湖水里。他想要游开，那些人就向他扔石头。而且他只能用胳膊划水，两腿无力地拖在身后。

他知道这样下去早晚会被石头击中，于是他努力回想"文明"教给他的求生技能。他闭气下潜，只过了短短几秒钟，他就看到一块大石头砸在自己刚刚所在的地方，带着大串气泡缓缓下沉。他抱紧这块石头，就像抱着恋人，石头把他带入了昏黑的水底。此时他已不知道该如何求生，就算从此不再醒来，他也无所谓了。

醒来时周围一片漆黑，他回想起之前发生了什么，忙从石头底下拽出胳膊，挣扎着想用脚踩水游向高处，但是脚不听指挥，他只好改用手划水。终于，水面好像从天而降，迎接他的到来。他从未意识到，原来空气的味道是这样甜美。

火山湖的边缘很陡，他别无选择，只能游上湖心的岩石小岛。他爬上岛时，惊起大群飞鸟。

他拖着身子从鸟粪石中爬到岛上，他心中暗想：还好不是那些修士找到了我，要不然，我可就真的麻烦了。

疼痛在几分钟之后袭来，就像酸液慢慢渗入每个关节里。他觉得，还不如被修士抓到的好。

他不断自言自语，转移注意力，以减轻疼痛感。他对自己说，他们还是会来找他的。"文明"的人会驾驶着漂亮的宇宙飞船赶来，他们会把他救走，解除他的一切痛苦。

他坚信他们会来，会有人照顾他，帮他康复，他会很安全，没有痛苦，就像回到了天堂或者……再次回到童年，身处那个花园。只是，他头脑里刻薄的那一半说：花园里也会发生丑陋邪恶的事情。

达尔金丝骗走了武器库的守卫，她请他去打开一扇卡住的门，那扇门在走廊的拐角处。夏德南趁机溜进去，拿到了那把伊莱瑟梅尔描述过的自动步枪。他用大衣裹起枪，从武器库出来，听到达尔金丝正在滔滔不绝地对守卫表示感谢。他们四人在后厅衣帽间碰头，躲在暗处热烈讨论，周围弥漫着湿衣服和地板蜡的味道，闻起来让人懒洋洋的。大家轮流试着拿那把枪，枪很沉。

"怎么只有一个弹匣！"

"我没看见第二个。"

"天哪，扎卡维，你是瞎了还是怎么了？现在也只能凑合用了。"

"哇，这么多油。"达尔金丝说。

"这些油是防锈的。"夏德南向她解释。

"我们到哪引爆它呢？"利维埃塔问。

"我们暂时把它藏在这儿，吃完晚饭再拿出去玩，"伊莱瑟梅尔说着，从达尔金丝手里接过枪，"晚自习是大鼻子老师负责监督，他很快就会睡着的，妈妈和爸爸要陪那位上校，我们可以溜出房子，到后面的树林里去射击。还有，枪是用来射击的，不是用来引爆的。"

"我们搞不好会没命的，"利维埃塔说，"家里的卫兵会把我们当成恐怖分子。"

伊莱瑟梅尔耐心地摇摇头。"利维埃塔,你可真笨。"他把枪口杵在她面前说,"这把枪是配了消音器的,不然你以为这个零件是什么?"

"嗯,"利维埃塔把枪口推开,"这把枪有保险吗?"

伊莱瑟梅尔似乎犹豫了一会儿,然后大声说:"当然有了。"他畏缩了一下,看向通往客厅的那扇紧闭的门。"当然有,"他小声说,"来吧,我们先把它藏在这里,等逃了大鼻子老师的课再来。"

"你不能把枪藏在这里。"

"我觉得可以。"

"可是它味儿太大了,"利维埃塔说,"枪油的味道很刺鼻,从旁边走过就可以闻到,要是爸爸决定去散步,然后发现了,那该怎么办?"

伊莱瑟梅尔似乎很担心,利维埃塔从他身边走过,打开了高处的一扇小窗户。

"把枪藏在石船上好不好?"夏德南建议,"这个季节没人会去那儿。"

伊莱瑟梅尔想了一想,抓过夏德南的大衣,重新把枪裹上。"那好吧,你拿着。"

比那段回忆更早,或者更晚……他不知道。地点应该是对了,他想找的回忆就在那里。地点对了,这最重要,它意味着一切。比如这块石头。

"以你作为例子,岩石。"他对石头笑了。

没错,我们这里就有这么一块肮脏平常的大石头,它坐在这里什么都不干,浑浑噩噩、无趣至极。在这个脏水坑里,它就像一座小岛。而这个脏水坑本身又在一座小岛上,小岛又在一个积水的火山口里。火山口是火山地形的一部分，整座火山又是一个大型内海中的小岛。这片内海就像大陆上的一片水洼，大陆又是这颗星球海洋里的一座岛屿。这颗行星像是一座漂浮在星系虚空中的孤岛，星系又漂浮在星团里。如果说银河系是大海，这星团又像是海中央的一座孤岛。银河系又是所属星云中的小小环礁，星云在宇宙中，无非只是另一座小岛。宇宙也像一座孤岛，飘浮在连续空间组成的海洋里。连续空间也是孤岛，漂流在无限多维的现实世界中……

从上往下数一遍，连续空间、宇宙、星云、银河系、星团、星系、星球、大陆、海洋、岛屿、湖泊、湖心岛……岩石还在原来的地方，这样说来，这块石头，这块脏兮兮的破石头就是整个宇宙的中心，整个连续空间的中心，整个现实世界的中心。

另一个词儿是"环形山"，这片湖就包围在一片环形山里。他抬起头，视线越过静默的黄色湖水，看向火山口的另一边。他好像看到了一条石船。

"尖叫吧。"他说。

"愤怒吧。"天空似乎回应了他，他不太确定。

空中布满了云层，天很快就要黑了。他们的语言老师花了比平时更长的时间才在高高的桌子后面睡着。他们本打算把整个计划推迟到明天，可是又忍不住，于是偷偷溜出教室，装作若无其事的样子走向后厅，在那里穿上靴子和外套。

"看看，我说得对吧？"利维埃塔小声说，"我都闻到枪油味了。"

"我一点儿都闻不出。"伊莱瑟梅尔说。

宴会厅里有一位来访的上校和他的幕僚，大人们正在喝酒吃饭。宴会厅对着前院的花园，而石船所在的小湖在房后。

"我们只是去湖边散散步,军士。"夏德南对挡住去路的卫兵说。卫兵点头放行,提醒他们抓紧时间,天很快就要黑了。

他们偷偷上了石船,在夏德南藏枪的地方找到了那把自动步枪——就在上层甲板的一块石头下面。伊莱瑟梅尔从石板地上把枪拿起来的时候,不小心碰倒了一张石凳。

啪一声,弹匣脱落,随后是弹簧崩开的声音,子弹噼里啪啦掉了一地。

"笨蛋!"夏德南骂道。

"你闭嘴!"

"怎么会这样。"利维埃塔说道,弯腰捡起了一部分子弹。

"我们回家吧。"达尔金丝小声说,"我害怕。"

"别怕,"夏德南拍着她的小手说,"乖,帮我们一起捡子弹。"

他们好像花了好长时间,才把子弹找回来,擦干净,重新装进弹匣。可是他们觉得还是有几颗子弹弄丢了。等他们收拾好了,把弹匣重新装上,天已经完全黑了。

"现在太黑了。"利维埃塔说,他们都倚在栏杆上,隔着湖水看向房子。伊莱瑟梅尔拿着枪。

"不黑,"他坚持说,"我们还能看见东西。"

"不对,现在已经看不清楚了。"夏德南对他说。

"我们明天再玩吧。"利维埃塔提议。

"他们很快就会发现我们逃课。"夏德南小声说,"我们没时间了。"

"不!"伊莱瑟梅尔说道。他看到一个士官沿着小路走了过来。利维埃塔也看到了,就是刚才准许他们出来散步的那个人。

"你别犯傻了!"夏德南说道,一手抓住了枪,伊莱瑟梅尔用力往回抢。

"枪是我的,你松手!"

"才不是你的呢!"夏德南怒喝,"枪是我们家的,跟你一点儿关系都没有。"他两手都抓住了枪,伊莱瑟梅尔继续往回夺。

"住手啊!"达尔金丝压低声音。

"你们别这样。"利维埃塔说。她向矮墙后面张望,那边儿好像有动静。

"给我!"

"你撒手!"

"别这样,别这样,我们回家吧,求你们了!"

利维埃塔没听到他们说话。她盯着矮墙的另一边,瞪大眼睛,嘴里突然干涩了。一个黑衣人捡起了士官的枪,士官已经倒在了地上。黑衣人手中有什么东西闪了一下,反射出房子那边的灯光。那人把士官瘫软的身体推向一边,丢进了湖水里。

利维埃塔的心一下提到了嗓子眼,她蹲下来,两手按住两个男孩。"嘘——"她示意他们安静,但是两个人还在争抢。

"嘘——"

"是我的!"

"你撒手!"

"住手!"她怒喝,狠狠打了他们的头。两个男孩瞪向她。"有人刚刚杀死了那个士官,就在那边。"

"什么?"两个男孩都向矮墙另一侧望去。伊莱瑟梅尔还拿着那把枪。

达尔金丝蹲在地上,咧嘴就哭。

"在哪里?"

"那边,在水里,水里就是他的尸体。"

"没——错,"伊莱瑟梅尔拉长了调子小声说,"是谁把他……"

他们三人看到一个灰色的影子,正朝庄园宅邸的方向移动。那人一路躲藏在灌木丛后面,另外还有十来个人,看去只是路面上的黑影,他们也沿湖移动,那儿有一片狭窄的草地。

"恐怖分子!"伊莱瑟梅尔兴奋地说,他们三个都蹲在矮墙后面,达尔金丝还在无声地哭泣。

"通知家人,"利维埃塔说,"现在开枪。"

"先把消音器摘下来。"夏德南说。

伊莱瑟梅尔使劲扳枪管。"太结实了,拧不下来。"

"让我试试。"三个人都试过了,不行。

"就算弄不下来,也得开枪。"夏德南又说。

"好的。"伊莱瑟梅尔小声答应。他拿起枪,掂量了一下。"好!"他跪了下来,把枪搭在石船的舷墙上,开始瞄准。

"小心点儿。"利维埃塔嘱咐他。

伊莱瑟梅尔瞄准了一个正穿越小路向房子靠近的黑衣人,扣动了扳机。

那把枪像突然爆炸了一样,整个石船甲板都被照亮了,声音震耳欲聋。伊莱瑟梅尔被后坐力撞倒在地,可是枪还在连续射击,向天空发射曳光弹。伊莱瑟梅尔撞在石凳上。达尔金丝扯着嗓子又叫又跳,房子那边也响起了枪声。

"达尔金丝,快趴下!"利维埃塔大声喊。石船上空光线不断划过,不时传来爆裂声。

达尔金丝站在原处尖叫,然后跑向台阶。伊莱瑟梅尔摇了摇头,带着难以置信的表情看达尔金丝跑过面前。利维埃塔想抓住她,但没够着,夏德南想把她绊倒,也没成功。

头顶闪过的光线压低了,子弹打在石船上,石块飞溅,扬起小团的碎石末。与此同时,还在尖叫的达尔金丝已经倒在了台阶上。

子弹打进了达尔金丝的屁股,另外三个人清楚地听到了子弹击中身体的声音,尽管周围有达尔金丝的尖叫声,还有密集的枪声。

他当时也被击中了,但不知道是被什么击中的。

敌人对庄园宅邸的进攻最终被挫败,达尔金丝也大难不死。她失血过多,又痛又怕,几乎丧命,但还是活了下来。最好的医生用尽心力,为她修复骨盆——她的骨盆已经被子弹打得碎成了十几块。

碎骨头还刺入了她身体的其他部位:两条腿、一侧胳膊、内脏,连腮帮子上都扎了一根。那位军医已经习惯处理这类伤口了,当时他们有时间(因为大规模战争还没有爆发),也有动力(因为女孩的父亲是个重要人物)尽全力帮她恢复健康。即便如此,她走路的姿势还是有些奇怪,直到彻底发育成熟才有所缓解。

有一块碎骨头穿出了她的身体,打入了他的身体里,就在心脏上方。

医生们说,那个位置过于危险,不能贸然动手术,不过他的身体会慢慢将这块外来骨骼排出体外的。

事实上,这块骨头一直都在他身体里。

他又开始沿水洼爬行。环形山!就是这个词儿,这种地形就叫这个名字。(这是一个重要的信号,他已经能找回自己想要的记忆了。)

"胜利!"他对自己说道。他继续爬行,一边把最后几块鸟粪石扒开,一边对昆虫道歉。一切都会好起来的,他已经认识到了这一点,知道自己最终会胜利。即便他失败了,他也意识不到。其实世间只有一场战斗,而他就在这场荒谬战斗的中心。环形山,就是这个词;还有扎卡维、星芒号,还有——

他们来了,开着一艘漂亮的大飞船来了。他们把他接走,让他恢复健康……

"可他们总是不吸取教训。"天空似乎在叹气。

"去你的。"他说。

多年以后,夏德南从军事学校回家找达尔金丝。寡言少语的园丁为他指引方向,他踩着绵软的落叶,来到避暑小屋门前。

他听到小屋里传来一声尖叫,是达尔金丝。他快步冲上台阶,拔出手枪,踹开屋门。

达尔金丝惊诧地转头看向门口,打量着他,她的双手还搂着伊莱瑟梅尔的脖子。伊莱瑟梅尔坐在椅子上,裤子褪到脚脖上,两手正捧着达尔金丝赤裸的臀部,他平静地看了夏德南一眼。

伊莱瑟梅尔坐的那把椅子,是很久以前利维埃塔在木工课上制作的。

"嗨,你好吗?老伙计?"他笑容可掬地问候拿手枪的年轻人。

夏德南死死盯着伊莱瑟梅尔的眼睛,过了片刻,他把手枪收回皮套,扣紧枪套的扣子,走出去,关上了门。

从他的背后传来达尔金丝的哭声和伊莱瑟梅尔的笑声。

环形山水洼里的小岛恢复了宁静。几只鸟儿飞回了原处。由于这个人类的光临,小岛变成了另外一副样子。岛中心的那片洼地里,有人在黑色鸟粪石之间挤出了一条通道,苍白的岩石露了出来。这条通道的弯曲角度恰到好处,好像写了当地语言中的一个字母,或者说象形文字。

这个符号在当地语言中的意义是"救命",不过只有从飞机或者宇宙飞船上才能看出来。

避暑小屋的那一幕已成了过去，几年之后的一天夜里，森林燃起了大火，远处传来隆隆的炮声。一位年轻的陆军少校跳上了手下的一辆坦克车，他命令坦克兵穿过树林，沿着一条蜿蜒的通道前进。

他们驶过一片宅邸废墟，废墟中还跃动着红色的火苗，照亮这里曾经华丽的遗迹。火光倒映在湖水里，湖边停靠着一艘破碎的石船。

坦克在林中冲开一条通道，压倒了不少小树和小桥。隔着树木他一眼看到了避暑小屋周围的空地，有一点白光照亮了那片地方，像神的旨意。

他们到达那片空地，发现是一颗照明弹碰巧落到了周围的树冠上，降落伞缠在了树枝上。它嗤嗤响着，火星四溅，发出耀眼的白光，照亮了这里。

避暑小屋里面，那张小椅子还在。坦克的主炮已经对准了这栋小小的建筑。

"长官？"舱室里的坦克兵惊恐地抬头，窥视上级的脸色。

扎卡维少校低头直视他。"开火。"他下达命令。

八

　　这一年的初雪，覆盖了峡谷之城的最高处。雪花从棕灰色的天空中飘落，笼罩了城市的街道和建筑，就像一层毯子裹住了一具古老的尸骸。

　　他独自在巨大的桌子旁吃饭，房间里灯火通明，正中间是一块显示屏，上面闪现的画面是某个遥远的星球上刚刚获释的犯人。通往阳台的门开着，雪花从门口飘进来，落在了华丽的地毯上。门口的地毯是潮湿的，暖气融化了积雪。外面的城市是一大片模糊的灰色影子，远处的灯光排成一条条直线和曲线，若隐若现。

　　黑暗像一面旗帜，覆盖了整个峡谷。灰黑的建筑轮廓渐渐被暗夜吞没，街道上和门窗里的灯光却更加明亮，仿佛是暗夜给人们的补偿。

　　无声的画面，无声的雪，只有灯光划破窗外的雪夜。他站起来，关上阳台的门和窗户，又将窗帘拉上。

　　第二天天气晴朗，城市也显得清新明亮，视野所及之处景致一览无余。建筑、街道和水渠明艳如画，像刚刚完成的杰作。干冷而强烈的日光下，就连最灰暗的石块也焕发了些许生机。城市高处被积雪覆盖了一半，而谷底气候较温暖的地方，只下了一场雨，那里也焕然一新。他从车窗向下俯视，仔细观察所有景物。每一个细节都让他感到快乐，他细数穹顶、汽车、水渠，寻找引水道、车道和排水道隐秘曲折的线路。他欣赏每一道被折射的阳光，留意高处飞翔的每一只鸟和每一块被打碎的窗玻璃——从黑墨镜后面。

在所有能买到和租到的汽车里，这辆轿车车身最长，也最气派。这是一辆八座车，配有一台最耗油的巨型涡轮发动机，四轮驱动。他把可折叠顶棚放下来，坐在后排座位上，享受冷风扑面的感觉。

耳环通信终端响了。"扎卡维，你在吗？"

"戴吉特，请说吧。"他小声回答。风呼呼地吹，发动机声音也很大，他不认为司机能听到自己说话，不过还是把自己与司机之间的隔音板摇了上去。

"好，还不错，我能听清你说话，只是略微有一点儿延迟，不算严重。你那边进展如何？"

"还没动静。我在这里的假名叫星芒，我目前正四面出击。我拥有星芒航空、星芒大道、星芒商场、星芒铁路公司、星芒广播电台……甚至还有一艘豪华游轮，也用了这个名字。我花钱如流水，一周之内，就已经建立了他人要花一辈子才能建立的商业帝国。我已经一夜走红，成了整个星球最受关注的名人，也许是整个星团——"

"我知道了。可是，夏——"

"早上离开酒店的时候，我不得不走员工通道，然后从配楼小门出来。酒店院子里到处都是记者。"他从肩头向后看，"让我吃惊的是，今天我居然摆脱了他们。"

"可是，夏德——"

"该死的，我可能已经成功推迟了这个星团的战争，只因为我花钱这么疯狂。人们不关心战争，他们更想知道我下一步会怎样砸钱。"

"扎卡维，扎卡维，"萨玛说，"这很好，很棒，可是你这么折腾，到底用意何在呢？"

他叹了一口气，看向车外一闪而过的废弃房屋，他已经接近峡谷最高处。"我的用意，是让媒体集中报道'星芒'这个名字，即便是深居简出的老隐士，即便他成天埋头研究古代典籍，也能听到这个名字。"

"然后呢？"

"这跟我们——拜扎伊和我——上次战争时使用的策略有关，我们管它叫'星芒战略'。这是一种独特的战略，只有我们两个人知情。这个星球只有拜扎伊知道这个词儿的确切含义，因为我向他讲述过它的……由来。如果他听到这个名字，一定会起好奇，想一探究竟。"

"你的设想听起来不错，夏德南，但是迄今为止都没什么效果，不是吗？"

"是的。"他叹了口气，皱起眉头，"他应该能看到媒体的报道吧？你们确信他现在不是囚犯吗？"

"他能上网，但不是什么都能看到，敌人可以屏蔽很多内容。即便是我们，也不知道拜扎伊的情况到底怎么样。不过我们可以确定，他不是囚犯。"

他想了想，又问："战争情况如何了？"

"嗯，全面战争仍不可避免。在导火索级的事件出现之后，我们还能拖延八到十天。所以，乐观地讲，迄今为止，一切还好。"

"嗯，"他摸了摸下巴，看到高速路下方五十米左右有一条冰冻的水道，"那好吧，我正在去大学的路上，要跟校长先生共进早餐。我将设立星芒奖学金，星芒研究会，还有星芒……教授席位。

我甚至会考虑建立星芒学院。也许我应该跟校长先生提一下你们发现的那些重量级蜡版。"

"好主意。"萨玛停顿了一下才回答。

"那好，他们应该不知道拜扎伊正在埋头研究什么吧？"

"不知道，"萨玛说，"不过他工作的地点，肯定就在储存那些蜡版的地方。我觉得，你如果要求查看那里的安全防卫措施，或者是蜡版的保存条件，应该都是合理要求。"

"那好吧，我会提一下蜡版的事儿。"

"说之前，确认一下对方有没有心脏病。"

"好的，戴吉特。"

"还有一件事，那两个人，就是你的街道游园会上的那两个人。"

"说吧。"

"这两个人是'宗主'，这是他们对当地最有权势者的称呼，这些人可以对各大公司的头头发号施令。"

"好的，戴吉特，我记得这个称呼。"

"这两个人就是索罗托尔的宗主，在当地可以说是无所不能。拜扎伊之事，地方业界肯定对他们两人唯命是从，政府也不例外。当然，他们实际上也拥有超越法律的特权。别惹他们，夏德南。"

"你说我吗？"他无辜地说，在冷风中咧嘴傻笑。

"是，我就是在说你。我们这里没什么可说的了，祝你早餐愉快。"

"再见。"他说。城市景色在车窗边飞速后退，轮胎碾轧在暗色的高速路上，不时发出刺耳的摩擦声。他把脚底的暖气开大了一些。

这里是悬崖下的一段僻静的道路。道旁有提示标志，路灯不停闪烁，司机放慢了速度。然后前方突然出现转向灯，汽车打滑转入岔道，越过一条减速带，进入一段长长的水泥隧道，隧道两边都是光秃秃的墙壁。

随后是一段很陡的上坡路，只能看到天空与大地的交界线。标志显示，越过道路最高处后有一个转弯。司机减慢速度，然后耸耸肩，加大油门。陡峭的路面把车头抬得太高了，司机看不到前方路况。

等司机看清最高处另一边是什么时，他惊叫了一声，想转弯并刹车，但是这辆巨大的汽车还是向前栽去，落到冰面上，越滑越快。

刚才突然转弯的时候他就被甩了一下，随后又因看不清周围景物而有些生气。这时他转身看司机，想知道到底发生了什么。

有人把他们诱离高速路，引到了一条排水道上。高速路温度较高，没有结冰，排水道则已经结了一层冰。他们从最高处落入几十条辐射状排水道中的一条，这条通道一直通往城市地势最低处，垂直高度超过一千米，上面还有很多桥梁跨过。

冲过水闸挡板时，车身已经横转过来，现在正侧着向下滑行，车轮空转，发动机轰鸣不已。车子向越来越陡峭的排水道低处滑落，速度越来越快。

司机又一次试图刹车，然后试着调转车头向高处行驶，最后又想向排水道边上的隔离墙靠近，但是车身下滑的速度还是越来越快，在这么光滑的冰面上，车轮根本就使不上劲儿。每次碰到冰面的坑洼处，车就一阵晃动，整个车身颤抖不已。寒风呼啸，车胎在哀鸣。

他呆望着车外，排水道两侧以惊人的速度闪过。车一面快速下滑，一面缓缓转向，司机尖叫起来，因为他发现汽车正撞向一根粗大的桥墩。碰撞时，车尾发出巨响，整个车身都飞了起来。金属残片飞入空中，掉落在冰面上，然后跟着汽车一起下滑。现在汽车开始加速自旋，不过换了方向。

排水道穿过了许多桥梁、排水渠、高架桥、跨水道的建筑、引水道和粗大的管线。一切都从一路滑落的车身附近呼啸闪过。汽车就在青天白日下一路滑落，很多人从护栏和窗户后面围观他们，都被吓得面如土色。

他看到司机打开了车门。"嘿！"他大声喊叫，伸手想抓住他。汽车在坎坷不平的冰面上颠簸了一下，司机已经跳下了车。

他猛地扑向前排，差一点儿就抓住了司机的脚踝。他扑落在脚踏板附近，抓着操纵杆把自己拉起来，坐到驾驶位上。这时车自旋的速度更快了，车轮上下颠簸，车身和突出的金属部件刮擦冰面，发出刺耳的声音。他注意到一个车轮和其他一些部件已经散落，正跟随车身一齐下滑。他又一次撞在了桥墩上，车轴撞脱，飞到了空中，随后砸在一栋建筑的支撑柱上，砖头、碎玻璃和金属片四处纷飞。

他抓紧方向盘，试图让车不再旋转，但方向盘左右晃动，根本不受他的控制。他想坚持到峡谷深处气温较高、冰面融化的地方，但如果车已经完全失控，他只得跳车。

方向盘在他手中不停抖动，磨得他掌心火辣辣地疼，轮胎疯狂地尖叫。他摔向前方，鼻子撞到了方向盘上。这真是伤上加伤，他想。向前看，在前方斜坡上，冰面已经变成了不连续的小块，建筑物在排水道上投射出断断续续的影子。

车差不多已经不再转了，他抓紧方向盘，猛踩刹车，但好像一点反应都没有。现在连变速箱也开始尖声作响，他因刺耳的声音痛苦得面部扭曲。他不停踩刹车，车轮好像有反应了，他又一次被抛向前方，不过这次他没有松开方向盘，而是任由鼻子被磕出血。

现在周围是一片轰响，有风声、轮胎摩擦声和车身发出的声音,快速增加的气压让他觉得耳鼓不断膨胀。他向前看,发现前方是被一层绿草覆盖的混凝土表面。

"该死!"他大叫。前方还有一个坎,他还没有到达排水道底端,这个坎的后面还有最后一段斜坡。

他想起司机说过,副驾驶座位底下有个工具箱。他把座位掀起来,抓起他看到的最大个的金属工具,踢开车门,跳了出去。

他重重摔在水泥地上,那件工具几乎脱手。汽车在他前面旋转,离开最后一段冰面,滑上了覆盖着绿草的斜坡,轮子下面水花四溅。他翻身仰面朝天,沿着湿漉漉的、长满野草的斜坡向下滑,脏水喷溅得他满脸都是。他双手抓紧那件金属工具,把它夹在身体和胳膊中间,努力扎向野草下面的混凝土表面。

那件工具在他手中不断颤动。他加大力气,工具摩擦水泥斜面,他全身也跟着抖动。他牙齿打战,两眼昏花,一大团绿草从他身下聚集起来,像变异生物的奇怪毛发。

汽车先遇到那道坎,它在空中翻了个跟头,然后坠落,从视野中消失。随后他也滑到了那里,那件工具差点脱手,他坐起身,速度慢了,但还不够慢。然后他又翻倒了,墨镜从面前飞走,他抑制住了伸手去抓的冲动。

排水道还有大约五百米长。汽车四轮朝天落在斜坡上,零件四处飞,残骸继续沿着斜坡滑落,冲向峡谷最低处。变速箱和剩余的车轴也从车身上飞了出去,撞到了排水道旁边的管道上,管道被撞裂,水漏了出来。

他恢复了刚才的姿势,把那件工具当作冰原攀爬斧使用,速度慢慢降了下来。

他经过被汽车残骸撞裂的管道,里面漏出来的水是温的。什么?这管子不是臭烘烘的下水道吗?嗯,看来今天运气还不错。

他困惑地打量了一下手里抓的那件工具,他不知道那是干什么用的,可能是用来拆卸轮胎或者发动机的吧。他不再困惑,抬头四处张望。

他滑过了最后一段排水道,轻轻滑入了罗托尔河浅水中,很多汽车零件已经掉进了河里。

他站起来,蹚水上岸,一路小心观察,以免再被斜坡上滑下的汽车零件砸伤。上岸后他坐下来,浑身发抖。他擦了擦流血的鼻子,刚才的淤伤让他浑身疼痛不已。附近高处有几个人盯着他看,他向这些人挥手致意。

他站起来,不知怎样才能从这个水泥深谷里脱身,他向排水道上方看,但也看不了多远,有一段水泥矮墙挡住了视线。不知道那个司机怎么样了。他看向那段水泥坎,在天地之间隐约有个黑影。那黑影悬停了几秒钟,然后随水冲下斜坡,周围的水都被染红了。司机残缺不全的尸体从他身边滑落,掉进了河里,碰到汽车的残骸,缓缓转动,向河流下游漂去,周围河水一片绯红。

他摇摇头,抬手摸摸自己的鼻子,刚碰到鼻头,就疼得直抽凉气。这已经是他第十五次鼻骨骨折了。

镜子里的自己愁眉苦脸,他擤了擤鼻子,擤出来的是混着血的温水。面前的黑色瓷盆里漂着粉红色的泡泡。他又小心地碰了碰鼻子,对镜子里的自己皱眉。

"我早饭没吃上,损失了一个非常专业的司机和一辆最喜欢的汽车,又一次撞断了鼻梁,还把我非常有收藏价值的宝贝雨衣搞得一塌糊涂,你就只能说一句'有意思'?"

"对不起,夏德南。我是说,这很奇怪。我不明白他们怎么会做出这种事。你确认是有人暗下毒手吗?"

"你什么意思?"

"我只想知道,你是否肯定这不是偶然事故。"

"不是偶然。我打电话让人安排了一辆备用汽车,还报了警,警察去了事发现场。当时的转弯信号灯已经不见了,消失得无影无踪,但是他们在排水道入口处,原来放假通行标志的地方,发现了工业溶剂残留的痕迹。"

"啊,哦,我……"萨玛的声音听起来很古怪。

他把通信终端从耳朵上摘下来,瞪着它说:"萨玛……"

"唔,好的,很好,就像我刚才说的……如果是那两个宗主指使的,警察肯定不愿插手。不过我真不明白,他们为什么要这样做。"

他排十洗脸池中的水,用酒店的毛巾轻轻擦了擦鼻子,把通信终端重新放回耳朵上。"也许他们对我使用万嘉基金的资金感到不满,或者他们认为我就是万嘉基金的主人,或者是出于其他原因。"他等着萨玛的回应,"萨玛?我刚才说,也许他们——"

"哦,是的,对不起,我听到你说的话了。你的推测可能是对的。"

"随它去吧,这里还有更多情况。"

"天哪!还有什么?"

他拿起一张装饰华丽的塑料显示卡片,卡片背景是一个狂热的舞会,上面慢慢闪现出一段消息,忽明忽暗。"来了一份邀请,给我的。我给你念一念啊:'星芒先生,恭贺阁下死里逃生。请一定参加今晚的化装晚会。傍晚时我们派车去接你,并为你提供服装。'落款没有写地址。"他把卡片放回洗脸池前面的小台子上,"据门房说,这份请柬正是我打电话报警的时候送来的。"

"化装晚会?"萨玛咯咯娇笑,"照顾好你的屁股,扎卡维。"那头传来更多的笑声,而且不全是萨玛一个人的。

"萨玛,"他冷冰冰地说,"如果这会儿你不方便打电话的话——"

萨玛清了清嗓子，突然严肃了起来。"方便。听起来像同一帮人的手笔。你打算去吗？"

"我想去，但不会穿他们提供的衣服，不管他们提供什么。"

"好的，我们会跟踪你的行踪。你确定不需要一枚刀锋飞弹或者——"

"戴吉特，我不想再跟你争论这个问题了。"他说道，同时把脸擦干净，用力擤了擤鼻子，照了照镜子，"我是这样想的，如果这些人为了万嘉基金大动干戈，也许我们可以将计就计，让对方相信他们有机可乘。"

"有什么有机可乘？"

他走进卧室，倒在床上，仰望装饰纷繁的天花板。"最初，拜扎伊和万嘉基金有一些关联。对吧？"

"为了在起步时帮助基金会赢得公众认可，他曾出任基金董事会荣誉总裁。他参与基金事务只有一两年时间。"

"这一丝关联总是客观存在的，"他抬腿坐在床边，凝视窗外，"而且，我估计对方得出的结论可能是，万嘉基金被某个半吊子机器人掌握了，这台机器已经有了自己的意识和道德观。"

"或者被某位乐善好施的老隐士掌握了。"萨玛同意他的分析。

"我们假设真有这样一台机器或者一个人存在。后来有另一个人夺取了控制权，关闭了机器，或者杀害了那位老人，接着就大肆挥霍抢来的财产。"

"嗯，唔。"她又咳嗽了几声，"啊。这个掠夺者跟现在的你有几分相像。"

"我也这么认为。"他走到窗前，从小桌抽屉里找出一副墨镜戴上。

床边有什么东西嘀嘀作响。"等一下。"他转身走到床边，拿起一个小机器，这东西就是他刚到达时用来排查监控设备的。他看了一眼显示器，笑了，随后沿着走廊走了一段，手里还拿着那台机器。他说："抱歉，刚才有人对着我的房间窗户发射激光，想要窃听我们的谈话内容。"

他走进一个朝向山坡的房间，在床上坐下。"总之，你们能不能做些安排，让万嘉基金看起来好像发生过……什么大变故？变故就发生在我到达这座城市几天前，最好是内部动荡，要到现在才显现出后果的那种。我也不知道具体该安排什么事儿，但一定要是那种直到今天才能让人感知到的事件，那种隐藏在交易数据背后的事件……能做到吗？"

"我，"萨玛犹豫地说，"不好说，飞船，你说呢？"

"你好。"仇外号打了个招呼。

"我们能满足扎卡维刚才提出的要求吗？"

"先告诉我他刚才提的要求是什么。"飞船回答，听完后又说，"可以，这个任务适合交给通用星际飞船来完成，应该可以安排。"

"很好，"他躺回床上，"另外，我们现在还有些事情要做，我想在可行范围内篡改计算机数据，把万嘉基金变成一个邪恶的商业组织。把研究太空居民用高强度材料的研发部门卖掉，购入那些支持殖民扩张的公司的股票，关闭几家工厂，搁置一些计划，停止所有慈善活动，少缴纳一些员工养老金。"

"扎卡维，我们可是正义的一方！"

"我知道，我要利用这些障眼法骗过那两位宗主，让他们认为是我篡夺了万嘉基金的控制权，并且我的思维方式与他们接近……"他停顿了一下，又问，"萨玛，剩下的话不用我说了吧？"

"啊，嗯。什么？哦，你觉得这样一来，他们就会安排你出马，去说服拜扎伊，让老头儿以为万嘉基金还在做原来的事情，从而骗取拜扎伊对基金会的支持，对吗？"

"没错。"他在胸前击掌，又整理了一下自己的马尾辫。这张床的顶上不是画,而是一面镜子。他又打量了一下自己的鼻子。

"有点儿,唔,曲折啊,扎卡维。"萨玛说。

"我觉得这值得一试。"

"这意味着毁掉一家商业组织的清誉,我们可是花了几十年时间才把它建立起来的。"

"这比阻止战争更重要吗,戴吉特?"

"啊,当然是阻止战争更重要。不过,我们不确定你能否成功!"

"不管怎么说,我觉得应该一试。这比给那家狗屁大学赠送什么破蜡版的计划好多了。"

"你从来就不喜欢那个计划,对不对,扎卡维?"萨玛听起来很不高兴。

"我只是觉得现在这个计划更好,萨玛,我有这种感觉。现在就做吧,等我今晚去参加化装晚会的时候,请确保他们已经听说了那些'内幕'消息。"

"好吧。不过,那些蜡版——"

"萨玛,把会见校长的计划推迟到后天好吗?到时候我会跟他提那些该死的蜡版的。你现在先帮我把万嘉基金的事情安排好,行吗?"

"我,噢,好吧。我觉得没问题,没问题。那个,扎卡维,我还有点急事,你没别的事儿了吗?"

"没了!"他没好气地回答。

"哦……棒极了。噢……好的,扎卡维,再见。"

通话结束,他狠狠地把通信终端摘了下来,扔到房间另一头。

"这个荡妇!"他咒骂着,看向房顶。

他拿起床边的电话。"喂,我想找特雷沃。谢谢。"他等着,用手指甲抠两颗门牙之间的缝隙,"你好,是夜生活顾问特雷沃吗？好伙计，听着，我想找个伴儿排解一下寂寞，明白吗？没错，行啊，只要找到合适的，好处少不了你的。就是这样，还有，特雷沃，要是我在她身上发现了媒体通行证，你就死定了。"

作战服称得上坚不可摧，除了几种重型武器可能对它造成损伤，其他常见手段对它都无可奈何。他看着太空梭重新钻进沙层下面，作战服自动穿在了他身上。他回酒店时正赶上今晚的东道主派高级轿车来接他。

按照他的要求，当天下午星团媒体界的人士都被驱逐出了酒店院子，所以他不必在闪光灯和麦克风的围攻下狼狈逃窜。他站在酒店前门台阶上，戴着黑墨镜，等待那辆宽大的汽车停到自己面前。他郁闷地发现，这辆车比他差点丧命其中的那辆车还要气派。从驾驶位上走下来一个大块头，头发灰白，脸上布满伤疤。这人打开后车门，微微躬身，请他上车。

"谢谢。"他上车时对那个大块头说。那人又鞠了一躬，关上了车门。他坐在奢华的座椅上，搞不清楚这应该算座位，还是床。汽车驶出庭院的时候，媒体记者的闪光灯一亮，车窗玻璃就自动变暗。无论如何，他还是对着外面做了个气派十足的挥手姿势。

傍晚，街灯的光亮掠过车窗，汽车无声无息地快速行进。他在身边的床式座位上发现一个包裹，于是拿起来检查了一番。包裹外面系着彩带，写着"致星芒先生"，字是手写的。他戴上作战服的头盔，小心地拉开彩带，打开包裹，里面是一套衣服。他把衣服取出来，仔细检查。

他在一侧座位扶手上找到一个通话按钮，和灰白头发的司机对话。"我估计，这就是为我准备的晚会服装了。不过，到底想让我扮演什么角色呢？"

司机低头从上衣口袋里掏出一件什么东西，开始摆弄。"你好,"一个人工合成的声音说,"我叫莫伦,我不会说话,所以我需要用这台机器。"司机抬头看了看路,又低头摆弄那玩意儿,"你想问我什么呢?"

他不喜欢大块头司机这种做法,每次说话都要低头摆弄什么古怪机器,连路都没法看。于是他只好说:"算了吧。"他坐下来,看着路两边的街灯向后掠过。

汽车开进了一座黑乎乎的大宅,在庭院里停了下来。这座宅子在高崖下的河边上。"请跟我来,星芒先生。"莫伦用合成声音说。

"当然。"他把作战服头盔掀开,跟着大个子走上台阶,走进一个巨大的门厅。他手里拿着车上的那套衣服。门厅墙上挂着各种动物的头颅,它们的眼睛在灯火中闪闪发亮。莫伦关上门,带他上了电梯,电梯微微晃动,下行了几层。门还没开,外面的喧嚷声和迷幻药的味道已经传了进来。

他把那套衣服交给莫伦,只留下了一件斗篷。"谢谢,这些我不需要了。"

他们下了电梯,走进聚会的人群中。周围一片嘈杂,人头攒动,到处都是稀奇古怪的装扮。到场的男女个个容光焕发,营养充足。迷幻药的烟雾笼罩着周围的人,他自然也吸入了一些。莫伦带他穿过人群。他们所到之处,周围的人都安静了下来,而一旦走过了某个地方,人们又开始交头接耳小声议论。他不止一次听到"星芒"这个词儿。

他们走过几道门,门口的守卫个头比莫伦还大。他们又走下一段铺着柔软地毯的楼梯,进入一个宽敞的房间,房间的一面墙上镶着玻璃。玻璃的那一边,传来靴子蹚过水洼的声音,仿佛是一个地下港口,正举办一个规模更小、气氛更古怪的聚会。他透过黑色玻璃窥视,但还是看不清什么。

跟上面那层一样,这里的人也捧着药碗,有些胆子够大的,还拿着玻璃杯。所有的人不是身受重伤,就是缺胳膊少腿儿。

他跟在莫伦后面进入,在场的男男女女齐齐回头看向他。这些人有的胳膊脱臼,骨头都扎了出来,在灯火照耀下泛着白森森的光;有的身上有巨大的伤口,大片肌肉被烧伤甚至烤焦;有的胸部、胳膊或眼睛被切除,那些器官就悬挂在他们身上。那个参加过街头狂欢的女人迎了过来,她的腹部有巴掌那么宽的一块皮肤被切开了,暗红的肌肉清晰可见,像是一束束发着微光的琴弦。

"星芒先生,你打扮成宇航员了呀。"她说道,语调做作,听得他心生厌恶。

"嗯,我采取了折中的办法。"他说道,把头盔戴上,把斗篷系在肩膀上。

女人伸出手来,说:"嗯,既然来了,欢迎。"

"谢谢。"他握起女人的手,放在唇边吻了一下。他怀疑作战服会在这个女人娇嫩的小手上发现某种致命的毒素,然后发出警告,但是警报器没有响。女人缩手的时候,他笑了。

"什么事儿这么好玩,星芒先生?"

"这一切!"他笑着说道,冲周围的人点点头。

"很好。"她说道,干笑了一下(其实心里觉得恶心),"我确实希望这次聚会能让你感到有趣。请容许我为你介绍一下制造这些惊人效果的朋友。"

她挽起他的胳膊,带着他穿过这群奇形怪状的人,走到一台高高的灰色机器旁。那儿坐着一个人,身材矮小,笑容可掬,反复用一张大手绢擦鼻子,擦完了就把手绢掖进原本一尘不染的西服衣袋里。

"博士,这位就是我向你提过的星芒先生。"

"向你致以诚挚的问候。"身材矮小的博士大声问候,泛着油光的脸上挂着夸张的微笑,"欢迎光临我们的重伤晚会。"他转过身,展示满屋子的伤员,热情地挥手说道,"你不来点伤口吗?没有痛苦,也不会给你的生活造成任何不便。修复起来同样方便,而且不留疤痕。我给你推荐些什么呢?肌肉撕裂、粉碎性骨折、阉割,还是给颅骨打几个孔?我可以现场制造独一无二的伤口。"

扎卡维抱起双臂,哈哈大笑:"你真是太客气了。谢谢,我不需要。"

"哦,请不要拒绝。"小个子男人抗议道,看上去很受伤,"别扫大家的兴啊。所有人都参加了,你真的想搞特殊吗?这种手术一点痛苦也没有,也不会留下后遗症。我在整个宇宙空间施行这种手术,从来没有接到过任何投诉,唯一的例外就是有人太喜欢他们的伤口,拒绝修复。我和我的机械设备在这个星团的所有星球都进行过这类手术。今天错过,你可能就再也没有机会尝试了,因为明天我就要离开,未来两个宇宙标准年的日程都排满了。你真的不想试试吗?"

"真的不想。"

"你就放过星芒先生吧,博士。"那个女人说,"他不愿意,我们得尊重他本人的意见。不是吗,星芒先生?"女人又挽起他的臂膀。他看向她的伤口,心中暗想,要用怎样的透明防护技术,才能让所有内脏不受伤害。她胸部覆盖着一层小小的、泪珠形状的宝石,下方有微型力场支撑,以保证胸部坚挺。

"那当然。"

"好的。请稍等一下,好吗?这杯酒给你。"她把自己的酒杯塞进他手里,弯腰和博士小声谈话。

他转身打量房间里的其他人。有的人漂亮的面庞上挂着血淋淋的肉丝;有的人后背上移植的乳房微微颤动;有的人胳膊像诡异的项链一样无力地垂在身边,小块骨头从撕裂的肌肉中穿出来,血管、肌肉和腺体都暴露在灯光下，反射着暗淡的微光。

他把女人给他的酒杯举起，让饮料的蒸发物进入作战服的颈部力场。作战服的手腕部位马上亮起了警告信息，显示了检测到的毒素类型。他微微一笑，让酒杯滑过颈部力场，将其中的毒素去除干净，然后他喝了这杯酒精饮料，故意咳嗽了几声，咂咂嘴。

"噢，你都喝完了。"女人回到他身边。她拍拍自己平整如初的腹部，带着他走过房间，边走边披上一件闪亮的小马甲。

"是啊。"他把杯子交还给她。

他们穿过一道门，进入一个老旧的工作间。四周是落满灰尘的车床、冲床和钻孔机，还有剥落的油漆、锈迹斑斑的金属块。房顶悬挂着一盏灯，灯下有三张椅子，旁边还有个小立柜。女人关上门，示意他坐在一张矮椅上。他坐下来，把作战服头盔放在身边地面上。

"你为什么没穿我们提供的服装呢？"她锁上房门，转身看向他，突然笑起来，抬手整理那件发光的小马甲。

"不适合我。"

"你觉得现在这件适合你吗？"她坐下来，朝那套黑色作战服抬抬下巴。她敲了敲立柜的门，门打开，里面有闪亮的玻璃容器和冒着烟的迷幻药碗。

"穿这个我更放心。"

她探身向前，递给他一杯闪亮的饮品。他接过来，又坐回椅子上。她也靠在椅背上，两手捧着迷幻药碗，闭上眼睛，低头朝向碗里的药物，深吸了一口气。她把部分烟雾保持在马甲的翻领下面，这样她说话的时候，烟雾就在她和药碗之间缭绕，缓缓升腾。

"你能来，我们真的很高兴，不管你穿什么。跟我说说，你觉得赛丽舍酒店怎么样，能满足你的要求吗？"

他干笑了一下。"还凑合。"

门开了，那个曾经跟女人一起逛街，后来驾车追他的男人出现在门口。他停顿了片刻，让莫伦先走进来，然后大踏步走到剩下的那张椅子上坐下。莫伦就站在门口。

"你们刚刚在聊什么？"那个男人问，拒绝了女人递过来的杯子。

"他正要告诉我们他的真实身份。"女人说道。两人都直视着他。"是不是啊，星芒先生。"

"不，我没打算说。正相反，我想知道你们是什么人。"

"我以为你早就知道我们是什么人了，星芒先生。"那个男人说，"至于我们，直到几个小时之前，也一直都以为自己知道你的真实身份。现在我们反而不确定了。"

"我只是个游客。"他喝了一口饮料，目光越过杯沿，观察两个对手。他又看了看杯子里的饮料，发现有细小的金色颗粒悬浮在闪亮的液体中。

"作为游客，你购买的纪念品可太多了，有些东西永远都不可能带回家。"女人说，"你买了街道、铁路、桥梁、运河、住宅小区、商店，还有隧道。"她挥了挥手，表示这个列表可以无穷无尽地延长下去，"还只是在索罗托尔一个地方。"

"我花钱花得有点儿忘乎所以了。"

"你是想吸引大家的注意吗？"

他笑着说："没错，我的确有这样的意图。"

"我们听说，今天早上你有一段不愉快的经历，星芒先生，"女人说着，扭动身体，深深坐进椅子里，把腿蜷了起来，"好像跟一条排水道有关。"

"的确，我的车被骗进了一条排水道，从最高处直冲了下来。"

"你没受伤吗?"她似乎昏昏欲睡。

"没受重伤。我一直留在车上,直到——"

"请别说了。"椅子上一团朦胧的烟雾中伸出一只疲惫的手掌,"我对细节没兴趣。"

他不再说话,只是嘟了一下嘴。

"听说你的司机就没有那么幸运了。"那男人说道。

"嗯,他死了。"他身体前倾,说道,"其实,我觉得这件事是你们安排的。"

"不错,"蜷成一团的女人说道,她的声音像烟雾一样虚无缥缈,"就是我们做的。"

"我觉得坦诚的态度很招人喜欢,你说呢?"男人用欣赏的目光看着女人的膝盖、胸部和面庞,她身体的其他部位都被椅子扶手遮住了。他干笑了一下,说道:"当然,星芒先生,我的搭档在开玩笑。我们永远不会做那么可怕的事情,不过也许我们可以帮你查出真凶。"

"真的吗?"

那男人点点头。"现在我们愿意帮助你。"

"哦,是吗?"

男人笑了笑,又问:"星芒先生,你到底是谁?"

"我说过了,我是一个游客。"他闻了闻迷幻药碗,"只是最近碰巧发了点儿小财,又一直想拜访索罗托尔城,来这里风光一下。就是这么回事儿。"

"星芒先生,你是怎么获得万嘉基金控制权的?"

"问这么直接的问题很不礼貌。"

"的确,"男人微笑着说,"请原谅。让我猜测一下你的职业吧,星芒先生?我的意思,你发家以前的职业。"

他耸耸肩说:"随便你。"

"计算机行业。"那人说。

他举杯准备喝上一口，其实只是为了找个机会停顿一下，表示惊诧。他放下杯子说："无可奉告。"他刻意躲避那个男人的眼神。

"也就是说，"男人继续说，"万嘉基金有了新的管理者，是吗？"

"当然！更优秀的管理者。"

那男人点点头。"和我今天下午听说的情况一样。"他探身向前，揉搓双手，"星芒先生，我无意窥探你的商业计划和未来打算，但我想听你讲讲，在未来几年里，万嘉基金会走什么样的发展道路。当然，这纯粹是出于好奇。"

"这个简单，"他微笑着回答，"我的目标就是盈利。如果早点儿采取更有攻击性的市场战略，万嘉基金已经是业内独一无二的霸主了。可是这么多年来，它的运作模式却像一家慈善机构。每次落后了，就指望发明一些高新产品来挽回颓势。但是，从现在开始，万嘉基金的立场将和其他大财阀一样，我们永远站在胜利者一边。"（那人若有所思，点点头。）"以前的万嘉基金，过于……柔弱，直到现在才开始改观。"他耸耸肩，"也许这就是把产业交给智能机器打理的后果。但是，那个阶段已经过去了，从现在开始，那些机器会听从我的指令，万嘉基金也将以竞争者的面貌出现，它将是市场上的掠食者，明白吗？"他大笑着，心中提醒自己不要笑得太凶相毕露。

那个男人慢慢地微笑起来，但是笑得很投入。"你……认为机器应该安守本分，对吗？"

"当然，"他高兴地点点头，"没错，我是这么认为的。"

"嗯，星芒先生，你听说过索尔德林·拜扎伊这个人吗？"

"当然，谁没听说过他呀？"

那人扬起眉毛,问道:"你觉得他——"

"本可以成为一位伟大的政治家,我觉得。"

"可大多数人会说,他已经是一位伟大的政治家了。"那个女人从椅子深处插嘴说道。

他摇摇头,看着自己的迷幻药碗。"可他站错了队,这很可惜。要成为伟人,你必须站在胜者一边,这是伟人必不可少的特质,而他并没有做到,就和我老爸一个样。"

"啊……"女人欲言又止。

"令尊?"男人问道。

"是的,"他承认,"他和拜扎伊先生……啊,说来话长,不过他们很熟,那是很久以前的事儿了。"

"我们喜欢听故事。"男人故作轻松地说。

"还是算了吧,"他站了起来,放下药碗和玻璃杯,捡起作战服头盔,"谢谢你们的盛情邀请。我有点累了,早上在车里也受了点儿伤。这你们也知道,对吧?"

"没错,"男人说道,也站了起来,"我们对此深感遗憾。"

"哦,谢谢。"

"也许我们可以给你一些补偿?"

"哦,是吗?什么补偿?"他把玩手里的头盔,"钱我可有的是。"

"你想不想跟索尔德林·拜扎伊见个面,谈谈?"

他抬起头,皱着眉说道:"这个呀……有必要吗?他在这儿吗?"他用手指指外面那些人。女人咯咯娇笑。

"不在。"那男的也笑了,"他不在这儿,但他就在这座城里,你想跟他谈谈吗?很有趣的老头儿,尽管已经不像以前那样活跃了。他现在醉心于研究学问,这些年来一直都是。但是,像我刚才说的,他依旧是一个很有意思的人。"

他耸耸肩。"好吧,也许可以。你们得让我考虑一下。今天早上这一闹,我本来已经打算走了。"

"哦,请重新考虑一下,星芒先生。拜托,睡一觉就好了。如果你能跟那位老先生谈谈,也许就能为大家做出很大的贡献。谁知道呢?也许因为有了你,他有机会成为一个真正的伟人。"他伸出一只手,指向房门,"看出来了,现在你的确着急回家了,请容我送你上车。"他们走向门口,莫伦让开房门。"哦,他叫莫伦。问个好吧,莫伦。"灰白头发的大块头按了一下身边的按钮。

"你好。"那台机器说。

"你看,莫伦不能说话。我们认识他那么多年,他一个字儿都没说过。"

"没错,"那个女人说道,她现在完全陷进了椅子深处,"我们认为,他应该好好清一下嗓子,所以,我们把他的舌头拿出来了。"她语调平常,没有一丝笑意。

"我们见过了。"他对大块头点头致意。对方满是疤痕的脸上表情怪异。

地下船坞的聚会还在进行中,他差点儿撞上一个眼睛长在后脑勺上的女人。现在一些活跃分子已经开始互换肢体了。有些人有四条胳膊,有的一条都没有(他们不断哀求别人喂他们喝的)。有人多了一条腿,或者长了异性的肢体。有一个女人拖着一个满脸蠢笑的男人四处招摇,她不断撩起裙摆,展示自己全套的男性生殖器官。

他希望到晚会结束的时候,这些人都能忘记自己身上长过什么。

他们穿过那个气氛更加温和的聚会,这里正在燃放烟花,没有温度的火焰包围着人群。他实在找不到更合适的词,只能说他们都在……放荡。

大家都祝他一路顺风。送他回去的还是同一辆车，但司机换了个人。他凝望车窗外的灯光和雪中街景，想象着所有参加晚会和参加战争的人。他眼前浮现出刚才的聚会，也浮现出灰绿色的战壕。满身泥泞的士兵紧张地等待决定他们命运的时刻。他看见那些穿着光鲜黑礼服的人，鞭笞彼此，捆绑彼此……他看见有些人被禁锢在床上，有些人被禁锢在椅子上，他们高声尖叫，穿制服的人正在施展他们最擅长的技能。

汽车咆哮着冲过夜间寂静的街道。他摘下了墨镜。车窗外，空荡荡的城市一闪而过。

6

曾经有一段时间——在他护送"天选之子"穿过荒野之后，在他困于积水的环形山，不得不在泥地上画求生信号之前——他一度想告别这样的生活。他考虑放弃"文明"提供的这份工作，转而干点儿别的。在他的理想中，男人不是战士，就应当是诗人。于是，在打了大半辈子的仗之后，他决定换换胃口，走另外一个极端，尝试一种完全不同的人生。

他在一个小村子里住下，那个村子坐落在一个微不足道的原始星球上的偏远农业区，那儿的生活节奏很慢。他和一对老夫妻一起住在树林中的一栋小木屋里。树林在山谷中，在布满岩石的高山脚下。他每天起得很早，花很多时间散步。

乡野的景致清新宜人，到处是葱茏的绿色。时值盛夏，田野、树林、路边和河岸都开满了不知名的鲜花，五颜六色，争奇斗艳。高大的树木在温暖的风中摇曳。它们的叶子反射阳光，像旗帜一样招展。来自湿地和高山的溪水，在河床的巨石之间流淌，就像是由芬芳的空气凝聚而成的。他汗水淋漓地爬上山冈，攀到最高处的岩石上。他在广阔的山野间大笑、奔跑、呼喊，天上偶尔飘过一朵白云，在地面投下一片轻荫。

湿地和山里总有野兽出没。小动物移动的速度很快，几乎看不清形体，它们有时候会从脚旁突然蹿出，跑得无影无踪。大点儿的动物跳几步，停一停，回头张望一番，又蹦跳着走远了，消失在洞穴中，或隐没在岩石后。还有更大的动物，成群结队地走过荒原，有时候远远看着他，有时候停下来安静地吃草，让人几乎意识不到它们的存在。如果他离鸟类的巢穴太近，它们就会竖起羽毛威胁他，同时有其他鸟儿在附近鸣叫，它们张开翅膀，试图转移他的注意力。他总是很小心，避免毁坏它们的巢。

散步的时候，他总会带上一个小笔记本，遇到什么有意思的事情，就当场写下来。他努力描述草叶滑过指尖的感觉，记录树叶发出的声音，还有野花的千姿百态，鸟兽的一举一动，以及岩石和天空的色彩。他还有一个大一点儿的记录本，里面有正式的观察记录，大本子总是留在老夫妻的小木屋里。他每天晚上都会写观察记录，就像给某位长官写报告一样。

他还有另一个本子，用来抄写自己的笔记，然后他对这些笔记做一番发挥，把完成后的文字删减一番，小心翼翼地删除一个个单词，直到最后，笔记变成了诗歌一样的东西。在他看来，诗歌就应该是这样写出来的。

他带了一些诗集，在为数不多的阴雨天里，他待在木屋中，努力安静下来读这些诗，不过读完后他通常昏昏欲睡。那些关于诗人和诗歌创作的书更让他困惑，他不得不一遍一遍翻来覆去地读，才能搞清楚每一个字是什么意思，但即便辛苦地读完那些书，他还是感到收获甚微。

每隔几天，他都会去一趟乡村酒馆，跟当地人一起玩弹珠和九柱戏，第二天早上是休息时间，他散步的时候不带笔记本。

其他时间，他总是尽力锻炼身体，让自己保持健康。他爬树，一直爬到树木无法支撑他重量的高度；他攀岩，也攀爬古老的矿场；他沿着山崖间倒下的树木走平衡木；他在河中巨石之间跳跃；他有时慢跑，追逐湿地里的野生动物。他知道自己永远不可能抓住它们，但每次看到它们逃脱，他都会哈哈大笑。

山野间除了他，就是农夫和牧人，有时候他还会看到奴隶在庄园里劳作。他很少遇见其他人像他一样散步，即便遇到了，他也不愿停下来跟人攀谈。

还有一个人时常出现，那是一个喜欢在高山上放风筝的人。他们两个总是彼此遥遥相望。一开始他们总是走不同的路线，所以保持着距离；到后来，他刻意避免跟这个人见面。如果远远看到那个瘦削的身影正在向自己靠近，他就会选择走其他方向。如果发现那个小红风筝正飘在自己想去的山顶上，他就会选择另一座山作为攀爬的目标。这逐渐变成了一种传统，一份默契。

时间就这样一天天过去。有一次他坐在山顶，看见一个女人跑过脚下的田野。她的身影搅乱了在风中缓缓起伏的金红色原野，所经之处留下的痕迹宛如船只在水面激起的尾浪。她一直跑到小河边，这时候，领主的监工骑马赶了上来，追上了她。他远远看到监工痛打那个女人，看见他手里的棍棒起起落落。因为距离很远，棍棒看起来很小；风向不对，他什么声音都听不清。等到那女奴倒在河边一动不动的时候，监工从马上下来，跪在她脑袋旁边。他看见一道闪光，但是不知道发生了什么事。监工骑上马扬长而去，后来有几个奴隶蹒跚地走了过来，把那个女人抬走了。

他把这件事也记了下来。

那晚在老夫妻家里吃过晚饭后，待老太婆睡下，他把白天所见讲给老头儿听。老人缓缓点头，他正在嚼一块有轻微麻醉作用的块茎，把汁水吐进火炉里。老头儿说，人人都知道那个监工的厉害，如果有奴隶逃跑，被他抓到了，舌头就会被割掉。他还把那些舌头用绳子穿起来，挂在领主大人的农场里，就在奴隶营地入口处。

那天晚上，他和老头儿一起用小杯子喝了些烈酒。老头儿还给他讲了一个当地的传说：

有一个年轻人，独自经过荒凉的树林，因为沉迷于路边那些美丽的花，慢慢远离了林中小路。然后，他遇见一个年轻女子，正睡在树林间的一片空地上。他走到那个女子身边，她醒了。这个迷路的年轻人坐在那个神秘女子身边，跟她闲聊，发觉她身上有一股浓烈的花香。这美妙的气味让他前所未有地心醉，花香馥郁，他很快变得昏昏沉沉，如醉如痴。过了一会儿，这个男人已经无法抵挡神秘女子美妙的体香、温存的软语和暧昧的眼神，他请求亲吻她，她半推半就地依允了。他们吻得情乱意迷，开始颠鸾倒凤。

但是，在两人亲热过程中，这个迷途的男子发现了一桩怪事：他两只眼睛看到的女人，模样并不相同。一只眼睛看到的女子，始终像最开始一样美丽迷人，而另一只眼睛里看到的她，却已经有几分衰老，不再风华正茂。而且他们每一个亲密动作之后，那只眼睛里看到的女人都会变得更加衰老。开始是成熟妇人，继而徐娘半老，最后成了年事已高的虚弱老妪。

自始至终，那个男人只需闭上那只眼睛，他怀里的女人就是青春艳丽的模样，他无法停止享受无边春色。可是与此同时，他又抵挡不了好奇心的诱惑，总忍不住睁开那只眼睛瞄上一两眼，对身旁发生的巨变感到震惊。

在最后时刻，他紧闭双眼，在欲望彻底得到满足之后，他才睁开了两只眼睛，可他看到的——现在是用两只眼睛看到的——只是一具腐臭的尸体，长满了蛆虫蛴螬，刚才那股醉人的花香，瞬间变成了令人难以忍受的恶臭。可是这又完全不像是什么突然的变化，他内心深处似乎知道，这"女子"一直都是这股味道。他把胃里的上一顿饭全都吐了出来。

就这样，林妖用两根魔绳取走了他的生命，它用双手紧紧抓住他，把他的生命连根拔起，将他拖入了暗影之界。

在那里，他的灵魂碎成了百万片，又被重新抛回尘世，化作传播花粉的蝴蝶。蝴蝶所到之处，花朵将凋谢，同时也会获得新生。生存与死亡，如影随形。

他感谢了老头儿为他讲了这个故事，他也给老头儿讲述了自己那个世界流传的一些故事。

几天以后，他在野外追逐一只栖居在湿地的小兽。小家伙在挂着露珠的草地上奔走如飞，连滚带爬地逃命，不过它最终还是摔倒在一块石头上，四肢张开，挣扎着爬不起来了。他满怀胜利的喜悦，高呼着俯冲下山坡，扑向挣扎的猎物。跑完最后几步，他跳起来，双脚落地，正好落在小动物倒下的地方，但是那个小家伙已经爬起来，飞一样跑掉了，完全没有受伤，还钻进洞里躲了起来。他大笑着，喘息着，汗如雨下。他站在那儿弯着腰，两手撑着膝盖，想要休息休息，缓口气。

脚底有什么东西在动，他看到了，或者说，感觉到了。他的脚下是一个鸟巢。他刚才正巧跳到了鸟巢上。里面的鸟蛋已经被他踩烂，黄色的黏液流得到处都是，粘在他的脚跟上，粘在树枝和苔藓上。

他挪开脚，心里非常痛苦。脚底有一团黑色的东西在挣扎。现在它挪到了阳光下，它的头颈是黑色的，眼睛也是黑色的，那双眼睛紧盯着他，明亮的眸子里透着一股寒意，像小溪深处的岩石。那只小鸟猛力挣扎了一下，无助地扑打翅膀，跑在湿地的杂草间。它用一只脚跌跌撞撞地跳，背后拖着一只不听使唤的翅膀。它跑出一段路，停下来，歪着脑袋愣愣地看向他，好像在打量这个奇怪的人。

他在苔藓上用力蹭自己的靴子。所有的鸟蛋都被他踩碎了，只剩那只小鸟轻轻地鸣叫。他转过身,慢慢走开。随后又停下来,骂了一句,走回来大踏步冲向那只小鸟。鸣声杂乱,毛羽纷飞,他不费吹灰之力就抓到了它。

他拧断了小鸟的脖子,将它丢弃在草地上。

那天晚上他没有写笔记,之后再也没有写过。天气变得阴沉闷热,雨迟迟不下。后来有一天,那个放风筝的人在一座山顶向他挥手呼喊,他大汗淋漓地快步离去了。

那只鸟儿的事情过去大概十天后,他终于承认,自己永远都成不了诗人。

几天以后,他离开了那个地方,从此杳无音信,尽管爵爷手下的警长在全国的城镇都发布了他的通缉令。警方怀疑这个陌生人与那宗谋杀案有关。就在他失踪的那天晚上,有人发现领主大人的监工被捆在了床上,脸上带着极度恐惧的表情,嘴里和喉咙里塞满了风干的人舌和很多白纸,他是被噎死的。

九

他一觉睡到大天亮，然后出去散步，思考问题。他从酒店的员工通道下楼，从配楼小门出来，把墨镜别在衣服口袋里。酒店帮他洗干净了那件旧雨衣，他披上了它，戴上厚厚的手套，又裹了一条大围巾。

他小心翼翼地走过正在融雪的街道和人行道。他抬头望天，嘴里呼出的寒气在面前凝成白雾。高处的建筑和电线上悬挂着积雪，微弱的阳光和温暖的微风使气温慢慢上升。路边的下水道流着清水和化了一半的冰雪，建筑的烟囱冒着青烟，积雪纷纷融化滴落。车辆驶过湿滑的路面，发出哗哗的声响。他穿过马路，走到有阳光照耀的另一侧人行道。

他走过台阶，穿过桥梁，小心翼翼地踩上厚厚的冰层，这里没有供暖，可能是供暖设备损坏了。他后悔没穿上更合适的靴子，现在这双虽然好看，却容易打滑。穿这双鞋要想不摔倒，就要像老人一样两手向前探出，抓住一根看不见的拐杖。他想挺直了腰板向前走，可弯腰才能走得稳当，这让他很恼火，但如果仰面摔一跤的话，更加糟糕。

那天他还真的摔倒了，就倒在一群年轻人面前。当时他正小心翼翼地走下一段台阶，准备走上一座架在铁路交叉点上空的斜拉索桥。那几个年轻人从对面走过来，一路说说笑笑。他一面小心走路，一面关注那几个人。他们都很年轻，言谈举止充满了青春活力，这让他突然感觉到了自己的苍老。他们总共有四个人，两个男的正高谈阔论，在女伴面前极力表现自己。其中一个女孩肤色黝黑，身材高挑，有一股浑然天成的魅力，那是对自己外貌还不敏感的年轻女性特有的气质。他把目光集中在她身上，不知不觉挺直了腰杆，这时脚底一滑，他晃了一下向后倒去。

他一屁股坐在最后一级台阶上，然后苦笑了一下。那几个年轻人经过他身边的时候，他站了起来。（其中一个男孩正在偷笑，还故作矜持地用戴着手套的手捂住嘴巴。）

他掸掉雨衣下摆上的雪，把其中一些撒向取笑他的那个人。他们都大笑着跑开，快步登上台阶。他走上桥，过了大概一半的路程，后背很疼，疼得他龇牙咧嘴，然后他听到有人在背后喊叫。他一回头，一个大雪球重重地打在他脸上。

他瞥见那几个侧影正从台阶的最高处快步逃走，还一路大笑。他忙着清理鼻子和眼睛里的雪，眼前一片模糊。鼻子很疼，好在鼻骨没有再次折断。他继续向前走，经过一对老夫妻身边，他们彼此搀扶，摇头埋怨这些讨厌的学生。他向他们点点头，然后用手绢揩拭自己的脸。

他面带微笑离开那座桥，继续走上一段台阶，来到一片写字楼中间的广场。若是在以前，他会为刚才的事情恼羞成怒，他摔了跟头，被人看到，还在毫无防备地回头时被雪球打个正着，出丑时再次被老夫妻看到。曾经的他会追上那几个年轻人，至少恐吓他们一番，但是现在，他不会再那样做了。

他在广场边一个卖热饮的小摊前停下，要了一小杯热汤。他靠在柜台上，用牙齿将一只手套扯下，把冒着热气的小杯捧在手里，感受着它的温暖。接着他走到广场边，坐在长椅上，小口小口地慢慢喝完了那杯热汤。热饮店的老板一边听收音机，一边擦柜台。他还抽着陶瓷烟斗，烟斗挂在项链上。

因为刚才摔的那一跤，他的后背还隐隐作痛。他对这个城市微笑，面前是从杯子上方升腾起的蒸气。"你活该！"他对自己说。

等他回到宾馆，有人给他留了个信儿。拜扎伊先生答应见他一面，只要他不反对，他们午饭后就派一辆车过来。

"这可真是好极了，夏德南。"

"嗯，还好吧。"

"你不会到现在还那么悲观吧？"

"我只是想说，不要抱太高的期望。"他躺在床上，仰面看着屋顶的绘画，用耳环通信终端和萨玛交谈，"我去见他，这本身没有问题。但是，想要马上把他带出来，恐怕希望不大。他可能已经真的老了，一见我就会说：'嗨，扎卡维，你还在帮那些人清理白痴呢？'如果是那样，我只能夹着尾巴走人，明白吗？"

"我们肯定会帮你脱身，这个你不用担心。"

"如果我能成功说服他，你们还是打算让我们去伊姆普林居住地，对吗？"

"是的，要到达那里，你们得乘坐轻便飞船。我们不能冒险派仇外号进入这个星球。如果你真的救走了拜扎伊，整个星球就会进入最高级别的警戒状态。我们绝不可能在他们眼皮底下进出这个地区。如果被人发现，就会招来整个星团的敌视，因为我们干涉了他们的内部事务。"

"乘坐轻便飞船去伊姆普林要多长时间？"

"两天。"

他叹了一口气："好吧，我应该能应付得来。"

"你准备好了吗？我是说，假如今天有机会动手的话。"

"准备好了,太空梭埋在沙漠里,随时可以出发。轻便飞船隐藏在距离最近的气态巨行星上,等待着同样的启动信号。如果他们把我的通信终端收走了,我怎么跟你们联络?"

"这个呀,"萨玛说,"虽然我很想说一句'我怎么说的来着',我也很想给你派一枚侦察飞弹或刀锋飞弹,但现在已经行不通了。敌人的侦察技术已经先进到了可以发现它们的程度。我们能做的是往轨道上发射一颗微型卫星,进行长期被动搜索,换句话讲,就是远程观察。如果我们发现你有麻烦,就会指派轻便飞船前往接应。还有一个办法,就是用电话联络,虽然你会觉得难以置信。万嘉基金有一家没上市的子公司……扎卡维?"

"嗯?"

"那几个号码你还记得吗?"

"哦,记得。"

"或者,还有一个办法,我们会监听索罗托尔的紧急求救电话,你只要拿起电话拨三个'1',然后对操作员大喊一声'扎卡维',我们就会听到。"

"好吧,我充满了信心。"扎卡维长叹一声,连连摇头。

"别担心,夏德南。"

"我?我会担心吗?"

车来了,他透过房间窗户看到的。他下楼和莫伦碰面。这次他本来也想穿太空作战服的,可害怕穿成那样难以混入高级别警备区,于是他还是选择了那件旧雨衣和那副墨镜。

"你好,莫伦。"

"你好。"

"天气不错。"

"是的。"

"我们要去哪儿？"

"我不知道。"

"可是，你不是要开车吗？"

"是的。"

"所以你一定知道我们要去哪儿，对不对？"

"你能再说一遍吗？"

"我刚才说，既然是你开车，你一定知道我们要去哪儿。"

"对不起。"

他在车边站住，莫伦打开车门。

"那么，至少告诉我路程是不是很远，好吗？如果很远，也许我应该跟自己人打个招呼，说短时间之内不会回来。"

大块头莫伦皱起了眉头，布满伤疤的脸上，肌肉诡异地扭曲起来。他在犹豫，不知道该按下盒子上的哪一个按钮。犹豫间，莫伦的舌头舔了一下干涩的嘴唇。看来他们并不是真的把他的舌头割掉了。

他估计莫伦的问题出在声带上。他不明白莫伦的老板为什么不给他移植一副人造声带，或者用药物让他的声带自行修复。除非这些人希望部下只能做出有限的几种回答，那样他就很难在背后说老板的坏话了。

"是的。"

"是什么？是很远吗？"

"不是。"

"想清楚再回答。"他站在原地，手扶着打开的车门，好像完全没感觉到自己对大块头的无礼态度。他想测试一下，这个人的对话机器到底嵌入了多少词汇。

"我很抱歉。"

"你的意思是，我们要去的地方很近，就在城里，对吗？"

满是伤疤的脸孔又一次扭曲起来。莫伦嘟起嘴巴，带着歉意按下另一组按钮。

"是的。"

"在城里？"

"也许吧。"

"谢谢。"

"是的。"

他上了车。这是另一辆车，跟前一天晚上的那辆不一样。莫伦坐入了隔离司机室，小心地系上安全带。汽车缓缓开动，有几辆车尾随他们的汽车启动，随后这些车停在他们进入的第一条街道入口处，把后面追上来的媒体车辆一下子全都堵住了。

他正仰头看在高处盘旋的小鸟，忽然视野中的景物消失了。一开始他以为是车窗的遮蔽帘升高了，随后才发现，是两层玻璃之间注入了一层黑色的液体。他按下通话按钮，跟莫伦谈话。"嘿！"他大喊。

黑色液体已经升到了玻璃高度的一半。不管是他和莫伦之间的玻璃，还是其他的车窗玻璃，都逐渐被黑色的液体遮蔽。

"什么事？"莫伦问。

他抓住车门，用力推开，冷风吹了进来，黑色液体慢慢充满两层玻璃之间的空隙。"你这是什么意思？"

在黑色液体彻底挡住前方视野之前，他看见莫伦按下了一个音频合成器按钮。

"请不要担心，星芒先生。这只是以防万一的安全防范措施，以保护拜扎伊先生的隐私权。"这段话明显是特地提前准备的。

"嗯，那好吧。"他耸耸肩，把门关上，车里一片漆黑，然后一盏小灯亮了起来。他靠在椅背上无所事事，他们搞出这出乎意料的黑暗也许是为了吓唬他，试一试他的反应。

他们继续前进，小灯泡发出的黄光给车里带来了一丝温暖的怀旧氛围。车里本来很宽敞，可是现在四周一片漆黑，显得有些狭小。他把换气扇功率开大了一些，靠在座位上，戴上了墨镜。

他们转弯、急驶、下坡，穿越隧道和桥梁。他觉得自己看不到外界的任何参照物，反而对车辆的移动有了更敏锐的感知。

他们进入一条隧道，车身轰响了很长时间，好像是一直在走直线的下坡路，不过也可能是直径很长的螺旋线。车停了下来，有一会儿周围很安静。然后外面传来模糊的噪声，其中可能有人的说话声。稍停了一会儿后，车子继续前进。通信终端在他耳朵上微微颤抖了一下，他把它向耳孔里推了一推，听到极细的声音说："X射线辐射。"

他不禁微笑，等有人打开门，命令他交出通信终端，但车又前进了一小段。

车开始下降，发动机也安静了下来。他觉得他们应该是在一部大电梯里面。电梯停下，车继续前进，还是悄无声息，接着又停了一会儿，随后向下行驶。这一次路线是明显的螺旋形。发动机还是没有声音，他们可能是被其他车辆拖着，或者是利用惯性缓缓下行。

车窗里的黑色液体逐渐消退，车停了下来。他们停在一段宽阔的隧道中间，隧道顶端是长条形的照明灯。隧道后方延伸到拐弯处，前方延伸到一扇大大的金属门前。

莫伦不见了。他推开车门，下了车。

隧道里很热，不过空气很新鲜。他把旧雨衣脱下来，观察那扇大金属门，那上面还有一扇更小的门。门上没有把手，他试着推了一下，没有反应。他走回汽车旁，找到车喇叭，按了几下。喇叭声在隧道里回荡，震得他耳朵嗡嗡响，于是他又坐回汽车后排。

过了一会儿，那个女人从小门里走出来，来到汽车旁，隔着窗户向里看。

"你好。"

"下午好,我来了。"

"是啊,还戴着你的墨镜。"她笑着说,"请跟我来吧。"她快步走开。他拿起旧雨衣,跟上了她的脚步。

那扇门的后面还是隧道,他们穿过几扇门,又乘坐一部小电梯下行。女人穿着一件直挺挺的黑色长外套,上面装饰着细细的白色条纹。

电梯停下,他们走进一座门廊,这里像私人住宅,墙上挂着装饰画,花瓶里插着花,地上铺着有纹理的水磨石。厚厚的地毯模糊了他们的脚步声,他们下了几级台阶,走入一处大阳台,这个阳台悬在一座大厅的墙面上。大厅的其他墙面上都是书架。他们走下一段扶梯,台阶的木板下面都是书,头顶的隔架上也都是书。

她引领他走过一排排书架,来到一张周围摆满椅子的桌子旁边。桌子上是一台机器,上面有一个小显示屏,周围是零乱的卷轴。

"请在这里稍等一下。"

拜扎伊正在卧室里休息。老人脑袋光光的,脸上布满了深深的皱纹,身上穿着一件长袍,遮住了自投身学术以来日渐隆起的肚子。女人敲门的时候,他眨了一下眼睛,目光矍铄。

"索尔德林,很抱歉打扰你。快来看看,我带谁来了。"

他跟着那女人穿过走廊,在门口站住。放磁带阅读器的桌子边站着一个男人。

"你认识他吗?"

索尔德林·拜扎伊戴上一副眼镜,他是个老派的人物,不屑于掩饰自己的年龄。他打量这个人：很年轻，双腿修长，深色头发束在脑后，扎成马尾辫。他有一张令人过目不忘的面庞，甚至可以说有几分帅气，但是那些刮不掉的胡碴，让他多了几分阴沉感。他的唇线不讨人喜欢，透着一股掩饰不住的阴狠傲慢，只是看到他的眼睛和其他五官，就觉得没那么糟糕。他虽然戴着墨镜，老人还是能隐约看到他的浓眉大眼，整体来说，这个人的长相还过得去。

"我可能见过他，但现在记不清了。"拜扎伊慢条斯理地说。他的确觉得好像见过这个人，这人似曾相识又令人焦虑，尽管他的面目还有一部分藏在墨镜后面。

"他想见你一面，"女人说，"我就自作主张告诉他，你也愿意见他。他说你从前认识他父亲。"

"他父亲？"拜扎伊沉吟着回答。这就比较容易解释了，也许这个人长得像他以前认识的一个人，所以刚才才会有那种古怪的感觉。"那好吧，"他说，"我们就听听他的来意，好吗？"

女人点点头，两人走进图书馆中间。拜扎伊挺直了身体，他最近发觉自己的腰好像弯得更厉害了。不过他还挺要面子，面对陌生人的时候愿意挺起身板来。来客转身面向他们。"这位是索尔德林·拜扎伊。"女人为他们互相介绍，"这位是星芒先生。"

"很荣幸见到你，先生。"扎卡维古怪而专注地望着拜扎伊，他板着脸，似乎非常紧张。他握住了老人的手。

那女人有些疑惑，拜扎伊满是皱纹的老脸上，有一副难以读懂的表情。他呆呆地望着眼前这个年轻人，任由他握着自己无力的手。

"星……芒……先生。"拜扎伊说道，语调很平和。他转身朝向那个黑衣女子，说道，"谢谢你的引见。"

"这是我的荣幸。"她咕哝着，然后退下。

扎卡维看出拜扎伊已经识破了自己的身份。他转身走向书架之间的一把扶手椅，注意到拜扎伊就跟在自己身后，满眼都是惊诧。他站在两个书架之间，一边说话，一边装作不经意地碰了碰自己的耳朵。"我想，你应该认得我的……先辈，他用的是另一个名字。"他把墨镜摘了下来。

拜扎伊打量着他，表情没有任何变化。"我想是的。"老人说道，朝身后看了一眼，指着一套桌椅说，"我们坐下谈吧。"

他又将墨镜戴上。

"你来找我，有什么事吗，星芒先生？"

他面朝老人，坐在桌子对面。"是好奇心驱使我来见你的。至于我来到索罗托尔的原因嘛……是因为我迫切地想看看这座城市。我和……嗯……万嘉基金有很深的渊源，这家公司的高层刚刚发生了一些变动，不知你有没有听说。"

老人摇摇头说："没听说，我在这儿从不看外面的新闻。"

"那好，"他东张西望，然后回过头直视拜扎伊的眼睛，"我觉得……这个地方不适合进行深入的交流，你认为呢？"

拜扎伊欲言又止，流露出厌烦之情。他向背后看了一眼说："也许的确不是。"老人站了起来。"请原谅我失陪一下。"

他看着老人离开，强迫自己坐在原地不动。他打量这座图书馆。这里有很多古老的书籍，散发着浓重的气息。那么多文字被记录下来，那么多生命消耗在创作中，那么多眼睛因为苦读失去了光彩。他感到奇怪，人怎么会愿意花费那么多精力，为这类事情操劳？

"现在吗？"他听见女人问。

"不行吗？"老人反问。

他回过头，看见拜扎伊和那个女人从书架中间走出来。

"这个嘛，拜扎伊先生，"女人说，"是不是不太方便……"

"有什么不方便的？电梯坏了吗？"

"那倒没有，不过……"

"不过什么？说走就走。我也很长时间没去过地面上了。"

"啊，那好吧……我去给你安排。"她尴尬地笑着，转身离去。

"好了，扎……星芒，"拜扎伊坐在他对面，带着歉意微微一笑，"我们到地面上去逛一圈儿，怎么样？"

"行啊，没问题。"他回答，尽量不显得太热心，"你身体还好吧，拜扎伊？我听人说你退休了？"

他们闲聊了几分钟后，一位年轻的金发女郎从书架之间走出来，抱着一大堆书。她看见扎卡维之后用力眨眼睛，随后走过来站在拜扎伊身后。拜扎伊仰起头，看着她微笑。"哦，我亲爱的，这位是……星芒先生。"随后老人露出羞怯的笑容，对他说，"这是乌比蕾·西奥小姐，我的……助理。"

"很高兴见到你。"他点头招呼。见鬼了！他心想。

西奥小姐把书放在桌上，两手扶着拜扎伊的肩膀。老人把细瘦的手指搭在女人手背上。"我听说，待会儿我们要到城里逛逛，"女人说道，俯身望向拜扎伊，一只手整理罩衫的前襟，"好突然啊。"

"是的，"拜扎伊对她微笑，"你会发现，我这个老家伙偶尔还能给大家来点儿惊喜。"

"外面很冷，"女人转身离去，"我去给你取些保暖的衣服。"

拜扎伊目送她离去。"很好的女孩，"他说，"我都不知道没了她我该怎么生活。"

"的确。"他回答，心想，你很快就要学会面对这种生活了。

安排去地面的行程花了大约一个小时。拜扎伊看上去很兴奋，乌比蕾·西奥让他穿上厚实的衣服，自己也把罩衫换成了一件带袖连衣裙,还把金发扎在头顶。他们坐上了来时的那辆汽车,司机还是莫伦。他、拜扎伊和西奥小姐一起坐在后排座位上,黑衣女人坐在他们对面。

他们驶出隧道,来到灿烂的阳光下。面前是一片覆盖着积雪的广阔庭院,周围有高高的铁丝网。大门打开,守卫目送汽车驶出院子。汽车沿着一条小路驶向最近的高速路入口,然后在道路交叉处停下。

"哪儿有市集?"拜扎伊问,"我一直都喜欢听表演现场的喧闹声。"

"星芒先生"说,罗托尔河边来了一个巡游马戏团,建议去那儿看看。莫伦把车拐上一条宽阔无人的林荫大道,一路驶去。

"花。"他突然说。

所有人都看着他。

他双臂张开,扶在椅背上,两手分别放在拜扎伊和西奥小姐背后。他碰到了西奥小姐的头发,把她的发夹碰掉了。他笑着把发夹从车后窗下的置物架上取下来,借机看向车窗后面。后面有一辆巨大的半履带式战车紧紧跟随。

"什么花啊,星芒先生?"黑衣女人问。

"我想买些花。"他说道,先是冲她笑,后又冲着西奥小姐笑。他拍着手说:"为什么不买些花儿呢?我们去花卉市场吧,莫伦。"他靠着椅背,笑得极真诚,然后又有几分惶恐地坐起来,满脸是歉意。"如果你觉得可以的话。"他对那个女人说。

她微笑道:"当然可以,莫伦,你听到了吧?"

汽车拐上了另一条路。

他们到了花卉市场。在拥挤而多彩的花店里,他买了花,送给黑衣女子和乌比蕾·西奥小姐。"那里就是马戏表演的地方!"

他说道，手指向河对岸。河边草地上果然就是马戏团的帐篷，全息影像不断旋转，闪着耀眼的光芒。

如他所愿，一行人坐上了花卉市场的渡船。船很小，只容得下一辆汽车。他扭头看看被甩在岸边的半履带式战车。汽车驶向马戏帐篷。拜扎伊很健谈，一路都在为乌比蕾·西奥小姐讲述小时候看过的各种表演。

"谢谢你的花，星芒先生。"坐在他对面的黑衣女子说道，把花贴近面颊，轻嗅芬芳。

"荣幸之至。"他说道，探身越过西奥小姐碰了碰拜扎伊的肩膀，指引他看近处屋顶上空一个高耸入云的摩天轮。这时汽车刚好停在一个路口等交通灯。

他又一次伸手到西奥小姐身前，没等对方反应过来，就把她身上的一条拉链拉开，把早就发现的那把枪抢了过来。他看着那把枪，哈哈大笑，就像整件事只是个玩笑一样。然后他突然掉转枪口，一枪打向莫伦头后的玻璃板。玻璃板应声碎裂，他一腿撑地，另一条腿向前猛踹。他的脚穿透玻璃，重重地踹在莫伦后脑上。汽车向前猛蹿了一下，随后停了下来，莫伦无力地倒在一边。

所有人都目瞪口呆，寂静只维持了短短一瞬间，不过足够他大喊一声："太空梭，快来！"

他对面的女人已经开始行动，她丢下手里的花儿，伸手在衣服里摸索。他一拳打中她的下巴，她的脑袋重重撞在背后的玻璃挡板上。他转身，在车门口蹲下。黑衣女已经失去知觉，滑倒在他身边，花瓣散落在众人脚边。他回头看拜扎伊和西奥小姐，两个人都目瞪口呆。"旅行计划有变。"他说着摘下墨镜，丢在地上。他把两人从车里拖下来。西奥大声尖叫。他把她推倒在车尾。

拜扎伊终于能说出话来了："扎卡维，该死的你到底在干什么？"

"她带着这个呢,索尔德林!"他对拜扎伊大喊,展示手里那把枪。

说时迟那时快,乌比蕾·西奥一脚踢向他的头。他蹲身躲过这一击,任由那女人转身,随后一下捏住了她的脖子,把她两手张开按在汽车后盖上。她的颈骨被捏折,他送给她的花束滚落到了汽车底下。

"乌比蕾!"拜扎伊大叫着扑到女人身边,"扎卡维,你把她怎样了?"

"索尔德林——"他试图解释,但司机室的门突然打开,莫伦朝他猛扑了过来。他们两个扭打在一起,在地上翻滚,掉进了马路边的排水沟,那把枪也跟着他们翻滚。

他发觉自己被压在了路牙上,莫伦压在他身上,一手抓着他衣服前襟,另一只手攥成拳头高高举起,那个语音盒用一根小绳子挂在大块头脖子上,布满伤疤的巨大拳头已经狠命砸了下来。

他装作毫无反抗之力,然后突然向一侧闪开,莫伦的拳头正打在路牙上,他趁机跳了起来。

"你好。"语音盒撞在地面上,说了这么一句。

他努力站稳,想踢莫伦的头,但没能掌握好平衡。莫伦用没受伤的那只手抓住他的脚,他甩脱了莫伦的掌握,但是用力过猛,变成了背对莫伦的姿势。

"很高兴认识你。"语音盒播放着,莫伦已经摇着脑袋站起身来。

他又想踢莫伦的头。"你有什么需求吗?"语音盒说道。莫伦已经闪身躲过这一脚,又一次猛扑上来。他弯腰躲过,在水泥地面上滑了一步,在地上打了个滚,再次站起身。

莫伦面对他,脖子上血流不止。大块头身体摇晃了一下,突然好像想起了什么,伸手到衣服里面掏东西。

"我是来帮助你的。"语音盒说。

他猛冲上前,在莫伦转头的一刹那,一拳打在大块头脸上。这时莫伦已经掏出了衣服下面藏着的小手枪。他距离太远,抢夺不到手枪,于是飞起一脚,踢到莫伦拿枪的手上。灰白头发的大块头摇摇晃晃,一身伤痛,揉着自己的手腕。

"我的名字叫莫伦,我不会说话。"

他本指望这一脚把莫伦的枪踢掉,但没有成功。然后他才意识到,自己身后就是拜扎伊和昏迷不醒的西奥。他站定了一秒钟,莫伦举枪对准他,可他不断左右晃动身体,莫伦用力摇脑袋,努力瞄准。

"很高兴认识你。"

他俯身扑向莫伦的双腿,如愿以偿地撞到了目标。

"不用了,谢谢。"

他们一起撞到了路牙上。

"对不起。"

他抬起拳头,想给大块头脑袋上来一拳。

"请问,到这里怎么走?"

莫伦已经滚到一边,他一拳打空。莫伦转身,险些一头撞在他胸口,他只好倒地躲开,脑袋撞在了路牙上。

"好的,谢谢。"

他眼冒金星,什么都看不到,于是张开五指,朝莫伦眼睛所在的大概方向直刺过去,感觉到手指刺中了一团湿乎乎的东西。莫伦大声惨叫。

"这个问题我无法回答。"

他手脚并用爬起来,一脚踢开莫伦。

"谢谢。"

他踢上去又是一脚,踢到了莫伦头上。

"你能重复一遍吗？谢谢。"

莫伦慢慢滚进了路边的水沟里，不再动弹。

"现在几点了？现在几点了？现在几点了？"

他浑身颤抖，站在马路边。

"我的名字叫莫伦。为您效劳。此地不许进入。这是私人领地。你以为这是你随便进出的地方吗？马上站住，不然我就开枪了！钱不是问题。我们上面有人。你能告诉我距离最近的电话在哪儿吗？臭婊子，待会儿我会让你更爽的。尝尝这个吧。"

他一脚踩碎了莫伦的语音盒。

"对不起！没有安装可用的语音组件——"

他又来了一脚，语音盒彻底安静了。

他看看拜扎伊，老头儿正蹲在那辆汽车旁边，乌比蕾·西奥的头靠在他膝盖上。

"扎卡维！你疯了吗？"拜扎伊怒吼。

他掸掸身上的泥土，看着酒店的方向说："索尔德林，我是万不得已，现在情况紧急。"

"看看你都干了些什么！"拜扎伊瞪大眼睛，面如死灰，对着他尖声大叫。他看向西奥一动不动的身体，又看向水沟里的莫伦，然后绕过车中失去知觉的那个女人的脚，回到西奥身边，她的脖子上一片淤青。

他抬头看天空，远处依稀有一个小黑点正在接近。他放心了，转向拜扎伊。"他们正准备杀了你，"他说，"我来，就是为了阻止他们，我们有——"

一片建筑群挡住了河流和花卉市场，建筑后面传来一声轰响，随后是飞行物划过天空的嘶鸣。他们一起看向天空。那个正慢慢扩大的小点就是太空梭，它像一朵带着长梗的花正在绽放——花梗是一束强光，从建筑群后面一直延伸到花卉市场上方。太空梭划过闪亮的天空，微微晃动，然后放出一束光直刺地面，好像在回应扎卡维。

天空闪起强光，大地颤抖不已，巨响从公路那边传来，摇撼整座山谷之城。

"我们大约还有一分钟时间，"他说道，几乎喘不上气来，"然后我们必须离开。"太空梭是一个直径四米的黑色圆柱体，它降落在公路地面上，舱门随之打开。扎卡维跑过去，拿出一把巨大的枪，打开了几个控制开关。"现在，我们已经没有更多时间了。"

"扎卡维！"拜扎伊的声音突然冷静了下来，"你是不是疯了？"

悬崖的高处传来刺耳的尖啸，响彻整座城市。他们抬起头，看到天空中有一个细小的影子正扑过来。

他对着阴沟吐了一口痰，举起等离子步枪，瞄准那个逐渐接近的小黑点，扣动了扳机。

一道强光从枪口直冲天际，那架飞机冒着黑烟，旋转着坠向山谷某处，尖啸声渐渐远去，然后是一声轰鸣，久久回荡在山谷之间。

他回头看向老迈的拜扎伊。"你刚才问我什么来着？"

5

　　黑色的帐篷顶就在他上方,但他还是能透过织物看到外面的天空。现在是白天,天空一片湛蓝,也暗藏着黑暗,他能看破那一层表面的蓝。在那层蓝色后面,是深不可测的黑暗,比帐篷顶黑得多。在那片黑暗里,散落的恒星在燃烧,但只能在寒冷、阴沉、空旷、寂寥的宇宙深处留下微茫的光亮。

　　几颗黑色的星辰向他所在的位置延伸,轻柔地捕捉他的身体,就像一组巨大的手指头,摘下一颗成熟而脆弱的果实。在紧密的包围下,他感到无比清醒,知道自己只需一瞬间(任何一个瞬间,只要动一下念头),就可以参透一切,但他并不想明白。他觉得好像有一台力量足以震撼整个银河的机器,一直暗藏在宇宙的表象之下,如今这台机器突然与他建立了某种神秘的关联,并且赋予他无穷无尽的力量。

　　他盘腿坐在帐篷里,闭着眼睛。他已经保持这个姿势好几天了。他穿着一件肥大的袍子,和那些游牧民一样。他的制服整整齐齐地叠放在背后一米之外。他的头发剃得很短,脸上留着胡碴,满身是汗。他有时会游荡在身体之外,回头就可以看见自己的躯壳坐在黑色帐篷里的坐垫上。他的脸色黯淡,因为那些新长出来的黑色胡碴覆盖在脸上;但他的脸色同时又显得明亮,因为一层薄薄的汗水在灯光和帐篷顶透进的天光下，反射着光芒。这种充满矛盾的和谐，这种彼此抗争的力量，让他觉得有趣。他有时会回到自己身体里，有时会走向更远处的荒原，感受万物之道。

帐篷的内墙是黑色的，空气厚重、陈旧、甘甜，充满了奇异的香气，弥漫着香火味。一切都是那么富丽堂皇，帐篷壁上的挂毯很厚实，上面绣着色彩斑斓的贵重金属线；地毯是起绒的，镶嵌着无数沙金，还有香气扑鼻的厚坐垫、舒适温暖的被褥。小香炉徐徐地腾起青烟，小巧的夜用火炉已经熄灭，旁边放着盛梦幻烟草的容器、水晶高脚杯、镶嵌珠宝的小盒子，还有书本。它们散落在微微起伏的织物中间，就像平原上散落的寺院。

谎言，一切都是谎言。帐篷里其实什么都没有，他就坐在一个装满稻草的破口袋上。

女孩关注着他的一举一动。这个人现在处于催眠状态，他的动作轻微，几乎难以察觉，可一旦你注意到了他的动作，一旦你的眼睛适应了这种动作模式，一切都显得清晰迷人。他的腰部在动，一圈又一圈，不紧也不慢。他的脑袋画出一个扁平的圆形轨迹。女孩想到，当烟雾向帐篷顶部的通风口升腾的时候，就会划出这样的轨迹。他的眼睛好像也呼应着身体细微而持续的动作，在棕色的镜片后面不断左右转动。

帐篷不大，正好够女孩站起来。它搭建在沙漠的一个十字路口上，沙海中的两条小路在此相会。多年以后，这里会有一个城镇，甚至是一座大城市，而此时，最近的水源地也在三天路程之外。帐篷已经在这里搭了四天，可能还会停留两三天，这取决于这个人在梦幻烟草的催眠下还可以坚持多久。她从一个小托盘里拿起水壶，往一个小杯子里倒满水。她走到那人身边，把水杯放在他的唇边，一手托着他的下巴，慢慢让杯子倾斜。

那人开始喝水，身上的动作还在继续，喝完半杯水后，他把头转向一边。而她拿起一块布片，轻轻为他擦拭脸上的汗水。

天选之子。他对自己说，天选之子，天选之子，天选之子。漫长的路途，奇怪的目的地。带着所谓的天选之子穿越炽热的流沙，闯过恶人国度那些凶悍的部落，到达富饶的草原，到达高崖上的醇香宫殿，到达宫殿旁边闪耀着光芒的高塔。现在，他也该得到一点奖励了。

帐篷搭在古老商路的交汇处，因为季节的关系，帐篷的外侧翻进了里面。帐篷里有一个男人，他是一个身经百战的战士，战争在他身上留下了一道道烙印。他无数次被打垮，被治愈，再被打垮，又被治愈。最终他恢复健康，再次投入战斗……但是现在，他解除了所有的警戒，把理智交给了一种狂野强劲的药物，把身体交给一个年轻的女孩照料，他甚至不知道女孩的名字。

女孩把水递到他的唇边喂给他喝，还用冰凉的布片为他揩去汗水。他记得自己曾经发过烧，那是一百多年前的事情了，也许是一千多年前。他记得另一个女孩温柔的双手，带着一丝丝凉意，那么让人安心，给他的心灵带来宁静。他仿佛又听到了草坪上鸟儿的啁啾，从那座大宅周围的草地上传来。宅邸由两条大河环抱，是他记忆中一片宁静安详的风景。

他头昏脑胀，药物刺激全身，时而强烈，时而松弛，就像随意流动的水。他记得河岸边有一片遍布巨石的河滩。在那里，常年不断的流水把泥土、沙砾、碎石、卵石、石块和巨石按照大小和重量排列得整整齐齐。流水持续不断地冲刷，把不同大小的石块排成规整的几条弧线，就像地形图上标示出的等高线。

女孩看护着，等待着。这个陌生人像她部落的人一样服下了药物，在药力来袭的时候，居然还心平气和。她希望他是一个了不起的人物，而不是什么凡夫俗子。因为如果凡夫俗子也有这样的能耐，就说明游牧民族并不是唯一的强大种族。

她也害怕这种药物的效力超出他的承受范围，担心他会像烧红的陶管丢进冷水里一样瞬间炸裂。她以前听说过，有些外来人把梦幻烟草当作一种放纵的古怪嗜好，于是就落得了那样的下场。但是，这个人没有同药物作斗争。作为一个战士，一个习惯于战斗与抗争的人，他表现出了难能可贵的敏锐洞察力，他毫不挣扎地屈服于药物，按照药物的效用行事。作为一个旁观者，她感到非常佩服。她觉得，就算是那些伟大的征服者，也未必有这么强韧的意志力。即便是她族群的一些年轻人，而且是其他方面最杰出的那些人，也难以消受这种药物带来的残酷恩赐。他们会在短暂的幻梦中大呼小叫，忍不住跑到妈妈的怀里撒娇；他们会吓得屁滚尿流，在沙漠的狂风中鬼哭狼嚎，将自身的恐惧和怯懦暴露无遗，颜面尽失。在仪式常规的用量下，梦幻烟草不是致命的，但很多人因为服药之后的心理阴影而丧命。不止一位年轻的勇士，在得知自己居然战胜不了一片小小的烟草后，不堪忍受这样的耻辱，选择了切腹自杀。

她感到遗憾，这个男人不是自己族群的一员。他会是一个好丈夫，将来会有很多强壮的儿子和聪慧的女儿。很多人都是在梦幻烟草的试炼帐篷里结下姻缘的。一开始她把照料外来人的任务看作对她的侮辱，后来她相信，这其实是一份荣耀，因为这个外来者对他们的族群有莫大的恩泽，而事成之后，她可以在部落里任意选择一个中意的年轻人，照顾他的梦幻烟草试炼。

这个外来人服食梦幻烟草的时候，要求的剂量是只有资深勇士或者女族长才适用的。他不要毛孩子的剂量。此时的他身体在转圈，腰部不停扭动，好像要把自己的脑子搅拌均匀一样。

这两条交会的小路是商队踩出来的，是货物和知识的传播之路。棕色沙漠就像一张巨大的书页，商路是书中画出的灰白色标志线。夏天帐篷白色朝外，黑色在里面，而到了冬天就会反过来。

他想象自己的脑子在颅骨中旋转。

在这个本应该是黑色的白色帐篷里，在沙漠中的十字路口旁，有一个不知是黑是白的短暂存在。他像寒风吹起的一片落叶，颤抖着，摇曳着，被连绵的荒野环绕，而周围那些起伏的波浪线，是怪石林立、顶着冰雪的高山，那些冰雪犹如肥皂泡，凝固在高处稀薄的空气里。

他转身离去，抛开那顶帐篷，让它远远落在自己身后的低洼地带，变成沙漠商路旁边的一个小黑点。群山在身边连绵而过，赭石色的山顶披满冰霜，道路消失了，帐篷也不复存在。群山、冰川、夏日的雪域线都逐渐缩小，变成岩层表面的一块小爪印。地面的弧线不断收缩，整个星球变成一块五彩斑斓的圆形巨石、石块、鹅卵石、沙砾甚至一粒尘埃，一切都消失在沙暴形成的巨大旋涡中，成为银河中的一粒碎屑。银河也缩成一粒微尘，融入环绕一切的虚空之中，与所有微尘同在，与其他的虚空几乎无异。更广阔的世界也变成了小黑点。一切都烟消云散，只有黑暗永世流传。

他还在原来的地方。

有人跟他说过，在一切表面之下，都有更多值得探求的东西。萨玛曾经说：你所要做的，就是从七个维度理解这个世界，把整个宇宙看作是环面上的一条线。首先从一个点开始，让这个点变成一个圆，然后向各个维度扩展，沿着环面的内侧上升，越过顶端，蔓延到四面八方，然后崩溃、压缩、收紧。这之前已有万物，此后亦将有万物（在四维空间中，无穷世界既在宇宙之外，又在宇宙之中）。不同的时间尺度，存在于环面的内外。有些宇宙永远存在，无始无终；有些宇宙只存在于一瞬之间。

这太复杂了，太复杂的事物最终都会失去意义。他只能专注于自己了解的那些东西：自己的过去，自己走到现在的因由，自己正在经历的当下。

在无穷无尽的存在里，他找到了一个恒星和一个行星，他向它们组成的世界坠落。他知道这才是意义所在，他所有的梦想和回忆都在这里上演。

他徒劳地寻找意义，最终找到的只有尘埃。何处有痛苦呢？其实，只有在这儿：一间破败的避暑小屋，已经被炸得粉碎，已经被烧毁，再也没有椅子的踪迹。

有些时候，比如现在，这一切乏味得令他窒息。他停下来确认情况，因为药物也可以达到同样的效果，让人喘不过气。他还在呼吸。也许他的身体就是这样，只要活着，无论什么时候都会呼吸。但是，那个"文明"——愿地狱永远关照他们——又给他设定了新的程序，确保他的呼吸会永远继续。对于眼前这些人来说，这是作弊。他把眼睛睁开一道小缝，暗中观察女孩，随后又把眼睛闭上。他为这些人做了一些事，尽管他们并不了解多少内情。而现在，他们终于也可以为他做点什么了。

萨玛曾经说过，在很多文化系统里，王座都是一种终极象征，能够坐在华丽高贵的位置上是权力的最高体现。其他人都要在你面前低头，位置比你低，要鞠躬，要倒退着走，有时还要跪地磕头。（"文明"的统计资料表明，磕头通常是厄运的前兆。）有些人能坐在你面前，通过这种进化过程中并无必要的姿势，表明其优越性和能力。

有一些小型文明，萨玛说，也就比原始部落强一点点，总之有这么一些文明，人们睡觉也采取坐姿。他们有专门用来睡觉的座椅，因为他们认为，躺下就意味着死亡。这也难怪，死人不都是躺着的吗？

"扎卡维（这真的是他的名字吗？他回想起这个名字的时候，觉得有些怪异），"萨玛当时说，"我曾经去过一个地方。（他们是怎么谈起这些事的呢？他为什么会说起这件事？喝醉了吗？又放松警惕了吗？也许是想引诱萨玛，但最后不了了之。）扎卡维，我曾经去过一个地方，那里的人把犯人放在椅子上处死。不是作为折磨的手段，那太常见了，床和椅子都能让人感觉无助，被禁锢，那样就更方便把痛苦强加在他们身上。我说的这个地方，他们把人放在椅子上，就是要杀死这些人。你看，他们或者使用毒气，或者用高压电流。前一种办法是把弹丸丢进椅子下面的容器里，让致命气体杀人；后一种办法，是给人戴上帽子，让他们的两手浸入导电流体中，用电流把他们的大脑烤熟。想知道最荒谬的是什么吗？"

"说吧，萨玛，最荒谬的是什么？"

"就是在这个国家，居然还有法律明文禁止'残忍和不人道的惩戒方式'！你能相信吗？"

他环绕那个行星盘旋，距离如此遥远。然后他坠向那个星球，穿过大气层，落到地面上。

他找到了那座宅邸的残骸，它像一具被人忘却的尸体。他找到了残破的避暑小屋，它像一个碎裂的骷髅。他找到了那艘石船，它像一幅无人理睬的骷髅画像。这艘船，从来不曾浮在水面上。

他看到另一艘船，一艘大船，一艘十万吨级的巨大战舰，停靠在专属于它的废弃幻影里。它的每一层甲板上都旗帆招展，第一层、第二层、第三层、防空甲板……

他在高空盘旋，瞄准目标，想要靠近，再靠近，但前方有层层障碍，将他阻挡在外。

他又被丢出了大气层，不得不再次绕着那个星球飞行。飞行中，他看到了椅子，看到了制椅匠——不是他以前想到的那个，而是另外一个，真正的那个。就是那个人，在他的脑海中挥之不去，连同他残忍的荣耀。

但是，有些东西太沉重，让他无力承担。

该死的人类，那些该死的人。该死的，这个世界为什么要有其他人存在？

他的思绪回到女孩身上。的确，作为一个引导者，她还没有什么经验。但是他们把这个外来男人交给她照顾，因为他们觉得她是新手中的佼佼者。经过这次历练，女孩就成了引导者中的翘楚，而他们早就考虑以后让她做族长。

有一天她会成为众人的领袖，她已经在骨子里感受到了这种力量。在看到孩童摔倒时，她也感到了疼痛；看到有人重重地坐到地上，她的尾骨也会感到同样的痛。痛感将为她引路，帮助她领导整个部落的政治和祭奠。她将主宰大局，就像眼前的这个男人一样，只是方式不同。她有那种内在的力量，她终将领导自己的人民。使命感就像一个胎儿在她体内孕育成长。她将鼓动自己的人民反抗那些征服者，她会让那些短命的霸主知道自己的分量。这些恶人必将踏上沙漠中的歧途，这就是他们的命运。那些远在广阔荒原之外的人，在悬崖边那散发芬芳的奢靡宫殿里的人，也会被她的族人推翻。女族人的意志力与心计，加上男族人的力量和勇猛，他们就像沙漠中的荆棘，将碾碎颓废没落的山花。她终将主宰整个沙漠，庙宇的门楣上将刻下她的姓名。

都是谎言。这个女孩少不更事，完全不懂得部族的命运。她只是他们丢给他的一只软脚蟹，用来缓解他在垂死梦境中的痛苦。她的种族已经被征服了，他们的命运与她本人也没有太多关联。他们已经放弃了古老的文化，心中只有对威望和玩物的迷恋。

让她去做自己的梦吧，他再度昏昏沉沉地陷入沉静而疯狂的梦境中。

有一个交点，那是回忆消失的地方，也是光芒射入的地方，他还不能确认自己是否占据了这个关键位置。

他想再看一眼那座宅邸,但它已经被掩埋在烟雾和照明弹的光亮中了。他转而去看那艘巨大的战舰,它被困在船坞里,不会变得更大了。那是一艘很棒的船,不折不扣,但仅此而已,他不知道这艘战舰对自己还有什么特别的含义。

他不过是把那位天选之子护送过荒原,带到了属于他的宫殿。为什么那些人希望天选之子到达王庭呢?这似乎很荒谬。"文明"不相信这类超自然的迷信,但"文明"还是要求他出面,确保天选之子到达王庭,无论路上有多少艰难险阻。

只是为了延续一个腐败阶层的地位,只是为了让愚蠢荒谬的统治继续进行下去。

好吧,他们有他们的理由。你只管拿钱,然后走人,只不过这次没有什么钱。那个毛孩子,又能闹出多大动静?坚持信仰,尽管信仰令他们不齿;建立功业,尽管世人多半懒于行动。他意识到自己是一只代罪羔羊,一个借来的英雄,因为"文明"藐视所谓英雄,认为这种称号不足以激发一个人的自我信念。

跟我们一起,做好这些事,反正你本来也愿意这样做,现在只不过有了更多的理由。我们会给你报酬,你在其他任何地方、任何时间,都很难得到这些报酬。你不止玩得开心,还在为社会公益而战。所以,尽情地去做吧。

他的确那样做了,也的确乐在其中。可他并不敢肯定,他所做之事都符合公益,但这对"文明"来讲并不重要。

把天选之子送归宫殿。

他回顾自己的一生,问心无愧。他做的所有事情,都有原因。有人给了你一个目标,或者你自己想到了一个,你就向着这个目标努力,不管路途上有何困难。即便是"文明"也认可这一点。他们把任务限定在特定的情况和技术水平下,但是他们也承认,一切都不是绝对的,无物常在……

他突然想尝试——并希望达到出其不意的效果——转身返回那座被炮火轰炸的宅邸，寻找烧毁的避暑小屋和破败的石船。但是，回忆承受不住它们的重量，他再一次被记忆的洪流冲走，被抛入虚空，他不得不屈从于潜意识的暴政。

帐篷矗立在沙漠商道的交叉点上，外面是白色，里面是黑色，似乎象征了他左右摇摆的思绪。

嘿，这只是一个梦。

他知道这不是梦，他可以左右这一切。如果他睁开眼睛，就会看见那个女孩正坐在他面前，凝望他，揣摩他。他在整个催眠过程中从来没有出现"谁在什么地方"或者"某件事到底发生在何时"之类的疑问。这才是梦幻烟草最可怕的地方，它可以让你去任何地方，进入任何时空（这倒并不稀奇），同时它又允许你随时回到现实世界，只要你真的愿意这样做。

真是残酷啊，他想。

"文明"也许可以马上制造出这种药物。他们几乎可以合成任何药物，从前他觉得这不值一提，现在他不会那么不屑了。

曾有那么一瞬间，他觉得这个女孩在奇特的机缘下，会建立伟大的功业。

她会声名显赫，她的部落会完成伟大（同时也很残忍）的事业，而这一切都是虚妄，因为不管他把天选之子带到宫殿会引发怎样的政治风暴，这个部落都不可能继续存在了。他们在生命的沙漠中留下的痕迹，已经开始逐渐模糊，黄沙正覆盖他们的历史，一粒粒，一颗颗……而他加快了他们被淹没的进程，尽管这群人还毫无知觉。等他走后，也许他们就会明白过来。"文明"会把他从这里接走，把他派遣到其他地方。这次冒险也会和其他冒险一样，变成毫无意义的空泛记录，不会再留下任何痕迹。而他会去一个新的地方，继续做大同小异的事情。

其实他巴不得把那个天选之子杀掉,因为那男孩就是一个大傻瓜,他这辈子还没遇到过这么愚笨的人。那孩子简直是个白痴,而且他自己浑然不觉。他找不到比这更具破坏力的组合了。

他再次掉头飞向自己曾放弃的那个行星。他逐渐接近那个星球,近到一定距离的时候,就被一股力量推开了。他再次尝试接近,却没什么自信。

又被排斥了,哎,也罢,他已经不期望有更好的结果。

制椅匠并不是那个制作椅子的人,他这样想,随后又困惑了。制椅匠是他,又不是他。人们说世上没有神,所以我只能自我救赎。

他已经闭上了眼睛,却想把眼睛闭得更紧。他的身体在转圈摇晃,自己却不知道。

都是谎言,他又哭又叫,扑倒在女孩脚下。

谎言。他的身体继续转圈。

谎言。他倒在女孩身上,伸出两手,寻找并不存在的母亲。

谎言。谎言。全都是谎言。

谎言,他继续转圈,在头顶到帐篷通风口之间的空气里,追寻自己的秘密符号。

他再次试着降落在那个行星上,黑白帐篷里的女孩伸手擦净了他的眉头。这个动作看似轻微,却像要把他全部的生命活力抹杀了一般。

谎言。

很久之后他才知道,护送天选之子去王庭的真正目的,就是要让他成为亡国之君。那个男孩不止智力低下,而且早衰,没生出孔武有力的儿子,也没生出狡黠多智的女儿。"文明"知道会是这样的结果。原本分崩离析的沙漠部落,十年后在一位女族长的率领下揭竿而起，这位族长亲自引导手下的大多数武士接受了梦幻烟草的考验。这位女族长曾见识过一位比他们所有人都更坚强、更怪异的人。他不仅经受了梦幻烟草的折磨，全身而退，而且好像仍不满足。就是那段经历，让她领略了沙漠部族的潜力，他们比所有的祖先训诫和神话中描述的还要强大。

第三部　追忆

十

他喜欢那把等离子步枪。手里有那把枪，他就是无所不能的艺术家。他能绘出毁灭的画卷，谱写绝望的交响乐，吟唱末日的挽歌。

他站在那里，感受枪的魔力。风吹起落叶，在他脚边舞动，在迎风的石梁之间飞散。

他们没能逃离那个星球，太空梭不知道被什么东西击中了。从舱体受损的情况无法判断对方的武器类型，不知道是激光，还是某种近距离爆炸的弹头。总之这一击摧毁了他们的逃生工具。当时他正扒在太空梭外面还击，还好敌人击中的是另一侧。如果当时他正对着敌人，直面激光或者导弹弹头，他早就一命呜呼了。

他们肯定还被某种原始的力场武器击中过，因为那把等离子步枪似乎熔毁了。这把枪一直被作战服和太空梭保护着，应该不会坏，但它还是开始冒烟、变烫。等他们迫降之后（拜扎伊吓得够呛，但是没有受伤），扎卡维打开检修面板，发现枪体内部已经熔成了一团糟，还冒着热气。

如果他之前没有浪费时间说服拜扎伊，而是直接把这老家伙打晕了搬走，回头再跟他聊，情况也许会好得多。他的行动太迟缓，给了敌人足够的反应时间。这种紧要关头可是该分秒必争的啊。该死的,甚至几毫秒、几微秒都很重要,晚一瞬就糟了。

"他们打算杀了你!"当时他大声喊叫,"他们会强迫你为他们效力,要不然就杀死你。战争很快就要爆发了,索尔德林。你只能支持他们,否则就会出现所谓的意外。他们不可能让你置身事外。"

"你疯了。"拜扎伊还是那句话,他双手抱着乌比蕾·西奥的头,那女人已经口吐白沫了。"你是个疯子,扎卡维,疯子!"老头儿哭了起来。

他走到老人身边单膝跪下,握着从西奥身上缴获的那把枪。"索尔德林,动脑筋想想,她为什么随身带着这把枪?"他把手搭在老人的肩膀上,又说,"刚才你没看到她从背后踢我的架势吗?图书馆管理员,或者研究助理,这类人是不可能掌握这种攻击技巧的。"他伸手为那个不省人事的女人整理衣领,"她只是一个看管你的狱卒而已,索尔德林,她很可能会亲手杀死你。"他伸手从车里拽出那束花来,轻轻垫在西奥脖颈后,把拜扎伊的双手拿开。

"索尔德林,"他说,"我们必须马上离开。她不会有生命危险的。"他把西奥的手臂摆成一个不那么古怪的姿势。她侧躺着,没有窒息的风险。他小心翼翼地伸手扶在拜扎伊腋下,慢慢把他搀扶起来。这时乌比蕾·西奥的双目忽然闪动了一下,看到两个男人站在自己面前,她嘟囔了一句,一只手伸到自己脖子后面。她翻了个身,摇摇晃晃地保持平衡,手从脑后抓到了一支状如钢笔的东西。那女人抬头时,他感觉到拜扎伊的身体僵硬了。女人向前探身,把那支微型激光枪瞄准了老人的头部。

拜扎伊呆呆注视着她慌乱的深色双眸,就站在笔形激光枪面前,心头涌起一阵疏离感。女人一边努力保持平衡,一边用枪瞄准拜扎伊。不是扎卡维,拜扎伊心想,是我,她要杀的是我。

"乌比蕾……"他想说话。

女孩突然失去知觉，向后倒去。

拜扎伊低头看她瘫软的躯体倒在路面上，然后听到有人叫自己，拉扯自己的胳膊。

"索尔德林，索尔德林……快走啊，索尔德林。"

"扎卡维，她瞄准的居然是我，不是你！"

"我知道，索尔德林。"

"她想杀的居然是我！"

"我知道，快走吧，太空梭已经来了。"

"居然是我……"

"我知道，我知道，快上去吧。"

他望着头顶上方飘过的云。他正站在一座高山顶的平整岩石上，周围是几乎一样高的山，每座山上都长满树木。他带着怨气看向葱茏的山坡，还有山顶平台上矗立的石柱和底座。站在如此广阔的天地间，他觉得晕眩，可能因为这段时间一直在峡谷中的城市里生活。他不再观赏风景，而是踢开地面厚厚的落叶，走回拜扎伊坐着休息的地方，等离子步枪就靠在一块圆石上。太空梭在山坡下方一百米外的树丛里。

他第五次或是第六次把等离子步枪拿起来，检查它还能不能用。枪的状况让他想放声大哭。这曾是多么完美的一件武器啊！每次把它拿在手中，他都盼望它还能用，盼着"文明"启动了某种修复系统，修好了这把枪，只是还没有通知他……

微风吹过，落叶纷飞。他摇摇头，彻底绝望了。拜扎伊坐在石头上，穿着厚裤子和长外套，回头看了他一眼。

"坏了？"老人问。

"坏了！"他回答道，满面愤懑。他双手抓紧步枪枪口，让枪在头顶转圈，然后撒手把它掷到树下，枪掉进纷乱的落叶之中。

他在拜扎伊身边坐下来。

等离子步枪没了，他只剩下一把小手枪，还有一套作战服，可如果启用航行系统，估计马上就会被敌人发现。太空梭已经坠毁，而飞船连影子都没有。无论是通信终端还是作战服，都没有任何联络信号。局面的确是一团糟。他检查作战服，看它能接收哪些广播，手腕上的显示器上有一些新闻简报，没有索罗托尔城的消息，只提到了星团各地的几处局部战争。

拜扎伊也看向他的小显示屏。"他们是不是在找我们？你能判断出来吗？"老人问。

"只能等新闻。军事消息封锁很严，很难截获他们的加密通信。"他抬头看看布满阴云的天空，又说，"不过如果他们来了，我们有更直接的方式能发现他们。又快捷，又方便。"

"嗯。"拜扎伊答应道，皱着眉头看向地面。他又说："扎卡维，我大概知道我们现在所处的位置。"

"是吗？"他兴致索然地回应了一句，双臂撑在膝盖上，手托着腮，远望长满树木的山坡和天边那些矮小的山丘。

拜扎伊点点头。"刚刚我一直在想这个问题，我觉得这里应该是斯洛姆特林观象台，在达萨尔森林地区。"

"那我们距离索罗托尔有多远啊？"

"哦，我们已经在另一片大陆上了，距离超过两千千米。"

"纬度没变。"他闷闷不乐地说，抬头看着冰冷的灰色天空。

"如果我的猜测没错的话，我们就在斯洛姆特林观象台附近。"

"谁掌管这个地区？"他问道，"这里谁说了算？跟索罗托尔一样，也是所谓人本主义者的势力范围吗？"

"是的。"拜扎伊回答道，站了起来。他拍了拍屁股上的泥土，环顾山顶四周，那些稀奇古怪的石雕仪器随处可见。"斯洛姆特林观象台!"他说,"简直太讽刺了,我们想逃往外星,却坠毁在一个古人观察天象的地方。"

"这可能不是偶然的,"扎卡维说道,捡起几根树枝,在脚边的泥地上随意画了几个图案,"这地方很有名吗?"

"那当然,"拜扎伊说,"在古老的沃林希德王朝,这里曾是天象研究中心,兴盛了五百年之久。"

"有旅游线路经过这里吗?"

"当然有。"

"这里很可能有灯塔,用来指引过往的航天器。太空梭知道自己即将报废,所以主动选择了这个地方。这样更容易被发现。"他抬头看天空,"不幸的是,敌人也更容易发现我们。"他摇了摇头,继续用树枝在沙土上涂鸦。

"现在怎么办?"拜扎伊问。

他耸耸肩说:"走一步看一步吧。我没办法使用任何通信设备,所以我也不清楚'文明'是否知道发生了什么事情。我只知道太空梭迟早会来找我们的,也许有一艘'文明'的战舰正向我们靠近。其实更有可能的是,你在索罗托尔的朋友也来凑热闹……"他又耸了耸肩,把树枝丢掉,后背靠在石头上,仰头看天,"他们可能正在监视我们呢。"

拜扎伊也抬头仰望。"监视我们……穿透云层?"

"是啊,穿透云层。"

"那你是不是应该藏起来,穿过树林逃生?"

"或许是该这样。"他回答。

拜扎伊站在原地,低头打量同伴。"假如我们可以脱身,你打算带我去哪儿?"

"伊姆普林,那儿有一些太空居住地。"他说,"那些人是中立的,至少不像这儿的人那么好战。"

"你的……上级们,真的认为战争已经迫在眉睫了?"

"是的。"他叹了一口气。他已经把作战服的护面板抬了起来。他又看了一眼天空,干脆把头盔摘了下来。他一只手划过扎在脑后的头发,解开了绑马尾辫的小发圈,让乌黑的长发披散开来。"可能会花上十天,也可能会花一百天,但他们迟早会来的。"他对拜扎伊微笑,"上次也是这样。"

拜扎伊说:"我还以为,上次我们已经彻底打败了那些试图进行地表改造的家伙。"

"上次我们的确打赢了,但时代在变,人类在变,每一代人都在变。我们上次成功让这里的人承认机器也有感情,可是战争结束后,又有人在这个问题上胡搅蛮缠。现在他们说,没错,机器也有感情,但只有人类的感情才有意义。另外,他们想当然地认为其他物种比自己低贱。"

拜扎伊沉默了片刻,说道:"扎卡维,你有没有想过,也许在这些事情上,'文明'没有他们声称的那样超脱,甚至没有你想象的那么超脱。"

"没有,我从来没有这种感觉。"他说道。但拜扎伊觉得,这个回答言不由衷。

"'文明'想让其他人都和他们一样,夏德南。他们自己不进行地表改造,所以希望别人也不要进行。他们为此争论,你应该也听到过。对人类来说,增加物种多样性比保留荒地更重要。'文明'深信机器有感情,所以他们认为所有人都应该相信。我觉得,他们似乎认为其他文明也应该由机器主宰,而大部分人类都不会同意这种想法。另一个问题,关于不同物种之间的包容与共存,我认为'文明'的做法也存在自相矛盾之处。他们对外星球事务的干涉,完全不是'允许干涉'那么淡然,而是'有机会就干涉',甚至把这当作一项必尽的义务。说到底,谁能保证这样做是对的呢?"

"也就是说,你应该发动战争,然后……能干什么?为了净化空气吗?"他摆弄作战服的头盔。

"不,夏德南,我只是提醒你'文明'可能并没有他们自认的那么客观。基于这样的假设,他们对战争爆发风险的评估,就未必可信。"

"但是,现在已经有十几个星球爆发了局部战争,索尔德林。人们公开谈论有关战争的话题,要么是如何避免战争,要么是如何限制战争规模,但战争还是会来,你能嗅到它的气息。你应该看看新闻报道,索尔德林,然后你就能感受到了。"

"好吧,也许战争的确不可避免,"拜扎伊看向远方长满树木的平原,还有观象台后起伏的群山,"也许……确实该打一仗了。"

"胡扯!"他说道。

拜扎伊吃惊地看着他。

他继续说道:"有一句谚语说,战争就是一道绵延不断的悬崖。你可以避免跌下悬崖,只要意志够坚定,就可以沿着悬崖的边缘一直向前走。你甚至可以选择主动跳下去,只要跌落一小段距离后抓住了落脚点,你就可以再次爬上来。除非你遭到完全无理的侵略,否则永远有选择的自由。就算是被侵略了,自己也有责任,因为此前没有做出应有的反应。如果早有准备,可以完全避免被侵略。你们星团的人民完全可以选择是否开战,根本就没有什么事情是不可避免的。"

"扎卡维,"拜扎伊说,"我真的对你刮目相看了,我一直都以为你——"

"是个好战分子?"他站起身,嘴角挂着一丝凄凉的笑意。他伸手扶住拜扎伊的肩膀,说道,"你埋头读书的时间太长了,索尔德林。"他转身走向那些石制仪器。拜扎伊低头看向那顶放在石板上的头盔，随后跟了上去。

"你说得对，扎卡维，我的确已经很长时间不问世事了。现在这些当权者，可能有一半我都不认识，我不知道当前的热点话题，也不知道各种势力之间有怎样微妙的制约关系。'文明'没有那么绝望吧，难道他们指望我来左右当前的局面？"

他转过身，望向拜扎伊的眼睛，说道："索尔德林，实话告诉你，这件事我也不清楚，不要以为我没考虑过这些问题。也许，作为一个偶像级的政治人物，你的确有力量扭转乾坤。现在所有人都在寻找一个理由，以避免陷入战争。如果你愿意，你就可以成为大家避免战争的理由。因为眼前的困局不是你造成的，你现在出场，就像死人复活一样。你可以促成和解，同时又让各方都不失脸面。

"或许'文明'认为，爆发一次短暂的战争是个好主意。他们即便知道全面战争无法避免，也还是会装模作样做出点儿避战的努力，不管这样的努力有多么不着边际。他们不想将来被人指责'当时你们为什么不做点什么？'我从来不费力猜测'文明'的企图，星际事务部和特情局在打什么算盘，我就更懒得猜了。"

"你就对他们唯命是从。"老人说道。

"然后拿到可观的报酬。"

"但是，你认为自己是站在好人那边的，不是吗，夏德南？"

他微笑着坐到一块石基上，晃荡双腿。"我不知道他们是好人还是坏人，索尔德林。他们看起来像好人，可是谁能保证他们表里如一呢？"他皱起眉头，看着远方，"我从来没有见过他们做残忍的事情，即便有时他们声称有足够的理由那样做。"他耸耸肩，继续说下去，"可大伙儿会说，只有那些最邪恶的神，才有最美丽的脸庞和最温柔的声音。该死的！"他从平台上跳下来，跑到观象台一角的栏杆旁，远望殷红色的天际线。再过一个小时左右，天就黑了。"他们信守诺言,给的钱也很多,他们是不错的雇主,索尔德林。"

"可是,这并不意味着,我们应该任由他们决定命运。"

"那你宁愿让本地政府里那些食古不化的白痴决定你的命运吗?"

"他们至少真的参与其中了,扎卡维,而对那些'文明'的人来说,我们的战局只是一场游戏。"

"哦,这点我也同意,对他们来说的确是这样。但是,本地政府不像'文明'那样,他们懂得太少了,能力还不足以处理好这场'游戏'。"他深吸一口气,看黄昏的风扰动山坡上树木的枝条,树叶纷纷飘落,"索尔德林,可别告诉我你站在当地官僚一边。"

"选择立场,总是一件很古怪的事情,"拜扎伊说,"我们会说,我们所做的一切都是为了整个星团的利益,而且大多数时候,我们都相信自己说的是真话。有时候,我觉得自己知道得太多,研究得太多,听得太多,记得太多。所有这些就像灰尘一样蒙蔽在……我内心深处的决策机制上,让我毫无区别地为一切辩护,让我看到任何选择的两面性。任何一方都有理由,任何选择都有先例……因为想得太多,到头来只能无所作为。也许这是对的,这是人类社会演化的自然结果。老人就该让位,让年轻一代登场,他们的思想更加自由,更能无畏地行动。"

"好吧,这也是一种平衡,任何社会都是这样,老人久经风霜的老练和年轻人燃烧的激情,薪火相传,代代更替,各种机构被建立、改造、取代,在这个过程中实现进步。但是,现在的政府,那些所谓的人本主义者,却集合了两者的短处:陈腐、邪恶、虚伪的政治观念,加上半大小子的疯狂好战倾向,简直就是一坨屎!索尔德林,你知道这样下去局面会变成什么样。你的确有资格享受悠闲的生活,这毫无争议,但如果你坐视不管,任由这个星球陷入灾难，事后你还是会自责。你有力量去改变，索尔德林，不管你喜不喜欢。即便你选择置身事外，这也是一种选择，你明白吗？如果不能为你的人民带来智慧，你做那些研究，积累那些学问又有什么意义？而最大的智慧，就是明辨是非，然后去做正确的事情。在这个社会体系里，对很多人来说，你就是神一样的存在，索尔德林，不管你喜不喜欢。如果你不站出来，他们会觉得你抛弃了他们，他们会陷入绝望，谁能责备他们呢？"

他做了一个"放弃"的手势，两手放在栏杆上，远望渐渐昏黑的天空。拜扎伊一语不发。

他让老人慢慢考虑，自己四面张望，研究那些稀奇古怪的测量仪器。"古观象台，是吗？"

"是的。"拜扎伊犹豫了一下才回答。老人抚摸一个基座，说道："四五千年前，这里是一片墓地，后来此处在天文观测上的地位越来越重要。有人开始用从这里观测到的数据预测日食。最后，沃林希德王朝建立了这个观象台，用来观察卫星、行星和恒星，这里有水钟、日晷、六分仪、星盘图、恒星仪，还有简陋的地震测量仪器，至少可以确定地震方向。"

"他们有望远镜吗？"

"有，但是质量很差，是帝国灭亡前一二十年间建造的。望远镜的观测结果引发了不少问题，跟他们已有的知识——或者说他们自以为掌握的知识——存在冲突。"

"可以理解。这个是什么？"一根石柱上安放着一个锈迹斑斑的巨大金属碗，碗中央有一根锋利的长轴。

"我估计是指南针。"拜扎伊笑着说，"它是根据地磁场原理设计的。"

"这个呢？看着像根树桩子。"那是一个巨大、粗糙、上有纤细凹槽的圆柱体，大约一米高，直径两米。他敲了敲边角，说：

"嗯,石头做的。"

"啊!"索尔德林惊叹,也走到圆柱形的石块旁边,"这个,如果我没猜错的话,它原本是一个树桩。"老人抚摸石头表面,沿边缘寻找什么东西,"但是早就石化了。仔细看,你能看到原来木头上的年轮。"

他俯身靠近,借着逐渐暗淡的光线观察灰色石头的表面,的确可以看到死木的年轮。他弯下腰,摘下一只手套,用手抚摸石头表面,木头在石化过程中变形了,这让年轮的触感更加明显,他的手指可以触摸到微小的起伏,就像石头精灵的指纹。

"这么多年啊,"他不禁感叹,这时他已经摸到了树桩中心,又向外摸了一遍。拜扎伊没说话。

树木每年都会生成一个完整的环,无论年景好坏,都会留下一整圈记忆,每一圈都那么完整、圆满,没有一点缺憾。每一年都像一次审判,都像一副镣铐,锁住了此前的每一年,又被此后的每一年锁住。每一道年轮都是一道高墙,一座监狱。判决被封锁在木头里,后来又被封印在石化的表面之下,双重牢笼,双重判决。他的指尖滑过年轮的牢狱。

"这只是表面,"拜扎伊说道,蹲在树桩侧面寻找什么东西,"应该还有……啊,就是这个,当然,找到了也没用,我们搬不动它。"

"这个只是掩人耳目用的?"他问道,又把手套戴好,转到拜扎伊那边,"下面藏着什么?"

"一种解谜游戏,视线好的时候,帝国天文学家用来消磨时间的。"拜扎伊说,"看那边,那个是把手。"

"稍等几秒钟,"他说,"你往后站站好吗?"

拜扎伊向后退出几步。"这需要四个壮汉才能打开啊,扎卡维。"

"这套作战服能提供更大的力量,不过不容易掌握平衡……"

他在石头上找到了两个把手,"作战服指令:力量最大化。"

"你是跟那件衣服说话吗?"拜扎伊问道。

"是的,"他回答,稍一用力,已经把石头的一侧抬了起来。作战服一只靴子下面爆出一小团尘土,那是一颗小石子被踩碎了。"这是需要语音指令的型号,他们有那种靠思维发出指令的作战服,但是……"他拽着盖子的一边,一腿伸开,保持平衡,"但是我不喜欢那种感觉。"他把整个石化的盖子举过头顶,笨拙地向旁边走去,脚下被踩碎的石子吱嘎作响。他走到另一张石桌前,把头顶的石板轻轻放下,然后走回来,他不小心拍了一下手,声音响得像是放枪一样。"啊呀,"他笑着说,"作战服指令:力量关闭。"

石板下面是一个浅浅的空心圆锥,好像是在石化木桩上刻出来的。他仔细看,发现里面有凹凸不平的线路,正是一圈圈年轮。

"还挺巧妙的。"他说道,其实心里有点失望。

"你看得还不够仔细,夏德南,"拜扎伊说,"再看仔细一点。"

他再次仔细观察。

"你有没有随身带着那种很小的球形物体?"拜扎伊问,"我是说,像滚珠之类的东西。"

"滚珠是什么?"他问,脸上带着一丝痛苦的表情。

"你们没有这种东西吗?"

"我觉得,在大多数社会体系里,滚珠都没有太大的实际用途,除了偶尔用作室温下的超导体。现在力场技术这么普及,更没有多少人需要滚珠。除非你喜欢研究文物级的机械设备,还想让那些东西运转。我的确没带滚珠。"他仔细看了看树桩中心的圆环,说道,"那里有凹口。"

"没错。"拜扎伊笑了。

他退后两步,俯瞰整个锥面。"这是一个迷宫。"

迷宫！老家的花园里也有一个迷宫。他们早就玩够了，对其中的路线烂熟于心，只有在家里来了不招人喜欢的孩子时，它才派得上用场。他们把那些小孩困在迷宫里，让他们几个钟头出不来。

"是的，就是迷宫。"拜扎伊点头说，"他们用很小的彩色圆球或者卵石，从迷宫中央开始游戏，看谁先走到树桩边缘。他们甚至把这变成了一种竞技游戏，可以给年轮涂上颜色，还可以使用小木桥或者木制路障，为自己搭建便利通道，阻挠对手的行动。"光线暗淡，拜扎伊又靠近了一些，说，"嗯，看来上面涂的颜色已经褪了。"

他低头看向圆锥里那几百道凸凹的年轮，觉得它像一个巨大的火山模型。他笑了，又叹了口气，看向作战服手腕上的显示屏。他按了一下紧急求助按钮，还是毫无反应。

"你在试着联系'文明'？"

"是的。"他答应道，再次凝视那个已经褪色的迷宫。

"如果宗主找到了我们，他们会怎么处理你？"

"哦，这个啊，可能也不会把我怎么样。直接打爆我脑袋的可能性不大，他们会审问我。这样'文明'就有足够的时间安排我脱身，可能会谈判，也可能偷偷把我抢走。总之你不用替我担心。"他耸耸肩，走回栏杆旁边，对拜扎伊笑着说道，"你就说我劫持了你。我会说我把你打晕了，塞进了太空梭。所以不用担心，他们可能会送你回去，让你继续安心研究。"

"不过，"拜扎伊回答道，也走到了栏杆旁边，"我研究的是一门精细的学问，扎卡维。我费了很大力气，才做到不问世事。现在想要继续，恐怕有些困难了。在被你……暴力劫持之后。"

"啊，"他忍住笑，看向山坡上的树木，又看看作战服手套，好像要确认所有手指头都还在，"没错，听着，索尔德林，我很难过，关于你的朋友西奥小姐。"

"我也很难过，"拜扎伊犹豫地笑了，"不过我现在感觉很好，夏德南。我已经很长时间没有这种感觉了。"

他们一起观看云层后的落日。拜扎伊问："你确定她是敌人那边的吗？我是说，你绝对不会搞错吗？"

"我绝对没搞错，索尔德林。"他觉得老人眼里隐约有泪花闪动，于是将视线转向别处，"我很抱歉。"

"我希望，"拜扎伊说，"欺骗不是让我这个老头儿感到幸福的唯一手段。"

"也许那不完全是欺骗。另外，'老'的含义也已经不同于从前了。我现在就很老。"他提醒拜扎伊。拜扎伊点点头，取出手绢擤了一下鼻涕。

"当然，你当然也老了，这我都忘了。很奇怪，不是吗？每当我们和一个人久别重逢时，总会惊讶于对方的成熟或衰老。但是，你好像完全没变，与你相比，我感到自己非常苍老。我觉得很不公平、很不服气，夏德南。"

"其实我也在变，索尔德林，但如你所见，表面看来我一点儿都没变老。"他看着拜扎伊的眼睛说，"如果你愿意，他们也会给你这样的身体。'文明'可以帮你返老还童，然后把你的年龄稳定下来，或者让你以非常慢的速度继续衰老。"

"这是贿赂，扎卡维。"拜扎伊微笑着说。

"嘿，我只是说存在这种可能，而且这是你应得的报酬，不是什么贿赂，他们也不会强迫你接受。"他停顿了一下，看向天空，"瞧，天上来了一架飞行器。"

索尔德林抬头看向落日时分的满天红霞，却看不到任何飞行器的影子。

"是'文明'派来的飞行器吗？"拜扎伊小心翼翼地问。

他微笑着说:"在目前的情况下,索尔德林,凡是我们用肉眼可以看到的,都不是'文明'的飞行器。"他快步走开,拾起作战服头盔戴上。突然之间,他的黑色身影变得冷酷残忍,面容消失在布满探测器的装甲头盔下面。他从作战服枪套里取出一把巨大的手枪,检查设置。

"索尔德林,"他的声音从作战服的腹部传来,浑厚有力,"如果我是你,我会回到太空梭那里去,或者随便找个什么地方藏起来。"作战服里的身影转向拜扎伊,他的头部像某种巨大凶猛的昆虫。"我准备好好招待一下这些浑球。待会儿这里会变成人间地狱,你还是离地狱远一点儿比较好。"

4

这艘星舰长度超过八十千米，名叫块头不重要号。他之前乘坐的东西其实还要更大一些，那是一座足够掩藏两支军队的平顶冰山。不过它也不比通用系统星舰大多少。

"这些东西到底是怎么连在一起的？"那时他站在阳台上，俯瞰下面的小型山谷。山谷两边斜坡上建造了住宅，每户人家的阶梯两旁都种着花草。通道和小巧轻便的桥梁纵横交错，一条小溪在谷底奔流。有人坐在小庭院里的桌子旁边，有的在河边草地上小憩，有的在咖啡馆倚着沙发坐垫休息，还有的靠在门廊里的吧台上。在山谷上空，湛蓝的天顶下面，是一条运输管道，循着山谷平缓的波浪结构，延伸向远方。运输管道下面是一排人造阳光，发出条状光线。

"嗯？"戴吉特·萨玛来到他身边，带来两杯饮料，递了一杯给他。

"这星舰真大，"他说道，转身面对女人。他已经见过那些被称为"制造舱"的区域，人们在那里建造小飞船。（说是小飞船，船身也超过了三千米长。）他见过那些悬浮在空中的机库，周围只有极薄的墙壁支撑。他还靠近过巨大的发动机，在他看来，那些发动机都是实心的，根本就不可能打开，而且它们的功率很强大。

他有一种危机感,因为他听说这艘大星舰根本就没有中央控制室,没有舰桥,也没有指挥塔。三个巨大的主脑(听起来像超级计算机)控制一切。(这怎么可能?!)

而现在,他见识了星舰上居民的住所,可这些地方也太庞大、太繁华了,人们的生活那么随意,建筑物看起来也不太坚固。萨玛提到过,这艘星舰的加速度有那么大……

他摇摇头,问道:"我不懂,这么多东西,到底是怎么连在一起的?"

萨玛笑着回答:"想想就知道了,都是靠力场,夏德南。这些全是通过力场实现的。"她伸手拍拍他愁苦的脸颊,"别这样满脑子问号,也别强求自己一下子全搞懂。接触多了,慢慢就会明白。你可以到处逛逛,让自己在这个世界迷失几天。等你逛够了,随时可以回来。"

后来,他的确出去逛了一圈儿。对他来说,这艘巨大的星舰就像一片有魔力的海洋,你永远都不会被吞没。他投身其中,只为了解它的奥妙,了解创造这片海洋的人。他徒步走了几天,渴了、饿了、累了,就找一间酒吧或者饭店,它们多数都是自动的,有一些飞来飞去的小盘子提供服务,仅几家有人类店员。不过这些店员完全不像服务员,更像临时帮忙的顾客。

"当然没人逼我做这份工作。"有一个干活儿的中年男人对他说。这个人当时正用一块湿抹布认真地擦桌子。男人把抹布丢进一个小布袋里,在他身边坐了下来。"不过你看,桌子已经擦干净了。"

他表示同意,桌子现在的确很干净。

"平时我研究外星人,"那人说,"我没有藐视外星人的意思,我研究他们的宗教,尤其是各种仪式,这可以说是我的专业……

比如说，我研究特定宗教意识形态下的教堂、坟墓，还有祈祷者面对哪个方向之类的问题。我会写研究记录，做出评价，进行比较研究，构建自己的理论体系，跟各地的同行探讨。不过，这份工作好像永远都不会完成，永远都有新的案例，旧的研究材料有时候也需要进行全新的解读。不断有新人加入，带来全新的观念，你本以为无可置疑的事情，忽然又成了大家争论的焦点。但是，"他拍了拍桌子，"擦桌子就简单多了。一会儿就擦好了，而且你会觉得自己做了一件有用的事，很有成就感。"

"可说到底，你不过是擦干净了一张桌子而已。"

"所以说，从宇宙的尺度来看，这不是什么了不起的大事儿。"那人接口说。

两人相视而笑，他接着说："是的，我也这么认为。"

"不过话说回来，有什么事儿是真正重要的呢？我的另一份工作吗？那重要吗？我可以去创作美妙的音乐作品，或者编写长篇史诗故事，这就重要了吗？重要在何处？给人带来满足感吗？我擦这张桌子，能给我自己带来满足感；别人来吃饭可以坐在干净的桌子旁，这也能给他们带来满足感。而且，人总有一死，恒星也会消失，整个宇宙最终会消亡。不管是多大的成就，一旦主体消亡，它还有什么意义呢？当然，如果我一辈子都擦桌子，这是对我聪明才智的巨大浪费。不过我只是偶尔做这份工作，我又能从中得到满足，就没关系了。还有，擦桌子可以接触其他人。嗯，你是哪里人来着？"

他跟人聊天，主要在酒吧或者咖啡厅里聊。星舰里的居住地有几种布局方式，最常见的是山谷型（或者说金字神塔形），虽然各处的山谷布局又有种种不同之处。

他饿了就吃，渴了就喝，每次都选择不同的食物和饮品，这里的食谱复杂得要命。困的时候（整艘星舰会定期渲染出红色的黄昏，然后顶层照明设备自动关闭），他就找一台嗡嗡机带路，去往最近的空房间。不同的房间大小相近，不过有细微的区别，有的简朴，有的奢华，生活必需品一应俱全。他有时睡实体床铺，有时睡那种奇怪的力场床。房间里有洗漱的地方，有衣柜、卫生间、虚拟窗户和全息屏幕，还有一个通信网络接口，可以连接到飞船其他区域，也可以进行广域互联。出门第一天晚上，他躺着睡觉的时候，激活了枕头下面的传感器，然后玩了一个直联体感游戏。

那天晚上他没有真正睡着，而是一直在扮演一个海盗头目。他抛弃了贵族身份，召集了一群勇猛善战的兄弟，去对抗邪恶帝国的贩奴船队，在盛产香料和埋藏着大量财宝的岛屿世界纵横。他们轻便灵活的小船，在敌人笨重强悍的战舰之间穿梭，用链弹击毁敌人的船帆。他们在月黑风高的夜晚袭击海边要塞，释放欢天喜地的囚犯。他仗剑单挑邪恶领主手下最凶残的打手，对手最终被他打落高塔。他和一个英雄女海盗的罗曼史为这段冒险平添了更多趣味，当他的心上人被敌人俘虏后，海盗兄弟们袭击了一座修道院，完成了一次惊天大营救……

在游戏中度过了几个星期之后，他退出了那个玄妙的世界。在游戏过程中，他一直知道那都不是真的，不过冒险时真假好像并不重要。回到现实世界之后，他发现自己居然没有射精，可在游戏世界里他曾体验过异常逼真的性爱情节。然后他发现，自己只玩了一个通宵，天刚亮。这是一个多人游戏，游戏中的玩伴还给他留言，希望以后常联络，大家都非常喜欢和他一起玩。他有一种奇怪的羞耻感，于是没有回复这些消息。

他晚上休息的房间都有坐的地方，有力场座椅、装在墙上可折叠的椅子、沙发，有些时候就是简单的椅子。一旦住进有椅子的房间，他就把椅子丢到门外，放在门廊或过道里。

只有这样做，他才能摆脱记忆的纠缠。

"不是的。"制造舱的那个女人说，"不是你说的那样。"他们当时正站在一艘建造了一半的星际战舰前，他们所在的位置将来会是中央发动机。一个巨大的力场发生器从海湾后部升起来，向在建飞船的框架缓缓飞来。这将是一艘通用星际飞船。小小的升降接口操控这个力场发生器，慢慢降落。

"你是说，根本没有任何区别吗？"

"区别不大，"女人回答，她扳动一个带小球的操纵杆，好像在对自己的肩膀说话，"我来处理它。"

那个力场发生器悬停在他们头顶，将两人罩在一片阴影里。在他看来，这只是另一个红色的实心零件，和他们脚下黑色的"主发动机下部模块"颜色不同。女人调节操纵杆，引导这块巨大的红色零件缓缓下降。还有两个人站在二十米开外，留意模块两端的位置。

"问题在于，"女人一面说，一面紧盯着缓缓下落的红色模块，"即便有人因病早早去世，他们生病的时候也会感到非常意外。你见过哪个身体健康的人整天对自己说'嘿，我今天很健康'的？除非是那些大病初愈的人，只有他们会有这种想法。"她耸耸肩，按压操纵杆，让那个红色模块下降到距离发动机表面几厘米的高度。"停，"她轻声说，"惯量降低五度，启动检查。"发动机模块表面的一行指示灯开始闪烁。她一手扶着那个红色模块，向下按压，模块开始移动。"最慢速度下降。"她说完，把模块按入预定位置。"索尔兹，位置对吗？"没有回答，显然她干得很漂亮。

"很好，模块安装就位，没有任何问题。"她抬头目送悬吊接口飞回工程空间，然后转身对他说，"实际上，健康成了司空见惯的事,所以说,虽然疾病危害降低了,但人们并不会因此感觉如释重负,除非你故意这样想。上学时,我们了解了很久以前人们的生活水平,知道很多外星人还过着那样的生活,就觉得现在很不错。这种感觉可能一直都会有吧,不过一般人不会花太多时间去想这事儿。"

他们走过那段平平无奇的黑色材料。"啊,"那女人听他提起这些材料的外观,就告诉他,"你应该用显微镜看一看,特别漂亮!你本来以为会看到什么呢?曲轴吗?齿轮吗?还是装满化学燃料的油箱?"

"让机器建造这些,会更快一些吧?"他指着飞船的外壳,问那个女人。

"那当然。"她笑了。

"那你为什么还要自己动手呢?"

"因为好玩呗。将来这艘大家伙会从港口出发,到茫茫宇宙中去执行任务。飞船上可以乘坐三百人,一切都运转得准确无误,甚至主脑都赞不绝口,那时你就会想:我也为这艘飞船的诞生尽了一份力。机器的效率的确更快,但也不能抹杀你的工作。"

"嗯。"他回应道。

(你们懂得写字算术,并不代表长大了要去做小职员;你们学会打铁,也不是为了当铁匠。)

"我知道你不赞同。"女人说道。他们走近一个全息影像,影像里是建造中的飞船。另几个建造者正站在旁边指指点点,讨论着什么。"你尝试过滑翔、潜水之类的运动吗?"

"是的。"他说。

女人耸耸肩,说:"鸟儿比我们更善于飞行,鱼儿比我们更善于游泳。可是,你会为此就拒绝进行滑翔或者潜水吗?"

他微笑着说:"那肯定不会。"

"为什么呢?"她笑嘻嘻地望着他,"因为你乐在其中。"

她看向旁边的飞船影像,一个人向她打招呼,指着某处询问着什么。她对他说:"请原谅我失陪一会儿。"

他点点头。"工作愉快。"

"谢谢。"

"哦,对了,"他又问,"这艘飞船会起什么名字?"

"它的主脑给自己起了个名字,美丽而不失优雅。"那女人笑呵呵地回答,随后就专心跟别人讨论问题去了。

他观看过这里的很多运动项目,自己也参与过几种,可大多数他都看不明白。他爱游泳,这里的人也喜欢建造游泳池和复杂的水系。船上居民通常是裸泳的,这让他觉得有些尴尬。后来他发现有些地方,不知该叫村子、地区还是城区,总之那些地方的人从来不穿衣服,只佩带一些饰品。他很快就习惯了这些人的行为方式——连他自己也很吃惊,不过他从不加入他们。

他花了一些时间才搞清楚,他遇见的多数嗡嗡机都不属于任何飞船。这些嗡嗡机的设计多样,外观特征比人的外貌还要丰富。其实平时几乎见不到隶属于飞船的嗡嗡机。它们都有独立的人工智能系统(他还是习惯于把它们看作计算机),好像也有自己的个性,虽然他对这一点存有疑问。

"让我来给你做个思维实验吧。"一台老嗡嗡机对他说。当时他们正在玩一种纸牌游戏,据老嗡嗡机介绍,这游戏主要是看运气定输赢。他们当时坐在(确切地讲,嗡嗡机是悬浮着的)一片红色岩石搭成的拱廊下面,旁边是一片小池塘。池塘另一边,有人在玩一种复杂的球类游戏,笑闹声穿过灌木和小树,回响在他们耳边。

嗡嗡机说:"现在,请暂时忘掉机械智能系统的实际生产过程。我们考虑一下,怎样用仿生学的方式,通过模拟人脑的发育过程，制造出一个机器脑，也就是一台电子计算机。你可能会从几个细胞开始，就像人类胚胎的发育过程一样，这些细胞开始分裂，并且彼此建立关联。用这种方式不断添加新的模块，建立必要的关联——如果我们完全参照人类的发育过程，那么经常是复制完全相同的细胞，建立完全一样的关联。

"当然，建造者必须限制仿生电子信号的传播速度，只允许它发挥最大潜能的很小一部分，这样才跟人脑的处理能力接近。这应该不难。让这些电子部件具备与人脑神经元类似的处理能力，针对不同的刺激作出不同的反应，这应该也不难。这些步骤都比较简单。通过这种渐进的方式，你就可以精确再现人脑发育的过程，也就可以模仿人脑的输出机制。就像人的胚胎在子宫里就可以接受声音、抚摸和光线刺激一样，你也可以给正在建造的电子仿生系统传递简单的信号。你可以模仿人类婴儿的出生过程，通过感觉模拟系统，欺骗这个电子智能，让它相信自己是有感情、触觉、味觉、嗅觉、听觉和视觉的主体，就跟任何一个人类完全一样。当然，你也可以选择完全坦诚，不欺骗它，同时仍给它稳定的感觉刺激，数量和形式与人类受到的刺激一样。

"现在，我要问你这样一个问题：这两者之间的区别何在？两种脑力系统的行为方式是完全一样的，它们应对外界刺激的方式甚至比人类的同卵双胞胎还要更相似。在这种情况下，怎么能断言其中一个是有知觉的生命体，而另一个只是一台机器呢？

"扎卡维先生，你的脑子，无非也是由物质组成的。人脑只不过是发育成了适合进行信息接收、处理和存储的器官，这是由你们的遗传机制决定的。一开始取决于母亲体内的生物化学变化，后来取决于你们自己体内的生化反应，当然还有从你们出生直到现在所受的外部刺激。

"一台电子计算机，也是由物质组成的，只不过组织方式不同。你们这种生物性的头脑体积大、处理速度慢，到底有什么神奇的优势让你们自诩有自主意识，却认定我们这些速度更快、体积更小、处理能力更强的计算机就没有意识呢？我们甚至可以制造出跟你们人类一样笨重、低效的智能系统。

"嗯，你怎么看？"老嗡嗡机说道，光晕变成了表示乐在其中的粉红色，"当然，除非你们讲迷信。你相信神的存在吗？"

他笑着说："我从来都没有这种倾向。"

"那就好，"嗡嗡机说，"那你的答案是什么？仿造人类建成的机器，是自觉的、有情感的吗？"

他看着手里的纸牌。"我正在考虑。"他说道，大笑起来。

有时候，他会遇见其他外星人，那些一眼就能看出是外星人的外星人。他确信有些每天都遇见的人，肯定不是"文明"的本地居民，但是这种事情，除非拦住对方追问，否则谁也说不清。有些人穿得很野蛮，或者看上去长得不像人类，但他们这样做也许是为了好玩，或者去参加化装晚会……不过，周围的确有些显而易见的外来者。

"什么事，年轻人？"那个八条胳膊的外星人问他。他长着怪异的头部和极小的眼睛，嘴巴是花朵形状的，他还有一个巨大的椭圆形肚子，上面长着稀疏的毛发，皮肤呈粉紫色。他说话时嘴巴里咔嗒作响，肚子里发出接近于超声波的震动，而身上的一块护身符为他进行翻译。

他问那个外星人，自己可否与他同坐，对方示意他坐在对面。当时他们在一家咖啡馆，他听到这个外星人与其他人类提起特情局的事儿。

"这个机构很复杂，有很多层次。"外星人回答他的问题，"最核心部门很小，就叫特情局，更高一层是星际事务部，还有一大堆乱七八糟的其他职能部门，有点儿像……你的老家是在行星上吗？"

他点点头。那个外星人低头看向护身符，因为他不理解"点头"这个动作的含义。随后外星人说："好吧，这些部门的组织结构，就像一颗行星。不过这颗行星的核很小，非常小，它的生物圈比普通星球的大气层更分散、更混乱。红巨星可能是更好的参照物。但是，归根结底，那些乱七八糟的机构都与你无关，因为你的位置跟我类似，就只与特情局接触，只把他们当作自己的强大后盾。像你我这样的人，是特情局的利刃。先生，你迟早会感觉到，自己是银河系最大的一根锯子上的锯齿。"外星人闭上眼睛，大幅摇动他所有的脚，嘴巴一张一合，护身符的翻译是："哈哈哈！"

"你怎么知道我跟特情局有关联？"他靠在椅背上问。

"哈哈！我很想虚荣地说，这是我猜的，因为我聪明绝顶……其实，我听说最近有新人加入，就在这艘飞船上。"外星人对他说，"我听说这个新人是个典型的人类男性，而你……闻起来味道很正，如果我可以这么说的话。而且，你提的问题，也验证了我的猜测。"

"你也是特情局的人？"

"我在这个部门已经待了一万年了。"

"你觉得我应该加入，为他们工作吗？"

"啊，是的。我觉得这总比你以前做的事情要好一些，不是吗？"

他耸耸肩，想起了那场暴风雪和那片冰原。"我想是的。"

"你这人喜欢……打仗，对吗？"

"嗯，有一点儿吧。"他承认，"我善于作战，反正别人是这么说的，我自己不太确信。"

"没有人可以百战百胜，先生。"外星人说，"反正仅仅靠作战技能是做不到所向披靡的。'文明'不相信运气，他们一定是欣赏你的态度，仅此而已，嘿嘿。"

外星人无声地笑起来。"有时候我觉得，擅长打仗也是一个伟大的诅咒。为这些人工作，至少减轻了你的责任，我从来都没有什么可抱怨的。"外星人挠了挠身体，低头看看，从肚子那儿抠出一块什么东西吃掉了，"当然，你不能指望他们永远跟你说实话。你可以坚持要求他们每次都说实话，他们也会接纳你的意见，不过这样一来，有些任务他们就不会交给你做了。有时候，他们需要把你蒙在鼓里，让你不知道自己是在为敌方效力。我的建议是，你应该完全听从他们的安排，这样要好玩得多。"

"你加入特情局，是因为好玩吗？"

"这是原因之一，此外也是为了维护我们家族的荣耀。特情局曾经帮助过我们，我必须回报他们，否则就会丧失荣誉。我会一直工作到不再欠他们人情为止。"

"那得花多长时间？"

"哦，一辈子。"外星人向后靠了一下，这个动作似乎表示吃惊。"当然是工作到我死为止，可谁在乎这个？就像我说的，任务本身就很好玩。喂！"他叫住了一个从旁边飞过的托盘，"再来一杯吧，看咱们两个谁先喝醉。"

"你的腿儿比我多。"他微笑着说，"我可能比你先倒下。"

"啊，可是腿儿越多，就越容易搞乱啊。"

"那倒也是。"他等着续杯。

两人身旁一侧是门廊和酒吧，另一侧是一个空旷的巨型舱。这是一艘通用系统星舰，它的内部比看起来更大。星舰舱体上布满了露台、阳台、过道、窗户和门。船舱四周是一层椭圆形的空气罩，其中有几十个分散的引力场，共同组成了星舰的外壳。

酒送来后，他们举起斟满的杯子。"敬'文明'，"他举杯迎向外星人，对方跟他碰了杯，"敬他们对所有宏伟事物的不敬。"

"同意。"外星人说完，两人一饮而尽。

他后来才知道，那个外星人名叫考利，而且，是一个女性。有时候想起这件事，他真觉得滑稽。

第二天早上醒来的时候，他浑身湿透，半个身体都泡在一座山谷里的小瀑布下面；考利则倒挂在附近的一段栏杆上，八只吸盘手抓得结结实实。她嘴里不断发出嗒嗒的响声，估计是在打呼噜。

第一次和这里的女人过夜时，他以为对方要死了，是自己杀死了她。那女人好像突然中风了，尖叫着死死抱住他。他感觉很糟糕，开始胡乱猜测，他想，这些"文明"的人虽然表面看起来跟自己长得一样，可内部结构没准有巨大的差异。甚至有一阵子，他以为自己的体液对这些人有致命的杀伤力。当时他觉得，那个女人好像要用手脚把他的后背掰断。他想摆脱那女人，他大声叫她的名字，想知道到底出了什么问题，自己做错了什么，有没有什么补救的办法。

"出什么事儿了？"那女人喘着粗气问。

"什么事儿？我没事儿，可是你到底怎么了？"

她耸耸肩，表情很困惑。"这有什么奇怪……哦！"她一手捂住嘴巴，瞪大了眼睛，"我忘记了，真对不起，你不是……哦，天哪，真是不好意思。"

"到底怎么了？"

"这个嘛，我们只是……需要……也能够持续更长时间，你懂吧？"

直到那时，他才相信"文明"能对人体特性进行改造。他以前一直不太相信这些人真的改造了自己的身体，也没想到他们能延长任何满足感持续的时间，更不要说在体内植入各类腺体，增强各种乐趣的强度了。

不过，他对自己说，这也难怪，他们的机器可以做好大部分工作，所以他们没必要培养体力或智力超常的人类。嗡嗡机和主脑处理任何问题都更高效快捷，不过人类的幸福感另当别论。除了体验快感，人的肉身还有什么用呢？或许这种简单的思维方式也值得羡慕。

他再次抱起那个女人。"别在意，"他说，"品质最重要，数量是浮云。我们再来一遍，好吗？"

她大笑起来，摸着他的脸颊说："专注，这对男人来说绝对是优点。"

（他突然想起避暑小屋里的对话："你好吗，老伙计？"晒黑的手掌紧握着白皙的臀部……）

他总共离开了五个晚上，一直在到处游荡。在这段时间里，他从来没有走过回头路，没去过相同的地方。其中有三个晚上，他跟不同的女人过夜，还礼貌地拒绝了一个男人的邀请。

"感觉好点儿了吗，夏德南？"萨玛问。当时他们在池塘里游泳，萨玛在前面停下来，转身看他，他游在她身后。

"嗯，至少我去酒吧的时候，不再坚持要付钱了。"

"很好的开始。"

"养成不给钱的习惯并不难。"

"那当然，就这些吗？"

"嗯，还有，你们这儿的女人都很友好。"

"男人也一样。"萨玛挑起一条眉毛说。

"这里的生活,很理想。"

"嗯,只要你受得了这么拥挤。"

他环视几乎空无一人的池塘,说:"我觉得,这儿也不是太拥挤。"

(那片花园,那片花园,这些人简直生活在那片花园的镜像中。)

"是吗?你是不是很想留下来?"

"一点儿都不想,"他大笑,"我住在这里会发疯,要么就会沉溺在游戏里无法自拔,我需要……更多。"

"但是,你会接受我们的安排吗?"萨玛停下来,踩着水问他,"你愿不愿意为我们工作?"

"好像所有人都觉得我应该接受,他们说你们是正义的一方。唯一的问题是,大家越是众口一词,我就越会本能地产生怀疑。"

萨玛笑了。"就算我们打的不是正义之战,对你来说又有什么不同?夏德南,我们只答应给你提供一份惊险刺激的有趣工作,还有丰厚的报酬。"

"我不知道,"他承认道,"你这么一说,我更难下决定了。我只想……让自己确信,并且事后能够证明,我是在做好事。"他耸耸肩,笑了。

萨玛在水里叹了口气,冒出一大串气泡。"这种事谁能说清呢,扎卡维?我们自己都不知道,我们以为自己做得对,甚至以为能证明这一点,但实际上,我们永远都没有把握,别人永远有指责我们的依据。世上没有完全确定无疑的事情,尤其是在特情局,因为我们遵循的是一套特别的规则。"

"我还以为'文明'的每个人都遵循同样的行为准则呢。"

"普通人的确是这样,但在特情局,我们面临的是道德黑洞。

平常的伦理原则、人们以为普遍适用的是非判断标准，在这里毫无效用。在那些形而上的时空之外，存在着特殊情况。"她微笑着说，"那里就是我们的领地，我们的疆土。"

"有些人会觉得，"他说，"你这些话是坏人为恶行辩护的遁词。"

萨玛耸耸肩，说道："也许他们说得对，也许就是这么简单。"她摇摇头，抚过自己湿漉漉的头发。"但是，即便我们没有其他可取之处，我们至少还相信自己的理由。想想那些毫无顾忌、肆意妄为的人吧。"

他目送她游到远处，一只手不知不觉地抚摸心口上方的那道疤痕。他皱着眉，呆呆望着水面。

然后，他朝着萨玛离开的方向游去。

他在块头不重要号上住了几年，有时停留在沿途的行星、居住地和轨道飞行器上。这几年里，他接受训练，学习使用已经获得的新能力。后来他终于离开那艘星舰，去执行第一件任务。那是个系列任务，最后阶段是把天选之子护送到王庭。当时他乘坐的飞船正好去执行第二次飞行任务，那艘通用星际飞船就是美丽而不失优雅号。

此后他再也没有见过考利。听说她十五年后死于一次任务。听到这个消息的时候，他正在天生乐观号上，等着新身体长出来，之前他被斩首了，然后又被救了出来。他出事的那个星球就是福尔斯星。

十一

他躲在栏杆后面,远离飞行器的航向。他身后是一面长满树木的斜坡,有灌木、乔木,树木下面还有些没房顶的矮小房屋。他注视着那架越来越靠近的飞行器,同时搜寻其他飞行物的踪迹,但是一无所获。他在作战服里察看各个显示屏分析出的信息。随着飞行器逐渐靠近,他慢慢皱起眉头,飞行器肥大的头部已经清晰可见,它在日落时分的天空上留下箭头形的侧影。

飞行器向观象台的平地缓缓降落,机腹弹出一个供乘客使用的斜坡形舷梯,三条支撑腿也慢慢伸长。他再次核对了几个感应器给出的参考数据,然后摇摇头,弯腰跑下山坡。

索尔德林坐在一间废弃的房子里面,见到穿着作战服的人影爬入长满藤蔓植物的门口,不由得吃了一惊。

"怎么了,夏德南?"

"那是一架民用飞行器。"他把头盔护面板掀开,微笑着说,"我想他不是冲我们来的,而且给我们提供一个逃生工具。我觉得值得一试,你跟我一起走吗?"他指指后面的山坡。

索尔德林·拜扎伊看着暮色中模糊的影子。刚才独坐的时候,他一直在考虑自己该怎么办,但还没有找到任何答案。他有点儿想回到大学图书馆去,过原来那种平静安稳的生活。他可以享受自己的乐趣，无视周围的世界，沉浸在古书堆里，探索古老时代的观念和历史，希望有一天，能够把它们都梳理清楚，甚至向世人阐述自己的发现，让大家了解、吸取其中的教训。也许人们会因此更冷静地审视自己的时代，反思现代的信仰。在很长一段时间里，这个目标是最能发挥他潜力，最值得去做的事情，但是现在，他已经不那么确信了。

也许，他心想，他可以参与更重要的事务，也许他应该跟扎卡维离开，就像这位老朋友和他背后的"文明"希望的那样。经过这一切之后，他还能静下心来搞学术研究吗？

眼前这个人来自过去的时代，来得那么突然，那么精力充沛。无疑，乌比蕾也起到了推波助澜的作用。她真的那样邪恶吗？这个女人让老人觉得自己又老又蠢，不过她也激起了老人的怒气和雄心。而且，星团的局势正在失控，正直直地滑向战争的深渊，就像当年一样。

即便"文明"对他的地位判断有误，他就能坐视一切、无所作为吗？拜扎伊不确定。他能肯定的是，这位老朋友一直试图利用自己的虚荣心，但即便他说的话只有一半是真的，自己也不能置身事外，任由事态恶化。不管之前的生活多么容易，多么没有压力，多么无忧无虑，如果战争真的迫在眉睫，如果他知道自己可以制止它，却无所作为，事后他将怎样面对自己？

你真该死，扎卡维！老人在心里骂道，随后站起身说："我还在考虑。不过，让我看看你有什么打算。"

"你真够意思。"作战服里的人语气还是那么四平八稳，不带一点情绪。

"非常抱歉耽误了大家的行程，尊敬的游客朋友们。之前的交通管制，的确是出于不可抗力，无论如何，请务必接受海瑞特旅游公司和我本人最真诚的歉意。好了，我们已经到达目的地，尽管比预定时间晚了一点儿，但是能看到这么美的夕阳，不也是一份意外的收获吗？这里就是闻名遐迩的斯洛姆特林观象台，你们脚下这片土地至少已经有四千五百年的悠久历史。各位尊敬的游客朋友，因为时间有限，我不得不加快语速，为大家粗略讲解这里丰富的历史文化遗产，所以请各位一定认真听我解说……"

飞行器悬浮在观象台西侧平台上方，空气动力系统嗡嗡作响。它的支撑腿悬在空中，微微摇动，明显是没有承重。大约有四十个人从机腹中走下来，现在都围在石制天文仪器旁边，听一位热情的年轻导游滔滔不绝地讲解。

他躲在石栏杆后面张望，用作战服的感应器扫描整个人群，结果显示在面罩显示器上。这群人中，有三十多个人携带了具有远程通信能力的终端设备，可以接入本星球的通信系统。作战服内置的计算机检查了所有终端的使用状态：有两个是打开的，一个在收听体育新闻，另一个在收听音乐，其他的都处于待机状态。

"作战服，"他小声说，即便是紧挨着他的索尔德林，也听不到他说话的声音，更不要说远处那些游客了，"我想偷偷切断他们所有的通信设备，让他们不能收发任何信息。"

"有两个正在接收信号的通信终端，它们在向区域通信网络发送定位信息。"作战服提示说，"我可以关闭他们的信号发送系统，同时不改变他们正在发送的定位信息，不干扰他们正在收听的节目，这样可以吗？"

"可以。首要目标是让他们不能再发送新的信号，截断所有通信终端机。"

"正在准备截断有限范围内总共三十四台非'文明'规格的个人信息系统终端机，请确认。"

"确认，该死的，赶紧干活儿。"

"命令执行完毕。"

他盯着头盔显示屏里的图像,所有通信终端的电量都下降到了接近于零的水平。现在导游正带领游客走过古观象台的石板地,走向他和拜扎伊之前待过的地方,离那架飞行器越来越远。

他扭头对拜扎伊说:"我们现在出发,注意保持安静。"他领头,两人在灌木丛和矮树之间躲躲藏藏地前进。此时能见度很低,拜扎伊被树木绊了几次,但是他们动静很小,并迅速绕过了观象台。他们来到飞行器下方,他用作战服感应器对其扫描。

"你真是机器里的小美人儿。"他松了一口气,看着各种数据不断涌出来。这架飞行器有无人驾驶功能,但智能水平很低,估计一只鸟的脑子都比它复杂。"作战服,侵入飞机指挥系统,掌握控制权,但不要被任何人发现。"

"侵入有效范围内单一飞行器控制系统,请确认。"

"确认。还有,从现在开始不用再让我确认任何事情,明白吗?"

"控制系统侵入开始。准备关闭命令确认协议,请确认。"

"哦,我的天哪。确认!"

"命令确认协议已关闭。"

他考虑过使用作战服直接带拜扎伊升入飞行器。飞行器的反重力系统或许可以屏蔽作战服的使用信号,也有可能无法屏蔽。

他看了一眼几乎垂直的陡峭舷梯,小声对拜扎伊说:"把手伸给我,我们准备爬上去。"老人照他说的做了。

他们稳稳地爬上斜坡,作战服在地上留下深深的脚印。他们停在舷梯下,飞行器就在头顶,遮住了夜空,机腹的入口发出温暖的黄光,照亮了附近的石制天文仪器。

老人喘气的时候,他再次确认了那队游客的位置,他们在观象台另一端,导游正用手电筒照着一块古老的石头遗迹。他站起身来说:"我们走。"拜扎伊应声站起来,踏上舷梯,爬入机腹。拜扎伊在前,他在后,他一边向上爬,一边从头盔显示屏里观察下面的游客,但无法判断有没有人看到他们。

"作战服,收起舷梯。"他们走进飞行器内部唯一的舱室后,他对作战服下达指令。机舱内很豪华,舱壁挂着装饰品,厚地毯上是宽大舒服的椅子和沙发。机舱一头有操纵台,另一头有一块巨大的显示屏,正在播放太阳落山的最后景象。

舷梯吱吱嘎嘎地收了起来。"作战服,收起支撑腿。"他一边说,一边掀开头盔护面板。还好,作战服知道要收起的是飞机的支撑腿,而不是他的。他之所以下令收起支撑腿,是担心有人从观象台上跳起来,抓住飞行器。"作战服,调整飞机高度,上升十米。"

周围轻柔的嗡嗡声出现了变化,然后又恢复原样。他看着拜扎伊脱下厚外套,然后察看机舱内的各个角落。作战服说飞行器上没有人,但他想再确认一遍。"让我们看看,这个家伙的飞行目的地是哪?"他说话的时候,拜扎伊已经在一张长沙发上坐下来,叹息着伸了个大懒腰。"作战服,飞行器下一个目的地是哪里?"

"吉卜林太空港。"作战服告诉他。

"听起来很不错,就带我们去那儿吧,作战服,尽可能让整个过程正常、合法。"

"已经上路,"作战服说,"预计四十分钟后到达。"

飞行器发动机的声音又有了变化,变得尖厉了一些。地板微微颤动,另一端的显示屏显示,他们正离开长满树木的群山,逐渐攀升。

他在机舱里走了两圈,再次确认飞行器上没有别人,然后在拜扎伊身边坐下。拜扎伊看起来非常疲劳,对老人来讲,这一天非常漫长。

"你还好吗?"

"能坐会儿挺好的,感觉还不错。"拜扎伊把靴子踢了下来。

"我给你倒一杯饮料吧,索尔德林。"说着他摘下头盔,向饮料机走去。他突然想起一件事,问道:"作战服,你知道'文明'在索罗托尔预设的联络号码吗?"

"知道。"

"用飞行器上的通信设备拨打其中一个号码。"

他弯腰看向自动饮料机,又问:"这东西怎么用啊?"

"声控——"

"扎卡维!"萨玛的声音打断了作战服的解说,把他吓了一跳,他直起身来。"你到底在——"萨玛的话问了一半,然后打住,"哦,你搞了一架飞行器,是吗?"

"没错。"他回答道,发现拜扎伊正看着自己,"我们正飞往吉卜林太空港。到底出了什么事,我的轻便飞船怎么不见了?还有,萨玛,我很受伤你知不知道,你也不给我打电话,也不给我写信,也不给我送花……"

"拜扎伊安然无恙吗?"萨玛着急地问。

"他很好,"他对拜扎伊报以微笑,"作战服,让这台饮料机准备几杯提神醒脑的饮料。"

"他没事儿就好。"萨玛长出了一口气。

自动饮料机咔嗒作响,然后发出咕噜咕噜的声音。

"我们没打电话,"萨玛说,"因为我们一打电话,就等于向敌人报告了你们的位置。太空梭被击中的时候,我们失去了直接联络渠道。扎卡维,这简直太荒谬了。太空梭击毁了花卉市场的卡车,你又击落了那架战斗机,局面乱成了一团。你们能逃到现在的位置,已经是非常幸运了。顺便问一句,那太空梭现在在哪儿?"

"留在斯洛姆特林观象台了。"他说道,低头看到自动饮料机开了一个小口。他端着盛有两杯饮料的小托盘来到拜扎伊面前,坐到他身边。"萨玛,跟索尔德林·拜扎伊打个招呼吧。"他说道,把饮料递给拜扎伊。

"拜扎伊先生?"萨玛的声音从作战服传来。

"你好?"拜扎伊回答。

"很高兴和你通话,拜扎伊先生。我希望扎卡维先生没有冒犯到你,你还好吧?"

"有点儿累,不过没什么不好的。"

"我想,扎卡维先生应该已经说过目前沃伦胡兹星团危险的政治局面了吧。"

"他提过,"拜扎伊说,"我会考虑按照你们希望的方式去做,但目前我也不急于返回索罗托尔。"

"我明白,"萨玛说,"非常感谢,你可以慢慢考虑。在此期间,扎卡维先生会尽一切努力保证你的安全与健康。你能做到的,对吗,夏德南?"

"这是自然,戴吉特。嗯,轻便飞船在哪儿?"

"还在索罗斯星大气层下面躲着,就是原来那个藏身的地方。因为你别出心裁的逃跑方案,现在整个星球都处于一级警戒状态。我们有一点动作就会被发现,如果敌人抓到了我们干涉本地事务的证据,可能会直接导致战争爆发。你再把太空梭的位置跟我说一遍,我们得用小卫星找到它,从高空把它彻底销毁。唉,真是太麻烦了,扎卡维。"

"好吧,对不起。"他举杯又喝了一口,然后说,"太空梭在观象台东北侧,八十米至一百三十米之外,旁边是一棵有黄色叶子的落叶树。噢,另外,那把等离子步枪的位置,应该是在观象台西侧二十米至四十米范围内。"

"你居然把它也丢了?"萨玛觉得难以置信。

"伤心欲绝的时候扔掉的。"他打着哈欠承认,"它被敌人的效应器摧毁了。"

"早跟你说过,那把枪该进博物馆了。"另一个声音在萨玛旁边打岔。

"闭嘴,斯卡芬·阿姆提斯科!"他说道,"那么,萨玛,我们现在怎么办?"

"继续驶向吉卜林太空港。"萨玛回答,"我看看能不能给你们预定飞船舱位,送你们离开这个星球,然后去伊姆普林或者附近其他星球。最不济,你们也可以搭乘当地民用飞行器,几个星期前我们就安排好了。如果运气好,他们也许很快就会降低警戒级别,我们就可以让轻便飞船偷偷溜出来,与你们搭乘的飞船对接。不管怎么说,战争的阴云越来越近了,就因为今天索罗托尔城发生的事件。你也反省一下吧,扎卡维。"通话断了。

"看来,她对你不是很满意啊,夏德南。"拜扎伊说。

他耸耸肩,叹口气说:"她一直这样。"

"我真的是非常非常抱歉,我尊敬的游客朋友们,以前从来没有遇见过这样的事情。从来没有,真是很抱歉……可我也不知道到底是怎么回事……我马上就,呃,我马上就试试……"年轻的导游用力按他的便携通信终端按钮:"喂?喂!喂!!!"他用力摇晃设备,"这真是,真是从来没有出现过的状况,从来都没有!这真的是……"他满脸歉意地看着自己带来的旅行团成员,所有人都聚集在唯一的光亮处。大多数人都眼巴巴地看着他,也有几个人尝试用自己的通信终端对外联系,但跟他一样无法成功。还有一对夫妻凄然地远望夕阳,就好像最后一抹晚霞会把突然离开的捣蛋飞机送回来一样。"喂?喂!有人听到吗?听到请回答!"那年轻人都要急哭了。最后一抹霞光终于淡去,月光照亮了轻薄的云层。手电筒的光线也逐渐暗淡。"有人听到吗?吱一声好吗?快回答我呀!求你们了!"

几分钟后斯卡芬·阿姆提斯科又打来电话,说已经为他和拜扎伊订好了座位,他们将乘坐快速飞船奥索姆·伊曼纳内西号,飞往布雷斯基尔星系。那个星系距离伊姆普林只有三光年的距离。他们希望轻便飞船能在中途赶上他们,恐怕只能这样安排了,因为其他的逃生路线一定会被发现。"也许拜扎伊先生可以乔装打扮一下。"嗡嗡机提醒道。

他看了看墙上的挂毯,说:"看来我们只能就地取材,做几件新衣服穿了。"他这话说得很没有底气。

"到你们飞行器的行李舱找衣服穿,应该是更有效的选择。"嗡嗡机不耐烦地说,随后讲解了打开脚下储物空间的方法。

他钻下去拖了两个行李箱上来,然后打开。"果然有衣服!"他拿了几件出来,这些衣服男女都可以穿。

"你必须把作战服和武器都丢下。"嗡嗡机说。

"什么?"

"带着那些东西,你休想上飞行器。扎卡维,就算有我们帮忙也不行。你必须把这些都装进一个容器里,比如说你刚才找到的手提箱,然后把它们留在太空港。一旦风头过去,我们就派人把它取走。"

"可是……"

讨论变装方案的时候,拜扎伊提出他们应该把头发都剃掉。那件神奇的作战服最后一次发挥作用,变成了剃刀。之后他脱下作战服,换上行李箱里的衣服。两套衣服色彩鲜艳,好在都比较宽松。

飞行器降落了。太空港里荒凉的水泥道路织成了一张棋盘。不断有升降设备把飞船搬向登船设施，或者从那里移走。

直接联系频率再次设定好，耳环终端机又可以向他小声传达指令，为他和拜扎伊提供指引。但是脱了那件作战服，他感觉自己赤身裸体。

他们从飞行器里出来，进入一个机库，里面播放着欢快又毫无特色的音乐。他们一路上都没有碰见任何人，只是隐约听到远处有警报声。

耳环终端机不断提醒他们哪个门可以走，他们穿过一道员工专用走廊，又闯过两层安全门。那些门不等他们走到，就自动打开了等着。然后，在前行了一小段路之后，他们来到了熙熙攘攘的大厅，里面到处是显示屏、报刊亭和座椅。没有人注意他们，因为有一段自动扶梯突然停了，十几位乘客摔作一团。他们去寄存装有作战服的手提箱，行李区左半段的监控摄像头自动对准了房顶。等他们走开后，摄像头又恢复了原样。他们到服务台取票的时候也出现了类似的情况。然后他们走进一段走廊，一队武装安保人员从另一侧迎面走来。

他若无其事地继续向前走，但感觉到身边的拜扎伊正在犹豫。他侧过头，向老人微笑。再转身时，他发现那队巡逻人员已经站住了，领头的那个人把手放在耳朵上，紧盯着一扇门，随后点点头，转身，指了指另外一段走廊，这队人都向那边走去。

"我猜，这不是因为我们运气特别好吧？"拜扎伊小声问。

他摇摇头。"我们附近有一个准军事级电磁感应器，由一台大约在一光年之外的超快速的星际飞船主脑控制，它像玩纸牌一样安排这座太空港里发生的一切。除非你把这个叫作好运气。"

他们通过贵宾通道,乘坐小型穿梭机去往轨道站。最后一轮安检是唯一不能预先安排的,因为这里使用人力,靠一个人的双眼和双手检查。安检人员没有在他们身上发现任何危险物品。他们走过另一道走廊,耳环扎了他一下,他知道这意味着 X 射线检查和强磁场检查都由人力操控,两轮检查都很严格。

穿梭机上的旅程很顺利。在轨道站,他们穿过一个四面透明的大堂——当时那里很混乱,因为有一个做过神经移植手术的人突然发病倒地——他们直接进行了最后一轮安检。

他们走进大堂与飞船之间的过道,萨玛的声音传来,音量很低,萨玛说:"就到这里了,扎卡维,在飞船上进行直接通话会被发现,我们只有在万不得已时才会与你联络。如果你需要我们,可以使用索罗托尔电话线路连接,但一定要记住,那条线路会被敌人监听。再见,祝你好运。"

他和拜扎伊又经过一道气密舱,终于登上了奥索姆·伊曼纳内西号,飞船将把他们带入星际空间。

起飞之前,他一直在飞船里游荡,观察周边环境,了解各种设备都在什么地方。

过了一会儿,广播系统和显示屏都宣布飞船准备起飞。飞船悬浮起来,继而加速,飞驰而去,离开了太空港。绕过该星系的恒星之后,又经过索罗斯气巨星——就是轻便飞船藏的地点。现在,那艘轻便飞船正潜藏在一百千米厚的风暴之下,这些风暴构成了索罗斯星的大气层。如果人本主义者得势,他们肯定会洗劫、开采、分割并最终改变这个星球的地表。他看着气巨星消失在飞船右后方,心头涌起一种古怪的无助感。

他走过人头攒动的吧台,想看看拜扎伊在做什么,这时背后有人说话:"啊,这不是星芒先生吗?"

他慢慢转过身。是那次创伤晚会上的小个子博士，这家伙正坐在一段拥挤的吧台边向他招手。他挤过聊天的人群，走上前去。

"你好，博士。"

小个子点点头。"我叫斯塔潘加尔德尔斯利那依特雷，叫我斯塔普就好。"

"当然，这样简单多了。"他微笑着说，"请叫我老芒。"

"哈哈，这个星团可真是小啊，不是吗？我请你喝一杯怎么样？"小个子博士笑了，露出满嘴闪亮的大牙，酒吧顶上正巧有一盏投射灯照过来，使他洁白的牙齿更加光彩照人。

"恭敬不如从命。"

他们在墙边找了一张小桌子坐下，博士用手绢擦擦鼻子，整了整一尘不染的衬衣。

"说说看，老芒，你怎么会坐上这艘小破飞船的？"

"这个嘛，斯塔普，"他小声说，"我这次是化名秘密出游，请帮我保守秘密，我会非常感激……不要告诉别人我的真实身份，好吗？"

"那是绝对的！"斯塔普用力点头，警觉地四处张望，然后侧过身来小声说，"我这个人最可靠了。以前，我也有过不得不避人耳目，偷偷出行的时候……"他的眉毛扬了一下，"有什么事儿需要我帮忙的，尽管开口。"

"你真是太好心了。"他举杯致敬。

他们干杯，祝愿旅程一切顺利。

"你是坐到终点站布雷斯基尔吗？"斯塔普问。

他点点头说："是的，我和一个生意伙伴一起去。"

斯塔普坏笑起来，点头说道："啊，原来你有一个'生意伙伴'同行啊。原来如此。"

"你误会了，博士。不是你想象的那种'伙伴'，就是真正意义上的生意伙伴。一位男士，年龄很大了，我们住在不同的包厢里……当然，我也希望这三点都恰好相反。"

"哈哈，没错！"博士笑着回答。

"再来一杯？"

"你觉得他知道咱们的事儿吗？"拜扎伊问。

"咱们又有什么事儿能让他知道呢？"他耸耸肩，看看包厢墙壁上的显示屏，"新闻上没有报道吧？"

"一点儿都没有，"拜扎伊回答，"他们宣布所有港口进行高级别安全演习，但是没有提到我和你。"

"嗯，我觉得这位博士不会增加你我已有的危险。"

"那我们本来有多危险？"

"已经危险过头了。他们肯定会搞清楚我们的逃生线路。我们绝不可能赶在敌人行动之前到达布雷斯基尔。"

"然后呢？"

"然后，除非我能想到什么脱身计划，否则'文明'要么任由我们被抓回去，要么就得强行接管这艘飞船。这种事情很难编出合理的解释，所以肯定会降低你在当地的威信。"

"只有在我接受你们建议的情况下，才会有危险。别忘了这一点，夏德南。"

他扭头看看与他坐在同一张窄小床位上的老人，点头说："是的，假如你接受的话。"

他在飞船上到处窥探。这艘快速飞船狭小拥挤，也可能是因为他太习惯于"文明"的飞船了，所以才会有这种感受。显示屏上有飞船的平面图，他也研究过，但这些图纸是为了方便人们在飞船活动而绘制的，无法给想要劫持或者摧毁飞船的人提供太多参考信息。通过观察，他发现船员区要通过声音及掌纹识别才能进出。

飞船上也没有多少易燃物品，没有爆炸物，大多数线路也都是光纤，而不是普通电缆。当然，仇外号就算远在另一个星系，倒背着一只手也可以把这艘飞船打得叫苦不迭，但是他此时手里没有作战服也没有任何武器，实在想不出脱身之法。

与此同时，飞船还在太空中龟速前进。拜扎伊总是把自己关在包厢里，除了看时事新闻就是睡觉。

"夏德南，这只是把一种形式的监禁换成了另外一种。"老人如是说，那是在起飞后的第二天，刚有人送来晚饭的时候。

"索尔德林，你不要总是把自己关在包厢里。如果你想出去，就出去逛逛好了。关在包厢里的确更安全，可是……也安全不了多少。"

索尔德林接过食物盘，打开盖子，看有些什么可吃的，然后说道："目前还行吧，我现在可以把这些新闻报道当作研究材料看，这样我就不会觉得缺少行动自由。不过，要是再这么待上几个星期，我就受不了了，夏德南。"

"这你不用担心，"他心不在焉地说，"这样的可能性很小。"

"啊，老芒！"第二天，斯塔普博士穿得花里胡哨凑到他身边。人们正在观看显示屏上的气巨星，那是他们刚刚经过的星球。放大后的星球图像滑过大堂的主显示屏。小个子博士碰了一下他的胳膊说："我今天晚上要举办一个私人聚会，地点在星光厅。是我的那种……嗯……特别聚会。你和你那位隐士一样的商业伙伴肯不肯赏脸啊？"

"他们居然允许你把那玩意儿带上来？"

"嘘，小声点儿。"博士把他拉到人少的地方，"我和飞船运输公司签署了长期合同。我的仪器被认定为重要的医疗器械,可以乘坐飞船。"

"听起来花了很大一笔钱,博士,你的晚会入场券肯定也要价不菲吧?"

"当然要收点儿小钱了,但是大部分体面人都付得起。我向你保证,晚会上有些难得一见的名人出场,而且像我一贯承诺的那样,你完全不用担心隐私被曝光的问题。"

"感谢你的盛情邀请,博士,恐怕我不能出席。"

"这可是一辈子都难得遇见一次的机会啊。你肯定是运气超人,才会碰到第二次!"

"看来我运气的确不错,我还是等第三次吧。失陪。"他拍了拍斯塔普的肩膀,又想起什么,"哦,我请你喝酒怎么样?"

博士摇摇头。"我得为晚会做准备,调试机器什么的,恐怕不能陪你了,老芒。"他似乎有些冷淡,"的确是难得的机会哦。"他习惯性地补了一句。

"嗯,我完全赞同,斯塔普博士。"

"你可真坏。"

"谢谢夸奖,我修炼了很多年才变得这么坏的。"

"那是一定的。"

"哦,不。你应该说我其实一点儿也不坏。我从你的眼睛里看出来了。是的,是的,没错,就是这种表情,你太纯洁了!我已经看出你得了纯洁病,不过没关系,"他一只手搭在她小臂上,"别担心,我会治好你的。"

她伸手把他推向一边,但根本没用什么力气。"你可真是讨厌啊。"那只推开他的手,又在他胸口略微停了一下,"太坏了。"

"我承认,你一下子就看透了我的灵魂……"他四处张望,因为飞船里的喧嚣声好像发生了某种微妙的变化。他又嬉皮笑脸地对那个女人说:"不过,向一位美若天仙的女子坦白我的心事,会让我感觉好一些。"

她笑得喘不过气,直向后仰,露出曲线柔美的颈项。"你靠这句台词,能占到便宜吗?"她摇着头问。

他做出一副很受伤的样子,伤心地摇头。"哦,我的天,现在的美女真的都这么会伤人的心?"

然后他发觉女人凝望着他背后。

他转过身问:"有什么事吗,警官?"他问的是两个下级警察中的一个,他们已经站到了他身后。两个人都打开了手枪套。

"你是……老芒先生?"年轻警察问。

他看向对方的眼睛,感到肚子里翻腾了一下:对方已经知道了,他们已经被敌人追上。对手不知用了什么办法,终于搞清楚了他们的逃跑计划。"是啊,"他说道,故意笑得很蠢,"哥们儿想找我喝一杯?"他还不忘回头看向美女。

"不用了,谢谢。请你跟我们走一趟。"

"啥事啊?"他嗅了嗅自己的杯子,然后一饮而尽,又用外套前襟擦了擦手,"船长要找人帮忙开飞船吗?"他从吧台椅上滑下来,转向那个女人,抓起她的手吻了一下。"亲爱的女士,我在此向你告别,希望还可以重逢。请你一定要记得这句话,我的真情将永远与你同在。"他两手放在心口。

她笑得很困惑,而他则开怀大笑。他转身就走,却撞在了椅子上。"啊!"他大声叫。

"这边走,老芒先生。"第一个警察说。

"好的,好的,去哪儿都行。"

他本以为这两个人会把自己带到员工专用区域,可他们却把他带进了一部小电梯,按下了最后一层甲板的按钮。那儿是储藏室、非真空行李舱和机库。

"我想我要吐了。"电梯门一关,他就弯腰开始干呕,用力吐出了几口酒。

一个警察跳着躲开,怕弄脏自己闪闪发亮的靴子。另外一个则弯下腰,一手扶在他后背上。

他停止呕吐,肘部猛击那人的鼻梁,对方重重倒在电梯角落里。第二个警察还没恢复平衡,他就已经调整好身体,一拳砸在他面门上。那个警察也被打得蜷起了身体,膝盖重重撞在地板上。电梯卡住了,停在了两层甲板之间,由于里面的打斗,超重指示灯亮了起来。他按下了最上层甲板的按钮,电梯开始上行。

他从失去知觉的两个警察身上拿走了那两把枪,都是神经麻醉枪。他摇了摇头,这时电梯又停了下来,回到了他们刚刚离开的那层。他上前一步,把枪塞进外衣里,双手用力按住电梯门,不让门打开。他累得气喘吁吁,最终电梯放弃了。他还是两手紧紧按着门,移动身体,用头撞了一下最顶层的按钮,电梯嗡嗡响着继续上升。

最上层是私人专用活动区。门打开的时候,外面有三个人,他们吃惊地看着电梯里倒着的两个人和一摊呕吐物,然后被神经麻醉枪击倒了。他把一个警察的身体拖出来一半,不让电梯门关闭,然后朝两人分别补了一枪。

星光厅的门紧闭着,他一边按门铃,一边回头察看走廊里的动静。电梯门轻轻撞击那具尸体,远处传来一阵嗡嗡声,还有一个声音不停地说:"请清理电梯出口,请清理电梯出口。"

"什么事?"门里面有人问。

"斯塔普,是我,老芒。我改变主意了。"

"好极了!"门随即打开。

他快步进门,随后按下了关门按钮。不大的厅堂里烟雾缭绕,灯火暗淡，人却不少。房间里正放着音乐，所有的眼睛都看向他，尽管有些眼球并不在眼眶里。几台灰色仪器放在吧台旁边，有几个人正在"整容"。

他一把拉过博士，把神经麻醉枪顶在他的下巴上。"坏消息，斯塔普。这玩意儿在特别近的射程之内可能致命，而且我已经把它开到最大功率了。我要借用你的机器，如果你能帮忙的话更好，但是你不帮忙我也能对付。我是认真的，而且还赶时间，你怎么说。"

斯塔普咽了一下口水。

"三。"他开始倒计时，用力把博士的脖子顶在墙上。"二。"

"好吧，跟我来。"

他放开博士，跟着小个子男人穿过房间，走向那台功能奇异的机器。他双手互握，将枪藏在袖子里，一边走一边向周围的人打招呼。他看到房间另一头有人面前火光一闪，他立刻开枪把那几个人击倒了，他们噼里啪啦地倒在放满东西的桌子上，场面很混乱。趁着大家都在围观那边，没人留意他的动静，他拉着斯塔普来到机器面前。

"对不起，"他对吧台里的一个女侍应说，"请你帮博士一个忙，博士想把这台机器从这里推过去，是吧，博士？"

他们进了吧台后面的储藏室。他谢过那女孩，等她出去后关门上锁，用一堆箱子把门抵上，接着对一脸狐疑的博士微笑起来。

"看到你背后那堵墙了吗，斯塔普？"

博士小心地迅速回头看了一眼。

"我们要穿墙而过，博士，用你的机器。"

"这不可能。你——"

神经麻醉枪已经顶在了博士的脑门上。斯塔普闭上了眼睛，上衣口袋里露出的一角手绢不停抖动。

"斯塔普,我知道你这台机器的工作原理。我能从它的效果来判断它的功能。我需要一个切割力场,可以切开分子结构的那种。如果你不马上按我的意思去做,我就把你打晕,自己去做。如果我操作错误,把这个破玩意儿烧坏了,外面那些顾客会相当不开心。他们深知怎样以其人之道,还治其人之身,不过他们不会使用这里的破机器。怎么样?"

斯塔普咽了一口唾沫。"这个……"他开口说话,一只手缓缓移向自己的口袋,"这个……唔……我拿工——工——工具。"

他从兜里拿出钱包形的工具套装,哆哆嗦嗦地回到机器旁边,打开一个操作面板。

他们背后的墙壁开始震动。他在一个架子上找到几件镀铬的门闩,然后把那些箱子挪开了一些,把门闩插好。斯塔普悄悄回头看,发现那把枪还是指着自己,无奈又回过头去。门哐哐作响,上面的红灯不断闪动,他把那些箱子又抵了上去。

"加快速度,斯塔普。"

"我已经够快了!"小个子博士喊叫。机器发出深沉的嗡嗡声,蓝光在一米之外的环形区域里闪耀。

他眯起眼睛,打量那些奇异的光。

"你到底想干什么?"博士声音颤抖。

"干你的活就好,博士。你还有半分钟时间,否则我就自己动手了。"他从博士肩膀后面看过去,看见他正在摆弄一个倾斜的环形控制台。

他只是想让这台机器运转起来,然后攻击飞船的任何部件,让飞船失控。所有飞船的结构都很复杂,矛盾之处在于,飞船设计得越粗糙,结构反而越复杂。他希望自己在炸掉整艘飞船之前,能找到关键区域进行破坏。

"马上就好。"博士说。他紧张地回头看,伸出一根颤抖的手指去按一个红色按钮。

"等一下，博士。"他怀疑地看向圆环周围的蓝光，蹲下来，跟博士保持同样的高度，然后点头说，"继续吧。"

"唔……"博士咽了一口唾沫，"你最好站得靠后一点，比如说那边。"

"不用了，我们先试试，好吧？"他用力按下红色按钮。一道半圆形的蓝光从机器上的环形区域猛然射出，从他们头顶飞过，切到他刚才堆在门口的箱子上。箱子里的液体洒得满地都是，所有的架子都崩塌了，因为那些支撑腿全都被蓝色光环切断了。他对着那堆东西冷笑，如果刚才自己还站在远处的话，那道蓝光已经把他劈作两段了。

"小算盘打得不错，博士。"他说道。枪响了，博士像沙袋一样倒在地上。零食和饮料纷纷从被击毁的货架上跌落下来。凡是碰到那道蓝光的，落地时就已变成碎片。打坏的箱子里不断有酒流出来，外面依然有人用力砸门。

其实他挺喜欢满屋子都是酒精味儿的，但他希望酒精浓度别高到引发火灾的地步。他将机器调转过来，踩着遍地的酒水推动机器向前，那道蓝光切坏了更多货架，终于切入了门对面的那堵墙。

机器在颤动，空气里回荡着令人牙齿发麻的嗡嗡声。蓝光旁边冒出了一道道黑烟，沿着切坏的货架翻腾，随后落在地面上的酒水中，像一层暗色的雾。他调整机器设置，通过全息影像显示屏和几个小操纵杆调整力场的大小形状。他将力场调成了椭圆形。现在机器晃动得更厉害了，声音更加尖厉刺耳，黑烟也越来越多。

身后撞门的声音越来越响，房间里黑雾升腾，他觉得有几分头晕。他用肩膀使劲儿推那台机器，机器号叫着向前移动，好像有什么东西被切断了。

他背靠着机器，脚用力蹬地，用后背把它往前推。随着一声巨响，机器向一边滚去。他转过身，又用肩膀推，摇摇晃晃地越走过损毁的货架，穿过一个闪亮的洞，进入一个到处是金属柜的房间。饮料从裂缝里流了进来。他扶住机器站定，随后打开一个金属柜，发现很多闪亮的、细如发丝的纤维裹在一些电缆和操纵杆周围。一块操控板上指示灯频繁闪烁，就像一片城市夜景。

他嘟起嘴，对那些线路做了一个亲吻的动作。"祝贺你！"他对自己说，"你中大奖了。"他蹲下来，摆弄那台嗡嗡作响的机器，学斯塔普设定各种参数。这次他需要一个圆形切割力场，然后，他把机器开到了最大功率。

蓝色光环劈入灰色金属柜，一阵耀眼的光华闪过，声音震耳欲聋。他把机器留在原处，然后蹲在蓝色光环下面蹚水走开。他回到原来那间储藏室，坐在博士身上放松了一会儿，然后踢开门后的那些箱子，把金属门闩拿开。那道蓝光并不能穿出控制室，所以他站了起来，用肩膀撞开了房门，倒在目瞪口呆的飞船指挥官怀里。同时，那台力场切割机器爆炸了，冲击波使两个人飞出了酒吧，跌进大厅。

周围的灯全部熄灭。

3

医院的天花板是白色的,跟墙和床单的颜色一样。窗外,冰冻的山峰表面也是一片雪白。今天是白色填满视野的日子,闪亮干燥的白色晶体飘过窗前。过去四天来一直都这样,雪下个不停,风吹个不停。天气预报员说,估计未来两三天还是这样的天气。他想到部队里那些蜷缩在战壕和山洞里的士兵,他们甚至不敢诅咒这场暴风雪,因为风雪来临时至少不必打仗。飞行员们也很开心,但还是要装作闷闷不乐的样子,大声诅咒这场导致他们不能飞行的暴风雪。看过天气预报之后,他们中的大多数人可能已经喝醉了。

他看着白茫茫的窗户。据说仰望蓝天对病人身体的恢复有好处,所以他们才会把医院建造在地面上,而其他所有建筑都在冰层下面。医院外侧的墙壁被漆成鲜红色,这样就不会被敌方飞机轰炸。他也从空中看到过敌军的医院,在白茫茫的山野间,红得像一滴冰冻的血。

一扇窗前闪过一个白色旋涡,转瞬即逝,那是狂风卷着雪花在狂舞。他看向玻璃窗外白茫茫的混沌世界,就像只要集中精神,就可以从零乱的雪花中找到固定的模式似的。他抬起一只手,碰了碰裹在脑袋上的绷带。

他闭上眼睛，再一次努力回想，手无力地搭在胸前的床单上。

"今天感觉怎么样？"年轻的护士问他。她突然出现在床边，手里拎着一张椅子，她把椅子放在床边，朝着右边那张空床位。其他床位都是空的，他是这间病房里唯一的病人，已经大约一个月没有大战发生。

护士坐了下来。他笑了，很高兴见到她，很高兴她有时间聊天。"还好吧，"他点头说，"我还在努力回想，到底发生了什么事儿。"

她把膝头的制服下摆整理平整，又问："你的手指，今天觉得怎么样？"

他把两只手举起来，缩了一下右手的手指，又试了试左边的——手指只是微微动了一下，他皱着眉说："还是那样。"语气好像是在跟护士道歉。

"今天下午医生会来看你，他可能会安排理疗师来看看你的情况。"

"我真正需要的，是可以帮助我恢复记忆的理疗师。"他说道，把眼睛闭上了一小会儿，"我知道有些重要的事情，我必须赶紧回想起来……"他突然发现，自己已经把护士的名字忘记了。

"我们这里可没有那种理疗师，"护士笑盈盈地回答，"你的家乡有这种大夫吗？"

这种事情已经发生过了，就在昨天。不是吗？昨天，他不是也忘记了护士的姓名吗？他微笑着回答："我应该说，我不记得了。实际上我还记得，我们那里也没有这种理疗师。"

昨天他就曾忘记她的名字，前天也忘记了。他也曾制订了一个计划，想了一个能解决这个问题的办法……

"可能在你的家乡，人们不需要这种医生，你的颅骨那么厚实。"

她的嘴角还挂着笑意,他也报以微笑,努力回想自己拟订的计划。好像跟吹气有关,跟呼吸有关,跟一张纸有关……

"可能不需要。"他表示同意。多亏了厚厚的颅骨,他才能躺在这儿。他的颅骨比一般人更厚,或者说更硬。有人对他头部开了一枪,颅骨裂开了,但居然没有裂成碎片,没有裂到不可挽回的地步。(可是为什么?他当时并没有在外作战,他跟己方的飞行员在一起,怎么会……)

他侧过头看向一边,那里有个小柜子,上面有一张折叠起来的纸。

"不要让自己太累了,不要强迫自己。"护士说,"也许你不会再记起以前发生的事了,不过那也无所谓呀。你的理智也需要治愈。"

他听她说话,接受了她的建议,但心里想的却是前天自己对自己说过的话。那张纸,他需要处理那张纸。他吹了一口气,纸晃动了一下,一边翘了起来,他看到上面写了几个字:塔利贝尔。随后纸片恢复了原状。他吹气的角度是精心设计过的,就是为了不让护士看到纸片上的字。

她的名字叫塔利贝尔,当然,这名字听起来那么耳熟。

"我正在慢慢恢复,"他说,"可是塔利贝尔,有些事情很重要,我真的需要尽快回想起来。我非常清楚它们的重要性。"

她站起来,拍了拍他的肩膀。"算了吧,别自寻烦恼了。你为什么不睡一觉呢?要不要我帮你拉上窗帘?"

"不用了,"他说,"你能多待一会儿吗,塔利贝尔?"

"你需要休息,夏德南。"她说道,一只手摸了摸他的额头,"我一会儿就回来,帮你量体温,换绷带。如果你还有什么需要,就按铃叫我。"她拍了拍他的手,然后起身向外走去,也带走了那张椅子。她走到门口又停了下来,回头问,"哦,对了,上次给你换绷带的时候,我是不是把一把剪刀忘在你这儿了?"

他四处看了看,摇头说:"应该没有。"

塔利贝尔耸耸肩。"那算了。"她走出病房,他听到她把椅子放在走廊地板上的声音。门关闭了。他又看向窗外。

塔利贝尔每次离开,都会把椅子带走。因为他第一次醒过来看到椅子的时候发了疯。即便是之后他的精神状态稳定了,他也会浑身发抖,瞪大的眼睛里写满恐惧——因为床脚有一张椅子。所以医护人员把病房里的椅子都收了起来,放到他看不到的角落里。塔利贝尔或是医生来看他的时候,就把门口的椅子拿进来。

他希望自己可以把这一点忘掉,忘掉椅子,忘掉制椅匠,忘掉星芒号。为什么经过那么多年,经过那么漫长的旅程之后,那段记忆还是如此鲜明,如此清晰?但是仅仅几天之前发生的事情——有人对着他的脑袋开枪,把他丢在机库里等死——他却完全不记得。残留的印象是那样暗淡模糊,就好像风雪纷纷之外的朦胧世界。

他看着窗外阴沉的云和狂舞的雪,它们在毫无道理地嘲笑他。他躺回床上,让堆积的床单淹没他,像在水中漂流。他睡着了,右手放在枕头下面,紧握着一把剪刀的手柄,那是前天他从塔利贝尔的托盘里拿的。

"老伙计,你的脑袋怎么样?"萨兹·伊瑟雷丢给他一个水果,但他没接住。水果打在他胸口,弹落在膝盖上,他将水果捡了起来。

"正在恢复。"他对伊瑟雷说。

伊瑟雷坐在旁边床上,把帽子丢在枕头上,解开了军装最上面的纽扣。短短的黑发让他浅色的面庞显得更加苍白,而黑暗依旧笼罩着病房外的世界。"他们对你怎么样?"

"挺好。"

"那个小护士真是漂亮得不得了啊。"

"塔利贝尔,"他笑着说,"她的长相还过得去。"

伊瑟雷哈哈大笑,向后挪了挪,两只手从背后撑着床。"只是'过得去'吗?扎卡维,我觉得她简直能迷死人。你大小便都在床上解决吗?"

"不,我可以自己走到洗手间。"

"要不要我帮你把腿打断?"

"晚点儿再说吧。"他笑着回答。

伊瑟雷也笑了,然后转头看窗外的暴风雪。"你的记忆力怎么样?现在好点儿了吗?"他一边问,一边揪床单。

"没有。"他说。其实他觉得记忆力好像恢复了一点儿,但不知为什么,就是不想让别人知道。也许他有一种不祥的预感。"我记得去过食堂,大家一块儿打牌,然后……"然后他想起自己看到了床边那张白色椅子,记得那一刻好像地球上所有的空气都涌入了肺里;他记得自己尖叫得像龙卷风一样凶猛,似乎能一直叫到世界末日,除非塔利贝尔过来安慰他。(利维埃塔?他那时喃喃自语,达尔……利维埃塔?)他耸耸肩,说:"……然后我就在这儿了。"

"好消息是,"伊瑟雷说道,整了整裤子,"我们终于把机库地面上的血迹清理干净了。"

"其他人怎么样?"

伊瑟雷叹了口气,摇摇头,理了理脑后的头发。"哦,还是原来那群可爱至极的棒小伙子。他们让我代为问候,祝愿你早日康复。可是那天晚上,你真是把他们吓坏了。"他伤心地看着躺在床上的战友,"夏德南,我的老朋友,没有人喜欢这场战争,但你应该用合适的方式表达自己的想法,你的做法是不对的。我是说,我们所有人都对你所做的一切心存感激，我们也知道这场战争其实与你无关，但是我觉得……我觉得你说的那些话伤害了一些战友。我听说很多人晚上都做噩梦，你肯定也听说过。有时候，你能从他们的眼神中看出来。他们知道自己可能会面对什么样的结局，他们没有办法平静接受，他们吓坏了。如果当面说那些话的人是我，他们可能会一枪把我打死，但是现在，他们吓坏了，想摆脱这场战争。他们本来都是勇敢的人，愿意为国献身，但现在却想脱身。只要你知道他们面临怎样的考验，就无法指责他们。他们不放过任何说得过去的理由，倒不至于对着自己的脚开枪，但的确有人会不好好穿鞋出门，故意搞得满脚都是冻疮。这些伎俩，已经有太多人尝试过了，但他们还是想摆脱战争。你本不必出现在这里，但是你来了，你主动选择参战，很多人因此对你很反感。你让他们觉得自己是懦夫。他们要是在你的位置上，都会选择留在大陆地区，搂着姑娘跳舞，吹嘘自己是多么神勇的飞行员。"

"我破坏了他们内心的平静，我很抱歉。"他碰了碰自己的绷带，"不过我没想到，他们对我的反感会强烈到这种地步。"

"他们没有，"伊瑟雷皱起眉头，"事情就怪在这里。"他站起身，走到窗户面，望着窗外的暴风雪。

"该死的，夏德南，我知道有一半的飞行员都想把你约到机库里，打掉你几颗牙齿，但是用枪？"他摇摇头，"我不会让哪个战友拿着面包卷或者冰块站在我身后的，他们铁定要恶作剧，但背后放冷枪……"他再次摇头说，"想都不用想，他们绝对不是那种人。"

"也许那一切都是我的想象，萨兹。"他说。

伊瑟雷回头看他，一脸担心，看到朋友在微笑，才放松了一点儿。"夏德南，我不愿意承认自己看错了他们中的任何一个人。

但是，也许还有一种可能……凶手另有其人。我不知道是谁，宪兵也找不出头绪。"

"估计我也没给他们提供多少帮助。"他说。

伊瑟雷走回来，又坐在那张床上。"你真的不记得那天你跟谁说过话，去过哪儿吗？"

"什么都不记得。"

"你跟我说过，你要去指挥室，确定最新的打击目标。"

"是的，我听说是这么回事儿。"

"后来贾恩想找你去机库单挑——因为你之前说的那些话——他却找不到你了。当时你大肆抨击我们的最高指挥官和基本战术安排。"

"我不知道发生了什么，萨兹。我很抱歉，但我真的……"他感到泪水涌上了眼窝，如此突然，他自己也暗吃一惊。他把水果放回膝盖上，擤了擤鼻子，然后揉揉脸，咳了几声，拍拍自己前胸。"对不起。"他再次道歉。

伊瑟雷耸耸肩，咧嘴笑着说："嘿，别在意，你的记忆会回来的。也许就是某个疯狂的地勤人员，因为你欺负他太多次，脑子一热才干出这种蠢事。慢慢来，不能着急。"

"是啊，'好好休息'，所有人都跟我说这一套，萨兹。"他拿起膝上的水果，放进床头柜里。

"下次来的时候，要不要给你带点儿什么东西？"伊瑟雷问，"还有塔利贝尔，如果你不抓住机会，我就要对她采取行动了。"

"不用了，谢谢。"

"酒，要不要？"

"不用了，我还是溜到食堂吧台去喝吧。"

"书呢？"

"我什么都不需要，真的，萨兹。"

"扎卡维，"伊瑟雷笑了起来，"你在这里连个说话解闷儿的人都没有，平时都干些什么？"

他看看窗户，又看看伊瑟雷。"我在思考，思考很多事情，我在努力回忆一些东西。"

伊瑟雷走到床前，他看起来是那么年轻。他犹豫了一下，在战友胸前轻轻打了一拳，又看了看绷带，说："别在回忆里迷路啊，老伙计。"

有一瞬间，他面无表情，随后说："哈，这你不用担心，再怎么说，我的导航能力都是一流的。"

他本打算告诉萨兹·伊瑟雷什么事情，但当时他想不起来了。好像是要警告他，因为有什么东西是他自己知道，而伊瑟雷不知道的，这个东西，需要……小心戒备。

这种挫败感让他想尖声大叫，想把白色枕头撕成两半，想把椅子抓起来丢到窗外，让外面白色的疯狂世界闯进屋来。

他有时会想，如果打开窗户，多久后他会冻起来。被冻起来也不错，他来到这个星球的时候就是冷冻的，为什么不可以冷冻着离开呢？或许是某种烙在细胞里的记忆，某种深入骨髓的冲动，让他来到了这个地方，而不是其他地方。在古老的巨大冰山上，一场生死决战正在上演。一座座平顶冰山猛烈地相互撞击、旋转，就像鸡尾酒杯中的冰块，只不过这酒杯有行星那么大。冰冻岛屿永不停歇地在海洋中漂浮，有的长达数百千米，在极地与赤道之间往返。在它们宽阔的脊背上，到处是鲜血和尸体，还有飞机和坦克的残骸。

为那些最终都将融化的土地而战，为了永远无法提供食物和矿产的疆域而战，这场愚蠢的战争就像一幅讽刺漫画。即便他欣赏战斗的过程，但本地军队的战斗方式大多让他受不了，于是他坦率地说出了自己的想法,与其他飞行员为敌,与上司为敌。

无论如何,他知道伊瑟雷的话是对的。并不是因为他在食堂大放厥词,就有人想要杀死他,至少这不是直接原因……

飞行中队的指挥官索恩也来看他了,这次他的态度变了,不再是一副奴才的嘴脸。

"谢谢你,护士。"他对门外说道,随后关上房门,笑着走到床前,手里拿着那张白色的椅子。他坐下来,挺直腰杆,让大肚子显得不那么臃肿。"啊,扎卡维上尉,你感觉怎么样?"

一股花香——这是索恩喜欢用的香水——从他身上传来。"我希望两周后就执行飞行任务,长官。"他回答。他一直不喜欢这位指挥官,但还是尽可能地面带笑容。

"是吗?"索恩说,"医生们可不是这么跟我说的,扎卡维上尉。除非他们有两套说辞。"

他皱起眉头:"嗯,也许……要好几个星期……长官……"

"我觉得也许你应该复员回家,扎卡维上尉。"索恩一脸假笑,"或者送你回大陆,因为我听说你的家乡离这儿很远,对吗?"

"我确信我可以回到自己的战斗岗位上,长官。当然,我知道自己还需要一段时间的治疗,不过……"

"好了,好了。"索恩打断了他,"好吧,等诊断结果出来再说吧,好吗?嗯,很好。"他站了起来,"有没有什么事情——"

"没有。"他打断了索恩的话头,随后看到索恩的表情,又说,"请原谅,长官。"

"我想说的是,上尉,有没有什么我可以帮你做的事情?"

他低头看着白床单。"没有,长官。谢谢你,长官。"

"祝你早日康复,扎卡维上尉。"索恩冷冰冰地说。

他向索恩敬礼,索恩点点头,转身离去。房间里只剩他一个人，面对那张白色椅子。

过了一会儿塔利贝尔来了，她抱着双臂，白皙的圆脸上一副宁静温和的表情。"睡一觉吧。"她说完拿起白色椅子走了出去。

他在深夜醒来，看见外面的雪地上灯光闪耀。飘飞的雪花变成了半透明的影子，与射斜下来的强光嬉戏。在深沉的夜色里，远处的白雪也变成了一片灰黑。

他醒来时，鼻端有花香萦绕不去。他把手伸到枕头下面，摸到了那把锋利的长柄剪刀。

他想起了索恩的嘴脸。他想起了指挥室里的情形：有四个指挥官邀请他去喝一杯，说要跟他谈谈。

在其中某人的房间里（他现在还记不起这些人的名字，但很快就会想起来，因为他已经回想起他们的相貌了），他们问起传言中他在士兵食堂说过的话。

当时他有点儿喝高了，自作聪明，觉得自己可以发现一些有意思的事，于是他说了一些他们期待听到的话，而不是他对其他飞行员实际说过的话。

随后他发现了一个阴谋。他本希望新政府信守承诺，结束战争；而这些指挥官打算发动政变，并且需要优秀的飞行员。

在酒精和激动情绪的左右下，他让那四个人以为他是支持政变的，随后他就去见了索恩。索恩很严厉，但也公正，喜欢吹毛求疵，不讨人喜欢。他爱慕虚荣，爱喷香水，但也一直忠于政府。（不过萨兹·伊瑟雷曾说过，这个人只是在飞行员们面前支持政府，到了他的长官那里，就是另外一副嘴脸了）。

他记得当时索恩脸上的表情。后来索恩让他乖乖回去睡觉，并告诫他不要向任何人透露任何消息，因为索恩怀疑飞行员中也有叛徒。他回去了。可能因为酒喝得太多，那些人来抓他的时候他已经醒了,但还是晚了,有人用湿乎乎的破布蒙住了他的口鼻,他拼命挣扎,吸入了麻醉剂。

他被两个人拖过走廊,脚趾隔着袜子划过瓷砖地面。他们进了一个机库,有人把守电梯口。他抬不起头,只能模糊看到眼前的地面,但他闻到右边的人身上有浓烈的花香。头顶的双扇门吱吱嘎嘎地打开了,他听到暴风雪在暗夜中呼啸,随后被拖入电梯。

当时他集中精神,翻过身来,一下子抓住了那人的领子。他看清了索恩的脸,对方脸色苍白,充满恐惧。他感觉到另一个人抓住了自己的胳膊,他挣扎着把胳膊甩开。这时他看到了指挥官枪套里的手枪。

他记得自己抢到了手枪,记得自己大声喊叫,想脱身却摔倒在地。他开枪了,但没有效果,枪里没子弹!索恩对其他人大声喊,他们向机库另一端望去,几架飞机挡住了视线,但那边肯定有人。那人大声抱怨为什么有人半夜打开机库的门,还开了灯。

当时他没看清是谁对他开枪的,只感觉头部一侧遭到重击,随后他看到的就是医院的白色椅子。

窗外,雪花在强光下狂舞。他看着雪花,直到天亮,不断地回想。

"塔利贝尔,请帮我给萨兹·伊瑟雷上尉传个口信。告诉他我要见他,情况紧急。请把消息传到我所在的飞行中队,行吗?"

"当然可以,不过你要先吃药。"

他抓住她的手。"不,塔利贝尔,你先给中队打电话。求你了,帮帮我。"

她无奈地摇了摇头。"你真烦。"然后开门出去了。

"他能来吗?"

"他请假了。"护士说道,拿起活页夹,查看他需要服用的药物。

"该死的!"伊瑟雷居然没说他要请假的事儿。

"上尉,张开嘴。"护士摇动药瓶。

"报警,塔利贝尔,我要你通知宪兵队,现在就去,这真是急事。"

"先吃药,上尉。"

"那你答应我,我吃了药你马上就去。"

"好的,嘴张大。"

"啊——"

这个该死的伊瑟雷,偏偏这时候去休假,居然也不打招呼!还有索恩,真是胆大妄为!他居然还敢来探望,试探他是否记得那天的事情。如果他当时想起来了,事情会变成什么样?

他摸向枕头底下,那把剪刀还在,冰冷而锋利。

"我跟他们说了有情况紧急,他们说马上就到。"塔利贝尔走进来告诉他,这次她没带椅子。她看看窗外,暴风雪还没有停息。"我得让你喝点药,以免你睡着了。宪兵希望你保持清醒。"

"可是我现在就醒着,而且很清醒。"

"安静点儿,吃药。"护士说道。他把药吞了下去。

他睡着了,手里还紧紧握着枕头下面的剪刀。窗外的白色不断延伸、扩张,冲破了窗户,不断地渗透,压在他头顶,附着在一层又一层的绷带上,像是把绷带解开了,和墙角的椅子丢弃在一起。那些椅子聚集起来,嘟囔着什么,缓慢地从四面八方逼近,压迫他的头脑。椅子旋转着,像雪花一样癫狂地舞蹈,速度越来越快,距离越来越近,然后它们变成了绷带,紧紧地裹在他发烧的额头上。然后它们找到了伤口,冲破了他的皮肤和头颅,像水晶般冰冷坚硬，钻进了他的大脑。

塔利贝尔打开了病房的门，军官们鱼贯而入。
"你确定他已经昏迷了吗？"
"我给了他两倍的剂量。不是昏迷，就是已经死了。"
"他还有脉搏。你抓住他的胳膊。"
"好的！嘿，你们看这个！"
"嗯？"
"是我的错，我一直纳闷这剪刀哪里去了。抱歉。"
"你干得很好，孩子。你最好现在就离开，谢谢。我们不会忘记你的帮助。"
"好的……"
"还有什么事吗？"
"那个……过程会很快，对吗？在他醒来之前就会……"
"当然，他不会有任何感觉，没有痛苦。"

他在冰冷的雪地上醒来。体内的寒意透到了体表，从每一个毛孔里冲出来，尖声嘶叫。他知道自己就要死了。暴风雪已经让他的一侧身体失去了知觉，他身上只穿着医院的病号服。寒冷已经变成了一种让人麻木的痛，从四面侵蚀他的躯体。

他抬头四面张望。附近都是平整的积雪，看光线像是上午。暴风雪已经平息了一些，但还是很猛烈。他最近一次听到的气温报告是零下十摄氏度，但在寒风呼啸的地方，体感温度要低得多。他的手脚、头部都冻得发疼。

是寒冷唤醒了他，他要不是及时被冻醒，现在已经死了。那些人肯定已经回去了，如果能确定他们离开的方向，沿着那个方向……

他想移动身体，但是做不到。他心中暗暗喊叫，想把全部的意志力都调动起来，但只能翻个身，坐起来。

他几乎已经垮了，他必须把两手放在身后，才能勉强支撑身体。他感觉两只手都被冻住了，他知道自己永远不可能站起来了。

塔利贝尔……他想到了她，可是这想法瞬间就被暴风雪卷走了。忘了塔利贝尔吧，你马上就要死了，还有更重要的事情可以回想。

他呆呆地看着乳白色的暴雪。雪花包裹着他，环绕着他，像一群拥挤忙乱的小星星。他的脸上像扎着一百万根细小炽热的尖针，随后就完全麻木了。

他已历经千辛万苦，难道要死在别人的战场上吗？这一切都太愚蠢了。扎卡维、伊莱瑟梅尔、星芒号、利维埃塔、达尔金丝，这些名字一个一个被呼啸的寒风吹走。他感到自己的脸在颤抖，感到寒风渗透了皮肤。从眼球到舌头到牙齿和所有的骨头，形成了一个传递寒冷的通道。

他从背后的雪地上扯开一只手，尽管扯掉了一层皮，但严寒已经让他毫无知觉。他扯掉纽扣，拉开睡衣，让心脏上方那个凹陷的伤痕暴露在寒风里。他又把手撑在背后，抬头看天空，只要略微一动，颈部的骨头就叽嘎作响，好像所有的关节都被冻住了。"达尔金丝……"他在风雪中轻声呼唤这个名字。

就在这时，他看见了那个女人。她平静地穿过风雪，来到他面前。她脚踩黑色长筒靴，身穿领子和袖口带毛皮的黑色长大衣，头戴一顶小帽。

当时他的脸和脖子都暴露在风雪中，那女人也没有戴手套。她有一张鹅蛋脸和一双深邃的黑眼睛。她就那么轻巧地来到他面前，所到之处，飞雪似乎也给她让路。他感觉到一种无法描述的力量，似乎有一股暖流渗透到他的皮肤下面。

虽然每一个动作都会带来疼痛,他还是闭上眼睛,摇了摇头,然后又一次睁开眼。那女人还在。

她半跪在他面前,两手放在膝盖上,平视他的面孔。他努力向前看,又从雪地上扯开一只手。扯的时候感觉不到疼痛,但手拿到面前,就能看到上面的伤口。他想触摸她的脸,但那女人握住了他的手。她的手很温暖,他觉得自己从未感受过这么美好的暖意。

"该死,"他说道,知道在严寒和药物的作用下,自己的声音听起来一定很怪,"在这荒谬的一生中,我始终是无神论者,可结果呢?那些招摇撞骗的浑蛋说的居然是真的!"

"真是过奖了,扎卡维先生。"女人说道,她的声音深沉,特别性感,"我不是死神,也不是你们想象中的其他什么女神。我和你一样真实……"她用修长而结实的手指轻抚他流血的手掌,"只是体温比你稍高一点。"

"哦,我当然相信你是真实的,"他说,"我可以感觉到……"

他还没说完这句话,就看到女人背后的风雪中浮现出一个巨大的灰白色影子,颜色比冰雪略深一些。它悬浮在女人身后,安静、庞大、沉稳。他们身边的风暴好像突然停息了。

"这是十二座轻便飞船,夏德南。"女人说,"它是来接你的,只要你愿意离开。如果你想去大陆,它可以带你去;如果你愿意跟我们去更远的地方,也可以。"

他已经不想再闭眼、摇头,确认眼前场景的真实性了。不管脑子里哪个疯狂的部分想玩这个游戏,他都必须玩下去。这一切是不是跟星芒号、跟椅子有关?他不知道。但是,即便如此(还能有什么别的原因呢?)眼下他也只能任人摆布,并没有真正的选择权。"跟你们走?"他忍住大笑的冲动。

"跟我们走，我们打算给你一份工作。"那女人笑着说，"但是，我们最好找个暖和一点儿的地方谈，好吗？"

"暖和点儿的？"

她向后面仰了一下头："轻便飞船。"

"哦，当然。"他同意，"坐那个。"他想把另一只手从雪地上扯开，但没有成功。

那女人从衣袋里取出一个小瓶子，放到他身后，把瓶子里的东西慢慢倒在他手上。他的手开始发热，冒热气，可以从雪地上拿开了。

"让我帮你好吗？"她拉起他的手，温柔地将他扶起，还从衣兜里取出一双拖鞋，"穿上吧。"

"哦！"他笑了，"谢谢。"

她一只胳膊撑在他腋下，手扶住他另一侧肩膀，她身体很强壮。"你好像知道我的名字，"他说，"如果不介意的话，可否告诉我你的名字？"

她微笑起来。两人搀扶着，一起走向外壳浑圆的轻便飞船，他们头顶有稀疏的雪花飘落。

周围是如此安静，他甚至可以听到脚下积雪被踩实后发出的吱吱声，尽管暴风雪依旧在旷野中肆虐。

"我的名字，"她回答道，"叫拉斯德－康杜雷萨·戴吉特·埃姆布雷希·萨玛·达·玛林海尔德。"

"不是开玩笑吧！"

"你可以叫我戴吉特。"

他笑了："好的，戴吉特。"

她脚下一深一浅，而他一瘸一拐，两人一起进入温暖的轻便飞船。四壁是光滑的木料，椅子上垫着光洁的皮毛，地面铺着毛皮地毯，舱内闻起来像山地园林。

他试着深呼吸，吸入周围温暖、馨香的空气。他摇摇晃晃转过身，呆呆地望着那个女人。

"这居然是真的！"他不禁感叹。如果有足够的气力，当时他会尖叫。

女人点点头。"欢迎登船，夏德南·扎卡维。"

他昏了过去。

十二

"扎卡维!夏德南!"

"啊……"他清醒了过来,面前是一位老人,面容祥和。"拜扎伊?"他问。当然,这个老人就是索尔德林·拜扎伊,只不过比他记忆中更老了一些。

他四处观察,又侧耳倾听,他听到低沉的嗡嗡声,眼前是一间空荡荡的小舱室。这是艘海船吗?还是飞船?

快速飞船奥索姆·伊曼纳内西号,记忆深处的一个声音告诉他,飞往……伊姆普林附近的某个地方,是伊姆普林居住地,他必须把索尔德林·拜扎伊送往伊姆普林居住地。然后他想起了小个子博士和那台神奇的力场切割机器,有蓝色切割光圈的那个。他在记忆深处继续挖掘,记起了发生的一切。布满光纤线路的房间;一个飞吻;爆炸,被冲击波抛过吧台;落在大厅里,头部受到撞击。后来的记忆都很模糊:远处传来尖叫,有人把他抬了起来,然后他就失去了知觉。

他躺了片刻,感受身体状况。没有脑震荡,右肾轻微损伤,大量淤伤,两膝擦伤,右手割伤,鼻子还在恢复中。

他坐起来,再次观察这个房间:金属墙裸露着,有两张吊床和一只小凳子,拜扎伊正坐在凳子上。"我被关起来了?"

拜扎伊点点头。"是的,这是牢房。"

他躺了下来,发现自己正穿着一次性船员套装。耳环通信终端也不见了,耳垂很疼,可以想象它也是经过坚决抵抗后才被夺走的。"你也被关押了吗?还是只有我被关押?"他问。

"只有你被关押。"

"飞船怎么样?"

"我觉得,目前应该正驶往距离最近的星系,用的是备用动力系统。"

"最近的星系是哪儿?"

"这里只有慕尔赛星有居民。这个星球的部分地区正在打仗,是你提到过的局部冲突之一。目前他们拒绝让我们的飞船降落。"

"降落?"他呻吟了一声,因为不小心碰到了脑后,那儿有很大一块淤伤,"这飞船不能降落,它本来就不能进行大气层内飞行。"

"哦,"索尔德林说,"那好吧,也许当地人的意思是我们不能接近行星表面。"

"但是他们有太空港之类的,对吗?"

拜扎伊耸耸肩。"我想是的。"

他又扫视了一下房间,故意做出找什么东西的姿态。"他们对你了解多少?"他用眼睛示意整个房间。

拜扎伊微笑着说:"他们知道我是谁,我跟船长谈过了,夏德南。客运公司要求他们原路返航,尽管当时他们不知道为什么。现在他们已经知道了真正的原因。船长可以原地等待,等人本主义者的舰队赶上我们,或者前往慕尔赛星。他顶住压力选择了后者,宗主肯定通过客运公司向他施加了压力。他坚持使用备用频率向客运公司报告船上的事情,以及我的真实身份。"

"也就是说,现在所有人都知道了?"

"是的,我想现在整个星团的人都知道了你我的真实身份。重要的是，我觉得船长对我们并不是毫无同情心。"

"嗯，这很好。可我们到了慕尔赛星之后又怎么办呢？"

"我们得先摆脱你，扎卡维先生。"头顶的一个扬声器里突然传来声音。

他看看拜扎伊，说："我希望你也听到了这句话。"

"我想说话的应该是船长。"拜扎伊说。

"是我。"那个人回答，"我们刚刚得到消息，我们必须在到达慕尔赛星太空港之前就跟你们分道扬镳。"船长听起来很恼火。

"真的吗，船长？"

"是的，扎卡维先生。我刚刚接到慕尔赛星巴尔泽特王国发来的军事通牒。他们要求我们在到达太空港之前交出你和拜扎伊先生。如果我们不同意，他们就会对我们的飞船发动攻击。我打算按照他们的要求去做。虽然我是抗议无果才被动接受的，但是我承认，摆脱你们我也会轻松很多。我还要补充一点，他们打算用来接你们走的那艘飞行器，至少已经有几百年机龄了，已经不适合进行太空航行。就算他们能在几个小时后成功完成对接，你们穿过慕尔赛星大气层的旅程也不会平静的。拜扎伊先生，如果你愿意出面沟通，也许巴尔泽特能同意让你们先进入太空港。无论怎样，两位，我祝愿你们一路平安。"

拜扎伊坐在小凳子上，身体向后面靠了靠。"巴尔泽特……"他轻轻点头，"我不知道他们要咱们两个做什么。"

"他们想要的是你，索尔德林。"扎卡维将两脚放在床一侧，看起来不太有把握，"他们是站在正义一边的吗？小型战争实在是太多了……"

"这么说吧，理论上他们是好人。"拜扎伊说，"我记得，他们相信行星和机器都有灵魂。"

"没错，我也觉得他们是好人。"扎卡维慢慢起身，活动胳膊和肩膀,"假如慕尔赛太空港是中立区域,你去那边肯定更好。不过我猜巴尔泽特想要的人是你,而不是我。"

他揉了揉后脑勺,努力回想慕尔赛星球的局势到底是什么样的。慕尔赛是一个容易挑起全面战争的地方,现在包容主义者与人本主义者已经在那里开战了。巴尔泽特代表包容主义者的势力,尽管他们的最高领导层是一群大祭司。他不清楚这些人要拜扎伊做什么,尽管他知道这个祭司群体非常热衷于搞英雄崇拜。也许他们听说拜扎伊在附近就想把他控制住,当作人质,这种可能性也是有的。

六个小时后,他们和古老的巴尔泽特飞船完成了空中对接。

"他们想要的是我?"他惊讶地问道。

当时他们在气密舱里,这一边是他、拜扎伊和船长,对面是四个持枪穿制服的人。那四个人都带着透明面罩,可以看到他们的皮肤是浅棕色的,额头正中都画着一个蓝色圆圈。那圆圈好像还会发光,他想,这圆圈是不是为敌方狙击手搞的慈善活动?

"是的,扎卡维先生。"船长回答,这个矮胖的光头男人很开心地笑了,"他们要的是你,不是拜扎伊先生。"

他看看那四个穿制服的人,又问拜扎伊:"这帮人想搞什么?"

"我也不知道。"拜扎伊说。

他对四个人招招手,问:"你们让我去干什么?"

"邀请你去,大人。"其中一人说道,声音是从制服上的一个喇叭里传来的,这显然不是他的母语。

"邀请?"他问,"你是说我可以拒绝?"

穿制服的男人似乎不太高兴。他说了些什么,但是喇叭里没有声音传出来,然后他又说:"扎卡维大人,你来,这很重要,必须,很重要。"

他摇了摇头。"说到底我还是必须去。"他自言自语,又对船长说:"船长大人,能否把我的耳环还给我?"

"不行,"船长笑容可掬,"请你马上离开我的飞船!"

慕尔赛星派来的飞行器舱体狭窄、技术落后,里面很闷热,还散发着一股电子元件的味道。他们丢给他一件破旧的航天服,把他带到一个座位上,让他系上安全带。在飞船内部还需要穿航天服,这肯定不是个好兆头。接他上船的那几个士兵坐在他身后。由三人组成的驾驶队伍(也穿着航天服)看上去很忙乱。而且,他怀疑座位前的人工操纵杆不是紧急情况下使用的,这更让他心里没底。

飞行器进入大气层的时候被气浪冲击得吱嘎作响,船体周围是炽热的气团。他这时候才发现,外面的景象都是通过窗户直接看到的,而不是通过显示屏。他不知道这层透明物质是玻璃还是其他什么东西,这更让他心惊胆战。船体周围的尖啸声越来越响,舱内也越来越燥热难耐。然后是不断亮起的指示灯、船员之间紧张的对话、几次反常的震动和更多紧张的讨论,这让他神经绷得更紧了。终于,船体周围的闪光消失了,天空从紫色变成蓝色,但船体的震动感又回来了。

他们闯入了夜色中,闯过雷鸣电闪的云层,在黑暗中闪耀的电光照亮了操纵台,情况显得更加恐怖了。

他们要利用跑道,采用古老的滚轮式降落,而且要冒着雷雨。

降落装置(他估计是轮子)触地的时候,背后那四个士兵有气无力地欢呼。飞行器向前滑行了极长一段距离才停下来,中间还打了两次滑。

他们终于停下了。三个航天员都瘫倒在座位上,胳膊无力地垂在两边,面无表情地注视着外面的瓢泼大雨,一语不发。

他解开安全带,摘下头盔。士兵打开了舱内的空气阀。

打开舱门,他看到的是大雨、闪电、卡车、坦克车和远处低矮的房屋,还有几百个人。这些人全都被雨淋湿了,有的人还在给别人撑雨伞,好像所有人额头上都画着那种圆圈。他们有的穿着军装,还有几十个穿长袍的白发老者,脸上溅满了雨水,走到了舷梯底部。

"请,大人。"一个士兵示意他们下船。那些长袍老者已经在舷梯前排成了一个箭头的形状。

他走出飞船,站在舷梯底部的小平台上,雨点从一侧敲打着他的脸。

欢呼声突然响起,那些老人全都低头单膝跪地。他们就跪在泥水里,跪在风雨交加的跑道上。那些低矮建筑后面突然腾起几道蓝光,华丽的焰火照亮了远处的山峦。聚集的人群开始欢呼,喊口号。他费了一些力气才听清,他们喊的是:"扎——卡——维!扎——卡——维!"

"啊……"他自言自语。远山后传来轰隆隆的雷声。

"嗯,你能再给我讲一遍吗?"

"伟大的救世主……"

"我真希望你别这么叫我。"

"哦!当然,扎卡维大人,我应当怎么称呼您?"

"啊,咱们互称'先生'怎么样?"他比了一个手势。

"扎卡维大人,先生,您是我们命中注定的救星,这是神的昭示!"坐在火车包厢对面座位上的大祭司两手紧握在胸前。

"昭示?"

"当然!您就是我们的救世主。是神的福音!是上天派来的!"

"派来的……"他无意识地重复这句话,试图搞清楚情况。

他刚落地不久,这些人就关掉了探照灯,祭司们簇拥着他,无数条胳膊搭在他肩膀上,之后他们离开水泥跑道,登上一辆装甲卡车。跑道上的灯已经熄灭,只有卡车和坦克车上的照明灯可用。车灯都装有遮蔽设备,远射灯照亮了一片片锥形区域。车队前呼后拥,送他到达一座火车站。他登上一列装着厚厚百叶窗的火车,火车哐当哐当地驶入夜色中。

其实,车上根本就没有窗户。

"当然了,我们文化的优良传统之一就是吸取外来文化,因为它们总是比本土文化更强大。"大祭司纳博埃利亚鞠了一躬,"要说强大,又有谁能比得上督军大人呢?"

督军?他要好好回想一下这个称呼。"督军"是他从前在沃伦胡兹星团的称号,当地媒体都这样称呼他。在上次的狂飙冒险中,他是军事活动的最高指挥官,而拜扎伊主管政治,所以拜扎伊被称作"督政"。

"督军……"他点点头,其实一点儿都不明白,"你们觉得我能对你们有所帮助?"

"扎卡维大人!"大祭司从椅子上滑下来,跪在他面前,"您就是我们力量的源泉!"

他靠在真皮座椅上,不动声色地问:"为什么?"

"大人,您的战绩已成为不朽的传奇。自上次那个不幸的时代以来,一直广为传颂!我们的精神导师在去世前曾经预言,救世主来自'九天之外',您就是他生前提过的伟人之一。而您又在危急关头降临我们的星球,这足以说明,您就是传说中的救世主!"

"我明白了,"他说道,其实还是一点儿都不明白,"好吧,我来看看我们到底能做些什么。"

"拯救我们!"

火车在某个车站停了下来,他们在士兵护送下登上电梯,进入一间套房。有人告诉他这里可以俯瞰整座城市,但现在实行了完全的夜间灯火管制。房间内部的显示系统也已经关闭。房间布置奢华,他四处察看一番。

"很好,谢谢你。"

"这是为您准备的侍童。"大祭司撩开了卧室的帘幕。里面有一张大床,上面有五六个俊美小生。

"这个……我……嗯……谢谢你。"他对大祭司点点头,也对那些男孩微笑。所有男孩一起对他微笑。

他躺在华美的大床上,两手枕在脑后,瞪着眼睛睡不着。过了片刻,黑暗中砰的一声响,在一片暗淡的蓝色光环里,出现了一个拇指大小的微型机器。

"扎卡维?"

"嗨,萨玛?"

"你听我说——"

"不行,你听我说。这该死的到底是怎么回事儿?"

"扎卡维,"萨玛的声音从侦察飞弹里传来,"情况很复杂,但是——"

"我现在被困在这儿,跟一群同性祭司为伍,而且他们认定我能解决所有的军事问题。"

"夏德南,"萨玛用她最有魅力的声音央求,"这些人完全相信你的军事才能,并且把这种信心上升到了宗教信仰的高度。你怎么忍心让他们失望呢?"

"相信我,他们的麻烦解决起来绝对不容易。"

"不管你喜不喜欢,你都已经是这个星球的传奇人物了。他们相信你可以完成伟大的功业。"

"那你们指望我做什么？"

"指引他们，做他们的大将军。"

"这是他们希望我做的，可我真正的任务是什么？"

"就是这个，"萨玛说，"做他们的领袖。此外，拜扎伊已经到达慕尔赛太空港。目前那里是中立区域，他正在施加正面影响。你还不明白吗，扎卡维？"萨玛的声音急促有力，"我们已经掌握了主动权！拜扎伊已经按照我们的希望行动起来了。你需要做的只是……"

"什么？"

"做你自己，做这些人的统帅！"

他摇摇头。"萨玛，你说明白点儿，你们的具体计划是什么？"

他听见萨玛的叹息。"赢得这场战争，扎卡维。巴尔泽特这股势力对我们来讲至关重要。如果他们打赢了，拜扎伊就可以跟这里的胜者结成同盟，我们也许就可以扭转整个星团的局势。"她又深吸了一口气，"扎卡维，我们需要这样的结果。在一定程度上，我们的手脚被束缚了，需要借助你的力量来扭转局面。为他们赢得战争吧，这样我们才有机会稳住局面，真的。"

"好吧。"他说，"问题是，我粗略看过他们的地图，这些家伙麻烦大了。要想打赢这场战争，真得有奇迹才行。"

"你尽力而为吧，夏德南，求你了。"

"你们能提供协助吗？"

"嗯，你需要什么样的协助？"

"情报，萨玛，如果你们留意敌人的——"

"啊，不行，夏德南，很抱歉我们不能协助你。"

"什么？"他大声说，从床上坐了起来。

"我很抱歉，扎卡维，我真的很抱歉，但是这件事我希望你能理解。这儿的局面非常微妙，我们绝对不能干涉。这枚飞弹甚至都不应该出现，它很快就得离开了。"

"也就是说，我只能靠自己？"

"对不起。"萨玛说。

"对不起有屁用！"他说道，瘫倒在床上。

不用打仗，他还记得萨玛不久前的承诺。"不用该死的打仗！"他自言自语，把头发拢在脑后，用橡皮筋束起来。现在已是黎明时分，他理了理马尾辫，透过厚厚的窗玻璃俯视扭曲的城市。城市刚刚醒来，周围的山峦披上了红霞，天空一片蔚蓝。他带着几分厌恶打量那套装饰奢华的长袍，祭司希望他穿上这个。尽管很不情愿，他还是穿上了。

巴尔泽特王国和它的对手格拉希安王国，为了争夺这颗小星球上一片次大陆的霸权，已经断断续续打了六百年。一百年前，其他星球的人坐着飞船到访慕尔赛星。跟同一星团的其他星球相比，那时候他们已经相当落后了：技术上落后几十年，道德和政治方面则要落后几个世纪（这点仍有争议）。跟外星文明接触之前，当地人使用十字弩和前膛火炮作战。现在，一个世纪之后，他们有了坦克，很多坦克。坦克、大炮和卡车是主要的军事装备，此外有少量的低效率飞机。两边都有一个引以为豪的高科技产品，说是买的，其实是本星团其他先进文明捐赠的。巴尔泽特有一艘被转卖过六七回的宇宙飞船；格拉希安有一堆远程导弹，外界猜测可能已经无法发射，就算能发射，政治上也不可行，因为这些导弹装的都是核弹头。其他星球可以容忍这个星球上的男女老少被不定期小规模屠杀，牺牲于完全没有意义的战争，却无法容忍上百万生命瞬间化为灰烬。总之双方都不能对城市进行核攻击。

格拉希安即将赢得这场常规战。交战双方都积贫积弱，如果没有战争，他们可能正在追求蒸汽时代的梦想与光荣。可是现在，逃难的农民充塞道路，装有全部家当的手推车在灌木丛中颠簸。坦克碾轧农田，呼啸的战机投下炸弹，烧毁残留的一点庄稼。

巴尔泽特节节败退，退出了平原地带，躲进了山区。格拉希安的机械化骑兵还没有杀到，王国的军队就已闻风而逃。

穿好衣服，他径直去了地图室。几个昏昏欲睡的总参谋部军官马上跳了起来，揉着眼睛驱赶睡意。今天早上的地图并不比昨天晚上的更令人轻松，但他还是看了很久。他努力了解敌我双方的各种数据，向参谋官问话，估算情报准确度，猜测己方的士气如何。看起来，参谋更清楚敌方的部署，对己方军队的士气反而一无所知。

他点点头，浏览了所有地图，动身去和纳博埃利亚等祭司共进早餐。然后，他把所有人叫到了地图室，询问更多的问题。通常情况下，这些人吃过早饭就全部回家，闭门"沉思"去了。

"我要穿这样的军服。"他指着地图室一位普通下级军官说。

"可是，扎卡维大人，"纳博埃利亚担心地说，"这样太贬低您的尊贵身份了。"

"可是这套玩意儿让我行动迟缓！"他指着身上的长袍说，"我马上就要视察前线。"

"但是大人，这里才是圣殿，所有的情报都要汇集到这里来。人民也都面向这里祈祷。"

"纳博埃利亚，"他把手放在对方肩膀上，"你说的我都知道，但是我要亲眼看看这儿的情况。我刚刚到达这个星球，你还记得吗？"他扫视了那些一脸郁闷的祭司，拉长了脸说，"我相信，你们的办法在过去的确是有效的，但我是新人，我需要用一些新的方法，去了解你们很可能已经知道的事情。"他又转过身来对纳博埃利亚说："我需要一架专用飞行器，用普通侦察机改装一下就好，还需要两架战斗机护航。"

祭司以为他胆大妄为的最大限度，也就是在航天中心周围三十千米范围内巡视一下，坐火车或卡车就足够了。当他们听说他要走遍半个大陆的时候，都以为他疯了。

接下来的几天，他去了这片大陆的各个角落。恰在此时，战事没那么紧张了——巴尔泽特的军队忙着逃跑，格拉希安的军队忙着集结——这让他的任务多少轻松了一些。他穿着普通军装，甚至没有带任何勋章——在这儿，任何低级军官胸前都挂着一大堆勋章，好像活着就是为了领勋章。他向前线的将校级指挥官了解情况，这些人通常都很沉闷，士气低落，一心只想躲避战斗。他还跟前线参谋谈话，跟步兵和坦克兵谈话，跟厨师、勤务兵和军医们谈话。大多数时候他都需要翻译，因为这儿只有地位最高的人才会说星团通用语。即便如此，他还是觉得士兵更喜欢一个语言不通，但能提出实际问题的人，而不是那些只会用他们的母语发号施令的人。

第一周，他巡视了所有空军基地，了解了空勤人员的感受和观点。在所有这些地方，每个作战单位都配有一个警惕的教士，他唯一不太重视的也就是这些人。最开始，他遇见的几个教士完全提供不了有用的信息。其后碰到的那些，除了会见面寒暄，也说不出什么有参考意义的事儿。短短几天之后，他就得出结论：他们面临的最大威胁，就是祭司阶层。

"谢纳斯特雷省！"纳博埃利亚大声反对，"那里有十几处重要的宗教场所！甚至更多！您居然也不抵抗，就把这么大的地区拱手让给敌人吗？"

"一旦我们赢得战争，这些寺庙你都可以再夺回来，而且可能有更多的财富让你来充实这些地方。不管我们是不是拼死抵抗，这些地区迟早要完。战火一起，这些宗教场所即便不全被烧毁，也会遭到重创。按我的计划，它们还可以完好无损。而且，敌人一旦占领这里，补给线就变得奇长无比。你想想，还有一个月雨季就要到了，等我们做好反攻准备，敌人的补给问题会更加严重。他们背后是沼泽地，不可能从那个方向得到补给。他们一旦被我们击败，也无法顺利撤退。纳博埃利亚，我的孩子，相信我，这计划棒极了。如果我是敌方指挥官，看到你们送我这样一个地方，我会避之不及的。但是，格拉希安军方没有拒绝的权利，只能吞下这个诱饵，因为王室让他们别无选择。其实他们心里很清楚，这是我们设下的陷阱，这会大大降低他们的士气。"

"我不知道，我不知道……"纳博埃利亚摇着头，两只手放在嘴边，拼命揉搓下唇，心事重重地盯着地图。

你能懂才怪！他心中暗想，同时观察这家伙丰富的肢体语言。伙计，其实你们已经好几代没学过什么新把戏了。

"我们别无选择，"他说道，"撤退今天就要开始。"他又面向另一幅地图，说道："空军停止对道路的轰炸和干扰，让所有飞行员休息两天，然后集中出击，轰炸敌军炼油厂，就在这里。"他点出位置。"大规模空袭，我要作战半径之内所有能飞的战机全部出动。"

"可是，如果我们停止对交通线的袭击——"

"路上就会有更多的难民，他们会更好地拖延格拉希安的军队。不过，我的确打算炸毁几座桥梁。"他指点了几处渡口的位置，然后问纳博埃利亚，"你们有没有签订过什么战时协议，约好不轰炸桥梁之类的？"

"那倒没有，不过我们一直觉得炸毁桥梁不利于将来发起反击，而且……也太浪费了。"祭司闷闷不乐。

"不管怎样，这三座桥必须炸掉。"他敲了敲地图，"再加上对炼油厂的空袭，应该能给敌方物资补给增加不少压力。"他说完搓了搓手。

"但是，我们觉得敌军的燃料储备应该是非常充足的。"纳博埃利亚表示反对，他看起来非常郁闷。

"就算是这样，"他对大祭司说，"敌军指挥官听说燃料补给出了问题，行事也会更加谨慎。他们是很严谨的人，但我敢打赌，他们根本没有那么多燃料储备。正相反，估计他们认为我方物资实力更强，何况他们最近大规模推进，消耗的燃料会更多。相信我，如果对炼油厂的袭击达到了预期效果，他们肯定会乱上一阵子。"

纳博埃利亚似乎情绪消沉，他一边失落地看着地图，一边揉下巴。"您的整个计划听起来都是那么的……冒险！"

大祭司说这个词儿的时候，语气中充满厌恶和轻蔑，若是在其他场合，听者肯定觉得好笑。

大祭司们一番激烈抗议，之后终于被他说服，同意放弃那个宝贵的行省，把当地的许多宗教场所拱手让给敌人，并认可了大规模空袭炼油厂的计划。

他亲自到前线慰问撤退的士兵，检阅将参与大空袭的空军基地，然后花了几天时间坐卡车巡视山区，视察防务。国境内有一道山谷，尽头是一座大坝，如果敌人能推进这么远的话，那里是个理想的伏击地点。（他想起了那座水泥孤岛、那个拖着鼻涕的女孩和那张椅子）。汽车沿着高山要塞之间崎岖的山路行进，他看到一百多架飞机呼啸着飞过头顶，冲向目前依然平静的平原地带，机翼上挂满了弹药。

对炼油厂的空袭代价高昂，约有四分之一的参战飞机没能返航。但是一天之后，格拉希安军队的推进就停滞了。他本以为敌人还会继续推进一段时间，因为炼油厂并不是他们的直接补给源，他们的燃料存量足够支持一个星期左右——可是敌人十分冷静，选择了暂时等待。

他去了航天中心，那艘破旧的飞船就停靠在那里。在白天明亮的光线下，这家伙显得更加危险破旧。技师正在修补飞船，以备这东西还要派上用场。他向技术人员了解情况，又亲自察看了这台古旧的机器。他还听说了这艘飞船的名字：巴尔泽特必胜号。

"这次行动代号'斩首'。"他对祭司们说，"格拉希安皇室每年第二季度之初都会前往维利泰斯湖区，该国高级军事指挥人员也会去那儿向皇室成员汇报战况。我们要在总参谋部到达那天，将必胜号丢下去。"

祭司们很困惑。"丢什么下去啊，扎卡维大人？特种部队吗？必胜号只能容纳——"

"不对，不对，"他说，"我的意思是把必胜号当作炸弹丢下去。我们把飞船发射到太空，然后让它坠落，笔直坠毁在湖畔宫殿。飞船自重四百吨，即便按照十倍音速的飞行速度计算，冲击威力也与一枚小型核弹相当。我们可以一下子把整个格拉希安皇室和总参谋部干掉，然后马上向敌国下议院提议和谈。格拉希安很可能会发生内乱，下议院会把这看作攫取实权的机遇，军队也会借机寻求自决权，甚至可能倒戈发动内战。下级官僚会互相争权夺利，那儿的局面会进一步恶化。"

"但是，"纳博埃利亚又反对说，"这样就会毁掉我们的必胜号！"其他大祭司一起摇头，表示不能接受。

"当然，以每秒四到五千米的速度撞到地面上，它肯定不会毫发无损。"

"但是，扎卡维大人！"纳博埃利亚的咆哮就像微型核弹爆炸，"这太荒谬了！您不能这么做！必胜号是一个象征，象征着……我们的希望！人民都仰赖它！"

他面带微笑，任由大祭司发泄怒火。他确信大祭司们会把必胜号当成最后关头的逃生工具，一旦巴尔泽特战败，那艘破飞船就派上用场了。

他等到纳博埃利亚快要没词儿的时候，才不紧不慢地说："我理解你的立场，但是，先生们，要知道这艘破飞船已经处在报废的边缘。我跟所有的维修技师和航天员都谈过，现在这台飞行器已经变成一个死亡陷阱了，上次它能把我安全带到这里，纯粹是走狗屎运。"他停顿了一下，任由周围这群脑袋上画圈儿的家伙交头接耳，他忍不住想笑，刚才那句话还真是激起了他们对神明的敬畏之心。"我很抱歉，但是必胜号必须承担这项使命，"他微微一笑，"它要给我们大家带来真正的胜利。"

随后几天中，他任由这些人讨论超音速俯冲轰炸的概念（不需要安排自杀式袭击，飞船的计算机系统完全有能力自动控制）、偶像被破坏的后果（农民和工人肯定不愿意看到他们的高科技圣物被当作垃圾处理），以及"斩首行动"的理念（这是大多数祭司最担心的一点：万一格拉希安也对他们搞"斩首行动"，那该怎么办）。他向大家保证，到时候格拉希安根本不可能有精力反扑。等提议和谈的时候，祭司们可以暗示对方："斩首行动"是用导弹发动的，而不是宇宙飞船，而祭司手里还有很多这种导弹。尽管这样的骗术不难揭穿，有些先进文明可能将此事点破，但这还是会给对方的情报人员带来很大困扰。而这段时间他去视察了更多的前线部队。

格拉希安军队再次进军，尽管速度有所放缓。他将自己的部队收缩到山区边缘，撤退路上烧毁了少数尚未收割的庄稼，夷平了所有放弃的城镇。每放弃一座机场，他们都会在跑道上埋下定时炸弹，这些炸弹几天之后才会引爆。他们还挖下很多看似可疑的洞，让敌人怀疑那里同样有炸弹。

在山区边缘，他亲自督建了大部分防御阵线，还保持了定期巡视机场、地区指挥部和作战单位的习惯。同时，他继续向大祭司们施压，迫使他们考虑使用飞船进行"斩首"袭击。

有一天，他突然意识到自己很忙。当时他正躺在一座古老破旧的城堡里，那是这段战线的临时指挥中心。空中充斥着各种各样的光亮和火焰，空气在巨大的爆炸声中颤抖，夜幕刚刚降临。他把最后一份作战报告放在行军床下的地板上，关上灯，几乎一闭上眼睛就睡着了。尽管忙乱，他却觉得很开心。

他来到慕尔赛星已经两三周了，战报表明，各处都发生了一些微妙的变化，但表面上似乎毫无进展。他估计在平静表象的背后，政治斗争暗流涌动。总有人提到拜扎伊，老人还在慕尔赛太空港，跟各方都有接触。没有任何关于"文明"的消息，他们也没有发来任何信息。有时候他纳闷，想知道这些人是否也会忘记一些事情，比如把他丢在这里，让他永远在祭司与格拉希安之间的疯狂战争里挣扎。

防线越来越完备。巴尔泽特的士兵藏在深沟高垒里，大多数时候都远离敌人的威胁。格拉希安军队试图冲击山区防线，却被阻断在外。他命令空军打击前线敌军，并且袭击距离最近的机场。

"我们在城里部署的军队过多，全都窝在了一起。最有战斗力的队伍应该安排在前线。敌军马上就会发起攻击，如果我们想在反击中大获全胜，就要把这些精锐军队部署在最能发挥效力的位置。如果敌军想一劳永逸地打倒我们，大量投入兵力，而后备兵力不足的话，我们的反击就会更加有成效。"

"军队在城里，是为了防止居民骚乱。"纳博埃利亚回答，他现在看起来苍老疲惫。

"留几个小规模作战单位就行了，让他们一直在街上待着，提醒居民他们的存在。该死啊，纳博埃利亚，这么多人大部分时间都在军营里闲待着，前线正需要他们。我都想好他们的位置了，你看……"

其实他想诱使格拉希安军发动总攻，这座城市就是吸引他们前来的诱饵。他已经把原有的残部派去把守各处隘口。祭司们考虑到己方已经失去了大片领土，终于谨慎地认可了"斩首行动"，必胜号已经准备好驶上它生命中的最后一段航程。但是，祭司们要求等到局势实在无可挽回的时候才走这步棋。他也承诺尽可能用传统方式赢得战争。

在他到达慕尔赛星四十天后，敌人终于发起了总攻。格拉希安军队突入山脚下的林地，祭司们惊慌失措。大多数时候，他都命令空军袭击运输队，而不是敌人的前锋军。他手下的防军不断收缩战线，作战单位一个接一个地撤离，桥梁一座接一座地炸毁。战场逐渐向山区转移，格拉希安军队越来越集中，被吸引到了空荡荡的山谷中。可是，炸毁大坝的计划没有成功，预先安放在大坝底部的炸药未能引爆。他迅速采取行动，调动两支精锐部队把守山谷上方的关口。

"难道我们真要放弃城市？"祭司们好像已经吓呆了，眼神变得和脑门上的圆圈一样空洞。格拉希安军队正沿山谷缓缓推进，己方士兵被迫败逃。他总说情况可以扭转，但是局面越来越糟。祭司已经别无选择，现在他们想自己掌控局面，但为时已晚。昨天晚上,风从山区吹向城市,远处隐约传来一阵阵炮声。

"如果敌人觉得自己可以做到,就会努力攻占巴尔泽特城,"他说,"这座城是一个象征,的确没错,不过从军事上讲,它并没有太大的重要性。敌人会攻城,而我们只放一部分进来,然后关门打狗。就在这个位置。"他敲打着地图说道。祭司们连连摇头。

"先生们,我们不是在败逃,而是在进行战略转移。敌军的情况比我们糟糕得多,他们的伤亡人数比我们多得多,他们每推进一米都要付出血的代价,而且他们的补给线一天比一天长。我们必须把他们逼到考虑撤退的地步,然后给他们一个机会——看似不错的机会——让他们觉得可以把我们彻底打倒。但是,等他们出击的时候,被打倒的不是我们,而是他们。"他看看周围的人,说道,"相信我,这办法绝对没错。你们可能要暂时离开大教堂,但是我保证,你们必将凯旋。"

大祭司们似乎并不相信,但还是听从了他的安排,也许他们已经害怕到失去了争论的勇气。

实施计划前,他们又等待了几天。这期间,格拉希安军队在山谷中推进,巴尔泽特军队则且战且退。最终,格拉希安士兵显出了疲劳厌战的迹象,坦克车和卡车也由于缺少燃料不常开动了——正如他所愿。他判断,如果自己是敌军的指挥官,此时会考虑要不要停止进军。那天晚上,在通往巴尔泽特城的关口,大部分己方军队放弃了防守。第二天早上战火重燃,巴尔泽特军队在被彻底打垮之前,突然开始撤退。格拉希安军司令部一位兴奋、疲劳、满腹狐疑的将军,通过望远镜看见一个卡车运输队正朝向巴尔泽特城缓慢行进,中途不时被格拉希安战机袭扰。侦察情报显示,那群不虔诚的祭司正准备逃离大教堂。情报人员报告说,敌方的宇宙飞船也在准备某项神秘使命。

这位将军向格拉希安最高司令部发了电报。第二天，他接到了向敌方首都进军的命令。

他远远看着那些愁容满面的祭司从大教堂下的火车站出发离开城市。最后反而是他说服这些人不要马上执行"斩首行动"。"我还有其他办法可想。"他对祭司们说。

但是，他们之间已经很难沟通了。在祭司们眼中，他们失去了大片领土和下属分支寺院，觉得己方已经彻底完蛋；而他看到的是己方相对顽强的战斗力、经过完全休养的后备军以及身经百战的精锐部队。所有兵力都适得其所，像一把把尖刀，有的已经刺入了敌军心腹要地，有的随时准备出鞘。敌军现在战线过长，士兵疲惫不堪，格拉希安军即将大难临头。

火车缓缓出站，他热情地向车上的祭司们挥手，心头一阵喜悦。还是让这些大祭司去山林深处的宏伟寺庙清修吧。他快步跑回楼上的地图室，查看战局。

一直等到敌军几个师的兵力都通过了关口，他才命令原来的守军夺回阵地。这些部队只是藏在附近的密林深处，根本就没有真正撤走。首都和大教堂都遭到了轰炸，但空袭并不猛烈——敌军大部分轰炸机被巴尔泽特的战斗机击落了。反攻终于开始。他命令精锐部队开展第一波攻击，然后让其他部队梯次参战。开始几天，空军还是集中力量攻击敌军补给线，随后以前线部队为主要突袭目标。格拉希安军队开始动摇，战线出现了破绽，就像只差一点儿就要漫过山间堤防的洪水，可源头已经出现了问题，他们不再有后续兵力投入。已经突入关口的敌军还在向首都推进，他们抛开背后的关口，闯过原野和丛林，冲向猎物，冲向本以为能够一击战胜的目标。然后，敌军整条战线开始败退，己方士兵却过度疲劳，弹药和燃料的储备也已所剩不多……

巴尔泽特军守住关口，占据了有利地形，不紧不慢地攻击敌军。而在格拉希安军队看来，他们要面对高处的敌人，前进的道路十分艰难，而后退要容易得多。

在一道道山谷中，敌军的撤退变成了溃逃。他坚持继续追击，而祭司们发来电报，让他阻击仍朝首都方向进军的两个格拉希安师。他置之不理。这两个师已经伤亡惨重，加在一起都凑不出一个师的兵力，而且还在不断被削弱。他们也许真的可以攻到都城，不过就算到了那儿，他们也无法继续前进。他觉得，亲自接受敌军投降，也不失为一桩趣事。

大雨从山区方向席卷而来，被淋湿的格拉希安士兵不得不在雨中的森林里逃命。天气恶劣，敌方空军几乎无法起飞，而早有准备的巴尔泽特空军则肆意轰炸格拉希安军队。

周边居民纷纷逃入城市，对战的炮火声近在耳边。突出山地重围的两个格拉希安师拼死杀向最终目标。而在群山之外，遥远的平原地带，其他格拉希安军队在拼命逃跑。被困在谢纳斯特雷省的几个师，因为无法绕过背后的沼泽撤退，不得不集体投降。

在那两个格拉希安师进入巴尔泽特城的同一天，格拉希安王庭发来和谈请求。这两个师当时还剩了十几辆坦克，一千来名士兵，但火炮全都丢弃在了战场上，弹药也已经耗尽。城里残留的几千居民躲进了大教堂。他亲眼看到敌人穿过高耸的城墙，从远处的城门进入市区。

他本打算当天撤离大教堂，祭司们催促他离开已经好几天了。参谋部大部分成员也已离开。但是现在，他手里有了格拉希安王庭发来的和谈请求。此外，还有两个巴尔泽特陆军师正从山区赶来，准备支援这里。

他给祭司们发电报，他们决定同意停战。如果格拉希安军恢复战争爆发前的国境线，战争就可以马上结束。又发了几轮电报之后，他就把剩下的问题交给祭司们和格拉希安王庭自己解决了。他脱下那身军装，穿上平民服饰，这还是来到这个星球后的第一次。他带着望远镜登上一座高塔，远观敌人的坦克隆隆地驶过街道。大教堂的门紧锁着。

当天中午，两国宣布停战。推进到教堂门口的格拉希安士兵已经筋疲力尽，分散寄居在附近的酒吧和宾馆里。

长廊里只有他一个人站着，朝着光明的方向。白窗帘被温暖的微风吹动，在他周围轻摇。他长长的黑发飘起，双手握在背后，若有所思。平静的天空中，几片稀疏的云朵高悬在群山上空，远离军事要塞和城市。苍白的阳光照着他的脸颊，他就那样站着，穿着深色平民服装，看上去有些不真实，就像一座雕像，或是放在垛墙后面欺骗敌人的死尸。

有人在叫他。

"扎卡维？"

他转过身，吃惊地瞪大了眼睛。"斯卡芬·阿姆提斯科！真是一个惊喜啊，现在萨玛允许你自己到处乱跑了？还是说，她也在附近？"他在大教堂的长廊里搜寻萨玛的身影。

"你好，夏德南。"嗡嗡机悬浮着飞向他，"萨玛小姐正赶过来，她需要乘坐太空梭。"

"戴吉特最近还好吗？"他坐在靠墙的小凳子上，面向挂着白窗帘的一长串窗户，"最近都有什么消息啊？"

"我觉得大部分都是好消息。"斯卡芬·阿姆提斯科悬浮到与他面孔齐平的高度，说道，"拜扎伊先生正在前往伊姆普林居住地的路上，那里要举行一次本星团两大派系的首脑峰会。现在看来，爆发全面战争的风险正在降低。"

"嗯，太棒了！"他说道，两手放在脑后，向后靠，"这边也和谈，那边也和谈。"他侧着脑袋打量嗡嗡机，"可是，嗡嗡机，你好像看起来不那么欢欣鼓舞。你这副模样，冒昧地说一句，简直有点儿……阴暗。你到底怎么了？电池快没电了吗？"

嗡嗡机静默了一两秒，然后说："我觉得，萨玛小姐的轻便飞船就要降落了，我们到顶层去一下，好吗？"

他有些疑惑，点点头，轻轻松松地站起来，拍了拍手，指了指前面的路。"当然，我们走吧。"

他们去了他的住所。他觉得萨玛的情绪也很低迷，他本以为萨玛会高兴得不得了，因为这个星团似乎不会陷入长期战乱了。

"出什么事儿了，戴吉特？"他一边给她倒饮料，一边问。她在百叶窗前来回踱步。她接过杯子，但好像完全没兴趣喝。她转身面对他，一张鹅蛋脸看起来好像……他突然感到一阵寒意。

"你必须离开这里，夏德南。"她对他说。

"离开？什么时候？"

"现在，或者今晚，最晚明天上午。"

他有些迷惑不解，随后笑了。"好吧，我承认，现在我看那些娈童，已经顺眼多了，可是……"

"不行，"萨玛说，"我是认真的，夏德南，你必须离开。"

他摇摇头。"我还不能走，现在还不确定双方能否遵守停战协议，他们可能还需要我。"

"停战协议肯定无法持久。"萨玛说道，眼睛回避他的视线，"其中一方必会违约。"她把杯子放在旁边架子上。

"什么？"他惊讶地问道，看向旁边的嗡嗡机，但嗡嗡机却一副事不关己的表情。"戴吉特，你到底在说什么呀？"

"扎卡维，"她快速眨动眼睛，努力面对他，说道，"我们已经达成了一致意见。你必须离开。"

他瞪着她。

"什么一致意见,戴吉特?"他的声音出奇地平静。

"人本主义者一直在为格拉希安方面提供一些……低水平的协助。"她在屋子里走来走去,好像地砖和地毯是她的听众,"他们……觉得这里的事情关系到他们的面子。人本主义者愿意和谈,前提是格拉希安在这场局部战争中取得胜利。"她停下来,看了一眼嗡嗡机,又看向别处,"所有人都认为这是顺理成章的事情,直到几天前你反败为胜。"

"也就是说,"他慢慢地把杯子放下,坐在一张巨大的椅子里,它看上去就像一个王座,"我把这场战争游戏引向了不利于格拉希安的方向,打乱了你们的安排,对吗?"

"是的,"萨玛咽了一口唾沫,回答道,"是的,就是这样。很抱歉,我知道这听起来很疯狂,可事实就是这样,这里的人就是这样。目前人本主义者内部出现了分裂,有一派在到处寻找借口退出和谈,不管他们的借口多么微不足道。他们会把目前取得的进展全部毁掉,我们不能冒那个风险。格拉希安必须获得胜利。"

他呆望着面前那张小桌子,叹了一口气。"我明白了。我能做的就只有离开,对吗?"

"是的,跟我们一起走。"

"然后呢?"

"人本主义势力控制的飞机会送来一队格拉希安特种兵,绑架那些大祭司。大教堂会被外围部队占领。格拉希安还有突袭战场指挥所的计划,但应该会尽量避免伤亡。如有必要,巴尔泽特王国的飞机、坦克、炮兵和运输车会失去战斗力。万一军队不听从大祭司们的投降命令,他们就会亲眼看到几架飞机或者坦克被外太空发射来的激光摧毁,那时估计他们就会放弃抵抗。"

萨玛站在他的面前，站在小桌子的另一边。"所有这些，都会在明天黎明时发生。不会有太多流血事件，真的，扎卡维。你最好现在就离开，这是最好的选择。"她长出一口气，又说道，"你的表现……真是精彩绝伦，夏德南。你的计划成功了，你把拜扎伊救了出来，你让他……找到了动力，我们非常感谢你。非常感激，我们知道这不容易——"

他举起一只手，示意她不必再说。他从小桌子那儿抬起头，看向她的脸。"我不能马上走，我还有几件事需要安排。我宁愿你们先走，回头再来一趟。明天来接我吧，黎明时。"他摇了摇头，"在此之前，我不会抛弃他们。"

萨玛张了张嘴，欲言又止。她瞟了一眼嗡嗡机。"那好吧，我们明天再来。扎卡维，我——"

"没关系，戴吉特，"他平静地打断她的话头，慢慢站起身来，看着她的眼睛，让她无法回避自己的目光。"事情会像你说的那样发展。再见。"他并没有伸出手。

萨玛走向门口，嗡嗡机紧随其后，她又一次回头看向他。他点了点头。她犹豫了片刻，最终还是什么都没说就走出了房间。

嗡嗡机也停了下来。"扎卡维，"它说，"我只想补充一句——"

"滚！"他狂吼道，瞬间转身，弯腰抓起那张小桌子，全力掷向那台悬浮的机器。桌子被一层隐形的力场弹开，掉在了地板上。嗡嗡机飞出房门，门随后关闭。

他站在原地盯着门，好半天，一动不动。

2

　　那时他还年轻，记忆也依然清晰。有时候，他会跟那些被冰冻的，看上去像睡着了的人聊天。当时他在冰冷阴暗的飞船中游荡，在寂静中困惑，不知道自己是否已经疯了。

　　被冰冻然后又被唤醒，这个过程一点儿也没有损伤他的记忆力，脑子还是那样准确、清晰。其实他本以为人们对冰冻技术的鼓吹过于乐观，人脑在此期间必然会受到一定的损伤。他暗自希望有这种报应，但没能如愿。身体被加热然后苏醒的过程，并不比被打晕之后醒来的感觉更可怕或更迷茫。他这辈子已经被打晕过好几次了。冰冻复苏的过程更缓慢，也更温和，就跟好好睡了一夜之后醒来的感觉差不多。

　　完成医疗检查之后，他们宣布他身体正常、健康，然后有几个小时没人打扰他。他就那样坐在床上，身上裹着一条大厚毛巾。就像那些喜欢用舌头或手指触碰龋齿的人，时常要检查是否有疼痛感一样，他唤醒了自己所有的记忆，一一清点新老对手，看有没有谁被他遗忘在辽远黑暗的宇宙空间中。

　　可是，他关于过去的全部回忆都完好无损，犯下的那些罪孽他也同样记得一清二楚。

这艘飞船名叫老友莫重逢号，这次旅程将会花掉一个多世纪的时间。从某种程度上说，这是一趟慈善之旅，飞船的所有者是在治疗残酷战争留下的创伤。他在船上的身份并不是光明正大的，为了利用这个渠道逃走，他使用了假名，还伪造了身份证明文件。他自愿在旅程进行到一半时被唤醒，成为飞船服务团队中的一员，因为他不能接受一趟完全没有知觉的太空旅行，也不想失去了解这段旅程的机会。他想面对宇宙深处的空虚。那些不愿承担航行任务的人，都在起始行星被麻醉，登上飞船时就已失去知觉，一直处于冰冻状态，到达另一个星球时才会被唤醒。

他觉得这种状态——像货物一样——是十分可耻的。

他醒来时，另外两个当值的人是凯伊和埃林斯。按照原计划，埃林斯五年前就应该返回冰冻状态了，但他决定一直保持清醒，直到抵达目的地。凯伊被唤醒的时间比埃林斯晚三年，清醒的时间也超过了原计划，他本应该在醒来数月之后就由下一个人接替。但是，后来凯伊和埃林斯起了争执，谁也不愿意先回去继续冰冻，双方僵持了两年半，飞船一直在慢慢前进，安静而冰冷地驶过远处那些渺茫的星辰。最后，这两个人还是把他唤醒了，因为他就是轮班表上的下一个人，而他们需要多一个人来聊天。其实，他通常只是坐在船员室，旁观凯伊和埃林斯吵架。

"还有五十年呢！"凯伊提醒埃林斯。

埃林斯挥舞着酒瓶子说："我可以等，又不是永远没有尽头。"

凯伊冲酒瓶点点头。"你早晚会被那玩意儿害死，还有你胡吃海喝下去的东西。这样下去，你就再也见不到真正的阳光，再也感受不到雨露的滋润了。你连一年都撑不过去，更不要说五十年。你应该回去睡觉。"

"那不是睡觉。"

"不管是不是睡觉，你都应该回去。你应该回到原来的冰冻状态。"

"那也不能算是冰冻……或者冷冻。"埃林斯看起来既恼火又困惑。

被他们唤醒的那个人坐在一边,心中纳闷,不知道这两个人吵过多少回了。

"你应该回到你的小格子里去,就像原本安排的那样,你五年前就该回去了。等别人把你唤醒的时候,让他们治疗一下你那些不良嗜好。"凯伊说。

"飞船已经在给我治疗了,"埃林斯对凯伊说,话音里带着醉鬼特有的威严语调,"我现在感觉很好,好得很。我有激情,我有紧迫感,我有含而不露的风范。"埃林斯一面说,一面仰起头把那瓶酒全部喝光。

"早晚喝死你。"

"我愿意。"

"搞不好你会害死我们,害死这艘飞船上所有的人,包括那些睡觉的。"

"飞船会照顾自己。"埃林斯叹了口气,扫视船员室。这儿是整艘船上最脏乱的地方。飞船机器人本该对全船进行保洁,但埃林斯想了什么办法,把船员室从保洁机器人的记忆空间里删除了,为的是让这个地方看起来更杂乱、更舒服。埃林斯伸了个懒腰,把几个可回收的杯子从桌子上踢下去。

"哼,"凯伊说,"要是你一天到晚瞎捣乱,把飞船弄坏了呢?"

"我才没有瞎捣乱呢!"埃林斯冷笑着说,"我只是修改了几个低端的日常维护程序,让它们不要跳出来跟我们对话,让这个地方看起来更有家的味道,仅此而已。这点儿改动绝对不会导致飞船撞到恒星或是开始思考我们这些内部寄生虫的所作所为。你不会懂的,你没有技术背景。这位叫利维的朋友,他也许会懂。是不是啊?"埃林斯伸了个懒腰,身体深陷在邋遢的椅子里,靴子刚蹭脏兮兮的桌面。"你明白的,对吧,达尔金?"

"我其实不太明白。"他承认道(他已经习惯了别人叫自己达尔金或者利维先生了),"我觉得,如果你清楚自己在做什么,那就应该没有太大问题。"

埃林斯看起来对他的回答很满意。可他又说道:"可是话说回来,很多灾难都是由自以为是的人引发的。"

"老天,"凯伊得意地说,把身体侧向埃林斯,一副挑衅的姿态,"听到没有?"

"我们这位朋友已经说了,他其实不太明白。"埃林斯又抓起一瓶酒。

"你真该回去睡觉。"凯伊说。

"那不是睡觉。"

"你不应该还醒着。任何时候,飞船上都应该只有两个人醒着。"

"那你去睡觉吧。"

"还没轮到我呢,是你先醒过来的。"

他离开了,那两个人仍在争吵。

有时候,他会穿上一件宇航服,经过气闭舱进入储藏区,那儿是真空地带。这艘飞船上百分之九十九的空间都是储藏区。飞船一端是面积很小的驾驶区,另一端是一个更小的生活区,两者之间鼓鼓囊囊的舱体内,装满了沉睡的不死者。

他在冰冷黑暗的走廊里游荡,观看那些沉睡者。冷冻舱位像整齐排列的橱柜抽屉,每个抽屉都像一具棺材。每个"棺材"上面都有一盏闪着微光的小红灯。他关闭了航天服照明系统,站在微呈螺旋状上升的过道中间,看到那些小红点组成红宝石样的点阵，不断延伸，就像一个有强迫症的神明把红巨星排成了无穷无尽的队列。

他继续在飞船寂静幽暗的船体中漫步，沿着螺旋形的通道不断向上，越来越远离船头的生活区。他时常选择最外层的通道，只是为了感受飞船的巨大规模。他不断向上攀登，飞船的模拟重力也越来越弱。最后，散步变成了连续不断的跳跃，他很容易碰到房顶，却很难前进一步。棺材形抽屉上有把手，前进效率过低的时候，他就扶着把手前进，一下一下把自己推到飞船的腰部。棺材形的抽屉也被他推得转动了方向，有的转向地面，有的转向天花板。他站在廊道交会处，跳起来浮向舱顶的方向，就好像穿过了一段烟囱。他就那样抓着抽屉的把手，把它们当作梯子的横档，一直爬到飞船正中央。

有一架电梯穿过老友莫重逢号正中央，连接生活区与驾驶区。

他进入电梯，飘浮在低矮的圆柱形空间里，周围有黄色灯光照明。他拿出一支笔，或者一个手电筒，放在电梯轿厢正中间，然后松手，看它能不能一直停在那儿——如果能，就说明自己把它放在了整个缓缓自转的飞船正中央。后来他变得非常善于做这件事，有时候他接连几个小时坐在那里。如果使用的道具是笔，他就会打开宇航服和电梯里的灯，如果使用的是手电筒，他就把周围的灯都关掉。他用自己的技巧战胜耐心，用一种执着压倒另外一种执着。

如果笔或手电筒开始移动，触到了轿厢的墙、地面或者顶部，或是从打开的门口飞了出去，他就罚自己沿原路返回，再一次沿着通道飘浮、攀爬。如果那东西稳稳悬浮在轿厢中央，他就坐电梯返回生活区。

"说说吧，达尔金，"埃林斯点着烟斗，问道，"你是怎么下定决心踏上这条不归路的?"

"我不想说。"他调高了排气扇的功率,想消除烟味儿。他们当时在旋转观景厅,整条飞船只有这个地方可以直接看到满天星辰。他时不时会来这里躺一躺,打开百叶窗,星空在头顶缓缓旋转,有时候他还读点儿诗歌。

埃林斯偶尔也会来这儿看星星,但凯伊早就不来了。埃林斯觉得,凯伊看到外面静默的虚无世界,还有那些细碎发光小点儿,可能会想家。

"为什么不想说?"埃林斯问。

他摇摇头,坐回自己的椅子上,望着外面黑暗的宇宙空间。"这不关你的事。"

"如果你告诉我上船的原因,我就给你讲我自己的故事。"埃林斯咧嘴笑了,带着几分孩子气。

"行了,埃林斯。"

"我的故事很有趣哦,你听了肯定会着迷。"

"这我信。"他叹了一口气。

"除非你讲自己的故事,否则我就不讲。我不讲的话,你就损失大了,哈哈。"

"嗯,看来我只能错过了。"他说道,关掉了旋转观景厅的照明灯。现在整个房间只有埃林斯的脸最亮,他每抽一口烟,面部就反射出红光。埃林斯让他也抽一口,他拒绝了。

"你得放松一点儿,我的朋友。"埃林斯靠在对面椅子里,"打起精神来,有什么问题就说。"

"我能有什么问题?"

他看到埃林斯在黑暗中摇头。"这条船上的每个人都有自己的问题,朋友,人人都在逃离什么。"

"哈,我们成了飞船上的心理分析师了?"

"嘿,你就说吧。所有人都不可能再回去了,不是吗?这条船上没有一个人打算再回家。我们认识的人,可能有一半已经死了;等我们到目的地的时候,那些现在还活着的亲友,也都该死光了。所以说,我们再也不可能见到熟悉的人,很可能也回不了家乡。只有经历过一些特别重要、特别糟糕、特别邪恶的事情,人才会下定决心用这种方式离开。我们都在逃避一些事情,或者是我们自己做的事,或者是别人对我们做的事。"

"也许有些人就是喜欢旅行而已。"

"放屁,没有人会喜欢旅行到这种地步。"

他耸耸肩。"随你怎么说。"

"哦,达尔金,求你了,该死的,反驳我吧!"

"我不相信争论有用。"他望向外面的黑暗。这时他眼前出现了一艘高大的战舰,壮美、华丽,船身被层层甲板、装甲和武器环绕,黑沉沉地矗立在昏暗的灯光下。那是一艘不死之船。

"你不相信争论有用?"埃林斯好像真的吃了一惊,"我还以为自己是这艘船上最愤世嫉俗的人!"

"我不是愤世嫉俗。"他语调平和地说,"我只是觉得人们高估了争论的作用,其实他们只喜欢听自己滔滔不绝。"

"哦,是吗?谢谢。"

"我觉得,不停说话会对人产生安抚作用。"他看着头顶的星空缓缓移动,就好像在夜间看到炮弹缓缓升高,到达顶点,然后坠落……(他提醒自己,星星迟早也会爆炸。也许吧,将来会有那样的一天。)他接着说道:"大多数人都不愿意改变自己的看法。他们心里清楚,对方也是一样的。我想,很多人在争论的时候会激动、生气,是因为他们阐述自己借口的时候,意识到了这一点。"

"借口?要是你这还不算愤世嫉俗,那还有什么算愤世嫉俗啊?"埃林斯不屑地哼哼。

"是的,只是借口。"他的话音里似有一丝苦涩,"我强烈地认为,人们相信本能上觉得正确的事情,所有的理由和论据、所有争执的话题都是随后才有的,这些是信念中最没有分量的一部分。所以说,你可以摧毁那些论据,赢得一次争论,证明对方是错的,但那些人还是坚信自己根本就没有错。"他看向埃林斯,"你攻击的目标根本就不对。"

"那么照你看来,'教授'先生,如果人们不去……争论,那他们应该去做什么?"

"保留分歧,或者战斗。"他回答。

"战斗?"

他耸耸肩。"难道还有别的选择吗?"

"谈判不行吗?"

"谈判最终会得出结论,而所谓'结论'正是我前面说过的那些。"

"也就是说,要么保留分歧,要么就战斗?"

"如果必要的话。"

埃林斯沉默了一会儿,猛抽烟斗,直到烟草不再闪耀红光,随后问道:"你有军事背景吧?"

他坐在原地看星星,好半天才转身,对埃林斯说:"我认为,这场战争让我们所有人都有了军事背景。你不觉得吗?"

"的确。"埃林斯回答。两人一起凝望缓缓转动的星空。

在飞船深处,有两次他差点儿杀人,其中一次,是差点儿杀了别人。

他停在长长的螺旋形外侧通道中,离飞船中部大约还有一半的距离。当时他觉得脚底轻飘飘的,面部有点充血——这是正常血压在对抗低重力的环境。他从来都没想过去看那些被储存的人，其实这些人对他来讲，只是一个抽象的概念。但是，突然之间，他想要多了解一下这些沉睡者，而不是只看到他们的小红灯。于是，他在一个柜子前停下了。

因为他自愿在旅程中当船员，所以他学了如何使用冰冻设备。他被唤醒之后又大略复习了一遍。他打开宇航服上的灯，找出抽屉的控制板，然后用粗笨的、带着手套的指头小心翼翼地输入密码。埃林斯把这组关闭飞船监控系统的密码告诉了他。抽屉上亮起了一个小蓝点，小红点也依旧稳定地亮着。它若是闪起来，就说明飞船知道出故障了。

他打开了抽屉，把整个装置拉出来。

抽屉箱子头部一侧的小塑料片上印着这个女人的名字。不是他认识的人，他打开了内罩。

他看着那女人的死灰色脸颊。灯光反射在塑料上，那些折叠的透明材料包裹着她，就像包裹着店里的一件商品。她鼻子和嘴巴里插着管子，伸向身下。她束好的头发上方有一个显示屏，就在柜子的面板上，他看了一眼，对一个濒死的人来说，她的状态很不错。她穿着纸质长袍，两手交叉放在胸口。他想起埃林斯的话，就留意了女人的指甲，的确很长，不过有人把指甲留得更长，他以前见过。

他又看向控制面板，输入另一段代码，面板上亮起一片灯光，除了稳定的红灯，其他所有的小灯都在闪。他打开面板上一个红绿条纹的小门，从里面拿出一团细细的绿色传导线，线团中间是一块冰蓝色的立方体。柜子上有个暗藏的按钮，他把手放在按钮上。

这个女人的思维备份就装在那块小小的立方体里面，很容易捏碎。而他另一只手只要轻轻按下那个按钮，就可以结束她的生命。

他不知道自己会不会这样做,他等了一会儿,就像在等自己拿定主意。有几次,他好像感觉到了那种冲动,那种要按下按钮的冲动,但是每一次,他都克制住了自己。他把手指放在按钮上,眼睛看着那个带保护壳的小立方体。他觉得,一个人的生命就储存在这么小的一块东西上,真是很了不起,也很可悲。然后他想到,其实人的脑子比这东西大不了多少,使用的材料和组织方式甚至更古老、更陈旧,所以还不如这个东西(但同样可悲)。

他把冰冻中的女人推回原位,再次踏上前往飞船中心的缓慢征程。

"我不会讲故事。"

"哎呀,每个人都会讲故事的。"凯伊对他说。

"我就是不会。没有好故事。"

"那你说,怎样才算'好故事'?"凯伊笑道。他们坐在船员室里,被各种垃圾包围。

他耸耸肩。"有趣的故事,人们爱听的故事。"

"可是人们各有所好。一个人觉得很好的故事,其他人可能并不喜欢听。"

"我只想讲那些自己觉得好的故事,可我又讲不出来。反正,想不起来什么我愿意讲的故事。"他冷冷地对凯伊说。

"啊,那的确有点为难。"

"没错。"

"那你给我讲讲,你都相信什么?"凯伊说着,探过身来。

"为什么要讲这个?"

"为什么不讲呢?我随口问问,你就配合一下嘛。"

"不行。"

"别这么冷冰冰的。这方圆几十亿千米内,就咱们三个人,这破飞船又一点儿意思都没有。除了跟你,我还能跟谁聊天儿呢?"

"什么都不信。"

"就是,什么都不行,只能跟你聊。"凯伊看上去很高兴。

"不是,你听错了。你刚才问我相信什么,我的答案是:什么都不信。"

"什么都不信吗?"

他点点头。凯伊靠在椅子里,也若有所思地点点头。"你一定被他们伤得不轻。"

"你说谁?"

"就是那些夺走了你原来信仰的人。"

他缓缓摇头说:"没有人从我这儿夺走过任何东西。"

凯伊半天没说话。于是他叹了口气问道:"凯伊,说说吧,你又相信些什么?"

凯伊看了看船员室一侧墙上空空的显示屏,然后说:"这个那个的,反正信一点儿。"

"可是,任何有名称的东西都是'这个那个',你到底相信哪个?"

"我相信周围这些实实在在的东西,"凯伊两臂交叉,靠在椅背上说,"我相信你从旋转观景厅看到的那些,如果我们打开屏幕,你在这里也可以看到那些事物的图像。尽管眼睛看到的景象,并不是事物的全部。"

"总结一下,凯伊。"他说。

"虚无。"凯伊的笑容一闪而过,"我相信虚无。"

他笑了。"相信虚无与什么都不相信,有什么区别?"

"其实区别挺大的。"凯伊说。

"对大多数人来讲,区别不大。"

"我给你讲个故事吧。"

"你一定要讲吗?"

"如果你愿意听,我就讲。"

"嗯,好吧。反正就是消磨时间。"

"那我就开始讲喽。顺便说一句,这是一个真实的故事,不过真实与否无关紧要。有这么一个地方,当地人把灵魂存在与否的问题看得至关重要。很多人、研究机构、学院、综合性大学,甚者整个城市和国家,都拿出许多时间来思考、讨论这个问题以及相关话题。

"大约一千年前,出现了一位睿智的哲学家国王,他被认为是全世界最聪明的人。当时他说,世人讨论这个问题,已经耗费了太多的时间和精力。如果这个问题能解决,他们就可以把注意力转移到更具现实意义的事业上去,这对所有人都是好事。所以他打算彻底解决这个争端。

"他把世界各地,各行各业最聪明的那些人都召集起来,讨论这个问题。

"召集所有参与讨论的人花费了很长时间,随之而来的讨论、论文、小册子、书籍、阴谋、争斗甚至谋杀,花费了人们更多时间。

"而同时,那位圣明的哲学家国王隐居深山,独自沉思,努力消除自己的偏见。这样一来,一旦讨论结束,他就可以回来,裁断最终结论。

"多年以后,人们迎接国王出山。他听取了所有关于灵魂存在与否问题的报告。等所有人陈述完毕之后,国王又回去冥想。

"一年后,国王宣布他已经得出了结论,但答案并不像人们想象的那样简单。他会出版一套书来解释这个答案,这套书有两个分卷。

"国王建立了两家出版社,各出一个分卷。其中一本不断重复这样一句话:灵魂存在,灵魂不存在。一遍又一遍,一段又一段,一页又一页,一节又一节,一章又一章。另一本书则不断重复:灵魂不存在,灵魂存在。重复方式跟第一本完全一样。我得补充一下,在那个国家的文字里,这两个句子都包含相同数量的单词,甚至相同数量的字母。总之除了书名之外,这两本书的几千页里能找到的,都只有那两句话。

"国王确保两本书印刷起止时间完全一致,出版时间完全一致,印量也完全一致。两家出版社,在各个方面也都不分伯仲。

"人们在两本书的字里行间搜寻线索,想在无数次的重复中找到一个反常的地方,看有没有遗漏或者更改,但是一无所获。他们请求国王本人作出解释,但国王已经发誓不再开口,也不再写作。在管理国家事务时,他用点头和摇头的方式表达自己的意见,但是对这两本书以及灵魂存在与否的问题,国王总是保持绝对沉默。

"人们又一次开始激烈争吵,很多人著书立说,多个新的学术派别逐渐成形。

"在两本书出版半年后,又出现了两本书。这一回,上次第一句是'灵魂不存在'的那家出版社,出版了一本第一句就说'灵魂存在'的书;而另外一家出版社针锋相对,出版了开头就是'灵魂不存在'的书。这成了一种固定模式。

"国王活到很老才去世。他死之前全国已经出版了几十本这种书。他临死的时候,宫廷哲学家们把两种观点的书分别堆在国王病榻两侧,希望国王死时脑袋会偏向其中一侧,这样就可以根据书里的第一句话判断国王的观点。可是,国王死的时候脑袋不偏不倚,正对天空;内臣掀开眼睑查看,发现他的眼睛也是目不斜视,仰望苍天。

"那大约是一千年前的事儿,"凯伊说,"那些书到现在还在出版,已经成了一个完整的产业链、一种健全的哲学体系,成了永远持续的讨论——"

他举手提问:"你这个故事有结局吗?"

"没有。"凯伊自得其乐地说,"这是个永远讲不完的故事,妙处就在这里。"

他摇摇头,站起来,离开了船员室。

凯伊在他身后大声喊:"可是,就算一个故事没有结局,不代表它就没有……"

他的听众已经关上了外面走廊里的电梯门,凯伊探身向前,看见指示灯显示电梯已经到达飞船中部。他小声说完了自己刚才那句话:"……结论。"

被唤醒半年之后,他差点把自己杀死。当时他在电梯里,看着电梯中央悬浮的手电筒慢悠悠地转动。手电筒开着,周围的灯都已被他关闭。他紧盯着那一点微光,在圆柱形的轿厢内缓慢旋转,慢得像时钟的指针。

他想起了星芒号战舰上的探照灯,不知道自己离它已经有多远的距离。至少家乡星系的恒星已经暗淡了,光亮甚至比不上这把手电筒。

不知道为什么,他产生了摘掉宇航服头盔的想法,而他发现自己已经开始这样做了。

他停了下来。在真空环境中脱下宇航服的过程很复杂,虽然所有必要的步骤他都知道,但还是需要一些时间才能完成。他看着轿厢上那个白色亮点,那块是手电筒照出来的,距离他的头部不远。随着手电筒的转动,那白色光斑正在靠近他。他开始准备摘掉头盔,如果在准备工作完成之前,光斑照射到自己的眼睛——不,照射到脸上或是头部的任何地方,那他就停下来,像是什么事儿都没有发生那样。反之,如果在那之前光斑没有照射到他头上,他就摘掉头盔,去死。

他任由回忆把自己吞没,手上慢慢开始进行那些规定操作。如果他一直继续下去,最后的结果就是头盔耐受不住内部气压,从自己肩头弹射开。

星芒号,被困在石制船坞的铁甲战舰;那艘石船,一座被困在水边的建筑;还有那两姐妹,达尔金丝、利维埃塔。他当然知道,自己现在的化名,就是从她们的名字变化来的。还有扎卡维、伊莱瑟梅尔,邪恶的伊莱瑟梅尔,制椅匠伊莱瑟梅尔……

宇航服开始滴滴作响,向他发出警告,那个光斑距离他的头部只有几厘米了。

扎卡维,他努力问自己,这个名字对他意味着什么?这个名字对其他人意味着什么?这个名字对家乡那些人又意味着什么?在战后噩梦般的回忆里,这个名字也许代表战争;如果你记得更久远的事情,这个名字代表一个伟大的家族;如果你知道背后的故事,这个名字代表一种战术。

他再次看到了那张椅子,小小的、白白的。他闭上眼睛,那份苦涩如鲠在喉。

他睁开眼睛。现在还剩下最后三个钢夹没打开,它们都在视野之外,因为距离头盔太近,距离他的头部太近了。电梯中央的手电筒几乎已经正对着他了,光芒耀眼。他打开了最后三个钢夹的第一个,耳畔传来轻微的咝咝声,几乎难以察觉。

我要死了,他想,他又一次看到女孩苍白的面庞。他扳开了第二个夹子,咝咝声并没有变得更响。

他感受到头盔一侧的光亮,手电筒应该已经照到了那儿。

铁甲战舰、石船,还有那张不同寻常的椅子。他感觉泪水涌进了眼睛，他的另一只手，没有按着钢夹的那只，伸到胸前。在宇航服无数层合成材料下面，在贴身衣物下面，在他心脏上方，有一个小小的凹陷处，那是一道伤疤，已经跟了他二十年，或者七十年，看你如何计算时间。

光斑继续移动。就在最后一个钢夹即将被打开，光斑也将扫过宇航服外沿，马上就要照射到他脸上的时候，手电筒闪了一下，熄灭了。

他盯着前方，周围几乎是彻底的黑暗，只能隐约看到电梯外的微光。那一丝最浅最淡的红色，来自那些濒死的人和默默监控他们的机器。

熄灭了，手电筒熄灭了。也许是没电了，也许是坏了，这都不重要。重要的是它已经熄灭，没有照上他的脸。宇航服又嘀了一声，声音很单调，空气逸出的咝咝声持续不断。

他低头，看看按在胸口的那只手。他又抬起头，看向手电筒所在的暗处。它就悬浮在轿厢中间，悬浮在整艘飞船中央，悬浮在一段漫长的旅程中。

我现在可怎么死啊？他想。

一年之后，他还是回到了冰冻状态。那时埃林斯和凯伊还在不断争吵。尽管这两个人看上去很般配，可性取向还是让两人日渐疏远。

苏醒之后，他陷入了又一场低技术战争。他学会了驾驶战机（现在他懂得，飞机永远都可以打赢战舰），在寒冷刺骨的气旋深处穿梭。他身下是广阔的白色荒原，一座座平顶冰山在云层下互相冲撞，像人间的争战一样扰攘不息。

十三

　　从他躺着的位置看去，那件长袍就像外星爬行动物刚刚褪下的一层皮。他本来想穿那套衣服，随后又改了主意。现在他决定穿上来时的那套衣服。

　　他站在浴室里，被蒸汽和周围的气味包围。他把剃刀举过头顶，慢慢地，小心翼翼地，像慢动作梳头一样使用剃刀。剃刀刮过头顶的泡沫，带走了最后一点儿头发。最后他刮净了耳朵上面，拿起一块毛巾擦了擦光秃秃的头顶，看着婴儿皮肤一样平滑的头皮。地板上散落着头发碴，像斗鸡场上散落的羽毛。

　　他向外看去，下面是大教堂的阅兵场，广场上闪烁着微弱的火光。群山顶上的天空刚刚开始泛白。

　　他可以从窗前看到大教堂曲折的高墙，上面配有城垛和突出的哨塔。在清晨微弱的光线里，建筑的轮廓生动鲜活。尽管他已经尽量控制自己的感情，可想到它即将灭亡，不由觉得这座城市比平常更多了一丝高贵之气。

　　他离开窗前去穿鞋。微弱的气流掠过他剃光的头顶，这感觉很奇怪，他不禁想念自己甩来甩去的长发。现在他坐在床边，穿好鞋子，系好鞋带，呆呆地看着床头柜上的电话。他把电话拿了起来。

他似乎记得昨天晚上自己给航天中心打过电话，就在萨玛和斯卡芬·阿姆提斯科走后。他感觉很糟糕，有点儿孤单。他似乎吩咐他们调整好那艘古老的飞船，准备实施"斩首行动"，时间就在这个上午。或者，他根本没打电话，他只是梦见自己打了。

大教堂的接线员问他要联系哪里，他说要找航天中心。

他跟技术人员谈话，首席飞行工程师听起来又紧张，又兴奋。飞船已经准备就绪，加足了燃料，输入了坐标，只要他一声令下，几分钟内就可以起飞。

他听报告的时候不断点头。对方突然停顿了一下，他没有问，不过他知道对方想说什么。

他看向窗外的天空，从这里看出去，天还很黑。"长官？"首席飞行工程师问，"扎卡维大人？您的命令是什么？"

他的眼前又浮现出那个小小的蓝色立方体和那个按钮。他听到了空气逸出的咝咝声。这时他战栗了一下，他以为那是身体不由自主的反应，随后才发觉不是。震动来自大教堂的建筑主体，渗透了房间的每一道墙壁，从他的床上传过来。桌子上的玻璃杯也在颤抖。爆炸声从厚厚的窗户外面传来，低沉、凶猛。

"长官？"电话那头问，"您还在吗，长官？"

他们可能会拦截这艘破飞船，或许是"文明"亲自出手，甚至可能就是仇外号，用感应器破坏就可以。"斩首行动"注定会失败……

"我们该怎么做，长官？"

但是，总还有一点成功的可能性……

"喂？喂，长官？"

又一声爆炸摇撼整座教堂。他看着手里的听筒。"长官，我们要不要继续？"他听到有人在问话。他记得有人曾经问过这句话，在很久以前，在很远的地方，那时候他同意了，因此背上了一段沉重的记忆,所有那些名字,几乎把他淹没……

"解除战备,"他平静地说,"现在我们不需要发动袭击。"他说完放下电话,快步离开了房间。他走的是后面的楼梯,没有经过自己房间的正门,他听到那边已经乱作一团。

更多的爆炸摇撼着大教堂。周围尘土簌簌而落,外墙承受着一轮又一轮的冲击。他想知道,各地指挥部将会怎样陷落,绑架大祭司的行动会不会像萨玛承诺的那样不流血。在思考这些问题的同时,他意识到其实自己并不在乎。

他从侧门离开大教堂,走进了曾用作阅兵场的那片大广场。难民帐篷前面还点着火堆。远处,大团烟尘翻滚,慢慢飘向外墙上空,从这里可以看见外墙的几个缺口。住在帐篷里的人刚刚醒来,开始外出活动。他身后高处的城墙上,枪声响起。

被占领的墙头上有重炮发射,爆炸摇撼大地。高耸的教堂侧墙被炸出了一个大洞,巨石像雪崩一样落向阅兵场,吞没了十几顶帐篷。他不知道敌军坦克使用的是什么类型的炮弹,可能是他之前从没见过的。

他穿过林立的帐篷继续向前走,周围的人睡眼惺忪。大教堂那边还有稀疏的枪声传来,高墙下的广场上尘土飞扬。外墙那边又传来一声炮响,接着是震天动地的爆炸声,大教堂的一整面墙轰然倒塌。墙体像突然获得了解放,跌落在翻涌的尘土里,回归大地。

现在,大教堂的防御工事已经不再反击。天色逐渐亮了起来,惊慌失措的人们互相扶持着、拥抱着,站在帐篷前。更多的枪声传来:有的来自城墙外,有的来自广场内,有的来自帐篷之间。

他继续向前走,一路都没人阻挡,甚至没有几个人留意他的存在。他看到一个士兵从高墙上跌落,摔在他的右侧,消失在飞扬的尘土里。他看见人们来回奔跑,看见远处的格拉希安士兵正驾驶坦克步步逼近。

他穿过密集的帐篷群，躲避跑来跑去的人，跨过几个冒着烟的火堆。灰白色的晨光里，城墙和大教堂外墙的缺口上冒着黑烟，天空泛蓝了，绯红的朝霞刚刚出现。

有时候，在身边那些尖叫奔逃的人群里，在那些拖儿带女的难民中，他似乎看到了自己认识的人。有几次，他甚至打算回头跟他们说话，伸手阻挡像雪崩一样奔流过眼前的面容。

逃命的人群把他推来撞去，有一次还把他撞倒在地，他不得不挣扎着爬起来，掸掸灰尘，默默承受路人的击打、尖叫和咒骂。随后有飞机在头顶低空扫射，当时他是唯一还站着的人，其他人都匍匐在地上。他听见子弹噗噗作响，看见地面激起尘烟，看见伏在地上的人们有时突然抽动摇摆，知道他们已经中弹。

他遇见第一队格拉希安陆军的时候天已经亮多了。当时他躲在一顶帐篷后面，有一个士兵向他射击，他就地翻滚躲避，然后站起来躲到另一顶帐篷后面，几乎跟另一个士兵撞在一起。那个士兵还没来得及掉转枪口，手里的卡宾枪就被他踢飞了。士兵拔刀扑向他，他一把夺走军刀，将对手踹翻在地。他看看手里的利刃，摇了摇头，把刀丢在一边。躺在地上的敌人满眼恐惧地看着他，他耸耸肩，转身离去。

不断有人从身边跑过，士兵在喊叫。他看见一个敌兵向自己瞄准。他找不到什么藏身之处，于是举起双手解释，告诉对方完全没有必要开枪，可对方还是击中了他。

他失去平衡的时候心想，这么短的射程居然没打中要害，这人的枪法可真不怎么样。

他胸腔上部靠近肩膀的地方中枪了，肺部没有损伤，可能肋骨都完好无损。这时伤口一阵剧痛，他仰面倒了下去。他倒在泥土里，旁边是一具城防军士兵的尸体，死者的眼睛瞪视前方。他在泥土中翻滚,看到一架"文明"的太空梭悬浮在大教堂的废墟上空,靠近他居住的那个区域。

有人踢了他一脚,把他踢得翻了个身,还踢断了他的一根肋骨。他努力不因伤口的疼痛呻吟,但还是睁开了双眼。他等着被枪毙,但是这并没有发生。那人站在他面前,因为背光显得面色阴暗。他看到对方站了一会儿就走开了。

他又躺了一会儿,然后站起来。一开始他还能走路,但是飞机又飞了回来。尽管他没有中弹,但附近有几顶帐篷被击碎了,碎片飞溅,像子弹一样击中了他。他不知道自己大腿上的刺痛到底是来自木头、石头,还是帐篷里伤者的碎骨头。"希望不是,"他一瘸一拐地走,一路自言自语,"不,这一点儿都不好玩。我不要骨头,这没什么意思。"

爆炸的冲击波让他飞进了一顶帐篷里,又摔了出来。他脑子里嗡嗡作响,抬头看大教堂,高处的建筑刚刚迎来第一抹阳光。太空梭已经不见了。腿很疼,他捡了一根木棍作拐杖用。

尘土笼罩着他。坦克发动机和飞机的呼啸声,以及军队的号角声敲打着他的鼓膜。燃烧的烟火,碎裂的石头粉尘和战争机器的尾气让他窒息。伤口要求与他谈话,以疼痛为语言。他必须聆听,但努力不去想更多。他浑身发抖,被人推打、踩踏,踉踉跄跄,筋疲力尽,双膝跪地不起。他以为自己又中弹了,但已经无力确认。

最后,在城墙缺口旁边,他再度跌倒,觉得自己不如在这里躺一会儿。光线好了一些,飞扬的尘土像灰白色的裹尸布。他仰首看天,那里是一片灰蓝,他想,天空多美啊,哪怕被那么多的尘土遮蔽。他听到坦克隆隆地爬过倾倒的石墙,他对自己说:这里的坦克也和别处的一样,吱吱嘎嘎的时候多,咆哮开炮的时候少。

"先生们,"他对蓝色天空轻声说,"我想到,对这个世界满怀敬意的萨玛曾经跟我说过一段话,是关于英雄主义的。当时她这么说:'扎卡维,在所有我们评估过的人类社会里,任何一个时代,任何一个国家,从来都不缺乏脑袋发热的年轻男性。他们急于用杀戮和自己的死亡,来确保老头子们的安逸、舒适和偏见。你们所谓的英雄主义,就是对这种现象的概括,这个世界上永远都不缺少白痴。'"他叹了一口气,"当然,其实她说的不是'任何一个时代,任何一个国家',因为他们这些'文明'的人,喜欢让所有事情都有例外。但是我觉得,她实际上就是那个意思……我觉得……"

他翻了个身,背向令人心碎的蓝天,面对模糊的尘土。

最后,他不情愿地又一次翻过身,坐起来,跪着,然后拄着拐杖蹲起来。他用力,再用力,直到成功站起来。他无视所有的伤痛,摇摇晃晃地登上废墟,跌跌撞撞地爬上城头,那里有一段平整宽阔的通道,像是一条天路。十几个士兵的尸体散落在那里,倒在血泊中。尸体周围遍布弹痕,积满灰色的尘埃。

他跌跌撞撞地走到那些尸体旁边,仿佛急于成为其中一员。他仰望天空,寻找那艘轻便飞船。

一段时间后,轻便飞船发现了他用尸体摆成的 Z 字形图案[①]。在当地文字中,这个字母很难写,他总是写错。

[①] 扎卡维(Zakalwe)的首字母是 Z。

1

星芒号上没有一点灯火，它静静地蜷缩在拂晓时分的灰白光线里。一些叠在一起的同心形，加上甲板和枪炮的线条，构成了它深黑的侧影。他面前的沼泽地里腾起一层迷雾，从这里看去，那艘战舰的黑影没有触地，而是像飘浮在地面上似的，像一朵迫近的黑云。

他注视着那里，瞪大酸痛的双眼，拖着疲惫的双腿。在如此接近城市、接近这艘战舰的地方，隐约可以嗅到海洋的气息，他的鼻端靠近地堡的水泥墙，还可以闻见一股柠檬味儿，又苦又酸。他努力回想那座花园，还有那些鲜花的味道，每当他觉得战争无谓而残酷，一切都毫无意义，他就会这样回想。但是这一次，他总是无法在脑海中复现那隐约存在的、无比馥郁的香气，也想不起那座花园里曾经美好的东西。（正相反，他似乎看见那双晒黑的手，还有他们偷情时坐的那张椅子，那张小到荒谬的椅子……他记得自己最后一次看见那座花园，最后一次踏入那片庄园的情景。当时他带领一个坦克军团，目睹了伊莱瑟梅尔给那里带去的混乱和破坏，而那里是他们童年时代共同的摇篮。宅邸被摧毁了，石船成了一片废墟，树林被焚烧……他向那座避暑小屋看了最后一眼，然后以复仇来回击记忆的暴行。坦克在他脚下颠簸，空地被照明弹照亮,烈焰腾腾,他的耳朵里回响着无声的轰鸣,但是那座小屋还在原处。炮弹穿过小屋,在树林深处爆炸,当时他几乎哭喊起来,想亲手拆掉那座破房子……然后他想起那个曾经坐在那里的人,想象他会怎样对待这种事,于是他打起精神一笑置之。他让炮手把瞄准点设在小屋前面台阶的最高层,他终于看到整座房子被炸飞,在空中燃烧。残骸落在坦克周围,弄得他浑身是泥土、木片和破碎的房顶材料。)

这天晚上,地堡外闷热压抑。白天地面积聚的热力被夜间的浓云压制,热气弥漫,像一件汗湿的衬衫粘在身上。风向变过,因为他之前嗅到了青草和干草的气息,那是从几百千米外的内陆大草原吹来的,但随后风就停了,原本的香气变成了现在的腐败气息。他闭上眼睛,额头顶着地堡瞭望口下方的粗糙水泥墙,刚才他就是从这道缝向外张望的。现在他将手指张开,轻触那坚硬、凹凸不平的表面,皮肤感受着那里的温热。

有时候,他只希望一切都快结束。至于怎样结束,他并不在乎。他只想停战,这很简单,但要求很苛刻,同时又颇有诱惑力,值得尽一切努力。此时他必然会想到达尔金丝,她被困在那艘战舰上,成了伊莱瑟梅尔的人质。他知道,达尔金丝已经不再爱他们的这个表弟,那段感情短暂而轻狂,当时她只是觉得自己受到了家人的冷落,她以为大家都更喜欢利维埃塔。当时那好像是爱情,但事到如今,恐怕她本人也知道,那不是。他相信,达尔金丝只是被迫上船的人质。伊莱瑟梅尔奇袭城区的时候,很多人都意外被俘。他的进军速度让一半人口来不及撤退。达尔金丝运气不佳,她想从机场逃离,但被发现了,伊莱瑟梅尔特意派出特工寻找她。

他必须坚持战斗,为了达尔金丝,尽管他对伊莱瑟梅尔的仇恨几乎已经淡去。过去这几年,这股恨意支撑着他去战斗,但是现在，随着战争的漫长进程，恨意逐渐淡去。

伊莱瑟梅尔怎么能做出这种事？即使他已经不再爱她（这个畜生居然还敢说，他真正想要的是利维埃塔），也不能把她抓到船上，当作炮弹一样去利用！

他又该如何回应？利用利维埃塔来对付伊莱瑟梅尔吗？要让自己的残忍程度同步升级吗？

利维埃塔已经开始埋怨，认为是他造成了当前的局面，却不去责怪伊莱瑟梅尔。可他又能怎么办？投降吗？拿一个妹妹出来，交换另一个妹妹？组织注定要失败的疯狂营救行动？还是不顾一切进攻？

他一直对部下解释说，只有旷日持久的围城战，才能确保万无一失。但此事已经争执了太久，连他自己都不确定自己是对的了。

"长官？"

他转身回头，看看背后那些指挥官黑黢黢的影子，问道："什么事？"

斯韦尔斯说："长官，也许我们现在该动身了。东边的阴云已经散去，天马上就要亮了……我们不能在敌人射程内被发现。"

"我知道。"他说完又看了一眼星芒号黑沉沉的轮廓，他有些畏缩了，似乎觉得它的主炮马上就要向他本人喷射火焰。他拉过一块金属挡板，将水泥瞭望口堵上，地堡里一时间变得非常黑暗。随后有人打开了简陋的黄色照明灯，他们都站在原地，被灯光刺激得不停眨眼睛。

他们离开了地堡，长长的一列参谋部装甲车正在黑暗中等待，助手和下级军官们跳起来，立正、整理军帽、行礼，然后打开车门。他上了车，坐在铺着毛皮的后排座位上。另外三个军官随后上车，并排坐在他对面。配有装甲的车门关上了，车子轰鸣开动，在崎岖不平的路面上颠簸，开往林地，远离夜色中那个黑色的影子。

"长官……"斯韦尔斯和另外两个军官交换了一下眼神，说，"我和其他同僚讨论过了……"

"你们想说的，无非是让我进攻。先轰炸星芒号，把它变成一堆燃烧的残骸，然后用武装直升机突袭，"他举起一只手，"我知道你们私下在讨论什么，也知道你们得出了什么……结论。我没兴趣听你说这个。"

"长官，我们都理解您现在面临的压力，毕竟您的亲妹妹还在船上，但是——"

"这跟我的战略选择完全没有关系，斯韦尔斯。"他说，"你把这件事跟我拒绝进攻的决定联系起来，是对我人格的侮辱。我的决定完全出于严密的军事考虑。敌人已经成功建立了一个堡垒，而这个堡垒目前来看，是几乎不可能被攻破的。我们必须等待，等到冬季洪水来临，我们的舰队就可以顺利通过河口和运河，跟星芒号公平决战。现在就派飞机轰炸，或者开始炮战，根本就是愚蠢至极。"

斯韦尔斯说："长官，尽管我们非常不愿意与您争执，我们至少——"

"马上给我闭嘴，斯韦尔斯中校，"他冷冰冰地说，"我的麻烦已经够多了，不想再听你们喋喋不休，对我的军事决断妄加猜测。而且，我也不想费心考虑更换高级指挥官。"

一时间，车里只有发动机的轰鸣声。斯韦尔斯很震惊，另外两个指挥官一直在低头研究地毯。四个人在后排颠簸，发动机的声音让车里显得更安静了。装甲车驶上了一段平整的道路，呼啸疾驰。惯性作用下，他不由自主地向后仰，另外三个人向前倒了一下，随后坐好。

"长官，我可以离——"

"你有完没完？"他抱怨道，试图让斯韦尔斯改变主意，"你们就不能为我减轻一点儿负担吗？哪怕只是一点点？我只希望你们尽自己的本分，别再不停地跟我争吵。我们要去跟别人作战，而不是在这里互相攻击！"

"……可以离开您的参谋团队，如果您愿意的话。"斯韦尔斯还是把话说了出来。

现在，发动机的声音似乎也无法传进车厢里了。寂静弥漫在周围的空气里，斯韦尔斯的表情和另外一个指挥官的身体像凝固了一般。车厢里冰冷一片，好像盛夏突然变成了冬天。他想闭上眼睛，却又不能这样示弱。于是他直勾勾地瞪着坐在自己对面的这个人。

"长官，我必须告诉您，我不赞同您现在采取的策略。而且，持这样观点的人不止我一个。长官，请您相信我，我和其他指挥官一样，大家都热爱您，就像我们热爱自己的国家一样。出于这份热爱，我们不能袖手旁观，眼看您为了一个错误的决定背离初衷，抛弃一切。"

他看见斯韦尔斯十指交握，好像在苦苦哀求。他思绪飘忽，做梦似的想，出身高贵的绅士，说话不应该用"但是"开头，这是个非常不体面的词儿……

"长官，请您相信我，我也希望自己的判断是错的。我和其他指挥官试着站在您的立场思考当前的形势，千方百计想证明您是对的，但是我们做不到。长官，请求您再考虑一下，如果您对我们这些下属还有一点感情的话。如果您觉得有必要，可以撤我的职，惩罚我这番不敬的言辞，您可以把我送上军事法庭，把我放逐，甚至把我处决。但是长官，请务必重新考虑一下您的战略，趁我们现在还有时间。"

所有人都一动不动地坐着。车沿着马路飞驰，不时转弯，左右摇晃躲避地上的弹坑。他想，我们看起来就像一群死人。

"停车！"他喊道，手指按下了车内通话按钮。装甲车缓缓减速停下，他打开了车门，斯韦尔斯闭上了眼睛。

"出去！"他命令道。

一瞬间，斯韦尔斯似乎变成了一个老人，正在经受第一次打击，而后面还有一系列打击等着他。中校好像突然变得矮小、干瘪，好像整个人都崩溃了。一阵热风吹来，险些把门吹得合上了，他单手撑住了门。

斯韦尔斯弯腰，慢慢下了车，在昏黑的路边站了一会儿。车厢里的灯光从他脸上扫过，随后消失。

扎卡维关上车门。"开车！"他告诉司机。

装甲车飞速逃离黎明和星芒号的视线，确保自己不被击毁。

他们本以为胜利在望。春季时，他们在军备和人员方面都占据优势，尤其是重炮比敌人多。在海上，星芒号依然是一个威胁，但它多数时候都在躲藏，由于燃料不足，它已不能经常突袭战舰和运输船，原本的优势反而成了一个弱点。但是，伊莱瑟梅尔让人拖曳这艘巨型战舰通过季节性运河，运到了干船坞里。他们炸出了多余的空间，把战舰停泊进来，然后关闭了闸门，排空了船坞里的水，又注入了水泥。参谋们说，敌人可能还在水泥与船体之间加装了防震隔层，不然半米口径的巨炮早就把船震散架了。他们怀疑伊莱瑟梅尔用的是垃圾，他居然用垃圾加固这座临时要塞的边缘。

他觉得这简直可笑。

星芒号本身并非不可战胜（尽管现在它的确是不可能被击沉

了);这艘战舰是可以打下来的,不过肯定要付出巨大代价。

当然,如果敌人有了喘息的时间,重新装备船坞周边和城市里的军队,也许他们能突围。他们很可能研究过这样的作战方案,伊莱瑟梅尔善于搞这一套。

但是,不管他怎样思考,怎样解决,责任都要他一个人承担。士兵们听从他的指挥,手下所有的军官也一样,要不然就会被撤换。政治家和教会给了他最大范围的自主权,不管他做什么都全力支持。这方面他很安全,这是指挥官可以得到的最优处境。可是,他该怎么做呢?

他本指望接手一支在和平时期接受过完美训练的军队,勇猛威严、所向披靡。他本指望最终能把这支部队转交给下一任司令官,延续本国军队讲求"荣誉、服从和责任"的光荣传统。但实际上,这支部队的主要对手是本国同胞,对方指挥官是他从小就认识的人,本来两人还是朋友,甚至可以说亲如兄弟。

他不得不下达各种荒谬的命令,这些命令则会带来死亡。有时候,他派遣数百人、数千人奔赴九死一生的前线,只是为了守住一个军事重地,或者攻占一个重要目标。每一次,不管他喜不喜欢,平民都会跟着受苦受难。在血腥的战争中,恰恰是这些他们发誓要保护的人,承受了大多数伤亡。

他曾经想结束这一切,想通过谈判解决争端,而且从一开始他就有这个打算。但是,两边都不打算妥协,都想按己方的意思去办。他本人没有什么政治影响力,就只能接着打仗。他取得的胜利让自己也很吃惊,别人更是对此惊叹不已,可能连伊莱瑟梅尔也觉得意外。但是现在,尽管胜利在望(也许吧),他却不知道该怎么做才好。

现在,他压倒一切的愿望,就是救出达尔金丝。他已经看到太多死去的、干枯的眼睛,太多烧黑的肢体,太多被苍蝇围绕的尸身。他再也没有办法把如此残酷的现实与空虚的口号联系起来，那不再是他作战的真正原因。现在看来，只有亲人的幸福，才是值得去战斗的东西。只有这一点才是真实的，才能让他保持头脑清醒。要他承认眼前的事态关涉数以百万计的人民，他承担不起那个责任。那将意味着他还要为已经阵亡的数十万将士负责，至少要承担一部分责任，尽管在整场战争中，他已经努力恪尽人道职责。

所以他决定等待，他约束手下的各级指挥官，等伊莱瑟梅尔回应自己发出的信号。

另外两个军官一语不发。他关掉车内的灯，打开车窗挡板，看着昏暗的森林在钢灰色的天空下飞速后退。

他们一路经过昏暗的地堡、漆黑的战壕、静止的人影、停滞的卡车、毁坏的坦克、破碎的窗户、隐蔽的机枪、抬起的拦路杆、灰色的焦土、残存的建筑和缝隙里透出的灯光，司令部外面围绕着一层层这样诡异凄凉的景象。他们已经接近司令部中心，在过去的几个月里，这儿实际上已经成了他的家。他看着这一切，暗自希望装甲车不要停下，希望车一直开下去，夜以继日，永远向前行驶，再也不要停下。他想结束所有无果的追求，去往无人知晓的虚空世界，再不见任何人，就算那里只有刺骨的凄凉。在痛苦的最深处，存在着一种安全感——事情再也不会变得更糟。他只希望装甲车永远开下去，他不想再体验决定之前的被逼无奈或决定之后的追悔莫及……

装甲车停在城堡院子里，他走下车，周围簇拥着大群手下。他大步走进这座古老的房舍，不久以前，这里还是伊莱瑟梅尔的指挥中心。

有上百件琐事等着他处理，包括后勤问题、敌情报告、局部冲突还有小块阵地的得失，等等。此外还有当地平民和外国媒体提出的种种要求。他把所有事情统统推掉，交给下级军官处理。他三步并作两步上了楼梯，来到自己的办公室，把外套和帽子交给勤务兵，然后把自己关在黑暗的书房里。他闭上眼睛，后背靠在双重门上，铜把手抵着他后腰。回到安静而黑暗的房间里，对他也是一种安慰。

"你出去看那个怪物了，对吗？"

他吓了一跳，随后辨认出那是利维埃塔的声音。她正站在窗前，从这里看去，只是一个黑影。他放松下来，回答说："是的，请把窗帘拉上。"

他打开了房间里的灯。

"你打算怎么办？"她走过来，两臂交叉在胸前，头发束在头顶，愁容满面。

"我不知道。"他承认道，走到桌边坐下，两手捂着脸揉搓了一番，"你想让我怎么办？"

"跟他谈谈。"她说道，在桌子一角坐下，两手还是交叉在胸前。她穿着黑色长裙，黑色夹克衫，这段时间她总是一身黑。

"他不会跟我谈的。"他说道，倚在装饰精美的椅子上，他知道下级军官称之为王位，"他总是不给我回音。"

"那肯定是你说的话有问题。"

"我不知道该说什么，"他闭上眼睛说，"为什么你不给他写封信呢？"

"你不允许我说自己想说的话；或者，就算你允许了，事后也做不到。"

"双方不可能就这么放下武器的，利维埃塔，我也想不出别的办法。他总是对我们不理不睬。"

"你可以亲自去见他，也许问题就该这样解决。"

"利维埃塔，我们派去跟他谈判的第一位代表被他扒掉了整张人皮！"他说到最后一个词的时候简直是在尖叫。他突然失去了所有的耐心和自制力。利维埃塔畏缩了，从桌子边退开，坐到旁边一张带扶手的沙发上，修长的手指抚摸一侧扶手上的金线。

"对不起，"他轻声说，"我也不想大喊大叫。"

"她是我们的亲妹妹，夏德南，我们不能不管她。"

他环顾四周，好像在寻找新的灵感。"利维埃塔，我们一直都在谈这个问题，你就不能……让我清静一会儿吗？你明白吗？"他两手用力拍桌子，"能做的我全都做了，我和你一样想救她出来，可她在那个家伙手里，我目前就是无能为力。我只有选择进攻，可是进攻开始的那一刻，很可能就是她的死期。"

她摇了摇头。"你们两个之间，到底是怎么回事？"她问，"你们为什么就不能坐在一起谈谈？你们怎么能忘记一起长大时经历的一切？"

他摇摇头站起来，转身面向摆满图书的墙，视线扫过几百本书的书脊，却什么都没有看进去。他疲惫地说："我没有忘记，利维埃塔。"他突然感到莫名的哀伤，似乎只有其他知情人在场，他才能回想起那些几乎已经逝去的记忆，"所有的一切，我都记得。"

"你一定还有别的办法。"她说道。

"利维埃塔，请相信我，我已经别无选择。"

"我相信过你，可那时候，你竟然告诉我她安然无恙。"女人低头看着沙发扶手，用长指甲挑那些昂贵的金丝，嘴巴抿成了一条细线。

"那时候你病着。"他叹息着说。

"这跟我病不病的有什么关系？"

"那时你可能会丧命！"他说道，走到窗前整理窗帘，"利维埃塔，当时我不能告诉你他们抓走了达尔金丝，你受不了那种刺激——"

"刺激！对我这个生病的可怜的女人！"利维埃塔摇着头说道，指甲还在用力挑那些丝线，"我宁愿你没跟我讲那些废话，而是告诉我真相，让我知道我的亲妹妹到底怎么了！"

"我只是努力做了当时最该做的事情。"他说道。他本想走到她面前，却又迟疑了，然后在她刚才坐过的桌角坐下。

她冷冷地说："我知道你怎么想的，你总觉得，世上的一切都要由你做主，因为你地位显赫。你那么做就等于替我拿了主意，在你看来，我还应该心存感激，肯定是这样。"

"利维埃塔，求你了，难道你一定要——"

"我一定要怎样？"她瞪着他，眼睛几乎要冒出火来，"我怎么了？我又给你添麻烦了，对吗？"

他努力减慢语速，控制住自己。"我只想请你，努力……理解我。我们现在需要……团结起来，互相支持。"

"你是说，哪怕你对达尔金丝见死不救，我也得支持你吗？"

"该死的，利维埃塔！"他咆哮起来，"我已经尽了最大的努力！这个世界不只有她一个人，还有无数人的安危需要我去考虑：我手下所有的士兵，整座城市的平民，整个该死的国家！"他走到她面前，跪在沙发前，手放在她的长指甲正在抠的那侧扶手上。"利维埃塔，求你了。所有可能的办法我都已经试了，帮帮我，支持我。其他指挥官都要求马上进攻，只有我还在努力保护达尔金丝，而且——"

"也许你应该发动进攻，"她突然说，"也许你就该那样做，才能达到出其不意的效果。"

他摇了摇头。"他把她抓到船上去了，而我们必须先毁了那艘战舰，才有可能占领城市。"他看着利维埃塔的眼睛，"即便达尔金丝不在攻击中丧命，你相信他会放过她吗？"

"是的，"利维埃塔说，"是的，我信。"

他瞪视她，以为她会示弱，或者把视线转向一边，但她也那样直勾勾地瞪着他。最后他只好说："好吧，反正我不会冒这样的风险。"他叹了口气，闭上眼睛，把头靠在沙发扶手上。"我觉得现在……压力好大。"他想握住她的手，可她却把手抽了回去。"利维埃塔，难道你觉得我是个冷血的人吗？难道你觉得我对达尔金丝的安危无动于衷？难道你不知道吗？我是你的哥哥，可也是他们培养出来的战士！你是不是觉得，我有了一支军队可以指挥，有了勤务兵和下级军官照顾日常生活，就不觉得孤独了？"

她突然站了起来，避开他的身体。"就是这样，"她低头冷冷地看着他，而他正呆呆看着沙发扶手上的金线。"你孤独，我也孤独，达尔金丝孤独，伊莱瑟梅尔也孤独，这世界上的每个人都孤独！"

她快速转身，裙摆飘飞，走出去了。他听到门被重重关上的声音。他跪在那张被遗弃的沙发前，像遭到拒绝的求婚者。他把小指伸进利维埃塔挑开的金线小口里面，用力地拉拽，把那根金线扯断。

他慢慢站起身，走到窗口，掀开一点窗帘，看着外面灰白的天色。人和机器在清晨的薄雾下奔忙，像罩着一层天然保护色。

他羡慕眼前的这些人，他知道大部分人也羡慕自己。他掌握控制权，有舒服的床，不必在泥泞的战壕里奔忙，也不用在站岗时故意踢伤脚趾，以保证自己不会睡着……但是他依旧羡慕这些人，因为他们只需要执行命令，而且（他心中承认），他也羡慕伊莱瑟梅尔。

很多时候，他都希望自己像他一样，狡诈得肆无忌惮，天生就诡计多端。他也想那样。他躲回窗帘后面，为这样的想法自责。

他关闭了房间的照明灯，靠在椅子里。这是我的王座，他对自己说，几天来头一次露出微笑。王座是强权的象征，而他偏偏感觉自己如此虚弱。

他听到外面有一辆卡车开了过来,车子没停在规定的位置上。他坐着没动,脑子突然开始狂转:也许是颗大炸弹,就在外面……这让他突然感到恐惧。他听见一个士官在大叫,有人在说话,然后卡车挪开了一点点,但还是可以听到发动机的声音。

又过了一会儿,他听见楼梯方向传来喊叫声,那声音有些诡异,让他毛骨悚然。他告诉自己别瞎操心,随后打开了房间里所有的灯,但他还是能听见外面的骚动。然后有人尖叫,声音又突然被打断。他打了个哆嗦,拿出手枪,心里希望自己有威力更强的武器,而不是只有这么小的一把手枪。他走到门口,外面的声音很奇怪,有些人嗓音尖厉,另外一些人则努力压低声音。他把门打开一道缝,随后走出来,他的勤务兵正站在楼梯口向下张望。

他把手枪放回枪套,走到勤务兵身边,循着他的视线向下看。他看见了利维埃塔,她正瞪大眼睛抬头看他。下面还有另外几个士兵和一个军官。他们站在一张白色小椅子周围。他皱了皱眉,利维埃塔看上去很激动。他快步走下楼梯,利维埃塔却突然跑上楼梯迎他,裙摆在身后飘飞。她用力把他往回推,两手抵在他胸前,他被推得打了个趔趄,吃了一惊。

"你别下去。"利维埃塔说道,她眼含泪水,目光呆滞。他一辈子都没有见到她脸色这么苍白过。"回去吧。"她的声音听起来很粗重,简直不像她自己。

"利维埃塔……"他有些生气,用力把身体从墙边挪开,想看清她身后到底发生了什么事,想知道大家为什么围着一张椅子。

她又一次推着他胸口说:"回去吧。"那声音又粗重又古怪。

他用双手握住她的手腕,低声说:"利维埃塔。"他用眼神示意楼下的那些人。

"回去吧。"那个古怪而有些可怕的声音还是这样说。

他有点儿不耐烦，把她推在一边，想越过她下去看看。可是利维埃塔却从背后抱住他，嘴里还是说："回去吧。"

"利维埃塔，别拦我！"他把她甩开，觉得很尴尬，没等她再次伸手，就快步走下楼梯。可她还是扑上来，从背后抱住他的腰，哭喊着："回去吧！"

他转身说："放开我，我要下去看看发生了什么事！"他扭开她的胳膊，把她推倒在楼梯上。他走下楼梯，从水磨石地面上走过去，走到那群寂静无声的人身旁。他们正围着那张椅子。

椅子很小，也很脆弱，好像承受不住一个成年人的重量。那张小椅子是白色的。他又向前走了几步，周围的其他人，整个厅堂、城堡、世界、宇宙，突然一下子消失在黑暗和静默里。他走得越来越近，他看到，那张椅子是用达尔金丝·扎卡维的骨骼做成的。

股骨是椅子的两条后腿；胫骨和一些其他骨头是椅子的前腿；臂骨是框架；肋骨是椅背；椅背下面接着的是骨盆，骨盆在多年前就破碎过，现在还能看到当年医生用来修补骨骼的黑色材料；肋骨上方的锁骨也有骨折后修复的痕迹，那是早年骑马摔伤后留下的伤痕。

他们还硝制了她的人皮，制作了一个椅垫，肚脐的位置钉了一颗样式平常的纽扣，椅垫的一角还留有一撮淡红色的毛发。

他看到楼梯，还有利维埃塔、勤务兵、勤务兵的小房间。他站到了自己的办公桌前，发现自己还在想些什么。

他感觉到口中有血腥味，他低头看自己的右手。他恍惚记得刚才上楼梯的时候，他打了利维埃塔一拳，打在她脸上。对自己的妹妹，他居然可以这么狠。

他茫然四顾，无法集中注意力。周围一切看起来都有些模糊。

他想要揉一下眼睛，于是抬起手，发现手里握着一把枪。他把枪顶在自己右侧太阳穴上。

当然，他知道这正是伊莱瑟梅尔想要的结果。面对这样一个恶魔，他又怎么可能有胜算呢？说到底，一个人能承受的压力是有限的。

他对着门微笑（有人从外面撞门，喊叫着一个词儿，可能是他的名字，他已经想不起来了）。太傻了。什么"正确的选择""别无他法""保全荣誉"，全都是胡扯。只有绝望是真实的，只有最后一次想笑的冲动。他只想在自己头骨上开个洞，以此来面对这个世界。

那么完美的技巧，那么强大的能力和适应性，那么麻木无情，那样的手段，可以把任何东西用作武器……

他的手在抖。他看到门已经开始松动了，一定有人在拼命撞门。他估计自己刚才把门反锁了。他本应该选择大一点的枪，他知道，手里的这把枪可能达不到目的。

他觉得口干舌燥。

他把枪顶在太阳穴上，扣动了扳机。

不到一小时之后，星芒号周围的敌军开始突围，而那时候医生还在忙着抢救他的生命。

那真是一场恶战，他们差点儿就赢了。

十四

"扎卡维……"

"不用。"

他还是拒绝了。此时他们正在公园里的一大片草坪旁,身边是几棵修剪了树冠的大树。暖风在矮树丛中低吟,带来花香和大海的气息。清晨的薄雾仍恋恋不舍地纠缠着天上的两个太阳。萨玛绝望地摇摇头,走开了几步。

他斜倚在一棵大树旁,手捂胸口,呼吸困难。斯卡芬·阿姆提斯科悬浮在附近,一边看着他们,一边跟树上的小昆虫玩耍。

斯卡芬·阿姆提斯科觉得这人应该是疯了,他的表现绝对反常。他一直不愿解释为什么敌人攻击教堂的时候,他还在混乱的战场上散步。萨玛和嗡嗡机最终找到他,把他带走的时候,他身上已经多处中弹,半死不活,躺在城墙顶上的死人堆里说胡话。随后,他要求稳定伤势,却拒绝治疗。他不想康复,跟他讲什么道理都不听。可仇外号接他们的时候,却拒绝宣布他精神失常,认为他还有决策能力。于是大家把他调整到低代谢睡眠状态,经过十五天的航程,他们到达了那个叫利维埃塔的女人居住的星球。

他从昏睡状态中醒来的时候,伤势还和睡着之前一模一样。

这个人的状态一塌糊涂，身上还带着两颗没取出来的子弹。他依旧拒绝在见到那个女人之前接受任何治疗。奇怪！斯卡芬·阿姆提斯科一面这样想，一面用一个微型力场挡住了一只小昆虫的去路。小昆虫正在用触须找路上树，现在它摇动着触须改变了前进方向。树干上方还有另一种昆虫活动，斯卡芬想让两种昆虫碰个头，看看会发生什么。

奇怪，而且，相当邪门。

"好了，"他咳嗽起来（嗡嗡机知道他的一侧肺叶严重充血），"我们走吧。"他把自己的身体从那棵树上推开。斯卡芬·阿姆提斯科恋恋不舍地结束了"两只小虫"的游戏。这个星球让嗡嗡机感觉怪怪的。星际事务部知道这个星球的存在，但还没有充分调查过这里。现有的情报多半来自二手的资料研究，而不是实地考察。尽管这个地方看起来没有什么反常，也已经接受了一轮粗略的考察，但严格来讲，这里还是未知区域。斯卡芬·阿姆提斯科处于较高的警戒级别，以免遭遇措手不及的恶性意外。

萨玛靠近这个秃头男人，伸手揽住他的腰，支撑住他的身体。他们一起走上长满青草的斜坡，嗡嗡机在树冠绿叶的掩护下观察四周，随后俯冲下来，跟在两人后面。

看到远方出现的东西时，他险些跌倒。斯卡芬估计，如果不是萨玛搀扶，他已经倒地了。

"该死。"他说道，努力站直身体，眨眼适应突然变强的阳光。晨雾即将散尽。

他甩开萨玛，一瘸一拐又走了几步，然后环顾四周，望着停车场、修剪过的树木、平整的草坪、装饰矮墙、轻巧的凉亭、砌石池塘，还有寂静的林间小路。在远处，大树中间，是一个破败的黑色影子——星芒号。

"他们居然在这种地方修建公园！"他喘着粗气说道，摇摇晃晃地站在原地，微微弯腰，看着远处那艘古老战舰的残骸。萨玛走到他身边。他看上去更加萎靡了，萨玛又一次揽住他的腰，他痛得面容扭曲。他们继续向前，沿着小路走向那艘战舰。

"你为什么想看这东西呢，夏德南？"萨玛轻声询问。他们沿着砂石路缓缓前进，嗡嗡机在后面悬浮跟随。

"嗯？"他把视线从船身上暂时移开。

"我问，你为什么想来这里，夏德南？"萨玛说，"她不在这儿，不在这个地方。"

"这我知道，"他长出一口气，"我当然知道。"

"那你过来看这个残骸做什么？"

他静默了一会儿，就像没听见这个问题一样。随后他深吸了一口气，因为肺部伤痛而瑟缩，然后他摇着渗出汗水的头说："哦，我只是……怀旧……"他们走过又一片树丛，从树荫下出来的时候他摇着光头，这里能看到那艘战舰的全貌。"我真没有想到……他们会这样处置这艘战舰。"他说。

"怎样处置？"

"这样。"他对着黑色的船体点头。

"他们到底做过什么，夏德南？"萨玛耐心地追问。

"把它……"他欲言又止，咳嗽了几声，身体因为痛苦而抽搐，"把这个该死的玩意儿……当作装饰品，保存了下来。"

"你说什么，这艘船吗？"

他看向她，好像她是疯子一样。"当然，我就是说这艘船。"

在斯卡芬·阿姆提斯科看来，这只是一艘老旧的大型战舰，用水泥固定在了船坞里。它联系了仇外号，仇外号正在绘制这个星球的海底地图打发时间。

——你好，飞船。公园里有个战舰遗址，扎卡维非常感兴趣，我很想知道原因，你能帮我调查一下吗？

——你得等会儿。我有一块大陆、深海区海床和大陆架要画。

——这些东西又不会跑掉,你晚一点再画嘛。我这个事情可能很有意思。

——耐心点儿,斯卡芬·阿姆提斯科。

嗡嗡机结束了通话,心中暗骂:这个呆子,真没劲。

两个人类沿着弯弯曲曲的道路前进,路过垃圾桶和长椅、野餐桌和信息牌。斯卡芬·阿姆提斯科启动了一个老式信息点。录音带里沙哑的声音开始慢悠悠地播放:"您看到的这艘战舰是——"这样岂不是要到猴年马月才能讲完,它用效应器把机器播放速度加快,那声音语调高亢地喋喋不休,然后磁带断掉了。斯卡芬·阿姆提斯科用效应器气愤地拍了一下手掌,离开了那个冒着烟的信息台,里面熔化的塑料制品滴滴答答流到砂石路上。两个人类已经走到战舰阴影之下。

船还是原来那副样子,它曾被轰炸、被炮击,千疮百孔却没有被彻底摧毁。在人们触摸不到,风雨也吹打不到的地方,二百年前火焰熏黑的痕迹还留在装甲上。被撕裂的炮塔像打开了的可乐罐,炮筒和测距仪东倒西歪,搅在一起的线路和倒塌的高射机枪压在破碎的探照灯和反扣的雷达上。那根大烟囱也歪倒在一边,上面布满凹痕和残破之处。

一段搭着雨棚的楼梯通往战舰的主甲板,他们跟在带着两个小孩的一家子后面上去。斯卡芬·阿姆提斯科则跟在十米之外,身体几乎完全隐形了。其中一个蹒跚学步的孩子看到身后有个一瘸一拐、目光呆滞的光头男人,马上吓哭了。她妈妈把她抱了起来。

上了甲板,他们不得不停下来休息。萨玛带他找了张椅子坐下,他蜷缩着坐了一会儿,然后抬头扫视熏黑的残骸。他时而摇头,喃喃自语,时而无声地苦笑,捂着胸口咳嗽。

"博物馆，"他说，"这样的博物馆……"

萨玛把手放在他汗津津的额头上，他看起来糟透了。从教堂外城墙上接他的时候，他就穿着那件又脏又破、沾满了血的黑衣服。尽管衣服在仇外号上清洗、修补过，但现在看起来还是很不协调。这里的人都穿得很鲜艳，就连萨玛的裙裤和上衣都显得有些落伍，当地人穿的通常都是镶嵌宝石的华丽长裙和罩衫。

"你记得这个地方，对吗，夏德南？"萨玛问他。

他点点头，长出一口气说："是的。"他看着最后一线晨雾像薄纱一样在主桅杆周围萦绕，消失，"是的。"

萨玛看向周围的公园和远处的城市，又问："这里是你的家乡？"

他好像没有听到这句话。过了一会儿，他慢慢站起来，带着神游天外的表情看着萨玛的脸。萨玛不禁打了个寒战，努力回想他现在到底有多大年纪。"我们走吧，戴吉特。"他眼含着泪水微笑，"带我去找她，好吗？"

萨玛耸耸肩，搀扶着他的一侧肩膀，来到通外地面的台阶上。

"嗡嗡机。"萨玛对衣服上的一枚胸针说。

"什么事？"

"那位女士还在我们上次打听到的地方吗？"

"是的。"嗡嗡机回答，"要召唤轻便飞船吗？"

"不用了。"伤者插嘴说，"不要轻便飞船，我们坐火车或者出租车……"

"你说真的？"

"真的。"

"扎卡维，"萨玛叹了一口气，"你还是接受一些治疗吧。"

"不用。"他说道。他们终于下到了地面。

"向前走右拐再右拐，有个地铁站。"嗡嗡机对萨玛说，"坐到中央车站,八号站台上火车,去往库阿拉兹方向。"

"好吧。"萨玛不情愿地答应,然后看了他一眼。他正低头凝视地面,好像在研究下一步应该先迈左脚还是右脚。走过战舰残骸的船头时,他扭头看向V字形的巨大船体。萨玛揣摩着他脸上的表情,不知道那到底是敬仰、不屑,还是某种恐惧。

地铁沿着水泥隧道将他们送入市中心。中央车站里十分拥挤,但干净整洁,房顶高悬,阳光在透明的尖顶上舞蹈。斯卡芬·阿姆提斯科又变成了手提箱,轻巧地靠在萨玛手边,而靠在她另一边的是伤者沉重的躯体。

列车驶入站台,有人下车,有几个人上车。

"撑得住吗,夏德南?"萨玛问。他虚弱无力地坐在椅子里,两手撑着桌子,好像手臂已经断了或者瘫痪了。他盯着自己对面的座位,完全无视窗外闪过的城市景象。火车驶出站台,向郊区和农村奔驰。

他点了点头。"我死不了。"

"的确,问题是你还能活多久?"嗡嗡机坐在萨玛面前的桌子上,说道,"你看上去糟透了,扎卡维。"

"那也比你强,你跟个行李箱似的。"他瞪了嗡嗡机一眼,说道。

"哦,真好笑。"嗡嗡机回答,暗中联系仇外号。

——你画完了没有?

——没有。

——能不能借用你传说中快捷无比的脑袋,查一下这个家伙为什么对那艘战舰那么感兴趣?

——嗯,应该可以,可是——

——等等,他在说什么?听听吧。

"……我觉得,你们最终会发现真相的,虽然那是很久以前的事儿了。"他望着窗外,对萨玛说道。城市已经被抛在后面,阳光照了进来。他瞪大眼睛,瞳孔张开。不知为什么,萨玛觉得,他看到的是另外一座城市,或者是同一座城市在另外一个时代的样子。好像只有他那双阴沉、疯狂的眼睛才能看到另外一个时空的光线。

"这里是你的家乡?"

"那是很久以前的事了,"他说着咳嗽起来,身体蜷缩,把一只胳膊紧靠在身边,深吸了一口气,"我出生在这个地方……"

戴吉特在倾听,嗡嗡机在倾听,飞船也在倾听。

他开始讲述那个故事,那座大庄园就在穿过城市的那条河的上游。他向他们讲述庄园的田产、那座美丽的花园,还有在花园里长大的四个孩子。他讲起了避暑小屋、石船、迷宫、喷泉、草地、废墟和树林中的动物,讲起那两个男孩和两个女孩,两位母亲,一位严厉的父亲和另一位长年不露面的父亲——因为他被关押在城里。他讲述孩子们进城的事,大家总觉得那段时间漫长无趣。他讲起那段没有卫兵陪同就不许去花园里玩的日子,当时他们偷了一把枪,要到树林里去试射,可是他们刚走到石船那里,就撞见了一群来暗杀他们家人的杀手,他们开枪警告,帮助大家逃过了一劫。他讲述了达尔金丝受伤的事情,当时从她身上飞出的一小片骨头,差点儿刺穿他的心脏。

他口干舌燥,话音越来越沙哑。萨玛看见乘务员推着小车出现在车厢另一头,就买了几份软饮料。一开始他大口大口地喝,随后痛苦地咳嗽,然后只得小口啜饮。

"战争还是来了。"他望着窗外,最后一片市区被抛在车后,眼前的景象变成了呼啸而过的田野,一片模糊的绿色。"那两个男孩,也已经长大成人……加入了敌对的阵营。"

——有意思,我想我可以研究一下,嗡嗡机。

——时间也差不多了。

嗡嗡机一边回应,一边听。

他讲起那场战争,那场星芒号的围城战,那次突围……那个曾经在花园里长大的男孩,长大成人后,在一个深夜,做了一件非常恐怖的事,从此之后被大家称作"制椅匠"。在那个黎明,达尔金丝的姐姐和哥哥发现了伊莱瑟梅尔的所作所为,哥哥试图自杀,他交出了军权,放弃了军队和自己的姐妹,绝望的他但求自毁。

他说利维埃塔从来没有原谅过他,她一直在追寻他,尽管当时他并不知道。利维埃塔也坐上了一艘冷冻船,在冰冷的、死亡一样的寂静里漂泊了一个世纪,她找到了那个满是冰川的星球,那里的冰原在不断分解、崩塌、消逝……但她没找到他,因为冰雪掩盖了他的踪迹。她不知道他已经过上了另一种完全不同的生活,被一位身材高挑的女士带走了,那位女士视暴风雪如无物,她带来一艘飞船,就像牵着一头忠实的小宠物。

利维埃塔·扎卡维就此放弃,为了抛掉记忆的重负,她再次踏上一段漫长的旅程,去了另一个地方,最终被"文明"发现。仇外号询问嗡嗡机,要它说出上次发现利维埃塔时的位置。它报出了一个行星的名字,那个星球在几十光年之外的一个星系中。

当时的情景斯卡芬·阿姆提斯科还记得。利维埃塔头发灰白,刚刚步入老年,她在贫民窟的一间诊所工作。诊所所在的那片脆弱的棚户区,像垃圾一样散布在长满树木、遍地烂泥的斜坡上。那是一座热带城市,紧邻一片环礁湖和金色的沙滩,更远处是广阔的海洋。他们第一次见到她时,她很瘦,眼窝深陷,一手拉着一个大肚子小孩儿,站在满是哭声的房间里。周围许多痛苦的孩子拉扯着她的裙裾。

嗡嗡机一直致力于研究人类的面部表情,它发现利维埃塔看到夏德南·扎卡维时的表情，几乎是独一无二的。她是那么吃惊，还有那么深的怨恨！

"夏德南……"萨玛温柔地握住他的手，另一只手在他颈后轻轻抚摸，而他的头枕在小桌上。他侧过身看窗外，火车正驶过草原，外面像一片金色的海。

他举起一只手，从眉头慢慢向上抚过头顶，就像在梳理头发。

库阿拉兹什么都有，火与冰，地和水。这道宽阔的地峡里曾充满岩石与冰川，随着整块大陆的漂移，这里变成了一片森林，后来又变成了沙漠。再后来，地峡经历了一场天外浩劫，一颗山一样大的彗星击中了那里，就像子弹透入肌肤。

彗星冲击整片大陆的中心，就像在敲击一座大钟。两片海域史无前例地连成一片，烟尘遮蔽了太阳，导致了又一轮冰川时代，数以千计的物种灭绝。后来控制这个星球的物种，恰恰在那次灾变之后抓住了机遇。

几千年后，那道地峡变成了高耸的山峰，大海再度被分隔，当年的撞击处岩石隆起，像鼓起的伤痕。在久远的时光里，岩石也经历了巨变，沧海桑田。

那份旅游宣传手册是萨玛在一个座位口袋里发现的。身边这个受伤的男人睡着了，她就拿起小册子浏览了一下。现在的他看起来疲惫、阴郁、苍老。萨玛从来不记得他曾这么老气横秋，精神沮丧。该死的，这家伙脑袋被人砍掉的时候，都比现在精神。她摇摇头自言自语地问："扎卡维，你到底是怎么了？"

"他想死，"嗡嗡机小声嘟囔，"原因很复杂。"

萨玛摇摇头，继续读那份旅游手册。伤者睡得很沉，嗡嗡机时刻注意着他的情况。

读到有关库阿拉兹的文字，萨玛回想起那座巨大的城堡——

仇外号派轻便飞船去迎接自己的地方。现在想起来，那像是很久很久以前的事情了，过去的这段时间就像空间上的距离一样遥远。她看到地峡俯瞰图，就想到大坝下老电站里的那个房间，她想家了。

库阿拉兹曾是一处军事要塞，是监狱，也是堡垒，同时还是一座城市，是兵家必争之地。而现在，巨大的岩石穹顶下只有一座小城，这个星球上最大的医院占据了小城的大部分地区。萨玛看看身边伤痕累累的男人，觉得现在这座城的配置倒也合理。

火车钻进了一条岩石隧道。

他们走出火车站，乘电梯到达医院前台接待处。他们坐在沙发上等着，周围是盆栽植物，耳畔是轻柔的音乐。表面上看，嗡嗡机只是趴在大家脚边，实际上它在不断攻击附近的电脑查找信息。

"找到她了！"它小声宣布，"现在去分诊台，报上名字就可以，我已经给你们准备了通行证，不用经过任何身份验证。"

"我们走吧，扎卡维。"萨玛站起来，拿起通行证，然后将受伤的男人扶起来。他摇摇晃晃。萨玛说："夏德南，你至少先……"

"直接带我去见她。"

"让我先跟她谈谈。"

"不用，带我去见她。现在。"

病房在数层楼之上，沐浴在阳光之中。光线从高大洁净窗户里照射进来，天空是白色的，远处飘着几朵云，斑驳的田野和稀疏的树木后面，大海像一线暗蓝的薄雾。

宽敞的分隔病房里躺着很多老人，萨玛扶着他走向病房尽头，嗡嗡机说她一定就在那里。利维埃塔从一间屋子里走了出来，看见他们，马上就站住了。

利维埃塔·扎卡维看上去又老了很多,她满头白发,皮肤松弛而且长满皱纹,但眼睛依旧明亮有神。她微微直起身,手里端着一个托盘,上面是很多瓶瓶罐罐。

利维埃塔望着他们:一个男人,一个女人,还有一个变成了手提箱模样的嗡嗡机。

萨玛将视线转向一边,叫了一声"扎卡维",又把他的身体扶直。

他刚才闭着眼睛,现在才睁开,眯起眼睛茫然地看着眼前的这个女人。一开始,他好像没有认出她,慢慢地,他明白过来了。

"利维埃塔?"他说道,快速眨动眼睛,细细打量着她,"你是利维埃塔?"

"您好,扎卡维小姐。"萨玛向她打招呼,但是对方不理睬。

利维埃塔·扎卡维轻蔑地移开视线,不再去看那个半死不活的男人。她看了萨玛一眼,摇了摇头,有那么一瞬间,萨玛以为她会否认自己是利维埃塔。

"你们为什么总是做这种事?"利维埃塔·扎卡维语调平和。她的声音听起来很年轻。嗡嗡机正这样想,突然接到仇外号发来的消息,飞船查阅了历史档案,有了惊人的发现。

真的吗?嗡嗡机问飞船,他真的死了?

这时利维埃塔说道:"你们为什么总要这样做?为什么要这样对待……他,还有我,为什么?你们就不能让我们清静一下吗?"

萨玛耸耸肩,有点儿尴尬。

"利维埃塔……"他低喃。

"我很抱歉,扎卡维女士,"萨玛说,"这是他的心愿,我们答应了他。"

"利维埃塔,求你了,跟我说说话。让我解释……"

"你们不应该这样做。"利维埃塔对萨玛说道。然后她把视线转回奄奄一息的他,他正用一只手揉搓自己的光头,眨着眼睛,脸上挂着空洞的笑。"他有病。"利维埃塔不动声色地说。

"他的确有病。"萨玛说。

"把他带进来吧。"利维埃塔·扎卡维打开一扇门,里面有一张床。斯卡芬·阿姆提斯科还在纳闷,在得知刚才的信息之后,它不知道眼前的一切到底该如何解释。它很吃惊,觉得这次利维埃塔的反应也太冷静了。上次两人见面的时候,利维埃塔想要杀了这个人,而嗡嗡机不得不出手干预。

他一看到床就说:"我不想躺下。"

"那你就坐着吧,夏德南。"萨玛说。利维埃塔摇摇头,咕哝了几句,连嗡嗡机都没听清。她把托盘放在桌上,站在房间一角,两臂交叉抱在胸前。受伤的男人坐到了床上。

"我们还是先回避一下吧,"萨玛对利维埃塔说,"就在门口等着。"

嗡嗡机心想,这个距离不错,我什么都能听到,如果她还想杀他的话,我也有足够的时间阻止。

"不必,"利维埃塔摇摇头,用一种奇怪的冷漠眼神看着床上的男人,"不,不要出去,没有什么可——"

"可我希望他们能出去,"他说道,又开始咳嗽,咳得直不起腰,差点从床边摔到地上去。萨玛走过去扶他在床上坐好。

"你有什么不能在他们面前说的话吗?"利维埃塔·扎卡维问,"他们还有什么不知道的?"

"我只是想……私下跟你讲几句话,利维埃塔,求你了。"他说道,抬头看向她,"求你了……"

"我对你没什么可说的。我也不想听你说话。"

嗡嗡机听到外面走廊里有说话声,随后有人敲门。一位年轻的护士在门口,她管利维埃塔叫"嬷嬷",说是该给一位病人准备手术了。

利维埃塔·扎卡维看看手表，说道："我得走了。"

"利维埃塔！利维埃塔，求你了！"他从床上探起身，胳膊夹住身体，两只手都伸出来，掌心朝天，放在自己面前，"求你了！"他眼里含着泪。

"这根本就没有意义！"女人摇摇头，又对萨玛说，"你简直愚蠢透顶，别再把这个人带到我这里来了。"

"利维埃塔！"他瘫倒在床上，身体蜷缩，瑟瑟发抖。嗡嗡机从他的头皮上探测到异常的热量变化，看到他颈部和手背的血管在剧烈波动。

"夏德南，冷静些。"萨玛走到床边，单膝跪下，双手扶着他的肩。

利维埃塔·扎卡维重重拍了一下身边的桌子。男人还在哭，浑身发抖。嗡嗡机探测到异常的脑波讯号。萨玛抬头看向利维埃塔。

"你不要那样称呼他！"利维埃塔·扎卡维说。

"我怎么称呼他了？"萨玛问。

嗡嗡机心想，问得好！

"不要叫他夏德南。"

"为什么不能？"

"那不是他的名字！"

"不是他的名字？"萨玛愣住了。嗡嗡机监控着床上病人的脑波和血压，预感到情况不妙。

"不是，当然不是。"

"可是，"萨玛生气了，她摇头说道，"他就是你的亲哥哥啊，他就是夏德南·扎卡维。"

"不对，萨玛小姐。"利维埃塔·扎卡维说道，拿起装药的托盘,一手打开了门,"不,他不是。"

"脑溢血!"嗡嗡机喊了一句,从空中飞过,越过萨玛到达床边,床上的人已经在剧烈抽搐。嗡嗡机迅速扫描他的身体,发现有一条血管已经破裂,大量血液流入脑部。

它把病人翻过身,让他身体伸直,然后利用效应器让他失去知觉。血液还在通过血管裂口进入周围组织,侵入大脑皮层。

"抱歉了,女士们。"嗡嗡机说道,随即制造了一个切割力场,切开了病人的颅骨。他已经停止了呼吸,于是斯卡芬·阿姆提斯科用力场的另一侧推压他的前胸,辅助呼吸。效应器慢慢刺激肺部肌肉组织,让它们恢复正常机能。嗡嗡机把颅骨上部掀开,复制出新的力场组件,烧灼封闭所有相关的血管。病人的颅骨偏在一边,现在已经能看见血液从大脑灰质之间渗出。他的心跳已经停止,而嗡嗡机用效应器促使心跳继续。

两个女人都站在一旁,被嗡嗡机迅速灵敏的反应吸引住了。

这时,嗡嗡机用自己的智能分析了这个人类的全部大脑组织,包括皮质、边缘系统、丘脑、小脑,它绕开他所有的防卫机制,了解他所有的神经通道,通览全部记忆,它不断搜索、映射、检验、灼烧。

"你刚才是什么意思?"萨玛用大梦初醒的语调问正要离开的女人,"你说'他不是',这是什么意思?他不是你哥哥吗?"

"他不是夏德南·扎卡维。"利维埃塔叹了一口气,眼睛还盯着正在进行手术的嗡嗡机。

萨玛皱起眉头,继续追问:"那他到底是……"

(回去,回到过去,回到那一刻。我还能怎么办呢?重要的是获取胜利。其他所有事情都要为胜利开路!)

"我哥哥,夏德南·扎卡维,"利维埃塔·扎卡维说,"他已经死了将近二百年了。我们收到了一张椅子,是用我们亲妹妹的骨头做成的，不久以后，他就死了。"

嗡嗡机用一根细丝在损伤处打开通道，从病人的脑子里吸走溢出的血液，又用另一根细丝修复了损毁的血管。嗡嗡机又吸出一些血液，确保病人血压正常，然后用效应器调节相应腺体的分泌水平，以免短期内再次出现血压过高的情况。它用一个小型力场连接窗台下的废水池，把吸出的那些血液倒下去，放水冲刷，鲜血咕咚咕咚地冲下管道。

"你所知的这个自称夏德南·扎卡维的人——"

（面对困难就要迎难而上，我所做的一切都遵循这个原则。星芒、扎卡维，这些名字让我心痛，但我又何尝有其他选择……）

"——其实就是害死了我妹妹，又害死了我哥哥，然后还冒用了我哥哥名字的人——"

（但是她……）

"——他就是星芒号的指挥官。他就是制椅匠。他就是伊莱瑟梅尔。"

利维埃塔·扎卡维走出去，关上了房门。

萨玛转过身，面无血色地看着床上躺着的这个男人。斯卡芬·阿姆提斯科还在紧张地忙碌，竭尽全力想再做些什么。

终　曲

　　飞沙追随着他们，与平时一样，尽管那个年轻人说了好几次，他觉得今天会下雨。老家伙不同意，说山顶上的那些云只是假象。他们驱车穿过荒漠，经过焦黑的田野、残破的屋舍、被毁的农场、废弃的村庄，还有冒着黑烟的城镇，一路到达那座空城。他们的车子轰鸣着驶过宽阔空旷的大街，有一次还拐进一条小巷，小巷两边都是无人的摊位，弯弯扭扭的支架上撑着篷布。车子一撞，木片纷飞，篷布和其他材料搅作一团，倒塌在路边。

　　他们选择了皇家园林作为安放炸弹的地点，因为这座园林很宽敞，可以容纳大量军队，高级军官也会使用这里的凉亭。老家伙觉得部队应该会占领皇宫，但是年轻人认为，这些侵略者内心深处只是一群沙漠游民，他们更喜欢园林，而不是相对狭小的城堡。

　　他们把炸弹安放在华丽的凉亭里，做好了引爆准备，然后开始争论这样做对不对。两人争执的要点有：爆炸发生时他们应该在哪儿等候；如果部队无视城市继续行军，他们该怎么办；爆炸发生后，敌军是惊慌撤退，分成小股部队继续侵略，还是会看穿爆炸只有一次，于是保持原速进军，甚至产生更强烈的复仇冲动。他们还讨论了侵略者先行轰炸城市的可能，派先头侦察兵进城的可能，以及如果先有轰炸，敌人具体会选择哪些轰炸目标。他们还就此打了赌。

他们两人唯一的共识就是，他们正在做的事儿纯属浪费，浪费己方拥有的，也是作战双方拥有的唯一一枚核弹。即便他们猜对了，侵略者完全按照预料的方式行动，他们能取得的最佳效果无非是全歼一支部队，可敌人还有三支部队，只要有一支仍在，就有可能完成这次侵略。所以说，这枚核弹，还有那些生命，都只是毫无意义的牺牲。

他们向上级报告，用一个词的暗语说明了他们已经完成的步骤。过了一会儿，他们得到了上级指挥官的批准，答复也只有一个词。他们的主子还是不敢相信这武器管用。

老家伙叫卡利斯，他坚持认为，爆炸发生时，他们应该留在高大的宫殿城堡里。他们在那儿找到了很多武器和葡萄酒，两人喝得酩酊大醉，互相讲笑话，交流那些荒唐而又粗暴的关于征服世界的故事。一人问另一人幸福是什么，结果得到了一个俗气透顶的答案，但是事后，两人都不记得到底是谁提的问题，谁给的答案。

他们睡了又醒，醒来就喝酒聊天，讲笑话，吹牛皮。城市上空下了一阵小雨，有时候，年轻人会抬手摸自己的头皮，好像在梳理长发，但那些头发早已不在了。

他们一直留在原地。等第一批炮弹落下，他们才知道自己选错了等待的地方。然后他们只能仓皇逃离，逃下台阶，跑进院子，坐上半履带车，冲进沙漠，奔向更远处的荒原。他们在那里宿营，再次喝醉。那天晚上他们没睡觉，等着看远方的焰火。

扎卡维之歌

从房间里看到
军队经过门前。

我觉得不难判断,
他们是奔赴战场,还是归来。
只要看队列里有无空位。

我说你真傻,
然后转身离开,
也许只是调一杯饮料,
帮助灵巧的喉咙,
咽下我的又一个谎言。

我面向阴影,
而你倚在窗前,
凝望虚空。

何时才能离去?

如果在此地长留,
我们会被捕获,
所以你不能迁延太久。
(你转身问)
我们为何不离去?

我什么也不说,
手指轻抚碎裂的玻璃,
静默中有不为人知的秘密。

炸弹的生命,只在它坠落的弧线中。

希厄斯·恩吉

选自《恩吉作品全集》(作者死后出版)

第九卷:年轻时代作品及丢弃的草稿

第三五五大年,十八月(夏特拉星,普罗费比肯历)

战火重燃
序曲

通向最高层梯田的小路是"之"字形的,这是为了方便轮椅上坡。他花了六分半钟,很努力才上到最高一层,到达时已经开始出汗,但是也打破了原来的用时记录,所以他还是很高兴。他呼吸着寒冷的空气,解开厚外套,推着轮椅靠近高处的花床。

他把膝盖上的篮子提起来,放在花床边的矮墙上,从上衣口袋里掏出剪刀。仔细观察那些扦插的幼苗,想要挑选出长得最好的几棵。他连一棵都还没选好,就注意到山坡的路上有动静。

他从高高的篱笆后向外看,看着深绿色的树林。远方的山峰在蓝天下泛着白光。一开始他以为是野生动物,然后看到人影从树林里出来,走向篱笆门。

那女人推开门,进来之后又关上门。她穿着紧身的衣裤,没有带背包,这让他多少有点吃惊。也许她是去过疗养院,现在刚刚返回。也许是路过的医生。他本想挥挥手就算了,估计这女人会看他一眼,然后下山去往疗养院大楼。但她却径直向他走来。她高个子,深色头发,浅棕色皮肤,戴着一顶样式古怪的帽子。

"埃斯科利亚先生。"她说着,伸出一只手过来。他放下剪刀,跟她握手。

"早上好，您是……"

她没有回答，坐在矮墙上，没有戴手套的两手互握。她环视谷地、群山、树林和小河，还有山坡下的疗养院大楼。"您还好吗，埃斯科利亚先生？最近身体怎么样？"

他低头看看自己的两条腿，下肢截除的位置在膝盖上方。"我身体剩下的部分很健康，女士。"他总是这样回答这个问题。他知道，这个答案在某些人看来，有那么一些激愤的感觉。但是在他看来，这是正常的表达方式，他并不想装作自己什么问题都没有。

女人毫不掩饰地直盯着他那两条空空的裤管，以前，只有小孩子才会用这种眼神看他。"你的腿伤是坦克造成的，对吗？"

"是啊，"他说着，又拿起剪子，"想搭乘坦克去趟巴尔泽特城，可是没成功。"他欠身，把剪切下来的一根枝条夹起来放进篮子里。他作了一个记录纸条，表明这树枝的来源，把纸条夹在小枝上。"请让一让……"女人挪开了一些，他把轮椅向前推了一点，又剪下一段树枝。

那女人转身又站在了他面前，问道："对不起，我听说当时你是在救助一位战友，要帮他脱离……"

"是的，"他打断了对方，"事实就那样。当然，我不知道帮助别人的结果，是可以锻炼出超强的手臂肌肉。"

"你的勋章还在吗？"那女人蹲下来，一手扶着轮椅的车轮，他看看那只手，又看看那张脸，但对方只是莞尔一笑。

他解开厚外套，展示出下面穿着的军装。上面有各种彩色绶带。"是的，我的勋章还在。"他无视对方抓着车轮的手，继续推车前进。

女人站起来，又跟上来蹲在他身边。"那么年轻就那么勇敢。我很吃惊你没能更快获得晋升。传言你对长官们的态度不大好，有这回事儿吗？那是不是——"

他把剪刀丢在篮子里，扭转轮椅，面对那个女人："没错，女士，"他冷笑着，"我是说过错话，我的家人也没有什么背景，活着的时候没有，死于格拉希安帝国空军轰炸之后更没有了。还有，这些……"他抓起军服前襟上那一大把勋章。"这些东西你想要的话我全部都给你，只要能换一双我能穿上的鞋子。现在，"他探身向前瞪着她，拿起剪刀，"我还有工作要做。疗养院还有一个家伙踩上过地雷，不止丢了两条腿还丢了一只胳膊。也许你会发现，看望他比看我更好玩。失陪了。"

他转过轮椅，前进几米距离。剪掉几根树枝，几乎是随机的拉扯两棵植物。他听到那女人跟在身后，但他不管，他只是用手转动轮椅，一路远去。

她阻止了他，突然伸手从背后抓住了轮椅背，她比表面看上去要强壮得多。他的胳膊用力转动车轮，轮胎在石板地面打着滑，轮子在转动，但是轮椅却不动。他停下来，抬头看天。那女人却转过来，又蹲在他面前。

他叹了一口气。"你到底想要什么，女士？"

"你本人，埃斯科利亚先生。"女人很有魅力地笑着，示意了一下他空空的裤管。"顺便说一句，勋章换鞋子的交易，我接受。"她耸耸肩，"只不过勋章你也可以保留。"她伸手到篮子里，把那副剪刀取出来，插在旁边的植物根部。然后，她两手互握，放在轮椅前面。"那么，埃斯科利亚先生，"萨玛说着，激动得有些发抖，"你想不想做一份真正的工作？"

USE OF WEAPONS
BY IAIN M. BANKS (IAIN BANKS)
Copyright © 1990 BY IAIN M. BANKS
This edition arranged with The Marsh Agency Ltd & the Mic Cheetham Agency through
BIG APPLE AGENCY, LABUAN, MALAYSIA.
Simplified Chinese edition copyright:
2022 NEW STAR PRESS Co., Ltd.
All rights reserved.

图书在版编目（CIP）数据

武器浮生录/（英）伊恩·M.班克斯著；雒城译. —— 2版. —— 北京：新星出版社，2022.8
（伊恩·M.班克斯"文明"系列）
ISBN 978-7-5133-4120-2

Ⅰ.①武… Ⅱ.①伊… ②雒… Ⅲ.①长篇小说-英国-现代 Ⅳ.①I561.45
中国版本图书馆CIP数据核字（2020）第144347号

伊恩·M.班克斯"文明"系列

武器浮生录
[英]伊恩·M.班克斯 著；雒城 译

责任编辑：施　然
监　　制：黄　艳
责任印制：李珊珊
封面设计：冷暖儿
责任校对：刘　义

出版发行：新星出版社
出 版 人：马汝军
社　　址：北京市西城区车公庄大街丙3号楼　　100044
网　　址：www.newstarpress.com
电　　话：010-88310888
传　　真：010-65270449
法律顾问：北京岳成律师事务所

读者服务：010-88310811　　service@newstarpress.com
邮购地址：北京市西城区车公庄大街丙3号楼　　100044

印　　刷：北京汇瑞嘉合文化发展有限公司
开　　本：910mm×1230mm　　1/32
印　　张：14.25
字　　数：332千字
版　　次：2022年8月第二版　　2022年8月第一次印刷
书　　号：ISBN 978-7-5133-4120-2
定　　价：56.00元

版权专有，侵权必究。如有质量问题，请与印刷厂联系调换。